王子君 ◎ 著

黄克诚在中央纪委

HUANGKECHENG
ZAI
ZHONGYANG
JIWEI

人民出版社

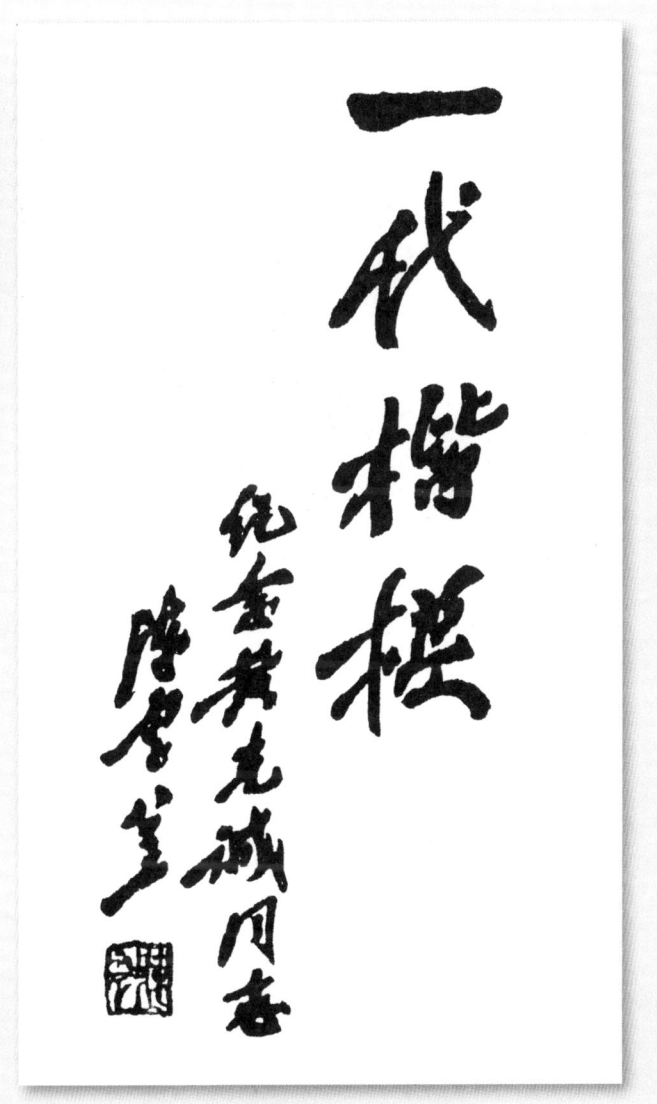

陈云为黄克诚题词"一代楷模"

1979年1月4日至22日,黄克诚(右一)出席中共中央纪律检查委员会第一次全体会议。右二为陈云,右三为王鹤寿。

目 录

楔子　重返政坛 …………………………………………………… 001

第一章　历史转折关头出任中央纪委常务书记 /1

第一节　中央纪委恢复成立 /3

第二节　中央纪委委员候选人的必备条件 /6

第三节　华国锋批准黄克诚回京治眼疾 /12

第四节　复出后竟让原监管者当秘书 /21

第五节　胡耀邦三顾南池子 /36

第六节　被陈云的"激将法"劝服 /46

第二章　抓党风铁面无私 /53

第一节　工作真的点燃了他的激情 /55

第二节　纪检干部要像保健护士 /62

第三节　参与制定党规党纪 /71

第四节　铁面无私抓党风 /88

第五节　抓党风抓到了党中央主席头上　/100

第六节　正人先正己，坚决不去外地休养　/109

第七节　不能放过经济领域的违纪案件　/115

第三章　参与领导平反冤假错案　/119

第一节　上交彭德怀珍贵手稿　/121

第二节　平反刘少奇冤案　/141

第三节　"黄克诚"三个字确实很管用　/151

第四节　21年的冤案终得昭雪　/169

第四章　在"两案"审查中坚持实事求是　/195

第一节　在中央"两案"审理领导小组担任副组长　/197

第二节　呼吁"刀下留人"　/205

第三节　正确对待在"文化大革命"中犯错误的干部　/214

第五章　正确评价与维护毛泽东的历史地位　/227

第一节　倾听来自基层的声音　/229

第二节　李先念、徐向前、习仲勋力请黄克诚站出来讲话　/236

第三节　"四千人大讨论"争论不休让他忧　/242

第四节　与毛泽东的无私"私交"　/257

第五节　公开讲话，维护毛泽东的历史地位　/265

第六节　良心讲话引起社会极大反响　/288

第六章　双目失明，心不失明　/299

第一节　请辞未获批准　/301

第二节　我们为什么要整党　/314

第三节　陈云"鸟笼经济"的版权归属 / 320

第四节　公正评价林彪的功与罪 / 336

第七章　廉洁自律定家规 /349

第一节　南池子的四合院不搞"将军府" / 351

第二节　落实《规定》，黄家先行 / 365

第三节　小儿子结婚，用自行车接亲 / 370

第四节　新家规：不准全盘否定毛主席 / 385

第八章　"共产党人的楷模" /389

第一节　"不要再在我身上花钱了" / 391

第二节　光荣谢幕 / 402

第三节　燃尽最后一丝生命之火 / 412

第四节　成为子女眼中的英雄丹柯 / 417

第五节　"楷模"之光永照青史 / 425

楔子
重返政坛

阳光澄澈，天空湛蓝，空气清冽。

这是 1978 年 12 月的北京。自然季节正值冬季，但人们的心里已隐隐感觉春天即将到来。一次注定要铭刻在中国共产党历史里程碑上的会议的召开，迎来了中国改革开放的春天。

1978 年 12 月 18 日至 22 日，党的十一届三中全会在北京举行。全会增补黄克诚、宋任穷、胡乔木、习仲勋、王任重、黄火青、陈再道、韩光、周惠为中共中央委员。会议确定了解放思想、开动脑筋、实事求是、团结一致向前看的指导方针；审查和解决了党的历史上一大批冤假错案，决定停止使用"以阶级斗争为纲"的口号；作出了把全党工作的着重点转移到社会主义现代化建设上来的战略决策；制定了发展农业的一系列政策措施；决定健全党的民主集中制和党规党纪，强调了中共中央和各级党委的集中领导，提出了发扬社会主义民主和加强社会主义法制的任务。这次会议标志着中国共产党重新确立了马克思主义的思想路线、政治路线、组织路线，结束了粉碎"四人帮"之后两年中党的工作在徘徊中前进的局面，实现了新中国成立以来具有深远意义的伟大历史转折，开启了我国改革开放和社会主义现代化建设新时期。

在这次具有伟大转折意义的会议上，中共中央纪律检查委员会恢复成立。全会选举陈云为中央纪委第一书记、邓颖超为第二书记、胡耀邦为第三书记、黄克诚为常务书记，王鹤寿等人为副书记，并选举了中央纪委的常务委员和委员。12月24日，党的十一届三中全会公报公布了中央纪委恢复成立的消息。公报称："全会选举产生了以陈云同志为首的由一百人组成的中央纪律检查委员会。这是保障党的政治路线的贯彻执行的一个重要措施。纪律检查委员会的根本任务，就是维护党规党法，切实搞好党风。"12月25日，《人民日报》公布了100名中央纪委委员名单。

第一书记　陈　云

第二书记　邓颖超

第三书记　胡耀邦

常务书记　黄克诚

副 书 记　王鹤寿　王从吾　刘顺元　张启龙　袁任远　章　蕴
　　　　　郭述申　马国瑞　李一氓　魏文伯　张　策

常　委（按姓氏笔画为序）

马辉之　王建安　王维纲　王鹤峰　方志纯　孔祥祯　帅孟奇
吕剑人　刘　型　刘建章　刘澜波　李士英　李楚离　张子意
武新宇　周　扬　周仲英　唐天际　曹　瑛　曹广化　阎秀峰
韩　光　傅秋涛　曾涌泉

委　员（按姓氏笔画为序）

马　信　王大中　王文轩　王若水　王苏民　王朝文　王直哲
毛　铎　文正一　平杰三　朱云谦　朱穆之　卢仁灿　刘　英
刘丽英　刘敬之　刘鸣九　安建平　多吉才让　严东生　李　坚
李之琏　李立功　李华生　李振海　杰尔格勒　杨心培　杨长春

杨秀山	何东昌	何廷一	何善远	阿木冬·尼牙孜	吴 波
汪文风	宋 诚	张 中	张 凯	张 祺	张兆美	张承先
张瑞华	陈 林	段 云	范儒生	周太和	周凤鸣	郑爱平
胡德华	饶正锡	侯维煜	徐少甫	徐深吉	浦安修	殷继昌
黄 荣	黄甘英	黄民伟	彭 儒	曾 三	寒先任

黄克诚出席了党的十一届三中全会。在罢官受审近20年后，他再一次回到政治舞台，回到公众视野。

黄克诚，1902年10月1日出生于湖南省永兴县油麻圩（今三塘乡）下青村一个贫寒农家。他的父母共生育子女4人，黄克诚排行老三，原名黄时瑄。黄克诚幼年时，全家靠他父亲种地维生。黄克诚6岁时，就开始参加力所能及的劳动，每天拾粪、打猪草。他9岁那年，黄家几位叔伯为提升家族地位、改变家庭的贫困处境，决定每家每年抽一担谷子作为束脩，供黄克诚上私塾读书。黄克诚前后读了8年的私塾后，考到县城读高小；1922年秋天，考入衡阳的省立第三师范学校，即湖南三师。在进三师之前，黄克诚虽然崇拜著名的东晋田园诗人陶渊明和南宋名臣、文学家文天祥，对陶渊明的《归去来兮辞》和文天祥的《正气歌》十分欣赏，总想学习他们，但总的来说，他眼界不宽，思想狭窄，只想独善其身，做一个淡泊、正直的人，随遇而安，知足常乐。来到三师之后，他接触到时代的脉搏，开阔了视野。经过3年的摸索、探求，在当时的各种救国方案和革命思潮之中，黄克诚最终选定了无产阶级革命的道路，成为一名年轻的马克思主义者。

1925年，黄克诚加入了中国共产党。"我的这个决心不是轻易下定的，而是认真、郑重的，经过长期考虑的，因而是不可动摇的。"黄克诚回顾自己的入党经历时，曾这样写道。确实，黄克诚自打选

北伐战争时期的黄克诚

定中国共产党，初心就再也没有动摇过、改变过。在白色恐怖弥漫的年代，黄克诚曾不辞艰危，辗转千里找党，其间有过很多次只要放弃信仰就能升官晋级、飞黄腾达的机会，但他都没有理会。他心中只有一个信念，那就是追随中国共产党。黄克诚定初心，定下的是一种伟大情怀。

黄克诚入党后，受组织派遣赴广州进入国共两党合办的政治讲习班学习，1926年参加北伐战争，1928年在湘南起义中参与领导永兴暴动。轰轰烈烈的湘南暴动失败后，黄克诚率部追随朱德、陈毅向井冈山进发，参加了在宁冈砻市与毛泽东率领的中国工农革命军的会师，任中国工农革命军第4军第12师第35团团长，成为上井冈山的元老之一；不久改任湖南农军第二路游击司令，奉命重返湘南开展游击战争；失败后辗转到上海，1930年年初，被中共中央军委派往彭德怀领导的红5军，先后任大队、支队、师政委，红5军政治部主任，红三军团政治部宣传部部长、组织部部长、代理政治部主任，参加了巩固、发展湘鄂赣苏区的斗争和中央苏区历次反"围剿"作战。

1933年年底，黄克诚任红三军团第4师政委。长征开始时，他率部担任前卫，连续突破国民党军封锁线，与数倍于红军之敌鏖战于广西界首，扼守湘江渡口，掩护中共中央机关和部队顺利渡过湘江。长征途中，黄克诚参加了攻占娄山关和遵义城的历次战斗，屡建功勋。长征到达陕北后，他先后任中革军委卫生部部长、红一军团第4师政委、红一方面军政治部和红军总政治部组织部部长，参加了直罗镇、东征、西征和山城堡等战役、战斗。

抗日战争时期，黄克诚先后任八路军总政治部组织部部长，八路军第115师第344旅政委兼太南军政委员会书记，八路军第2纵队政委兼冀鲁豫军区司令员，八路军第4纵队政委、第5纵队司令员兼政委，新四军第3师师长兼政委，苏北区党委书记等职。他先转战晋冀鲁豫，领导创建冀鲁豫抗日根据地；后率部南下，与新四军北上部队会师，创建苏北抗日根据地。从1940年开赴苏北至1945年抗战胜利的5年中，黄克诚指挥新四军第3师与日、伪、顽进行大小战

1941年12月，时任新四军第3师师长兼政委的黄克诚

斗4700余次，歼灭敌人6万余人，部队由2万余人发展至7万余人，本身伤亡1万余人；开辟了拥有4.2万多平方公里面积、800多万人口的广大抗日根据地，实现了毛泽东当初制定的打开华中局面、建立苏北抗日根据地的战略目标，以坚定实践贯彻了毛泽东的根据地建设思想，仗打到哪里，根据地就建到哪里，始终坚持把军队融合在人民的土壤之中。黄克诚还组织指挥两淮战役，解放了苏北广大地区，使苏北、苏中、淮南、淮北解放区连成一片，为华中人民解放战争准备了广阔的战场和巩固的大后方。

抗日战争胜利后，黄克诚于1945年9月14日向中共中央建议：既然能派部队去东北，应尽量多派，至少5万，能去10万最好，以创造大的战略根据地。同年9月底，他奉命率新四军第3师主力3.5万人开赴东北。到达东北的第二天，同年11月26日，黄克诚根据东北的现实情况，给远在延安的毛泽东发去急电，建议东北部队暂不在大城市和交通干线作战，而是以一部分主力占领中小城市，建立农村根据地，积蓄力量，做长期斗争准备。在东北，黄克诚领导创建西满根据地，先后任西满军区司令员，西满分局副书记、代书记，东北民主联军副司令员兼后勤司令员、政委，冀察热辽分局书记兼军区政委，东北野战军第2兵团政委等职，并统管东北全军的战勤工作，为东北人民解放战争的胜利作出了重要贡献。

中华人民共和国成立前后，黄克诚接连三次获毛泽东"钦点"，担任地方和军队领导职务。第一次，天津解放后，黄克诚担任天津市委书记兼天津市军事管制委员会主任，领导接管天津这座北方最大的工商业城市，迅速恢复社会秩序和工业生产，出色地完成了对天津的接管及初建工作，取得了接管大城市的经验。第二次，中华人民共和国成立后，黄克诚担任湖南省委书记兼湖南军区司令员，在湖南主政3年。黄克诚遵照中央规定的政策，在稳定社会秩序、恢复发展生产、调整城乡关系、发展文化教育事业的同时，完成了剿匪、土改、支援抗美援朝、镇压反革命、"三反""五反"等一系列工作，消灭了封建势力，根绝了百年匪患，发展了生产，培养了大批人才，安定了社会，使一个崭新的湖南，展现在世人面前。黄克诚因此成为新湖南的奠基人之一。第三次，1952年7月，正当黄克诚意气风发，准备继续带领家乡人民奋斗若干年，为建设新湖南作出更大贡献的时候，中共中央电令，调他到北京担任解放军副总参谋长兼总后勤部部长。这一次，又是毛泽东亲自点将点到他。此后，黄克诚又陆续担任中共中央军委秘书长、国防部副部长、总参谋长，并担任中共中央书记处书记，1955年被授予大将军衔。在中共中央军委长达7年多的时间里，黄克诚提出和确立了"对国家负责，对部队负责"的军队后勤工作思想，健全完善后勤工作规章制度，为实现后勤工作向现代化建设转变

1959年5月，黄克诚在国防委员会全体会议上作报告

奠定了良好基础；他提倡顾全大局，勤俭建军，节省军费开支，支援国家经济建设；他协助彭德怀、聂荣臻主持中共中央军委、总参日常工作，主持大规模精简整编，并保证朝鲜前线的战勤保障；他抵制苏联的一长制，提出的"党委集体领导下的首长分工负责制"，被认为是对党和军队政治工作的一大贡献；在炮击金门这一集政治、军事和外交于一体的重大斗争中，他是毛泽东和周恩来、彭德怀的重要助手；他协助彭德怀、聂荣臻领导军队装备向现代化发展，并受命担任导弹靶场建设委员会主任，直接领导了"两弹"基地试验场选址和初建工作……总之，黄克诚参与制定国防战略方针和军队建设方针，参与领导全军各项重大制度的制订和落实，为加强人民解放军革命化、现代化、正规化建设，实现从单一兵种到诸军兵种合成的发展和转变作出建树。

黄克诚在1959年庐山会议后罢官候审。1962年，在党的八届十中全会对黄克诚进行专案审查，随后，对黄克诚的审查交由彭德怀、习仲勋专案审查委员会负责。1965年，因国内外形势所需，毛泽东、中共中央将彭德怀、黄克诚、习仲勋等人安排到北京以外任职：彭德怀去西南"大三线"任副总指挥，黄克诚到山西任排名第九的副省长，习仲勋去洛阳矿山机械厂当副厂长。此后，专案组加紧了对彭德怀、黄克诚、习仲勋的审查。"文化大革命"中，黄克诚被从山西抓回北京，长期关押审查，遭到林彪、江青反革命集团的严重迫害，直到"四人帮"被粉碎。1977年11月25日，黄克诚复出，担任中共中央军委顾问。

黄克诚具有很强的组织性，凡是组织的决定、上级给予的任务、全局的需要，即使个人和局部利益受到影响，他也要实现上级和全局的要求。但他也是一个敢于坚持真理、刚正不阿的共产党人。对遇到的问题，他都会认真、独立地思考，如果上级的决定有错误，就毫不含糊地提出意见。毛泽东说，黄克诚"上自中央，下到支部，有意见都要提"。黄克诚在历史上多次因为坚持正确意见而受到错误的批判、打击，甚至被撤职、降级，却始终保持刚直敢言、为人民无私无畏的高尚品德。

1927年12月，黄克诚反对盲目"暴动"，首次被戴上"右倾机会主义"的帽子。

1927年11月，黄克诚从武汉回到永兴，联络一批共产党员和革命青年，开始秘密组织农民武装起义。12月，黄克诚、向大复、邝振兴等20多名党员、团员和革命者召开特别支部大会。向大复组织研究发动暴动问题，同时传达了湘南特委提出的"杀！杀！杀！杀尽豪绅反革命。烧！烧！烧！烧尽他们的巢穴！"的暴动口号。蒋介石发动的大屠杀早就使革命者心里窝了一肚子火，听传达之后，与会人员就像点着的火药桶，群情激昂，要求立即行动。黄克诚却说："暴动的事，我赞成，但时机还不成熟，缺乏群众基础，等组建起工农武装队伍，暴动也不迟。"未等黄克诚说完，邝振兴就指责说："胆小鬼，就你怕死，我看你是右倾机会主义者。"其他人也纷纷群起而攻之，可黄克诚还是反复阐明自己的观点："目前，立即举行暴动的时机不成熟。我们的党员、团员有几个？革命群众又有多少？单凭我们少数几个人干，是不可能把暴动搞起来的。缺乏群众基础是要吃大亏的。"于是，黄克诚首次被戴上"右倾机会主义"的帽子。

1930年7月，黄克诚反对攻打武汉，被撤销纵队政委的任命。

当时，以李立三为代表的"左"倾冒险错误统治了中共中央领导机关，把中心城市的武装暴动看成是决定中国革命胜负的关键，提出"会师武汉，饮马长江"的口号。作为支队政委的黄克诚觉得，夺取中心城市的计划很不现实。他给受命攻打武汉的红三军团总指挥彭德怀写了一封信，陈述不能去攻打大城市的理由。彭德怀也有同感。

1930年7月中旬，红三军团前委、湖南省委、湘鄂赣特委在平江县举行联席会议。黄克诚在会上发表了反对攻打中心城市的意见："现在提出夺取武汉的主张是不现实的，因为我们根本不具备夺取武汉的条件。"

黄克诚的上述意见，立即受到与会人员的严厉批评，指责他的观点是"严重右倾机会主义"。红三军团政委贺昌试图说服黄克诚承认错误。他拒不认错，大声表示："现在不服，将来也不服，准备再和你争论20年！"据此，红三军团领导层撤销了黄克诚担任纵队政委的任命，决定他继续留在支队工作。

1932年10月，黄克诚反对攻打赣州，由师政委降为教导营政委。

黄克诚调任红三军团第1师政委后不久，中共临时中央再次推行"左"倾冒险错误，指令红军攻打赣州。黄克诚尽管持反对态度，但必须服从命令，遂率部投入战斗。

待抵达赣州城下，黄克诚发现地形对攻城部队十分不利，越发感到这个仗打不得。两次受挫，他两次提出撤围的建议，但未获批准。眼看红军屡攻不克，伤亡越来越多，若继续滞留赣州城下，后果将不堪设想，黄克诚直接向彭德怀建议撤围，并批评彭德怀："你这是半个立三路线。"为减少损失，黄克诚带领部队主动撤出战斗。

攻打赣州历时月余，红军遭到巨大伤亡，红三军团损失3000人以上。赣州战役失利后，红三军团政治部专门在广昌给黄克诚开会，集中批判他的"错误"，与会人员指责他"一贯右倾，对抗中央路线"。黄克诚据理力争，拒不检讨，结果又一次被撤销师政委职务，到红三军团教导营担任政委。

1940年11月，黄克诚反对仓促发起曹甸战役的正确建议被否决，他被撤销八路军第5纵队司令员一职。

1940年，兵败黄桥的国民党顽固派头子韩德勤，率部退至兴化、曹甸、东桥地区，继续执行反共政策。华中新四军、八路军总指挥部政委刘少奇和代总指挥陈毅，主张攻占曹甸。在研究部署曹甸战役的会议上，时任八路军第5纵队司令员兼政委黄克诚提出政治气候不成熟、我们还没有站稳脚跟、曹甸防御体系坚固等三点理由，反对仓促攻打曹甸，但他的意见没有被采纳。11月29日，曹甸战役打响，攻城部队久攻不克。眼见死打硬拼下去绝非良策，12月11日，黄克诚发电给中共中央华中局并报中共中央，提出六条比较切合实际的具体战法，这一建议又被否决。最终，曹甸战役以华中新四军、八路军部队歼敌八千、自损两千而告结束。

曹甸一役没有达到预期目的。中共中央华中局认为，曹甸战役失利的主要原因是黄克诚作战消极，有右倾表现，撤了他八路军第5纵队司令员一职，由陈毅兼任，只保留黄克诚的政委职务。实际上，由于陈毅军务繁忙，八路军第5纵队仍由黄克诚负责。

黄克诚提的意见，都被后来的事实证明是正确的，对他的批判与降职、撤职决定是错误的。当然，在革命的探索道路上，有时作出错误的决定也在所难免。让人感叹的是，黄克诚十下十上，却始终没有放弃坚持真理的信念。他用事实反复证明，他是一位有远见卓识的革命家、军事家、政治家，是伟大的共产主义战士。他对党和人民无限忠诚，不论身居高位还是身陷逆境，都一心为公，从不患得患失。他胸怀坦荡，顾全大局，为了党的整体利益，总是不惜牺牲个人利益。他用一生践行了他的誓言，从加入中国共产党的那一刻起，他对党的一片初心就从未改变过。

黄克诚历经劫难，十下十上终不悔，成就了一个真正的共产党人的传奇。

在党的十一届三中全会上，黄克诚虽还未平反，仍当选中央纪委常务书记，当之无愧。

第一章

历史转折关头
出任中央纪委常务书记

第一节　中央纪委恢复成立

党的十一届三中全会公报为什么表述说"中央纪律检查委员会恢复成立"？这不是中央纪委第一次成立，确切地说，是1969年党的九大党章取消了党的监察机关条款后，中央纪委又一次恢复成立。

党的纪律检查工作，可以追溯到1927年4月成立的中央监察委员会。

中国共产党创建之初，就注意到党内监督问题。1927年4月底至5月上旬，在武汉召开的党的五大上，诞生了中国共产党第一个纪律检查机构——中央监察委员会。这是中国共产党最早的，也是级别最高的党内监督机构。它健全了党的制度，使中国共产党的自身建设和党纪党规的权威第一次有了相应的机构作为保证。1928年7月，党的六大通过的党章取消了监察委员会的条款，增设审查委员会一章，用以监督各级党部的财政、会计和各机关的工作。1933年，为了防止党内有违反党章、破坏党纪、不遵守党的决议和腐化等情况发生，中共中央决定，在党的监察委员会未正式成立以前，设立中央党务委员会。新中国成立后，党的纪律检查工作得到进一步加强。1949年11月，中共中央决定成立中央和各级纪律检查委员会，中共中央副主席朱德兼任中央纪委书记。1955年3月，党的全国代表会议决定成立中央和地方各级监察委员会，代替中央和各级纪律检查委员会，中共中央政治局委员董必武担任中央监察委员会书记。

党的纪检监察机构，虽然不同时期的名称不同，职责范围也有所变化，但在保证和执行党的纪律方面都发挥过重要作用。比如1935年11月，中共中央成立了以董必武为主任的五人党务委员会，较好地处理了陕北的错误肃反问题。1952年，石家庄市委副书记、天津地委原书记刘青山和天津地委书记张子善因盗窃国家资财肆意挥霍被处决，起到了极大的震慑作用。

"文化大革命"期间，民主集中制遭到极大破坏，党规国法形同虚设。维护宪法和法律尊严的主要机构公安、检察、司法等部门，被污蔑为"黑公检法"，被无情砸烂。党的各级纪律检查机构被完全摧毁。中央监察委员会机关的151名干部，有84人被诬陷有各种政治问题，被戴上"叛徒""特务""走资派""反革命修正主义分子"的帽子。1969年1月31日，中央组织部业务组向中央提出了《关于撤销中央监察委员会机关的建议》；2月，又呈送了《关于中央组织部中监委机关人员下放劳动的报告》。到1969年1月，除留部分办案人员外，中央监委机关的工作人员全部被下放到东北农村"五七干校"劳动。1969年4月，党的九大通过的《中国共产党章程》取消了关于党的监察机关的条款。7月，取消了中共中央监察机关，善后工作由中央组织部业务组负责处理，从而彻底废止了党的纪律检查工作。上至党和国家领导人，下至普通百姓，基本权益无法得到保障。林彪、江青反革命集团为了篡党夺权，制造了大批冤假错案。据不完全统计，国家干部被立案审查的占当时国家干部人数的17.5%；其中，中央、国家机关副部长以上和地方副省长以上高级干部被立案审查的高达75%，大批受迫害的同志长期申诉无门，受冤屈的干部长期得不到平反。

饱尝民主法制被践踏的严重后果，恢复成立党的纪律检查委员会成为"文化大革命"后全党的共识。1977年8月，党的十一大通过的党章重新恢复了关于设置党的纪律检查委员会的条款，规定：为了维护党的民主集中制的原则和纪律，防止和纠正各种危害党和群众关系的现象，"党的中央委员会，地方县和县以上、军队团和团以上各级党的委员会，都设立纪律检查委员会"，"它的任务是：加强对党员的纪律教育，负责检查党员和党员干部执行纪律的情况，同各种违反党的纪律的行为作斗争"。

中央纪委从党的十一大提出恢复成立到党的十一届三中全会上正式成立，经历了较长时间的酝酿过程。

负责考察中央纪委组成人选的是中央组织部。根据中央政治局的指示，中央组织部做了大量深入细致的工作，在全国范围内考察、提出候选人。1978年10月25日，中央组织部就中央纪委组成人员候选人名单，第一次向中共中央提出报告。11月30日，中共中央主席华国锋和副主席叶剑英、邓小平、李先念、汪东兴，对中央纪委的组成问题作出指示。中央组织部根据他们的指示，对名单进行了调整。12月2日，中央组织部就中央纪委组成问题第二次向中共中央提出报告。中央组织部上报的这份中央纪委候选人名单草案共88人，其中，书记、副书记14人，常委17人，委员57人。中央组织部提出："我们党已经多年没有设立纪律检查机构，林彪、'四人帮'又把党的纪律废弛得不像样子，中央一旦恢复纪委，全党都要注意有哪些同志在这方面担任拨乱反正的责任。"

第二节 中央纪委委员候选人的必备条件

中央组织部就中央纪委组成问题第二次向中共中央报告时，提出了中央纪委委员候选人应具备的条件，其中有两条是：政治历史上没有什么大的问题；思想作风较好，是党内信得过的同志。

根据这些具体条件，中央组织部这次上报的名单，考虑得较为周全，照顾到了方方面面。在年龄结构上，大多数是党龄较长、年龄较大，而且仍能工作的同志，也有二十几名年富力强的中年同志，包括同林彪、"四人帮"做过坚决斗争的，以及各条战线和有关部门的同志。在民族构成上，除了汉族外，还有蒙古、藏、壮、苗、回、朝鲜、维吾尔等7个少数民族的同志。在性别上，女委员占了10人。考虑到中央纪委过去很多兼职委员由于所在部门事情太多，无暇顾及、考虑中央纪委的工作，有的委员甚至连参加中央纪委的会议都很困难，到党的十一届三中全会召开前，还有一批能工作而没有分配实际工作的老干部，中央组织部提供的这份名单中，给中央纪委多配了一些老干部作为专职委员，占委员总数的一半以上。

中央组织部提出的这个候选人名单，是根据日常掌握的材料提出来的，还没有来得及征求有关部门和各地方的意见。根据中共中央的指示，这份名单先提请中共中央政治局常委、中央政治局委员过目。12月10日，中共中央政治局常委将这份候选人名单批交正在召开的中央工作会议，请与会同志分别征求候选人所在单位党组织和干部、群众的意见。

在中央工作会议广泛征求意见的基础上，12月16日，中央组织部第三次向中共中央提出报告，指出："经（中央）工作会议各小组认真讨论，基本同意12月2日上报的名单，同时提出了增补和调换的意见。"经过增补和调换的候选人增加到99人，其中，书记、副书记15人，常委23人，委员61人，女同志增加到12人。关于候选人的条件，这份报告在表述上也较12月2日的报告更加全面，除重复政治历史上没有什么大问题外，还强调"同时也注意了党性、组织纪律性较强，能坚持原则，作风正派，办事公道，看问题比较全面，党内信得过的同志"。

中共中央政治局对候选人名单又作调整后，才提交党的十一届三中全会审议和选举。此时，候选人又增加1人，一共100人。其中，书记、副书记15人，常委24人，委员61人。党的十一届三中全会将全部候选人的名单、简历作为会议文件，印发到每个与会者手中，充分发扬党内民主，让大家充分酝酿，充分讨论。12月22日晚，这100名候选人全部当选。

关于中央纪委组成人选问题，在中央工作会议期间，1978年11月26日，就有人建议："是否可以考虑增选政治局委员或一位（中共中央）副主席管党的宣传、组织和监察工作。"还有人提出："希望赶快成立中央纪律检查委员会，建议委托德高望重的老同志负责。"最后当选的100名中央纪委委员中，确实聚集了许多德高望重、功彪青史的老一辈革命家。

中央纪委第二书记邓颖超，1925年入党，党的第七届中央候补委员，时任全国人大常委会副委员长，在党的十一届三中全会上被增选为中共中央政治局委员。

中央纪委第三书记胡耀邦，1933年入党，是党的第八届中央委员，1977年年底任中共中央组织部部长，在党的十一届三中全会上被增选为中共中央政治局委员，随后转任中共中央秘书长和中共中央宣传部部长。

中央纪委第一副书记王鹤寿，新中国成立前长期在白区工作，有着丰富的党的纪检工作经验，"文化大革命"前曾任中央监察委员会候补委员。

中央纪委副书记中，还有党的第七届中央候补委员、新中国成立初期即担任中央纪委副书记的王从吾，1925年入党、新中国成立初期任中共中央妇委第三书记的章蕴，参加过秋收起义、新中国成立后担任过中央组织部常务副部长的张启龙，等等。

在中央纪委常委和委员中，也有不少人引人注目。比如帅孟奇，"文化大革命"前即为中央监委常委，1978年已年逾八旬，到正式选举为止，仍被中央专案一办定为"叛徒"，尚未正式改正；多吉才让，时年39岁，任西藏自治区党委常委、日喀则地委第一书记；李之琏，中央宣传部原秘书长，被错划为"右派"20多年，当时确定改正，但尚未最后正式改正。

在当选的中央纪委委员中，还有几个当时人们并不熟悉的中青年干部，他们都是在"文化大革命"中与"四人帮"做斗争的勇士，例如刘丽英和汪文风。时年52岁的刘丽英是沈阳市公安局副局长。她在"文化大革命"中同"四人帮"在沈阳市公安局的党羽进行坚决斗争，遭到残酷迫害，丈夫李文彬被迫害致死。1978年9月7日，《人民日报》以《坚强的党性，顽强的斗争》为题，报道了她的先进事迹。当时49岁的汪文风，是1976年悼念周恩来的《天安门诗抄》的集体作者"童怀周"的主要负责人,时任北京第二外国语学院汉语教研室主任。

据统计,这一届中央纪委常委以上的40人中,平均党龄49.3年。党龄最长的是时任江西省革委会副主任的方志纯,为54年;最短的是曾任中共中央西南局书记处书记的阎秀峰,为42年;党龄在49年至54年的高达31人,占77.5%。他们当中,在新中国成立前曾被捕入狱的有16人,曾担任过中共中央委员或候补中央委员的有12人,显示出这届中央纪委常委规格高、权威大、阵容强的特点。这么多在长期革命斗争中出生入死、经受过各种艰难困苦考验的老同志进入中央纪委领导层,在党的纪律检查历史上还是第一次。它是特殊形势下的特殊形态,是老干部大规模复出的先声,也是党的组织路线和政治路线拨乱反正的具体体现,为中央纪委恢复成立以及开展工作奠定了坚实的领导基础。

陈云以中共中央副主席身份,兼任恢复成立后的中央纪委第一书记。

陈云在党内资历深厚,20世纪30年代初就担任中共中央的领导工作,经历了党的十一届三中全会前我们党领导人民进行革命、建设各个历史时期几乎所有重大事件,参与了中共中央在不同历史时期一系列重大决策的制定和实施。他为人严厉,该开除谁的党籍,绝不含糊;只要犯了错误,该怎么处分就怎么处分,不徇私情。

在1978年年底的中央工作会议期间,时任兰州军区司令员的韩先楚就说:"陈云同志正派、民主作风、联系群众好,善于思考问题,想得深,看得远,处事稳重,有丰富的领导经验和领导能力。""他对我们党的历史也比较熟悉,在党内外、国内外是有影响的。"

对于为什么在历史转折关头选择陈云担任中央纪委书记,多年后,曾经在陈云领导下工作的中共中央政治局原常委宋平接受采访时说:"陈云同志在党内原来就是守纪律的模范、坚持党性原则的模范,也是实行民主集中制的模范。这些,大家都是承认的。他担任中央纪委第一书记,大家都拥护。"曾担任中央纪委常务书记的韩光说:"陈云同志被选为中央纪委第一书记,是因为他在党内威信很高。陈云同志讲话很简单,不随便说话,到说话的时候不客气,往往就那么几句话,常常就管事,听着让人信服。"担任陈云秘书13年的周太和说:"有事情敢负责任,不犹豫,不推诿,更不顾及个人得失,这是陈云同志崇高的党性表现。"

宋平等人的话,诠释了天降大任于陈云的原因。

党的历史上,陈云与党的纪律检查工作一直就有很深厚的关联。1933年中共中央党务委员会成立时,陈云就是该委员会的委员。抗日战争时期,陈云在延安担任7年的中共中央组织部部长。这期间,中共中央党务委员会由中共中央组织部代管。陈云经常直接过问和处理党的纪律检查工作。他严肃执纪,给人们留下深刻印象。在延安严肃处理刘力功就是一例。延安有个知识分子叫刘力功,1938年入党,在抗日军政大学和中共中央党校学习过。当组织上安排他去基层锻炼时,他不服从安排,坚持要进马列学院或回原籍工作。组织上多次找他谈话并耐心地进行说服教育,他却依然拒绝执行党的决定,要求回老家。陈云对刘力功说,你带着这个思想回老家,起不到好作用。你不要回去。刘力功提出退党。陈云说,你不要退党,是党要开除你。中共中央党务委员会随即开除了刘力功的党籍,并向全党公布。陈云抓住"为什么要开除刘力功的党籍"这一问题,组织延安各机关、学校开展了一场讨论。1939年5月23日,他又专门写了一篇文章,发表在中共中央机关刊物《解放》上,题目就叫《为什么要开除刘力功的党籍》。在文章中,陈云通过剖析刘力功这个典型事例,论述了共产党员要加强党性锻炼,特别是遵守党的纪律的极端重要性。文章指出："中国革命是长期艰苦的事业，共产党及其党员没有意志行动的统一，没有百折不回的坚持性和铁的纪律，就不能胜利。"对刘力功问题的大讨论和陈云的这篇文章，在延安各机关和学校引起很大震动。陈云的这篇文章，一直是对党员进行党纪教育的珍贵教材。

根据中组部提出的中央纪委委员候选人条件，黄克诚当选中央纪委常务书记，也毫无悬念。

黄克诚在党的历史上以敢讲真话、廉洁清正著称，历经磨难而信念不改，对党的事业忠心赤胆，理所当然地进入了中央组织部上报的中央纪委委员候选人名单。但黄克诚自1959年庐山会议以后蒙冤近20年，当时尚未平反，他是否还愿意为党担负如此重要的工作？

中组部部长胡耀邦决定亲自请黄克诚出山。

此时，黄克诚做中共中央军委顾问正津津有味。

黄克诚以尚未平反之身复出，并担任中共中央军委顾问，正是中央对他高贵品格的高度肯定。

第三节　华国锋批准黄克诚回京治眼疾

在黄克诚复出担任中共中央军委顾问一事上，陈云功不可没。

1976年10月6日，中共中央一举粉碎了"四人帮"。消息传开，举国欢腾。国家有救了！人民有希望了！正在山西名为副省长、实则靠边站的黄克诚，一颗悬着的心放下了。他对党和国家的未来充满了信心，也因此又燃起了重新工作的希望。

此时，黄克诚的眼疾严重复发，但他忍着病痛，坐在桌前，铺开信纸，认认真真地给中共中央和华国锋写下一封信。他写这封信，一是表示拥护以华国锋为首的中共中央一举粉碎"四人帮"；二是陈述自己的处境和痛苦，希望在有生之年还能为党工作。

与此同时，黄克诚的夫人唐棣华在北京同样为黄克诚眼疾复发焦虑不安。她也给中央写信，请求批准黄克诚回京治疗眼疾。

唐棣华写完信，没有直接寄出去，而是拿着信找到了陈云。

"文化大革命"期间，陈云也遭到迫害，被红卫兵抄家。1969年中国共产党第九次全国代表大会闭幕后，他只保留了中共中央委员的名义，后来被下放到位于江西南昌青云谱的江西化工石油机械厂。1972年，陈云返回北京；1975年1月，出任第四届全国人大常委会副委员长。

黄克诚认识陈云已有40多年。1935年，中央红军根据毛泽东提议撤离遵义地区。进至鸭溪时，部队停留了两天，听陈云传达遵义会议精神。正是在这里，黄克诚与陈云相识。此后在解放战争东北战场上，两人更是直接合作共事，从此真正开始相交相知。

解放战争初期，东北地区是国共两党争夺的焦点。1945年9月15日，抗日战争刚刚结束，陈云就受中共中央之命，与彭真等其他21名中共中央委员和候补中央委员奔赴东北。9月23日，黄克诚也接到上级命令，率新四军第3师主力3.5万余人开赴东北。经两个月长途跋涉，第3师于11月2日到达锦西地区。至此，陈云和黄克诚两人开始在东北战场上共事。1946年11月26日，黄克诚从战略全局出发，致电毛泽东，建议占领中小城市，暂不在大城市和交通干线作战，以一部分主力建立农村根据地，发展壮大革命队伍和基层政权，积蓄力量，做长期斗争的准备。与黄克诚不谋而合的是，几乎同一时间，陈云在哈尔滨主持召开会议，总结出关几个月来的经验教训，系统论述了建立东北根据地的思想，随后向中共中央发去电报阐述这一思想。陈云和黄克诚的建议得到中共中央高度重视，在认真、慎重研究陈云、黄克诚等人的报告和建议后，于11月28日发出《中央关于撤出大城市和主要铁路线后东北的发展方针给东北局的指示》，统一了东北各级领导的认识，为最后夺取在东北的胜利奠定了坚实的思想基础。1946年后，黄克诚领导创建了西满根据地，陈云则前往中共中央南满分局任书记。两人虽然接触不多，但在大局上相互配合，在各自岗位上为东北全境解放作出了重要贡献。1948年5月底，东北财经委员会成立，任命陈云为主任，统一领导东北解放区的财经工作。这时，中共中央派黄克诚到热河，任中共中央冀察热辽分局书记，领导战勤、支前工作。两人的工作性质颇为相同，交往也多了起来。当时，东北解放区使用的是东北币，冀察热辽边区的流通券是长城票。为了便利部队机动、物资交流，陈云建议东北币与长城票固定比价，并停发长城票。黄克诚很好地配合了这一工作。1948年10月，辽沈战役结束后，陈云奉命接管沈阳，取得了接管大城市的经验。11月底，陈云在给中共中央的题为《接收沈阳的经验》的报告中，除了总结经验，还向中共中央建议，各区要有专门接收大城市的班子，中共中央非常赞同。此时，黄克诚被任命为天津市军事管制委员会主任，奉命进关接管天津。陈云当即从接收沈阳的工作人员中抽调出二三十个得力骨干，让黄克诚带往天津参加接收工作。1949年2月，陈云在北平参加会议后回沈阳，途中在天津停留了两天，同黄克诚见了面，了解接收天津的情况，深入交流接管大城市的经验，并在黄克诚安排下参观了一个纺织厂。

1949年5月，陈云出任中央财政经济委员会主任，主管全国财经工作。黄克诚被任命为中共湖南省委书记兼湖南省军区司令员、政委，主持湖南省党政军全面工作。虽然两人的直接接触并不多，但陈云作为全国财经工作的领导人，对地方大员黄克诚的工作没少关注。在湖南的粮食政策上，陈云就给予及时的支持。黄克诚刚到湖南时，湖南正是饥荒年，250万人遭受水灾，120万亩良田颗粒无收。解决吃饭问题，困难很大。投机商趁机垄断粮食，囤积居奇，哄抬粮价，导致粮价飞涨、市场紊乱、人民生活困难。本就不甘心失去政权、唯恐天下不乱的反动分子，趁机大肆散布谣言，说什么"共产党借粮、征粮，造成缺粮、粮价上涨""共产党打得下天下，但治不了天下"等等。一时间，人心惶惶，社会动荡。要解决250万人的吃饭问题，黄克诚认为，迫在眉睫的是稳定物价，特别是粮价。

平抑粮价、稳定市场，实质是经济领域的一场夺权斗争。黄克诚建议，一方面立即集中以前的征粮、纳粮，做好投放市场的准备工作；另一方面，湖南省委马上制定稳定粮价的计划，上报中共中央中南局，经由他们上报中财委，请陈云批示。没过几天，中财委对湖南省委关于《湖南实行控制粮食采购的建议》的批复文件，就送到了黄克诚手中。文件是陈云亲自批复的。这么快就批了，表明中财委和陈云对湖南的工作非常重视与支持，黄克诚十分高兴。有了中央的批复，他稳定粮价的信心更足了。在他指挥下，湖南省委出台了《湖南实行控制粮食采购的措施与办法》，采取一系列稳定物价的得力措施。粮食被私商操纵、囤积居奇的状况立即得到改变；党和政府在粮食购销方面，掌握了主动权；市场供应没有问题，粮价稳定，人心稳定，新政权稳定。最难能可贵的是，黄克诚向中财委提出的在湖南实行控制粮食采购的建议，同1953年中央实行的粮、棉、油等统购统销政策是一致的。此事说明，他对于粮食政策的思考具有相当的前瞻性，而且与主管全国财经工作的陈云的主张高度契合。

1952年10月，黄克诚调到北京，任解放军副总参谋长兼总后勤部部长，因后勤工作的需要，与主管财经工作的陈云的接触多了起来。1957年新年伊始，中共中央政治局决定，由陈云、李富春、薄一波、李先念、黄克诚5人组成中央经济工作小组，统一领导国家的经济工作。陈云任组长，黄克诚则是5人小组里唯一的军队领导人，两人的直接接触更多了。黄克诚经常参加陈云召集的经济方面的会议，研究工业、农业、计划等工作。有时，两人还单独谈话。

1952年，黄克诚在湖南

有几次，黄克诚还应陈云要求，调动军队的汽车支援河北农田基本建设。

1958年5月，党的八大二次会议确立"鼓足干劲、力争上游、多快好省地建设社会主义"的总路线。会后，全国各条战线迅速掀起"大跃进"高潮。6月10日，中共中央发出《关于成立财经、政法、外事、科学、文教各小组的通知》。中央财经小组由12人组成，陈云为组长，李富春、薄一波、谭震林为副组长，李先念、黄克诚等人为组员。陈云对黄克诚可以说是知根知底，情谊至深。

陈云对十几年间黄克诚家的大致情况是清楚的。他一见唐棣华，就感慨地说："棣华同志，这些年，黄老受难，你能不离不弃，承受了难以想象的压力，实在了不起，不愧是'苏北三女杰'之一杰啊！"

"苏北三女杰"是有典故的。1940年5月，22岁的大学生唐棣华受党组织派遣来到淮海抗日根据地，任淮海二、三地委民运部部长，后调盐阜区任阜宁县委书记，与淮海二、三地委书记杨纯，淮安县委书记李风并称"苏北三女杰"。唐棣华到淮海地区时，杨纯、李风已在这里任职。她们都是不让须眉的杰出女性，在直面日、伪、顽、匪的殊死战斗中，在创建苏北抗日根据地、建立抗日民主政权、发展生产、借粮济荒等各项工作中，都发挥了与男性同胞同等重要的作用。淮海地区在当时的全国抗日根据地中并不算太大，却同时集中了三位杰出女性，在全中国的抗战史上，是不多见的。起初，她们被称作"淮海三女杰"。后来，随着她们工作范围的扩大，这个称谓变成了"苏北三女杰"。正是在淮海，唐棣华与黄克诚结识并结为夫妻。

唐棣华的眼眶湿润了："我没有离开他，源于我相信他不是反党分子。"

"历史有还黄老公正的一天。这一天不会远了。"陈云信心满满。

唐棣华转入正题："陈云同志，我今天来，有件事要拜托您。"

陈云似乎已洞悉一切，平和地说："你说，我一定尽全力。"

"黄老现在患有严重的白内障，右眼已经瞎掉，左眼也快看不见了，在山西太不方便治疗。我给中央和华国锋同志写了封信，请求让黄老回北京治疗，想请您帮忙转交这封信。"唐棣华言辞恳切。

"好。"陈云毫不犹豫地应诺道。

"您现在也刚出来工作没多久，头上的'帽子'还没摘，可能也有许多话不好说。但我相信您和黄老的革命友情，也相信您是个仗义执言的人。"唐棣华更加诚挚。

陈云坚定地点点头："就算再多戴一顶'帽子'，我也要把此信转交给华国锋同志和李先念同志，怎么也要让黄老回北京治病。你就放心吧，我们党和国家的春天已经来了。"

唐棣华郑重地将信交到陈云手里。

陈云接过信，想了想，说："这样吧，我再给叶剑英同志并华国锋同志写封信说明一下。"

唐棣华知道这是更为稳妥的做法，连声道谢。同时，她被深深感动了。她相信这两位老革命的情谊能够感天动地，也相信党和国家的春天已经来到，黄克诚也将看到这个春天。

经过深思熟虑，陈云在给叶剑英并华国锋的信中写道："叶剑英同志并华国锋同志：黄克诚是红三军团的老干部，军队干部对他比较熟悉。解放战争时期他带新四军三师到东北。全国解放后，他在担任总参谋长时参加中央财经小组与我接触较多，曾有几次应我要求调动军队汽车支援河北农田基本建设，感到他是照顾全局的，为人是克己朴素的。他的眼一只已瞎，另一只也很危险，为了治愈他唯一的一只眼睛，请考虑调他回京治疗。"

随后不久，在华国锋主持的中共中央政治局会议上，讨论了黄克诚的信、唐棣华的信和陈云的信。

华国锋说:"对于黄克诚同志的处境应予重视。黄克诚这个人,不仅陈云同志了解,我也比较了解,总体印象是作风正派、实事求是、廉洁克己、顾大局。他以前在湖南当省委书记时,我先后担任湘阴县委书记和湘潭县委书记。我认为完全可以批准黄克诚回京治病。"

叶剑英立即附议:"我同意。黄克诚这个人,重返山西本来是要安排工作的,因为批邓、反击右倾翻案风又靠边站,要不得。"

李先念也马上说:"要赶紧治好他的眼疾,他还可以为党工作!"

于是,华国锋拍板道:"那好,立即通知山西省委让黄克诚返京治病!请中央组织部安排。"

就这样,1976年年底,黄克诚回到北京,住进解放军总医院治疗眼疾。陈云此举不仅改善了黄克诚的医疗条件和生活状况,而且为黄克诚恢复工作创造了条件,并为庐山会议上"彭(德怀)黄(克诚)张(闻天)周(小舟)"冤案的平反迈出了第一步。

黄克诚和家人们又能在一起了,怎么说都是一件开心的事。黄克诚的四个子女中,老三黄晴和老四黄梅还在下乡,什么时候才能返城,要看国家的政策。尽管这样,唐棣华、长女黄楠和长女婿黄开席、长子黄煦和长媳张小娴经常来医院看他,黄克诚已经很安心了。

但是,半年过去了,始终没有接到安排黄克诚工作的通知。黄楠有些沉不住气了,负气地说:"爸爸,您现在就安心养病。不赶您出医院,您就在这儿住着,看他们管不管您。"

黄克诚淡然道:"现在,国家有了新局面,这是最好的事。我个人怎么样都可以。"

"你们爸爸心里,还是只有党和国家、人民。"知夫莫若妻。唐棣华最理解黄克诚,听他这么说,便帮他说起话来,"他就是这样一个人。他要是心里只有自己,就没有这么多磨难了。"

黄克诚笑了笑:"呃,这是应该的。你们看,比起彭老总,我幸运很多哩。当年的'彭黄张周'，如今只有我还活着，这已经很幸运了。"

经过一段时间的治疗，黄克诚眼睛痛、涩的症状有所减轻，其他方面的病情也都有所缓解。但是，他的右眼已无法复明，左眼仅保有微弱的视力。医生嘱咐黄克诚，他主要是支气管炎很严重，出院后要注意慢慢调养。

黄克诚情不自禁地叹息自己老了，但他不是叹息自己的生命，而是叹息年纪大了，不能为党和国家工作了。

眼看着就快出院了，天天都有别人恢复工作的消息，黄克诚却连一点儿安排工作的迹象都没有，不得不做好回山西的准备。

1977年7月16至21日，党的十届三中全会在北京隆重举行。会议闭幕后没几天，中共中央组织部就派来两个青年干部通知黄克诚：在北京就地休养，不用回山西了。中共中央组织部安排他住进了中组部招待所，还发给他一张请柬，请他去人民大会堂参加建军节庆祝活动。虽然，仍然没有提及给他安排工作的事，但黄克诚敏锐地感到，自己快有工作了！

黄克诚已经有18年没参加在人民大会堂的任何活动了，心中异常激动。他特意穿戴得很整齐，尽管是没有肩章的旧军装，却显示出一种尊严。

前来接黄克诚去人民大会堂的，竟然是他以前的警卫员王秀全！

"黄老！黄老！我看您来了！"王秀全突然出现在房门口，先是敬了个军礼，然后上前紧紧握住黄克诚的手。

黄克诚凑近王秀全端详着，惊喜交集："王秀全?！你怎么知道我在这里？哎呀，你也人到中年哩。这么多年，你过得好吗？"

"好，我过得很好。倒是首长您这些年吃苦了，听说还挨了打……"王秀全鼻子一酸，嘴角扁了扁，眼泪涌了出来，但他克制住，不让自己哭出声来。

"我的身体还好。没什么，比起那些去世的，我已是幸运的了。"黄克诚不愿意说自己受苦的事，又问："呃，你怎么来了？"

黄克诚当年离开北京后，身边的工作人员都解散了。王秀全被分配到总后勤部当了一名司机。这次搞八一节庆祝活动，司机班分配任务时，他无意中听说黄克诚被邀请参加活动，便请示总后领导，由他开车接黄克诚去人民大会堂，领导批准了。

黄克诚紧紧攥住王秀全的胳膊，动情地说："王秀全，谢谢你没忘记我……"

王秀全说："黄老，您放心，从大水车胡同4号院走出去的人，一辈子都不会忘记您！"

王秀全现身这个插曲，让黄克诚颇感慰藉，也更加从容。他耐心地等待着组织上给他安排工作的那一天到来。

这一天终于来了！

考虑到黄克诚自参加革命以后长期在军队工作，新中国成立后在天津和湖南工作时，也担任军队领导职务，从1952年调到中央军委，至1959年被罢官，历任副总参谋长兼总后勤部部长、政委，中共中央军委秘书长，总参谋长等职，对军队工作非常熟悉，中央决定黄克诚回军队工作。1977年11月25日，华国锋签署命令，任命黄克诚为中共中央军委顾问。

经历了18年的坎坷，黄克诚在军队又有了职务。这意味着，尽管还没有对他的历史问题作出结论，没有给他正式摘掉"反党"的帽子，但黄克诚已正式复出，有了工作，获得了完全的人身自由，迎来了生命中又一个春天。他不由得想起了唐代刘禹锡《酬乐天扬州初逢席上见赠》中的两句诗：

沉舟侧畔千帆过，病树前头万木春！

第四节　复出后竟让原监管者当秘书

黄克诚担任中共中央军委顾问后，家从中组部招待所搬到翠微路的总参谋部第五招待所。先期复出的王建安、谭政、王平等人也住在这里，他们都曾经在军队工作过。

中共中央和中央军委对中央军委顾问没有提出具体的工作任务，主要是先解决他们的政治待遇问题。但蒙冤 18 年、长期没工作的黄克诚很珍视中央这个安排，他没有忙着去走访过去的各种老关系，也没有提出自己的平反和职级待遇恢复问题，而是立即对军队的工作"顾问"起来。首先，他认真了解社会各界对形势的看法，仔细分析原因；其次，对军队和各总部送呈的文件、资料，他都要家人读给他听；最后，军队系统的领导干部来看望他，向他谈起军队建设时，他会非常有兴趣地倾听，并不时插话，询问有关情况。情况了解得差不多了，他开始针对存在的问题发表自己的看法，并主动提出建议。黄克诚就像快要干枯的禾苗，突然迎来了雨露、阳光，复生复荣，一片生机。

黄克诚在总参第五招待所住下后，总政保卫部部长史进前率先来拜访，一是问问他对生活待遇有什么要求，二是就秘书等工作人员配备问题征求他的意见。

来之前，史进前犹豫了好一阵子。黄克诚"赋闲"被审查期间，是史进前亲自将中央警卫师第4团保卫股干部丛树品派到他家，行使"管理员"职权，监督他的生活。虽然那是组织上安排的，但史进前是具体的执行人，想起这一点，他不知黄克诚会不会宽谅自己。

一进门，史进前就上前紧紧握住黄克诚的手，倾着身子，连声说道："黄老，我是进前，来看您了！这么多年，您受苦了！您受苦了呀！"

黄克诚坐在沙发上，听到是史进前来了，高兴地说："哦，是进前啊。都过去了！过去了！来，坐，坐！"他朝旁边的座位伸了伸手。

史进前在沙发上坐下。他见黄克诚的一只眼睛已经失明，看自己有些吃力，不知如何是好，一时沉默无语。黄克诚似乎感觉到了他的局促不安，就主动问道："进前哪，目前，部队也是久旱逢春，开展各项工作很不容易，抓思想政治工作尤其不容易。你们的保卫工作是思想政治工作的一部分，是不是也很难抓？"

"是，很不好开展。现在，部队的工作真是千头万绪。"史进前缓过神来。

黄克诚立即说："千头万绪，问题是要有'头'绪。要抓住主要矛盾。眼下，抓思想政治工作最重要的是抓革命性。军队的思想政治工作和全党的一样，面临一个加强革命性的问题。革命性革什么？我听到不少反映，说现在有些人'向权看''向钱看'，只考虑车子、房子、孩子、票子，没有崇高的理想。这是个值得重视的问题，要解决。同时，要抓组织纪律性。组织纪律性在全党是个问题，对军队更重要！就是要革这些。"

史进前感到十分震撼。黄克诚蒙冤十八载，好不容易复出工作，虽届七旬，一只眼睛也失明了，却没有一句抱怨，也不提一个字的要求，一开口就是军队的工作！听他这番话，他是一刻也没停止对军队工作的思考，如若没有对党的绝对忠诚，没有对革命初心的坚守，又怎么能够做得到?！他的眼睛只有微弱的视力，可他的心比谁都明亮！有黄克诚这样的老领导出来做中共中央军委顾问，实在太好了！

史进前感动地说："黄老，您说得对！军队真是太需要您这样的老干部了。您现在是军委顾问，身边没有工作人员不行。军委考虑给您配备秘书等工作人员。您看，需要什么样的人到您身边来工作？"

黄克诚略一沉吟，说道："你若是征求我的意见，那我就要丛树品来。"

史进前吃惊地站了起来，急道："丛树品？以前您住在大水车胡同4号院时的管理员丛树品？使不得，使不得！黄老，您另提个人吧。除了他，您要谁都行。"

大水车胡同4号院，是1956年中共中央军委搬到旃坛寺办公后黄克诚的住处。黄克诚在那里住到1965年外放山西之前。他离开北京后，这个住处就腾退了。1963年，丛树品以"管理员"身份住进黄家，任务是随时将黄克诚的情况向专案组汇报。为了更好地"照顾"黄克诚，接近他，了解他的内心世界，丛树品服从组织安排，学会了下围棋，以"满足"黄克诚的业余爱好。这是因为，黄克诚特别喜爱下围棋，可以说，围棋是他一生中唯一的、乐此不疲的业余爱好。

"别人我不要，我就要丛树品。"黄克诚的话里透出一份坚定。

史进前急得又一屁股坐下，申辩道："黄老，丛树品是我们派到您身边的。尽管他没有给专案组提供什么有价值的情况，但后来他不愿意跟您去山西，这是事实吧？如果现在回到您身边，他自己怕也不好意思哩。"

黄克诚轻松地笑着："没关系。只要你们和总政干部部同意，我去做工作。丛树品的品格不错，能实事求是，不是势利小人。我想用他，还有一个原因，就是他了解我。"

"那也不行啊！说实在话，那时候派他来您身边，说是照顾您，实际上是监管您，说白了就是监视您。我到现在想起来，内心还忐忑，觉得很对不起您！丛树品若是再回到您身边，如何攀扯得清！"史进前慌不择言，把"监视"二字带了出来。

"呃，你这样想是不对的。"黄克诚摆摆手，温和地说，"那时你这样安排是组织行为，怎么是对不起我呢？当时，我可是'反党分子'呀，你派人监管我，是对党忠诚嘛！丛树品也是一样。他执行监管我的任务，尽职尽责。至于他没有向专案组提供有用的材料，没有编造事实迎合专案组，正说明他为人正直、实事求是。"

史进前早就知道黄克诚是个政治品德与人生修为都很高的人，但无论如何也没想到，他会如此心宽如海，如此不计前嫌。他被深深地折服了，郑重应诺道："好，黄老，既然您如此看重丛树品，那就调丛树品来。他若不愿意，我们再换人。军委已经给您配了车，我会尽快安排司机过来！"

"我不是看重丛树品，而是信任他。"黄克诚摆摆手，淡淡地纠正史进前的用词。在黄克诚看来，爱重是带有私心的，而信任是无私的。他又说："至于司机的人选，如果可以的话，就让我以前的警卫员王秀全过来吧，他就在总后开车。这个人很纯朴、重感情，我信任他。"

史进前觉得，这个事与总后协商一下，应该不成问题，当即允诺。

黄克诚非常感谢史进前的理解。他的视力弱，而丛树品和王秀全熟悉他，这样，工作起来会顺利些。他的年纪大了，必须抓住每分每秒的时间为党工作，不能把精力分散到与工作人员的磨合上。

黄克诚自从在太原和丛树品分别后，有12年没见了，不知道丛树品的工作、生活如何，对他是否愿意来当自己的秘书也没有多大把握。黄克诚让唐棣华和黄楠去做丛树品的思想工作，并要求无论如何都要说服丛树品。唐棣华觉得他的想法是对的，欣然从命，与黄楠来到丛树品家。

丛树品好生震惊。他已经从报纸上看到黄克诚复出的消息，为黄老一家苦难到头而高兴，正准备哪天去看望黄老，没想到唐棣华竟亲自登门。

在大水车胡同4号院住时，两家人关系亲密，时隔12年再见，自然少不了唏嘘、感慨。寒暄过后，唐棣华直言不讳地说："树品，黄老想要你去他身边工作，给他当秘书。"

丛树品毫无思想准备，迟疑地问道："我?! 黄老要我给他当秘书?"

唐棣华点点头："你。黄老谁都不要，就要你!"

丛树品的心中为之一颤，只觉得一股暖流涌上心间，脑海里像放电影一样闪现着当年与黄克诚在一起时的情景。

那时，丛树品住进黄家后，生活基本上是规律的。每天清晨，丛树品跟随黄克诚出门散步，下午则陪他下围棋。下棋时，丛树品旁敲侧击地打探黄克诚对处境有何感想，企图从他的言语间发现一些"有用"的材料，发现他"反党"的证据。但黄克诚从不言及自己蒙冤之事，以"无可奉告"一笑而过。他不发牢骚、不讲怪话，生活依然俭朴、严谨，心中想的仍是人民群众。久而久之，丛树品不仅没有发现什么"情况"，反而渐渐地被黄克诚的胸襟与品德感动、折服，觉得他可敬可亲，与他相处越来越融洽，学下棋的劲头也更足了。

那时候，黄克诚几乎天天下棋。黄克诚一向严谨、克制，围棋是唯一能使他高兴的业余生活。他像个争强好胜的小孩子，每次下棋如果不胜一局就不会罢手，有时还以视力不好为由悔棋。一次，他同并不太会下棋的警卫员王秀全对弈，有步棋看错了，就笑着说："你等一下，我悔一着。"王秀全觉得这时候的黄克诚很可爱，也假意赌气，站起身不与他下了。黄克诚却上前拉着他坐下来，笑嘻嘻地说："那你也悔一着吧！"他难得一见的孩子气，让王秀全觉得又好气又好笑。有时，一盘接一盘地下棋，时间实在太长了，王秀全就主动停战，连连说："不能下了，头都晕了。"只有在下围棋的时候，黄克诚才可以暂时摆脱罢官后的苦闷心情。

最让丛树品感动的是，黄克诚虽然身处罢官候审的境遇，心里牵挂的却是人民群众的疾苦与国家的发展进步。有些事情，至今回想起来仍历历在目。

平日里，要是下雨了，黄克诚就拿个脸盆放在院子里接雨水，说这样可以测量降雨量，推算出农民的收成如何；雨停了，他就去郊外的农田，与农民交流怎么样才能让庄稼最大限度地获得丰收。

黄克诚自掏腰包订了《人民日报》和《解放军报》，每天看报纸，了解国内外动态、时事民情，把握时代脉搏，努力不使自己成为被社会抛弃的人。他爱从报纸缝里找问题，计算国民生产总值，为国家工农业的增产、减产而高兴或忧虑。那时，报纸从来不公布工农业生产情况，但他基本上知道每年工农业生产的大概数字，以及增长的百分比。看到黄克诚从报纸缝里分析出来的国民生产总值，而且与国家公布的数据总是八九不离十，丛树品内心翻江倒海，十分震动。他心酸地说："黄老，您都罢官了，不让您工作了，还这么关心国家生产建设干什么呀？这些数据得多用心用力，才能算出来啊！"黄克诚十分淡然地回答："不关心不行啊！以前，国民党反动派攻击我们共产党只会打江山，不会坐江山。现在，我们的江山坐稳喽，生产越搞越好，这就粉碎了他们的污蔑和攻击。"那语气表明，关心国家大事就是他的家常便饭，不足为奇。罢官之初，黄克诚也苦闷过，但很快就解脱了出来。他写过一首诗："少无雄心老何求，摘掉纱帽更自由。

1963年，黄克诚（左三）在罢官候审期间，与工作人员合影

蛰居矮屋看世界，漫步小园度白头。书报诗棋能消遣，吃喝穿住不发愁。但愿天公勿作恶，五湖四海庆丰收。"对于被摘掉乌纱帽一事，他不再纠结。他的心里一刻也没有放下国家和人民，蛰居矮屋，却时时在为民祈祷丰年，与范仲淹的"先天下之忧而忧"一脉相承。

1963年，陈祖德战胜日本围棋九段杉内雅男，成为第一个在中国击败日本九段棋手的中国人，打破了"日本围棋九段不可战胜"的神话。黄克诚非常高兴，认为陈祖德赢的不是围棋，而是国家荣誉。

1964年10月16日，中国第一颗原子弹爆炸成功。黄克诚看到登载在《人民军报》上的这个消息，疯了一样手舞足蹈，在院子里大声叫喊丛树品等人："喂，小丛、王秀全，中国第一颗原子弹爆炸成功了！中国有原子弹了！中国有原子弹了！"见丛树品和王秀全从各自的房间跑出来，黄克诚摘下眼镜，揩拭着喜悦的泪水，拍着报纸说:"你们快看看,我们国家有了自己的原子弹了!原子弹哦!"吃饭的时候,黄克诚特地和丛树品喝了点酒,为中国第一颗原子弹成功爆炸干杯。那天,丛树品才从黄克诚嘴里知道,发展原子弹事业是毛泽东和彭老总的主张。1958年,国家成立原子弹靶场建设委员会,黄克诚是主任。为了选择核试验基地的地址,彭老总、聂帅和黄克诚没少费脑筋,陈士榘率队在西北大沙漠的风沙里愣是转了好几个月……丛树品十分震惊地看着黄克诚。因为那时建设原子弹试验基地是绝密的,他作为一个普通的军队干部并不知情,猛然知道黄克诚也曾参与其中,并且担任那么重要的角色,不由得对黄克诚打心眼儿里更加敬重。丛树品毕恭毕敬地端起酒杯,说:"黄老,这杯酒,我敬您和彭老总!"黄克诚却道:"哎,要敬彭老总和所有为原子弹事业作出贡献的人们!回想起那几年,我从内心感到高兴和骄傲哪!那些年,我国不但自制先进的常规武器,自制飞机、舰艇,而且设立了国防科研系统,开始研制国际上先进的尖端武器。军委建立国防科委,由聂帅负责领导。我国有许多热爱祖国、高水平的科学技术专家。为了建设新中国,不少人抛弃了国外的良好条件和优厚待遇回国,甘愿在困难的条件下,从事国防科研工作,像钱学森、朱光亚、邓稼先。原子弹靶场的地址选定后,我本来准备到戈壁大漠深处去一趟,看望为核试验场选址历尽艰辛的干部、战士和工程技术人员,但没想到的是,炮击金门的战斗打响了,后来又是下去调研,紧接着参加庐山会议,我这个计划最终化为泡影……"黄克诚第一次在丛树品面前滔滔不绝地说话。丛树品听得动容,仰脖喝干了杯中酒,忽然热泪滚落。他想不通,彭老总和黄老,个个功绩赫赫,怎么会反党?莫非是自己觉悟低,理解不了?他多么希望有一天像黄克诚和彭老总那样的老干部们能再度复出,为国家做更多的事啊!黄克诚仿佛看穿了丛树品的心思,苦笑了一声,有点落寞地说:"只要国家好,我个人怎样都无所谓！功勋是一回事，犯错是另一回事。官越大的人，犯错误的影响也越大，所以要打倒、批臭，彻底肃清影响。我想，彭老总此刻也在把酒独酌吧，庆祝自己富国强军的梦想又前进了一步……你若有机会见到彭老总，一定代我问声好！"

丛树品与黄克诚相处的时间越长，就越觉得他不可能是"反党分子"，所以，始终没有给专案组提供他们需要的有关黄克诚的材料，为此还多次挨了批评。1965年3月，美国发动侵越战争，严重地威胁到中国的安全。4月12日，中共中央发出《关于加强备战工作的指示》，号召全党、全军和全国人民保持高度警惕，做好应对最严重局面的一切准备。北京一些"犯错误"的高级干部，被疏散到外地。随着形势的发展，毛泽东觉得，彭德怀、黄克诚、习仲勋等人不宜留在首都北京，应尽快分配他们到外地去。9月，黄克诚得到了去山西任副省长的通知。黄克诚沉浸在又有了工作的喜悦当中，根本不在乎这个任职相对于原来的职务是降级了，并希望丛树品能跟着自己去山西，但丛树品拒绝了。丛树品在家里是独生子，父母的年龄大了，需要照顾；孩子也小，实在离不开。最主要的是，他不想脱下军装、离开部队。黄克诚虽然有些失望，但没有为难他。丛树品送黄克诚到山西，返回时，黄克诚还对他说："小丛，你的心很正直、很纯净，以后在别的工作岗位上，一定也要保持这种品质，趁着年轻，抓住一切机会，为国家、为人民多做实事。"丛树品见黄克诚对他毫无责怨之心，更加感动，依依不舍地说："黄老放心，我一定不会给您丢脸！我不知道离开您会不会后悔，但希望我走后，您一定要多多保重身体，工作不要太劳累了。您说过，身体是革命的本钱。您年纪大了，更要保存本钱啊！"丛树品那时已全然忘记了自己"管理员"的身份，把黄克诚完完全全当成一个受了冤屈的革命老前辈。那一别之后12年里，他们再也没有相见。

"当年，黄老要我跟他去山西，我没去。黄老没再问过我，我还以为他对我有意见哩，哪里想到他复出后还会垂青于我！唐大姐，请您转告黄老，我为能再次到他身边工作感到光荣！"丛树品热诚地表态。

唐棣华本以为要费很多口舌，才能做通丛树品的思想工作，没料到他竟如此爽快，心里的一块石头落了地。她告诉丛树品，黄克诚的眼睛快看不见了，要马上住院做白内障摘除手术。中共中央军委要给他落实房子，丛树品可以先帮着办理房子的事，以便黄克诚一出院就可以住进去。黄克诚对房子没有特殊要求，只是他眼睛不好，上下楼不方便，住平房或是一层楼就好。

丛树品立即跟着唐棣华和黄楠来到黄克诚的住处，向黄克诚报到。他拥抱着黄克诚，只喊了一声"黄老"，就热泪盈眶，再也讲不出话来。

黄克诚也激动得哽咽着，许久说不出话。过了好一阵，他才颤声说："树品，什么也不用说了。谢谢你肯回到我身边工作，来了就好，来了就好……"

唐棣华和黄楠在一边含泪笑着。她们知道，如果没有深厚的信任，只是念及往日旧情，黄克诚是绝对不会让丛树品当秘书的，丛树品也不会二话不说就回到黄克诚身边。是人格的魅力，是无私的品德，是博大的心胸，才有这至真至性的一幕啊！

第二天，黄克诚愉快地住进解放军总医院。也许是复出带来了工作的快感，也许是丛树品和王秀全重新回到他身边工作带来了喜悦，他这次住在医院一点儿也不像病人，反而精神头十足，一刻也没有停止工作，不停地让人给他念报纸。手术前有时候，黄克诚还自己拿起放大镜，凑到桌面上审阅各种文件，手拿毛笔，时不时地在上面作批示说明。他心里想，得抓紧时间多看些东西。这手术万一失败，他就

1978年，黄克诚任中共中央军委顾问期间，在解放军总医院住院时，于夜间审批文件

全盲了，没办法再看东西。

房子的事，丛树品很快就办好了。考虑到黄克诚眼睛不好，上下楼不方便，安排他住到南池子的一处平房小院里。房子是在1949年建的，面积还可以，就是太旧了。"文化大革命"期间，任总参作战部部长的王扶之住在这里，那时就很陈旧，后来一直没有维修过，不仅漏风，还漏雨。以黄克诚的身份，是不应该住这样的旧房子的，不好好整修一下，真是说不过去。丛树品打算抓紧时间整修一下，等黄克诚出院就搬进去。

黄克诚一听要整修房子，立即阻止道："我看，不必整修了，能凑合住就行。现在，复出工作的干部很多，落实房子的事情也很多，不要麻烦组织了。我在这几天就可以做手术，做完手术就出院，你们赶紧搬家就是。"

丛树品无奈地应诺道："那好吧。"

黄克诚满意地点点头："这就对了。"

"黄老，您的职级待遇还没有恢复，搬完家，我给打个报告吧！"丛树品又说起另一件事。

"不不不！千万不要打报告！"黄克诚急忙摆了摆手，口气决绝地说，"对于我来说，能工作就求之不得了！职级不职级的，不重要！"

丛树品提醒道："可是，别人都在忙这个事。"

黄克诚的脸立即板了起来，可想了想，又平缓了些。他朝丛树品望去，温和又耐心地告诫："不要和别人比待遇。树品啊，我这个人，你是了解的。你在我身边，做工作就行了，其他问题都不要为我操心。"他又转向陪在身边的唐棣华，同样温和地说："还有，棣华，你也不要去和别人比什么。我们家该怎么过日子，还怎么过。"

"我明白。你好生静养，等着做手术就是。"唐棣华郑重其事地应道。作为妻子，她太了解黄克诚了。什么房子整修、什么职级待遇，在他眼里，都不如有工作做要紧。本来，唐棣华希望解决这些问题，好有个真正安享晚年的环境，可看到黄克诚一谈起工作就满脸光彩的样子，她觉得房子与职级什么的也真是无所谓。丛树品被深深感动了：黄老还是那个黄老。他不伸手向党要待遇；他不贪图安逸享受；他仍然是那个具有艰苦朴素思想品格，把个人利益置之度外，一心一意为党和国家事业考虑的、伟大而高尚的共产党人。

在黄克诚等待做手术的那些天里，前来医院探望的人像走马灯似的络绎不绝。其中，以军队的故旧为多。

黄克诚很乐意接见他们。他想了解军队存在的问题，以便提出建设性的意见。

总政治部副主任朱云谦向他汇报军队的干部队伍建设情况，反映军队面临着思想政治工作等方方面面的问题。朱云谦抱怨说，军队一方面"左"的思想还很严重；另一方面，干部队伍建设存在诸多问题。比如，有些干部组织纪律松弛，爱讲怪话；有些干部伸手要待遇、要官，追求名利；有些干部调不动、派不进；还有些干部搞"一言堂""家长制"。总之，问题很多，军队的工作很不好开展。

黄克诚仔细地听着，脸上的表情严峻起来。"向钱看"问题，他已经同史进前谈过。待朱云谦汇报完，他又重复了自己的看法。至于部队的思想政治工作，他思考得也很深，并把自己的思考总结为要注意五个问题，就是革命性、原则性、战斗性、组织纪律性和开展批评与自我批评。

"解决这五个问题，就要恢复并发扬思想政治工作的优良传统，强调全心全意为人民服务，要有一切以大局为重的思想。军队建设中，干部问题非常重要。干部问题解决了，其他工作就好办了。用什么人、怎么用，关系着部队整个建设。所以，干部部门的责任很重。要选那些忠于党、忠于人民、忠于党的事业、顾全大局的人做干部工作。"黄克诚深思熟虑地说。紧接着，他提出了对干部队伍建设的六条意见，包括：干部的任免权要集中，师长、师政委的任免权集中到总部；干部要有任职期限并实行轮换制，要制定相关条例；要选拔正派的人当干部部长等。他还对改革后勤、供应体制，保障和改善后勤供应提出了意见。

朱云谦如获至宝，边听边记，满载而归。

黄克诚却意犹未尽，对连日来军队干部反映的情况又进行了一番深入思考与梳理。出院后，他的想法更加成熟。他让丛树品给总政治部打电话，专门就部队恢复和发扬思想政治工作优良传统问题提出了多条建议。

家人和丛树品都笑称，他这个顾问真是太称职了。

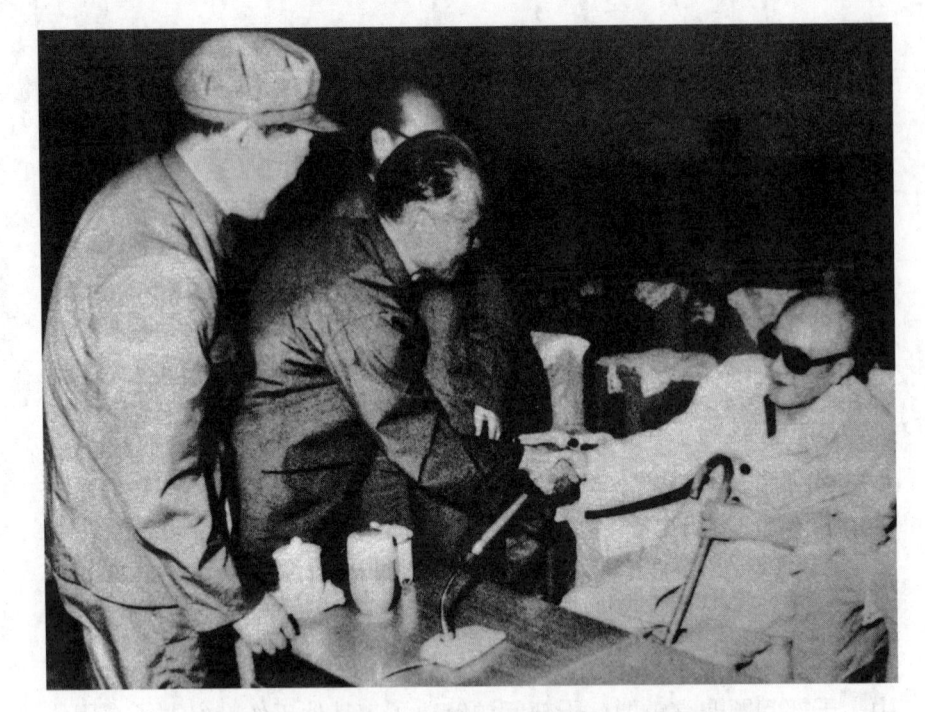

1982年6月，黄克诚（坐者）出席中共中央军委座谈会

没过几天，丛树品又按黄克诚的意思，请了几个军队干部来聊社会现象，尤其是复出的干部"向权看"、要待遇的话题。

这几个军队干部见是黄克诚主动了解情况，就畅所欲言，把看到的、听到的种种引起社会关注与议论的事情都说了出来，与黄克诚以前听到的各种反映相比，面更广，细节也更丰富。他们的言语中，都含有诸多对不良现象的深恶痛绝。

黄克诚听得很认真。待大家说完，他告诫他们说："你们说的这些情况非常重要，应该引起重视。但有一条，打铁必须自身硬。既然我们都深恶痛绝这样的现象，那么，自己首先要做到不羡慕、不攀比，更要做到不伸手向国家索要。'文化大革命'刚刚结束不久，军队正在重建。你们讲的这些情况和意见，我会向军委反映。我相信，你们这样的军人是主导力量，搞特殊化的只是少数。希望军队也能尽快从浩劫中恢复过来，从自身抓起，引领社会新的正气。"

这几个军队干部都很感动。我们的国家劫后重生，太需要黄克诚这样的老干部了！

第五节　胡耀邦三顾南池子

就在黄克诚专注于"顾问"之际，胡耀邦来到南池子拜访。

黄克诚连续几天回味着前一阵同一些军队干部谈话的内容，越想越觉得兹事体大，不能一谈而过，便自己口述，让丛树品记下他的思考。

"中央军委：我是黄克诚。时下特权思想泛滥，很多人'向权看'，只顾考虑车子、房子、孩子的现象，是忘记党的宗旨、理想信念动摇、原则性差、纪律松弛的表现，发展下去很危险。"他慢慢地口述着。

丛树品在本子上"唰唰唰"地记录着。

"基于这种现象，我就军队建设问题郑重提出以下建议……"黄克诚说到这里突然停了一下，改变了主意，"树品，别记了。我给他们打电话，直接提建议！"

丛树品怔了怔，然后"哎"了一声，跑去拨电话。待有人接了，丛树品就拎着电话机走到黄克诚身旁，将话筒递给他，并告诉他接电话的是史进前。

黄克诚举起话筒贴在耳边，清了清嗓子，尽量吐字标准地说："我是黄克诚。进前啊，经过一段时间的思考，我对军队建设有些建议。军队要恢复和发扬思想政治工作的优良传统……""我是黄克诚",这是黄克诚打电话或接电话时的习惯用语。先自称"我是黄克诚",不论对方是上级还是下级,他都平等待人,显示出很强的民主精神。

他们都没注意到,胡耀邦在王秀全的引导下来到了书房门口,也认真地听黄克诚打电话。见黄克诚放下了电话,他这才赶紧走进书房,来到黄克诚面前,双手紧紧握住他的手,连声赞道:"黄老,说得好,说得好啊!军队的思想政治工作太重要了,丢不得啊!"

黄克诚眯起一只眼睛看着,又仔细辨听着声音。

"耀邦!你大驾光临,我这寒舍生辉呀!"黄克诚笑容可掬。

"我个子矮,怎能生辉哩?嘿嘿……"胡耀邦风趣地说。他比黄克诚小13岁,对黄克诚极为尊重,但因为是湖南老乡,又有几分天然的亲近。"说实在的,我早就应该来看黄老您了,无奈一大批干部复出的事要办,脱不开身哪!还盼黄老莫怪。"

黄克诚请胡耀邦坐下。"耀邦,我们都是党的干部,就不兴客气,说那些套话吧。你说,有什么工作需要我做?"他按捺不住兴奋劲儿。胡耀邦是中央组织部部长,这个时候登门一定是谈工作的事。

胡耀邦却并不急于切入正题,笑问道:"黄老,您刚才说,军队要恢复和发扬思想政治工作的优良传统,您注意到党内的问题了吗?"

黄克诚不假思索地说:"党风问题是目前我们党最大的问题。"

胡耀邦把手掌在沙发扶手上一拍:"太对了!现在,党风问题严重啊!"

胡耀邦是代表中共中央政治局常委会来给黄克诚通气的。中央组织部将中央纪委委员候选人名单报上去后,黄克诚的名字引起关注。由于当时党风问题严重,中央在研究一批老同志的工作安排问题时,考虑到黄克诚对党忠诚、刚正廉洁、铁面无私的品格,认为他在中央纪委任职最适合,决定让他担任中央纪委常务书记,请他做好到中央纪委工作的思想准备。陈云率先赞同。邓小平原来考虑可以安排黄克诚到全国人大常委会工作，但觉得中央组织部这个提议更适合黄克诚。

"啊?!"黄克诚深感意外。他沉默了，慢慢端起茶杯，嘴巴凑近了，吹了吹漂浮的茶叶，抿了一口茶。他要借喝茶的时间思考如何作答。胡耀邦不便催促，只是很期待地望着他。

过了一会儿，黄克诚抬起头，沉吟道："耀邦啊，现在军队的问题也很多，我对军队熟悉，还真能'顾问'些事情，能做一些有益的工作。抓党风是头等大事，我身体状况欠佳，如果担任中央纪委常务书记，怕占了位置做不了事，还是让年轻些的同志干吧。"

黄克诚对工作从不推三阻四，这次竟一口拒绝。胡耀邦看着黄克诚戴着墨镜的脸，觉得他可能是纠结于工作方式，就安慰他不要急着回答，先考虑考虑，有什么要求尽可以提出来。有顾虑，他会如实向中共中央政治局常委会反映，想办法解决。

黄克诚复出任中共中央军委顾问以后，一直以为自己不会再有别的职务。一来，年龄大了，那么多年没有工作，虽然一直关注着国家的命运，但毕竟远离社会，思维上难以适应更重要的工作；二来身体不好，最烦恼的是眼睛不好，工作起来多有不便；三来，他觉得国家正是需要年轻人的时候，自己不能占住年轻人的位置。黄克诚这样想，是因为他没有任何向党、向国家要补偿的心理，只是一心觉得能有工作做就行，所以很满足中共中央军委顾问这一角色。

听说中央要安排黄克诚出任中央纪委常务书记，一家人都像炸了锅。唐棣华是坚决不希望他再任新职的。子女们也都觉得，中央纪委常务书记这个职务太重要了，他的身体与精力肯定吃不消，对于他拒绝任职的行为非常支持。但他们又担心，胡耀邦再来的时候，黄克诚会抗不住中央的安排，就纷纷为他"打预防针"，鼓励他态度一定要坚决,已经到了颐养天年的年纪,不说把过去18年的损失补回来,至少也要安安稳稳地度过余年。

黄克诚心意已决,而且又有全家人的一致支持,于是很安心地准备正式答复胡耀邦。这期间,每天,他按常规听丛树品念一阵报纸,了解到越来越多的人复出了。他觉得这是大好事,很多被打倒的老干部有希望平反了。

胡耀邦第二次登门,请黄克诚答复中央。他谈起了老干部平反的情况。平反工作主要靠中央纪委来抓,所以,当务之急是恢复中央纪委,组建中央纪委领导班子的工作已迫在眉睫。

黄克诚再次推拒:"平反冤假错案是一件大事。只有勇于改正错误,才能显示我们党自我修复的能力,才能赢得党心、民心、军心。正因为这项工作太重要、太需要投入精力,我才不能答应担负中央纪委的工作。我的身体不行,眼睛基本上看不见了,会拖后腿。我还是一心一意做军队的顾问吧。"

胡耀邦耐心地解释道:"黄老,我同意您的观点,但中央确定让陈云同志挂帅中央纪委,邓大姐和我都在班子里,鹤寿同志担任第一副书记,具体工作由鹤寿同志来做。您不要有工作上的顾虑。考虑到您的健康状况,您可以不去办公室。"

胡耀邦已经考虑到黄克诚的身体状况,并想到了解决他后顾之忧的办法。中央也完全同意:黄克诚可以不用去办公室、不坐班,再给他配一两个秘书,一两个不行就配三个,负责协助处理事务性工作和文件。中央就是要用黄克诚的名字,要用"黄克诚"这三个字。我们党经过这些年,当时存在的问题很多。黄克诚德高望重,又有在中共中央书记处和中央军委工作的经验。他主持中央纪委日常工作,对治疗党的"创伤"非常合适。

黄克诚闻听,脸上不禁有了难色。原来就只是要自己的名字,去不去办公室没有关系。中央的决心与诚意真的很大啊！话都说到这个份儿上了，再推脱还有理由吗？可是，黄克诚不能挂这个名啊！想到这里，他连连摆手道："这更使不得喽！那可是常务书记哩！常务常务，就是要常常管理事务。不去办公室怎么主持工作？配那么多秘书，不就是工作不方便引起的吗？"

胡耀邦又一次无功而返。

黄克诚觉得自己是明智的。国家劫后重生，要恢复元气，要向前发展，一定要培养年轻人，让他们走上重要岗位。

胡耀邦走后，黄克诚拄着拐杖来到院子里，慢慢地踱起了步。

几片树叶掉落下来，飘到他的头上，再落下地去。有一片树叶沾在他的脑袋上，他抬手拿下那片树叶，捏摸了一会儿，脸上现出深思的表情，喃喃道："深秋时节了。这是收获的时节。旧的不去，新的不来啊。"

他更加肯定自己的想法是对的。自己已是老人了，而世界是年轻人的。

然而很快，胡耀邦第三次登门，请黄克诚就出任中央纪委常务书记一事下决心。

黄克诚颇为感动。正是组织部门最忙碌的时期，胡耀邦身为中共中央组织部部长，竟为他的任职问题连续三次登门，何等重视啊！

黄克诚沉默着，下颌轻轻地咬动着，似乎在咀嚼将要说出口的话。

胡耀邦望着他，显得有几分急迫。

黄克诚开口了："耀邦，你这是第三次登门了。可我还是要说，我被打倒18年，离开工作岗位18年，对许多情况不了解，很难开展工作。还是找年轻人吧！多启用年轻人，才有利于党的事业啊。"他的语气十分诚恳。

胡耀邦真正为难了。让黄克诚出任中央纪委常务书记,这是中央的决定,他只是奉命向黄克诚传达。他没有灰心,临走前,又请黄克诚不要犹豫,尽早回复中央。

一种无形的压力涌上黄克诚心头。他明白,这差不多就是"最后通牒"了。他摘下墨镜,一头靠到沙发背上,紧皱双眉,陷入了沉思。

也不知过了多久,唐棣华从外面回来,看到黄克诚的样子,吓了一跳。

"老头子,你怎么了?"她惊呼道。

黄克诚说:"耀邦今天又来了。"

"啊?胡部长这是三顾茅庐啊,你该不会动摇吧?"唐棣华担忧道。

黄克诚心情十分矛盾地给她讲了胡耀邦来谈的内容,愁闷地说:"我明白,这是组织上的考虑,但我现在这个样子,不是给组织上添负担吗?我倒不是不愿意担任这个工作,我是一心想为党工作的,但推辞正是从大局着想啊,希望组织上能理解这一点。"

唐棣华一听,心想这下坏了,这老头子居然说出"我倒不是不愿意"这样的话来,怕是真的要动摇了。她正想劝说他一番,黄楠、黄晴、黄梅三个人一齐走了进来,纷纷喊着"爸爸!妈妈",围到了他们身边。于是,唐棣华紧张的心情又放松了下来。她明白,他们几个都是来"劝谏"黄克诚的。胡耀邦第二次登门以后,就让他们找时间来做黄克诚的工作,以坚定他不出任中央纪委常务书记一职的决心。她和家人以前从不干涉黄克诚工作上的事,而现在,黄克诚的身体很虚弱,眼睛又看不见,确实不能担此重任,所以,她得发表意见,劝他不要接这个工作。连着两天,都不见儿女回家来,没想到,他们是三个人约好一齐来的,来得还真是时候。

黄克诚见儿女们一下子来了三个,心下高兴,脸上立即荡开笑容,乐呵呵地说:"噢?你们今天怎么都有空来看老爸爸了?"

其实，对于自己的四个子女，黄克诚是打心眼儿里满意的。新中国成立后，中央有相应的规定，以他的级别，家属和子女都可以享受相应的待遇，在入伍、提干等方面都有照顾。黄克诚却认为，自己虽然是党的高级领导干部，但也一直是普通公民，孩子们一定要过自食其力的生活。在子女们的前途问题上，唐棣华只有一个想法，就是一定要保证孩子们接受高等教育。他们的子女都很争气：黄楠考上了北京大学物理系，毕业后分配在中国科学院高能物理研究所工作；黄煦考上了清华大学，毕业后在企业当工程师；黄晴由北京大学新闻系毕业后，分配在人民日报社做记者；黄梅考入中国社会科学院研究生院英美文学系，毕业之后就分配在中国社科院工作。他们尽管在"文化大革命"期间都下放到农村，但回城后一个个都把专业捡了起来。最关键的是，他们没有与社会上其他人攀比的心理，生活上承继了黄家的优良家风。

唐棣华坦然自若："是我把他们叫回来的。"

"呵呵，这么说，是要'劝谏'呀。要是黄煦在，就齐了！"黄克诚一副乐不可支的样子。

黄楠肯定地说："要不是黄煦远在内蒙古，我们肯定也把他叫回来！"

"爸爸，现在外面都在传你要到中央纪委主持工作，你不能去啊！"黄晴急切地挑明了话题。

黄梅立即附和道："对，不能去！"

黄克诚第一次遇到子女们一起来做自己的思想工作的情况，不仅没有显出烦恼，反而很兴奋。他觉得，这表明他们对事情有自己的态度，而不是遇事模糊、首鼠两端。他指指沙发，饶有兴趣地说："你们坐下，说说你们的理由。"

"老爸爸，你当年被整得那么苦，现在要抓党风了，要重建纪检工作了，你不怕累死啊！"黄梅直言不讳地说。

黄克诚见怪不怪，只是笑了笑："黄梅，我是党的一个领导干部，就是党的一颗棋子。党把我放到哪个星位我就在哪个星位。"

黄楠急道："这么说，您答应去中央纪委工作了？！"

黄晴更加着急："爸爸，您不能去！现在要平反冤假错案，要抓党风、抓纪检，哪一件都是得罪人的事啊！"

黄克诚反问道："平反冤假错案怎么也是得罪人的事？"

黄梅嗔怪地看了他一眼："你平反冤假错案，不是要得罪那些制造冤假错案的人吗？"

黄楠也说："还有，平反后的待遇也会有高有低，一碗水哪里能端得平？"

黄克诚抬起手，点了点他们三个："你们呀，看问题的高度不够！"

"什么高度不高度，只有您老人家才会这样想。"黄梅继续抢白道。

大家你一言，我一语，就像进行一场家庭辩论大会。只是黄克诚一人一队，其他四个人一队。

唐棣华担心话题变得太沉重，就在一旁帮儿女们的腔："他们其实都只是觉得你到了这把年纪，身体又不好，好好清静清静，安度晚年就行了。"

"就是。"黄楠会意地看了一眼母亲，又望向黄克诚，"现在，党内的风气不好。很多复出的人都在考虑怎么补偿自己，坐的车子够不够气派呀、住的房子够不够大呀、孩子们的工作够不够好、生活条件够不够优越等等。哪像您这样，一天到晚都在考虑党风和军队建设的事。"

黄克诚依旧微笑着，一点儿也没有要动怒的意思："你们几个，是要和妈妈联合起来，开我的批斗会喽！"

"老爸爸,你那个心中只有党和人民的需要、从来没有自己的思想境界,我们达不到,批斗也不敢,但劝谏还是可以的嘛!你可不能接中央纪委这个差使!"黄梅的语气柔和了许多。

黄晴推了推黄克诚鼻梁上的眼镜,隔着镜片盯着他的眼睛说:"我们报社编辑部每天都收到好多信,其中不少是反映有些人'向权看'。确实有不少人在向党和国家伸手要这个、要那个。党风问题要下很大力气才能解决。爸爸,您现在老了,没那个力气。"

黄克诚的脸色终于严肃起来。

"看来,'向权看'的现象,是党风问题的突出表现。"他按着沙发扶手,坐直了身子。

黄梅又抢白道:"瞧,您又激动起来了。"

唐棣华急忙说:"你才恢复工作没多久,虽然是军委顾问,但你身体不好,不仅党风问题,军队的事也要少操心。"

黄克诚朝唐棣华看了一眼,气道:"你怎么能这样想!不管别人家怎么做,我们家可不能如此这般。黄楠,你们几个更不能打着我的招牌向党和国家要好处!"

黄楠眼见黄克诚要动怒,连忙打起了圆场:"爸爸,我们四兄妹过得还好,工作也不错,我和黄煦、黄梅都有了小家庭,我们不希望以后再经历什么运动。我知道您威望高,党和国家现在需要您。可是,党风问题、军队建设问题,都不是一天两天、一年两年能解决的,得慢慢来。您养好身体,思考思考,细水长流似的提些建议也就罢了。如果去主持工作,三天两天就累趴下了,岂不是贡献反而小了?"

黄克诚从鼻子里"哼"了一声,身子又靠回沙发背,放缓了语气说:"黄楠的话还着点儿边际。我也是想多提些建设性的意见,具体的工作让年轻人去做。搞了这么多年运动,耽误了多少人啊!现在必须培养年轻人才。我是党的一枚棋子，但把我摆到中央纪委常务书记那个棋格上，确实不合适，会挡了年轻人的道。"

"那就算是说好了，你赶紧向组织上请辞。"唐棣华立刻接上话题，生怕黄克诚变卦，又冲黄楠几人眨了眨眼睛。他们几个也连声附和起来，恨不得要黄克诚马上动身去请辞工作。

全家人虽然都"劝谏"黄克诚不要出任中央纪委常务书记，但大家心知肚明，最终的决定权还是在黄克诚那里。他究竟有多大的定力，他们没有把握，只希望他越快请辞越好。耐不住一家人的软磨硬泡，黄克诚答应尽快去找组织谈。

第六节　被陈云的"激将法"劝服

正式向中央请辞之前,黄克诚必须先向陈云报告。中央已明确陈云担任中央纪委第一书记,是黄克诚的顶头上司。黄克诚不当中央纪委常务书记,得征求陈云的意见。

黄克诚拄着拐杖,在丛树品陪同下,来到陈云家。他见门虚掩着,就直接推门而入。

"您是?"陈云年轻的秘书不认识黄克诚,见他们兀自进来,惊愕不已,迎上去挡驾。

陈云正埋头在一堆文件当中,听到秘书发问,连忙放下文件,一边起身,一边十分热情地喊道:"快请进,快请进!是黄老吧?"

黄克诚走进客厅,伸出手去:"呵呵,我人还没进来,你就知道是我呀。"

陈云迎上前,一把握住黄克诚的手,亲热地说:"我这办公室,不用事先打招呼,推门就进的,除了你黄克诚,还会有谁啊!"

"嘿嘿。"黄克诚老顽童似的笑了笑。

陈云打趣道:"耀邦同志三顾茅庐,你还是没松口,比诸葛亮厉害呀。黄老,这可不是你的风格!是不是蒙冤那么多年,心灰意冷了?"

"别人这么说我，无所谓。你陈云要是这么说，就看扁我黄克诚了哟！"黄克诚的语气也半是调侃，半是认真。

陈云兴致勃勃地说："黄老刚正廉洁，心中只有党和人民，我陈云敬重还来不及哩！中央正是看重你对党忠诚、铁面无私的品格，才决定由你来担任中央纪委常务书记。怎么样，老伙计，咱们一起狠狠抓党风，重建党的纪检工作。老了老了，再激情燃烧一回，把自己烧成灰烬，贡献出来！"

陈云的话具有很强的鼓动性。

黄克诚却道："我是来请辞的！"

陈云愕然，随即严肃地说："不行！"

黄克诚伸出手，朝陈云的方向摸去。陈云把脸凑到他手前，让他摸着了。

黄克诚摸着陈云的脸、肩膀，又抓住他的胳膊，好一阵才放开，脸色沉郁下来。

"你看，我现在上看不见天，下看不见地，中间看不见人，怎么工作？老伙计，我已经76岁了，视力又很差，跟你面对面也看不清你的五官长相，更不要说看文件了。一个盲人怎么工作？"黄克诚的话里既有几分无奈，又有几分不甘。

陈云拉着黄克诚坐下，谈起了工作。即将召开党的十一届三中全会，解决1957年以后一直没能解决的工作重点转移问题，也就是在政治路线上来一个最根本的拨乱反正。中央纪委有大量工作要做。陈云劝黄克诚不用担心眼睛看不见的问题，他可以不去办公室，有事就盖个章、谈个话，身体肯定能吃得消。陈云还坦诚地告诉他，主张他去中央纪委任职的，是胡耀邦。陈云也是力主的。

陈云推心置腹地劝慰道："说白了，就是要用你黄克诚的名字！中央考虑由我打头阵，担任中央纪委第一书记；邓大姐和耀邦，分别担任第二、第三书记；常务书记就用你的名。眼下，要为一大批老干部平反。"

黄克诚的心思被牵动了，问道："你认为第一个应该平反的是谁？"

陈云毫不犹豫地说："当然是彭老总！"

黄克诚重重地点了点头："嗯！这个，我完全赞同。"

陈云注视着黄克诚，想看清楚他那副墨镜后面，究竟隐藏着怎样的心思。

"中央纪委主要抓什么工作？"黄克诚突然问道。

陈云以为事有转机，心中暗喜，就语带鼓动地说："抓党风！党风问题现在很严重，要抓党风建设。你协助我，领导中央纪委，抓拨乱反正、平反冤假错案，还要抓审理林彪、江青两个集团的案子，重建和健全党的纪律检查工作。有大量工作要做哩！"

"正因为有这么多大事要抓，我已是这把年纪，身体又不争气，觉得应该选能力强、有魄力的年轻人来挑重担。年轻人干劲足，精力充沛，工作效率会很高。再说，'文化大革命'耽误了多少人！我们党急需发掘、培养一大批年轻人，才能后继有人啊！"黄克诚知道陈云在玩诱惑自己的"伎俩"，立即申明道。

"年轻人是要选拔，但不能一蹴而就，不是还需要我们老一辈传帮带吗？"陈云笑道，然后故意挖苦，"我看，你被罢官近20年，心灰意冷了吧？抓党风、平反冤假错案、'两案'审理，哪一样都是得罪人的工作。你怕得罪人，想当好人，安度晚年了吧？"

黄克诚是个刚正不阿的人，在原则问题上从来不盲从、不苟同，敢说真话。他心中只有党和人民，顾全大局，毫不计较个人利益得失。他的这些品格是党的宝贵财富。

黄克诚用拐杖戳了戳地，气道："我是个敢说真话、讲原则的人，当不了老好人！"

陈云又故意说："你敢说真话，才被一次次降职、打倒，庐山会议后更是怕了。劫后重生，你现在不想么做了，要明哲保身，要善终。党风的事，高高挂起，与你无关了！"

"嗨！我是一心想为党和国家工作的，可我这个身体状况，实实在在是力不从心哪！"黄克诚慨叹道，双手抓起拐杖，欲起身。

陈云伸手在他手上拍了拍，把他的拐杖放到沙发扶手边，认真地说："你别想开溜，要走也得把我的话听完再走。你的身体状况，中央是知道的，可你的思维很清楚嘛！中央也考虑了，只用你的名，具体工作让王鹤寿做。鹤寿同志，你是了解的吧？"

黄克诚想了想："了解一些。他担任过冶金工业部部长、鞍山市委第一书记兼鞍山钢铁公司党委书记。"

陈云说："新中国成立前，王鹤寿长期在白区工作，'文化大革命'前还是中央监察委员会候补委员，有丰富的党的纪检工作经验。'文化大革命'中，他也遭到严重迫害，1975年解除监护后被送往辽宁朝阳。鹤寿的历史，我比较清楚。这个人有思想水平和领导能力，党性很高，原则性强。目前，他已经从朝阳调回北京，中央拟让他担任中央纪委第一副书记，配合你抓中央纪委的工作。另外，还有王丛吾、章蕴等同志，班子阵容是很强大的。"

"你看，上有你、邓大姐、耀邦，下有鹤寿等一班人，就行了嘛！我就算了吧！"黄克诚双手一摊。

陈云原本以为，自己的劝说与鼓动会很快"拿下"黄克诚，现在见他似乎铁了心请辞，不由得着急起来。他站起身，背着手，急速地踱了一个来回，就停下来嚷道："哎呀！党风关乎我们党的生死存亡啊！克诚同志，你真能安心待在家里，只是听听新闻，听秘书念念报纸，来感受社会主义现代化建设的伟大进程，安度晚年，直到老死？"

49

这几句激将的话，令黄克诚一震。他的嘴唇嚅动了几下，没说话。

陈云趁机加重了语气："党和国家处在如此重要的历史转折关头，我们这些老同志有责任出来挑重担啊！难道你黄克诚真能不关心党和国家、人民的命运？"

这话砸到黄克诚的心坎里了！

"是啊，我们党和国家正处在重要的历史转折关头……"黄克诚喃喃地说着，若有所悟地点了点头。

黄克诚鼓了鼓腮帮，抓过拐杖，用力戳着站起身，咬牙道："好！我服从组织决定！我要和你再拼一下，把这把老骨头拼碎了无妨，烧成灰也无妨！"

陈云激动地抓过他的手。一时间，两双大手紧紧地握在一起。

黄克诚幽默地说："哈哈，你这法子蛮管用嘛！"

黄克诚心里早就明白，陈云使的是激将法。刚进门，他还坚持来时的想法，请辞工作，无论陈云如何劝说，也不为所动，结果还是被党风问题撼动了心志。毕竟，对于黄克诚来说，党和国家、人民的利益是高于一切的。什么身体差、什么眼睛盲、什么颐养天年，比起党和国家的信任与召唤，统统是鸡毛蒜皮。

"哈哈哈……"陈云、黄克诚开怀大笑，笑声荡开了新的天地。

这两位相知相交近半个世纪的老人，更加心意相通，彻底走到了一起。

黄克诚春风满面地回到南池子，又猛然想起去陈云家的目的，心里面盘算着如何向家人解释。

谁知，唐棣华只盯视了他一阵，就一点儿也不惊不怪地问："你同意了？"

"你怎么这样问？！"黄克诚吃了一惊，旋即辩白道，"同意了。

党风关系到党的生死存亡，在这历史转折关头，我没办法当一个旁观者！"

唐棣华笑着说："嗯，你不用感到奇怪。我知道你去陈云同志那里，就会是这个结果。陈云同志是谁呀，是当初力主你复出的人，是与你相知甚深的知己。你若是直接去中组部，倒有可能真的请辞。好吧，你现在不是旁观者，而是参与者，是抓党风建设的领导者。我理解你，支持你！"

黄克诚一边听，一边任嘴角的笑意咧到了耳角。唐棣华能理解他，做子女们的工作就省心了！

1978年12月24日，党的十一届三中全会闭幕后的第二天，彭德怀追悼会在北京隆重举行。也是在这一天，黄克诚走马出任中央纪委常务书记。

第二章

抓党风铁面无私

第一节　工作真的点燃了他的激情

中央纪委恢复成立伊始，党的纪律检查工作面临的局面是十分严峻的。一方面，党长期以来形成的理论联系实际、密切联系群众、批评与自我批评三大作风，以及广大党员艰苦奋斗、严守纪律、为党的事业不怕流血牺牲等优良传统和好的作风，在10年"文化大革命"中遭到严重破坏。另一方面，"文化大革命"时期突击吸收了1000多万新党员，其中许多人"派性"十足，甚至不知党性为何物；连一些"文化大革命"前入党的党员，党性也程度不同地遭到损害。在社会主义现代化建设崭新阶段即将到来的重要关头，党的纪检工作究竟应该怎样做、指导方针和基本任务应该如何确定，都是重建后的中央纪委亟待解决的重大问题。

遵照中央指示，黄克诚与中央纪委副书记王鹤寿等人，确定首先抓重建纪检机构和进行职责制度建设等方面的工作。为准备即将召开的中央纪委第一次全会，黄克诚、王鹤寿来到陈云的办公室，请示中央纪委和地方各级纪委的工作任务、工作方针。

陈云指出，根据党的十一届三中全会精神，中央纪委和地方各级纪委的工作指导方针是抓党风、维护党规党纪、整顿党风。

黄克诚说："我完全同意，要从思想上、组织上、作风上转变党风。党风搞好了，党就有了希望。"

陈云表示赞同。

"我再问一下，中央纪委首先抓什么？"黄克诚见大方向已定，想起上次在陈云家提的问题，又当着王鹤寿的面提出来，是想让王鹤寿也当面听一听。

陈云明确而坚决地说："抓党风！"

王鹤寿果然听得真切，追问道："具体怎么抓？"

陈云凝神看了看他们二人，坚定、沉缓地说："'文化大革命'让我们党饱尝民主法制被践踏的严重后果，成立党的纪律检查委员会是全党的共识。维护党规党纪、搞好党风，是中央纪委的根本任务。具体怎么抓，说白了，就是要同党风不正的现象做斗争。一些党员干部的不正之风是相当严重的！比如，对党中央的路线、方针、政策消极应付，甚至采取阳奉阴违、两面三刀和公开抵制的态度；利用职权，任人唯亲，拉帮结派，争权夺利，一切从个人利益出发；破坏民主集中制，搞家长制、一言堂，有的搞无政府主义，目无组织，各行其是；在经济领域滥用权力，滥发奖金，违反财经纪律；搞特权，谋私利，生活特殊化；官僚主义，衙门作风；等等。这些都是党风败坏的表现。抓党风，就是同败坏党风的人、组织和现象做斗争！"

王鹤寿聚精会神地听着，不时地颔首点头。

"这是非常艰巨的工作。鹤寿，我们要打起百倍的精神来啊！首先，要把干部选调工作做好。一边组建班子，一边开展工作。"黄克诚对王鹤寿说，又转头看着陈云，"我看，凡是调入中央纪委的干部，由鹤寿审定和签发后才能送中央组织部办手续，你说呢？"

陈云说："我同意。我们组建干部队伍，一定要做到'精选干部、严格审查、宁缺毋滥'这十二个字。"

"好！就这么办！"黄克诚用拐杖在地上蹭了蹭。

"黄老，你这就'发号施令'了，彻底坐不住了吧？"陈云一语双关地说，眼睛里溢满笑意。

黄克诚乐呵呵地："哪里还坐得住。我只恨自己看不见，更不能年轻十几、几十岁呀！"

"哈哈哈！"陈云、王鹤寿都会意地笑起来。

黄克诚确实坐不住了。

中央说只要他的名，不要求他去上班，可他几乎天天往办公室跑。即便不是整天待在办公室，他也要去那里转一转，听一听各种来信，看一看忙碌的状况。

中央纪委的办公室里，每天都有一些老干部走马灯似的出出进进，群众来信更是像雪片一样。最初的信件，大多是反映受彭德怀牵连没有得到平反、没有安排工作的问题。有些写给中央的信，也转到中央纪委来了。有些重要的来信，信访部门不敢处理，同样转给中央纪委。见丛树品一个人连读信都读不过来，黄克诚想借调空军的朱鸿。可是，他只跟空军有关部门念叨了一回，工作一忙，又搁下了。朱鸿曾是黄克诚在新四军第3师的部下。他生于1917年，1938年12月加入中国共产党；1939年年初到国民党军新5军做抗日宣传工作，同年夏到华北敌后，进入抗大第一分校学习；1940年随所在部队南下华中，先后在八路军第4纵队、八路军第5纵队、新四军第3师的政治部任干事、股长、宣教科副科长、宣传部副部长，并兼任《先锋》杂志副主编，参加了苏北抗日根据地历次反"扫荡"，以及解放阜宁、淮安等战役战斗。朱鸿原来在地方入过党，后来把党的关系丢了。有人得知这个情况，对他产生了怀疑，他很难受。黄克诚非常关心部下政治上的进步。他对朱鸿说，对于一个真正的革命者，党是不会抛弃的。后来，基层党组织同意朱鸿重新入党，报到上级，因为他出身不好，又在国民党那边干过事，没有通过。在这种情况下，黄克诚亲自过问、调查后，同另外两名同志做了朱鸿的入党介绍人，朱鸿再次入党。抗战胜利后，朱鸿在1945年9月随新四军第3师挺进东北，任东北人民自治军华中第3师政治部宣传部副部长等职，参加了保卫四平、辽沈战役、平津战役。1949年8月，他调到组建中的中国人民解放军空军任政治部首任宣传部部长，1960年晋升空军大校军衔。因为在国民党军队干过一段时间，"文化大革命"中，朱鸿几次被审查，受到不公正对待，但他依然无怨无悔、初心不改。

丛树品抱着一大摞信进来，抱怨群众来信太多了。

黄克诚温和地说："我们要理解他们的心情。你看今天来的这几位老干部，哪一个不是受冤枉的！来，你念给我听，我们一封封处理。"

丛树品知道，黄克诚是在安慰他，也是在批评他不够耐心。可是这么多信，真要一封封地读，得读到什么时候？他突然想起早几天，黄克诚提过要借一个叫朱鸿的同志来当秘书的事，就问："黄老，您说的朱鸿同志呢？是否催他快点来？"

"哦，对啊。你给我接空军高厚良政委的电话，这就接。"黄克诚想起，确实有这么回事。

丛树品拨通了电话，把话筒递到黄克诚手里。

黄克诚直截了当地说："高政委，我想借朱鸿做秘书的事，你考虑得怎么样了？"

谁知，高厚良不同意。他在电话里说，朱鸿是个秀才，给黄克诚当秘书绝对是人才。可是，朱鸿在国民党那里干过，脱过党，有历史问题，还没作结论。他到中央纪委这么重要的地方，又是到黄克诚身边工作，不合适。

高厚良的担心不无道理，但黄克诚坚持道："朱鸿的情况，我了解。我在新四军时就认识他，他入党还是我介绍的。他的历史问题在入党时就向组织讲清楚了，是'文化大革命'中又把他的入党问题翻腾出来，后来报总政时留了个尾巴。他的事正在平反中。你放心吧，我可以担保，他不会有政治问题。现在正组建纪检干部队伍，你们把他借给我们，就是对中央纪委工作的支持。"

高厚良见黄克诚愿意为朱鸿作担保，也就不再拒绝，表示空军再开个党委会研究一下，尽快将朱鸿借给中央纪委。

黄克诚放下电话，对丛树品说："这下放心了吧？等朱鸿过来，你就负责家里的事吧。但在家工作也轻松不了，信啊、申诉材料啊，只会越来越多，恐怕还要增加人手。"

"我不怕任务重，只是担心我一个人处理不了这么多事，影响您的工作。"丛树品申明。

黄克诚当然知道丛树品的顾虑所在。是啊，工作确实很多，仅平反昭雪的任务就够中央纪委忙的了。

第二天，已经年过60岁的朱鸿就来黄克诚办公室报到了。他站在黄克诚面前，毕恭毕敬地敬礼，激动地说："黄老！我非常荣幸，能到您身边工作！"

黄克诚凑近朱鸿，仔细地端详着他的脸，开心道："高政委真不愧是空军政委啊，办事雷厉风行，这就让朱鸿上任了！效率赶得上飞行速度，我喜欢这种办事风格！好！朱鸿啊，你的历史问题很快就会解决的，不要背思想包袱，好好工作就是。"

黄克诚非常感谢空军的支持。他借用朱鸿，不仅仅是用朱鸿这个人才，而且是对平反工作的一种示范。相对于那些被打倒的老干部，朱鸿的事情更简单，这么多年却一直悬而未决，实在是对朱鸿的政治生命不负责任，也是对人才的一种浪费。而这种情况，绝不仅仅是一个朱鸿。

朱鸿顺利到岗，让黄克诚心情愉悦。他从办公室回到家，交代丛树品以后要管好在家办公的事。组织上和陈云都表示过，黄克诚不用去办公室，许多材料和信件都会直接送到他家里。

唐棣华接过黄克诚手中的拐杖放到沙发边，把他扶到沙发上坐下。

"不是说不用去上班吗？怎么还天天往办公室跑？你这样会累垮的！"唐棣华抱怨道。

黄克诚摆摆手，颇为自得地说："累不垮的，工作让我兴奋。陈云同志说，要激情燃烧一把。还真是，工作当真把我的激情点燃了，我要发光发热了！"

唐棣华嗔笑道："你这说法倒挺浪漫的，但依我看哪，你真是操心的命。只怕累倒之后，就不浪漫了。"

"不要这么说。再累，总比当年的战争时代好吧？再说，想着可以给那么多蒙冤的同志平反，让他们得到公正的对待，再次出来工作，我就有不知疲倦的劲。我不信命，要是信的话，这就是我的命，共产党人的使命和职责就是我的宿命！"黄克诚说得满脸激动，忽又略显警惕地问，"听说老二要调回来了，是怎么回事？"

唐棣华心中一阵窃喜。这老头从不操心子女工作之事，今天竟想到了黄煦的工作问题，实属难得，遂道："他调到内蒙古，本就是被排挤去的。现在，单位要搞现代化建设了，觉得还是要用他的专业知识。"

"这样的话，那倒好，千万别是你去打招呼或是他们打我旗号的关系。"黄克诚的神情舒缓了下来。

唐棣华怪道："我哪里会去打那样的招呼，黄煦他们也从没有那种念头。"

"不去打招呼、打旗号是对的。对孩子们，你要多操心，要告诉他们这些规矩。"黄克诚满意地说，"棣华，要记住你是黄克诚的妻子。

以前，你没有沾过我的光，以后更不要沾我的光。我们要抓党风，首先要自己身子正、作风正、家风正；要时时提醒孩子们，不能因为是高级干部的家属就搞特殊。你跟着我受了很多年的委屈，而孩子们个个争气，靠自己的本事有了好工作，有了各自的事业，我非常欣慰，也非常感谢你。我知道这么多年，你太不容易了。以后，你还要保持这种本质。大道理，你是懂的。"

唐棣华的泪水突然止不住地涌上眼眶。确实，这么多年来，她太不容易了，但她心甘情愿，就这样生活着，按黄克诚的要求，也是按自己的心性生活着。虽然不如有些人那么光耀，她却从不自馁，更不担心父母的溺护给子女们带来另一种荣宠，而最终招致自败的结局。

这样想着，唐棣华有种心安理得的慰藉。她克制住自己的情感，认真地说："你放心吧，我和孩子们不会让你分心的。"

唐棣华和家人的理解与支持，使黄克诚没有任何掣肘，更加放手工作。他因为中央纪委这项工作变得精力充沛，不再感觉自己是个多病的老人，反而越发感觉到肩上的责任。他有时候甚至暗自庆幸，当初没有请辞成功。

第二节 纪检干部要像保健护士

陈云提出,中央纪委要以抓党风作为工作的纲、作为整体工作的方针,是极有远见的战略指导思想,使中央纪委在工作刚刚起步的关键时刻,很快就廓清了思路,明确了前进方向。

1979年1月4日至22日,黄克诚(右一)出席中共中央纪律检查委员会第一次全体会议。右二为陈云,右三为王鹤寿。

1979年1月4日，中央纪委第一次全会在北京召开。

会场布置得特别精心，庄严肃穆而又不失热烈活泼。"中共中央纪律检查委员会第一次全体会议"的大幅会标，悬挂在主席台上方。100名中央纪委委员，有97名参加了会议。陈云、邓颖超、胡耀邦、黄克诚、王鹤寿等人都在主席台上就座。黄克诚戴着墨镜，显得特别抢眼。

陈云以中央纪委第一书记的身份主持会议，并发表了重要讲话。邓颖超、胡耀邦、黄克诚等人也都讲了话。

陈云强调了他曾对黄克诚和王鹤寿说过的内容：党的中央纪律检查委员会的基本任务，就是维护党规党纪、整顿党风。这有助于形成生动活泼的政治局面，是全党最大的事情。只有这样，才能实现"四化"。他还回顾了国际共产主义运动和中国共产党的历史，阐明了维护党规党纪、整顿党风的重要意义。

邓颖超的讲话，着重从党的历史经验教训，论述加强党的纪律性的重要意义。

胡耀邦则针对如何贯彻党的十一届三中全会精神问题，作了重要讲话。

胡耀邦讲话后，陈云扫视着会场，大声说："下面，请中央纪委常委、常务书记黄克诚同志讲话！"说完，他带头朝坐在自己左侧的黄克诚鼓起掌来。

全场立即响起热烈的掌声。人们对黄克诚这位传奇复出、戴着墨镜来开会的中央纪委常务书记，有着特别不一样的好奇，对他会讲些什么、抓些什么工作充满了期待。

黄克诚待掌声平息，伸手摸索着面前的话筒，略带激动地开始讲话：

陈云同志的讲话很好，很重要，我完全赞成。

我在会前同王鹤寿同志曾请示陈云同志，纪律检查委员会主要抓什么工作。陈云同志说，抓党风。我的认识，这是我们纪律检查委员会工作的一个纲。为什么陈云同志要我们抓党风呢……我从一些片断的情况来看，有些地方和部门党风问题严重，在思想上、组织上、作风上都有很多严重的情况。在思想上，不少同志的革命精神远远比不上战争年代和解放初期。好多党员和干部的脑子里不装马克思主义，不装革命，不装党的原则，而是装一些封建主义和资本主义的东西。这个问题在我们党内是个大问题。有些党员和干部思想衰退、变质，争权夺利，贪图享受。在他们的脑子里，共产主义的思想让了位，封建主义和资本主义的东西复了辟。这就是党内产生很多坏现象的根子。在组织上，"四人帮"的资产阶级帮派体系是被粉碎了，但在一些地方和单位的党组织里面，我感到还有问题，还有资产阶级派性……

我赞成陈云同志的意见，纪律检查委员会要抓党风，要整顿党风，从思想上、组织上、作风上转变党风。胡耀邦同志为我们的会议起草了《关于党内政治生活的十二条准则》，我们要认真讨论，修改好，呈报中央批准后，就成为党内生活必须遵守的"宪法"和准则……

中央纪律检查委员会建立以后，怎么开展工作？我们没有经验，靠大家摸索、总结经验。机构一建立，工作就来了，有不少案子要办。所有的案子都由我们去办不可能，但有些案子我们可以办，也必须办。我们要办案，同败坏党风的人、组织和现象作斗争。这种斗争，不是靠发个文件一下子就能够解决的，斗争还是很严峻的。过去毛主席要求我们要有五不怕精神，不怕杀头，不怕坐牢，不怕开除党籍，不怕撤职，不怕离婚。我们有许多同志已经经过了考验，不会成问题了。现在还要不怕撕破脸皮，不怕打黑枪。如果怕撕破脸皮，怕打黑枪，就干不好纪律检查工作……

这次中央工作会议和（党的十一届）三中全会发扬了党的优良传统，树立了良好风气，给全党作出了榜样。我们中央纪律检查委员会是党中央维护党规党纪和整顿党风的一个重要助手，应该这样办，带头发扬党的优良传统和作风……

与会者聚精会神地听着，频频地点头表示赞同。

黄克诚的讲话刚一结束，全场就爆发出一阵阵热烈的掌声。

掌声静下来后，黄克诚指指自己的墨镜，笑着说："我很高兴在有生之年，还能出来为我们党工作，只是你们看我这个样子，我怕是常务书记不常务。鹤寿同志不是常务书记，他要搞常务啦！"

与会者被他突然而起的幽默所感染，响起了一片轻快的笑声。

中央纪委第一次全会讨论和通过了《中共中央纪律检查委员会关于工作任务、职权范围、机构设置的规定》，以及《中共中央纪律检查委员会第一次全体会议通告》（以下简称《通告》）。《通告》明确指出："党的纪律检查委员会的基本任务是，维护党规党法，保护党员的权利，发挥党员的革命热情和工作积极性，同一切违反党纪、破坏党的优良传统的不良倾向作斗争，协助各级党委切实搞好党风。"

《通告》要求，各级纪律检查委员会要紧密围绕搞好党风这个中心，抓好以下四个方面的工作：（1）协助各级党委，对党员加强党的纪律和党的传统优良作风教育。（2）抓紧处理积压的案件。（3）认真做好来信来访工作。（4）尽快建立和健全党的各级纪律检查委员会。

《通告》还提出了党的纪律检查工作必须遵循的重要原则：（1）

严格区分、正确处理两类不同性质的矛盾。(2) 反倾向斗争，必须从实际出发。(3) 重证据，重调查研究，严禁逼供信。(4) 对人的处理要持十分慎重的态度。(5) 坚持实事求是，有错必纠。(6) 敢于斗争，刚直不阿。(7) 认真走群众路线。(8) 实行集体领导和个人分工负责相结合的制度。

《通告》对纪检干部提出了明确要求："所有担任纪律检查工作的干部，都应立场坚定，旗帜鲜明，既要坚持原则，又要谦虚谨慎，时刻把党和人民的利益放在心上，不怕压力，不计较个人的得失。要刚直不阿，不徇私情。既要勇于保护好人好事，又要敢于同任何违法乱纪的组织和个人作不调和的斗争。要严格按照党的章程办事，模范地遵守党纪国法。凡是怕字当头、回避矛盾、屈从压力、阿谀逢迎、不能坚持原则的人，不能做党的纪律检查工作。"《通告》还要求："纪律检查委员会的成员，应选党性强，作风好，有威望的同志担任"，并号召全党从事纪律检查工作的同志，"既要坚持党的原则，以大无畏的精神去克服各种困难，又要保持谦虚谨慎、冷静客观、兢兢业业的态度，力戒骄傲自满、主观武断、粗枝大叶的作风"。

这次全会召开后，中央纪委在抓平反冤假错案的同时，大抓机构设置和干部队伍建设。

刚刚成立的中央纪委，既要审理林彪、江青两个反革命集团及其关联案件，又要按党的十一届三中全会精神，对"文化大革命"期间和党的历史上遗留下来的大量问题进行清理，同时，大量的冤假错案要平反昭雪，任务异常艰巨繁重。党内党外对中央纪委的期望很高，向中央纪委反映情况的来信像雪片似的飞来，公安部门转来的信件则用麻袋装运。1978年12月24日，党的十一届三中全会公报刚发表，从12月25日开始，中央纪委就陆续收到群众来信。截至1979年1月11日，中央纪委收到的写给陈云、邓颖超、胡耀邦、黄克诚等中央纪委领导同志和中央纪委的控诉信、申诉信或者建议信，就有6000多件，有些信甚至长达几百页。据统计，1979年的前11个月，中央纪委共收到来信25万多件，接待来访2.5万多人次。1979年4、5两个月是积压信件最高的月份，达到5万多件。

根据中央纪委第一次全会的规定，中央纪委设置了办公厅、研究室、纪律检查室、案件审理室、来信来访室等几个办事机构。当时，中央纪委还没有单独的办公地点，中共中央组织部就把自己的办公楼腾出一部分，作为中央纪委的办公地点。由于中央纪委大量调人，中组部办公楼的第三层放不下，中央纪委的一些机构就搬到其他地方租房子办公。就是在这样的条件下，中央纪委的工作起步了。

由于组建中的中央纪委人手十分紧缺，中央纪委加快了选人调人的工作，同时，面临着边抽调人员、边组建班子、边开展工作的局面。从1979年1月份开始，中央纪委从中央机关80多个部、委、局和解放军各总部、各军兵种机关，以及北京市机关推荐的干部中选借、选调人员。一些参加中央纪委第一次全会的委员，也被要求留在中央纪委工作。刘丽英和汪文风都服从党组织决定，留在中央纪委做了专职委员。

机构设置方面，中央纪委立即与中组部着手研究重建各级纪检机构的问题。1979年3月，中央纪委和中组部联合发出通知，要求县各级党的委员会，都设立纪律检查委员会；各级纪律检查委员会，由同级党的委员会选举产生，报上级党委批准。4月25日，中央纪委和中央组织部又联合下发《关于迅速建立健全各级纪律检查机构的意见》，要求各省、自治区、直辖市、地、州、县委的纪委、纪检组(或筹备组)，要在当年5月底前普遍正式建立起来。到1980年1月，全国各省、地、县级纪律检查机构，除少数县一级的尚未建立以外，绝大多数已经成立或正在筹建（筹建单位需经召开党的委员会选举产生），约占应建总数的 98% 左右。地方各级党的纪检机构逐步建立起来，为党的纪律检查工作提供了组织保证。

中央纪律检查机构的重建工作基本完成后，1980年1月25日，中央纪委召开第二次全体会议。这次会议在确定当年纪检工作中心任务的同时，进一步重申了纪委的任务、性质和工作范围。黄克诚在会上作了长篇讲话。

黄克诚在谈到纪委的工作时说："纪律检查委员会是党的工作机关，是搞纪律检查的……它就像保健护士那样，担负着保护着党的健康的任务。除了完成中央交给的具体任务外，还要注意抓领导干部中的特殊化问题，党员干部中的违法乱纪问题，官僚主义问题，违反财经纪律大吃大喝、铺张浪费问题等等。更重要的是抓思想路线、政治路线、组织路线方面的问题和其他一些原则问题……如果放弃政治路线、思想路线、组织路线、组织原则方面的斗争，不去管这方面的问题，任其发展起来，对我们党危害大得很……"

在谈到进一步健全纪委机构问题时，黄克诚强调，选纪检干部要特别注意政治品质："选纪检干部就要问他是不是革命，是不是讲原则，是不是有战斗性，是不是对党的路线，对党的思想路线、政治路线、组织路线能坚决执行，是不是能同党一条心，而不要问他的资格多高、多深。只要他的思想对头，有能力，不搞阴谋诡计，就要培养提拔。"他还强调，要多吸收一些优秀的中青年干部到纪律检查委员会中来，使纪检干部队伍永远充满活力。他说："关于选拔中青年干部问题，我建议全会同志考虑吸收一批中青年干部到我们纪律检查委员会工作，还要补选一些年轻一点的当委员。在这方面有的人总是顾虑重重，怕出乱子，论资排辈……不引进中青年干部来接班，将来有一天我们要吃亏的。我们应下决心，把优秀的中青年干部提拔起来，健全我们的机构。"

与此同时,他提出了老干部退出工作岗位的问题:"要建立一种制度,干部到了一定年龄就要离开领导岗位,以便年轻干部接替领导干部,使纪检干部队伍永远充满活力。我们做党的纪律检查工作的同志,要严于律己,对于党的纪律和党规党法以及国家的各项法律,都要模范遵守,以身作则。凡是不准群众做的,首先自己不做,凡是要群众执行的,首先自己要执行,一点一滴要注意到。纪检干部要像保健护士,自己要身体健康,不能自己带着病、带着很多细菌来做保健工作!"

当黄克诚说到"纪检干部要像保健护士"之处时,会场上有人发出轻微的笑声,大概是觉得这个比喻很新鲜。坐在黄克诚右侧的陈云也侧头看了他一眼,微笑着轻轻点了点头。

黄克诚要求中央纪委每个委员、每个工作人员,都要起模范作用,不要把那些不好的作风、不好的风气带到纪检队伍中来。他主张:"纪检干部不仅政治上、思想上要同党中央保持一致,而且都要知道自己的身份,有责任对党内不正确的倾向进行斗争,有勇气,敢于斗争,刚正不阿。凡是怕字当头、回避矛盾、屈从压力、阿谀逢迎的人,不能做党的纪律检查工作。如果我们的同志连批评与自我批评的勇气都没有,怎么能设想他能够不惜牺牲自己的一切去同'大老虎'作斗争呢?怎么能够做好党的保健护士呢?党把我们放到纪律检查委员会的岗位上,我们就必须负起责任,干好,将个人利害置之度外,绝不能像混世魔王一样,马马虎虎,昏天黑地地混!"

当黄克诚的讲话结束时,会场上爆发出雷鸣般的掌声,经久不息。

他摸索着想端茶杯,陈云关切地看着他,顺手将茶杯拿起,把着他的手放到茶杯上,场面非常温馨。黄克诚喝了口茶,指了指自己的墨镜,笑着说:"大家看看,像我这样,眼睛连面前的杯子也看不见，不知道哪天就会'翘辫子'。如果不及时选拔年轻干部上来，怎么行哩？"

会场上再次响起笑声，气氛越发轻松了。

黄克诚在会上是怎么讲的，在会下就怎样力推实践，在党的纪检领导岗位上，立言立行，以自己的言行树立榜样。

第三节　参与制定党规党纪

中央纪委的工作指导方针，是维护党规党纪、整顿党风。

过去，我们党曾经形成了一套很好的传统。新中国成立后，我们党处于执政地位，致使一部分人产生了骄傲自满情绪，导致党的民主集中制不够健全；也由于封建思想和资产阶级思想影响，党内脱离实际、脱离群众、主观主义、官僚主义、独断专行、搞特权等不良倾向有所发展，使党的政治生活在一定程度上受到损害。庐山会议上对彭德怀的错误批判和后来的"文化大革命"，就是很好的证明。中央纪委恢复成立之初，干部特殊化已成为社会普遍关注的严重问题，引起了群众的强烈不满，必须严肃处理、认真解决。

在确定中央纪委基本任务、工作原则、组建纪检机构和队伍的同时，中央纪委在陈云的领导下，着手制定《关于党内政治生活的若干准则》等党规党纪。关于制定党规党纪的重要性，中央纪委的一份文件中明确指出："不先进行立法，或者重申一些过去行之有效的法规，则无法可依；有了党规党法，就有了一根准绳，有了一面镜子。立法，这是搞好党风、严肃党纪的一项极为重要的任务。"

中央纪委恢复成立前，中央组织部就在胡耀邦主持下，起草了一份关于党内政治生活12条准则的文件，并于1978年12月19日将这份文件，连同代拟的中央纪委关于工作任务、机构设置、会议制度、工作方法等问题的通告等，报送陈云、邓颖超、黄克诚、王鹤寿审查修改。中央纪委恢复成立后，立即接受了中央交给的起草《关于党内政治生活的若干准则》（以下简称《准则》）和《关于高级干部生活待遇的若干规定》（以下简称《规定》，即人们通常所称的中共中央[1979]83号文件）的任务。1979年2月18日，中共中央政治局召开会议，原则上批准了中央纪委第一次全会通过的三个文件，其中就包括《准则》。会后，中央纪委根据中共中央政治局会议讨论的意见，又对《准则》等文件作了修改。

1979年3月19日，中共中央向全党公布了《准则》（草稿），并要求全党开展学习讨论，提出修改意见。与此同时，中央纪委专门成立了《准则》修改组，在近一年的时间里，吸收全国各级党组织提出的1800多条意见，对《准则》作了7次修改。为了《准则》能早日定稿，中央纪委常委会在听取起草小组关于送审稿的汇报后，又集中一个多月的时间集体讨论，逐字逐句地进行斟酌、修改。据时任中央纪委研究室主任刘家栋回忆，《准则》通过时，"中央纪委常委是一句一句的讲，一边听，有意见就讲，很费工夫"。黄克诚不顾年事已高，眼睛又看不见，倾注精力和智慧，坚持参加讨论，参与指导《准则》的起草工作。

《准则》由胡耀邦牵头起草。讨论期间，黄克诚用放大镜将《准则》一个字一个字地看了，还结合社会风气和党内政治情况进行思考，梳理出一个思路。他让朱鸿帮着记下这些思考。

黄克诚下意识地转动着手中的放大镜说："对于中央重申党内政治生活标准，我是举双手赞成的。我的思考是，一、搞《准则》，关键要突出集体领导，反对个人专断。这个，八大党章有规定。所以要重申在任何情况下，都不得用其他形式的组织取代党委会及其常委会的领导。'文化大革命'中取消党委,那是多么深刻的教训啊,这一条很重要。二、要杜绝派性,坚持党性。三、要坚持党内正常的政治生活。过去把认识问题任意扣上'毒草''资产阶级''修正主义'种种政治帽子,任意说成敌我性质的政治问题,不仅破坏了党内正常的政治生活,造成思想僵化,而且容易被野心家所利用,破坏国家的民主秩序,这种做法必须制止。"

朱鸿听黄克诚一个字一个字地认真发表意见,忍不住问道:"《准则》是耀邦同志主抓的,您也这么认真?"

黄克诚超脱地说:"《准则》是中央重申我们党内政治生活的几条标准,交中央纪委讨论,马上要召开第二次座谈会。我作为中央纪委常委、常务书记,参与讨论、补充意见,责无旁贷嘛。"

朱鸿点头。

黄克诚问:"你觉得我提的这几条怎么样?"

"呃……我认为站得更高。"朱鸿犹豫了一下,最后肯定地说。

黄克诚沉吟道:"一定要站得高。抓党风、从严治党,不是一句口号。"

朱鸿说:"我想,您的这些意见在讨论会上一定会引起共鸣。"

黄克诚若有所思:"应该引起共鸣!"

经过近一年的讨论、修改、补充,《准则》于1980年1月定稿,并由中央纪律检查委员会第二次全体会议通过后提交中共中央。

1980年2月29日,党的十一届五中全会一致通过了《准则》。《准则》共12条:

一、坚持党的政治路线和思想路线

二、坚持集体领导,反对个人专断

三、维持党的集中统一,严格遵守党的纪律

四、坚持党性，根绝派性

五、要讲真话，言行一致

六、发扬党内民主，正确对待不同意见

七、保障党员的权利不受侵犯

八、选举要充分体现选举人的意志

九、同错误倾向和坏人坏事作斗争

十、正确对待犯错误的同志

十一、接受党和群众的监督，不准搞特权

十二、努力学习，做到又红又专

《准则》是中国共产党的重要法规，也是加强党的建设的重要文献。党的十一届五中全会公报称："这十二条准则总结了我们党几十年来处理党内关系的经验教训，特别是文化大革命十年间同林彪、'四人帮'斗争的经验教训，是对党章的必不可少的具体补充，它对发扬党内积极因素、克服消极因素，发挥党员的先锋模范作用，具有重要的意义。"

《准则》的制定和公布，是中共中央为实施整党采取的重大步骤，表明了中共中央一定要把党整顿好和建设好的决心与信心。

在讨论、修改《准则》的过程中，中央纪委还代中共中央起草了《规定》。黄克诚直接领导了《规定》的具体起草与定稿工作，用心至诚。

党的十一届三中全会以后，一大批在"文化大革命"中遭受打击、迫害的干部复出并恢复了工作。这些同志绝大部分保持了党的优良传统和作风，艰苦奋斗，兢兢业业地为党工作。但也有少数领导干部认为，自己在"文化大革命"中受了委屈，失去了很多，一复出就利用职权，谋取私利，生活特殊，影响恶劣，引起人民群众的强烈不满，使干部特殊化一度成为突出的热点问题。中共中央对这个问题给予高度重视，不断强调克服领导干部生活待遇特殊化的重要性。

起草小组很快完成了《规定》的起草工作。黄克诚先是让丛树品一字不落地给他念了起草稿，然后拿着放大镜，逐字逐句地审看《规定》，一丝不苟。

朱云谦来了。

黄克诚十分高兴："哦，云谦，你来得正好。我正在审看《规定》，你帮我仔细推敲推敲文字吧。"

朱云谦关心地说："黄老，您的视力不好，就不要逐字逐句地看了。这些材料，让树品他们念给您听就行了。"

黄克诚放下放大镜："是，一直是他们念，我听，但听是听，看是看。我能看一点是一点。《规定》看上去只是数得清的几条，但意义十分重大，每个参与制订的人都必须逐字逐句地过目。抓党风，首先要把这些条例、规矩订清楚。"

"这个文件什么时候正式出台？"丛树品问了一句。他见黄克诚如此重视《规定》，除了听自己念，还看了又看，很为他的眼睛担心，内心希望《规定》能赶紧出台。

黄克诚说："当然是越快越好，但也不能图快。首先，一定要制订到位。自《规定》起草以来，中央纪委已经讨论、修改过多次。现在，《规定》虽然简化到只有10项，但每项都很具体。这些条条框框，是为了束缚人，更主要的是为了纯洁队伍。越是领导干部特别是位高权重的领导干部，越要清醒、自律，尤其要教育、约束自己的配偶与子女。配偶与子女参与商务，不是为了捞好处，又会是为了什么？公事私情，楚河汉界，必须分明，绝不能满不在乎，甚至姑息纵容。我们要求别人做到的，首先自己必须做到。这一点，唐大姐他们很清楚。树品，你在我身边工作，也一定要做到。云谦，你在总政是抓组织工作的,更要身体力行《规定》与《准则》。"

"又是《规定》又是《准则》,究竟有什么区别?"丛树品笑道。

黄克诚耐心地阐释起来:《准则》是关于党内政治生活的纲领性文件,是党规党纪。它以坚持民主集中制为原则,把党的优良传统和作风、党内政治生活中的重要是非界限、处理党内关系的重要原则等,系统化和规范化了。《规定》是针对党内一些干部利用职权,谋求私利,贪污腐败,生活特殊,使党的威信受到损害的现象,而制定的具体规定。

他边讲解着,边去摸索旁边的茶杯。丛树品连忙拿起杯子,放到他手上。

黄克诚喝了口水,继续说:"中央制定这个《规定》意在敲响警钟:领导干部不能搞特殊化。"

丛树品和朱云谦听得明白,觉得这是最清晰、最权威的解释,不禁纷纷表示,他们身为文件最早的读者之一,一定会严于律己,尽力作好表率。

黄克诚满意地点了点头,交代丛树品把按他改过的《规定》再念一遍,让朱云谦帮助提意见,并说待会儿王鹤寿要来,和他一起审核。

丛树品接过文件,拉过旁边的椅子坐下,仔细地念起来。他们谁都没有注意到,王鹤寿站在房门口静静地看着这一幕,十分感动。一起审核文件时,他也是一字一句地过目、一条一条地推敲,审读,更是别有一番干劲。

中央纪委对凝聚了黄克诚、王鹤寿等人心血的《规定》反复讨论后定稿,报送中共中央并获得通过。《规定》从住房、交通工具等10个方面,对高级干部的生活待遇作了比较详细的规定,具体内容为:

一、宿舍

（一）一个高级干部的宿舍只能有一处，不得同时占用两处。调到外地工作时，应将原宿舍交回。家属不能随迁的，其宿舍另行安排。

（二）宿舍的面积要有限额，由国务院作出规定。已工作的子女可以同住，如不能同住，其住房原则上由所在单位解决。

（三）严禁利用职权，动用国家物资、人力，为个人建造单户住宅。宿舍的维修，由有关管理部门按制度办理。

（四）已安排宿舍的，不准再占用宾馆、招待所；已经占用的，应限期迁出。凡拖延不迁者，其房费由个人自付。

（五）高级干部逝世后，原配备的宿舍，在一两年内收回，对遗属的住房，另行妥善安排。

二、房租和水电费

（一）高级干部宿舍，除按规定附设的会客室（或办公室）免收房租外，其他用房按面积收取房租。对个人占而不用，别人也无法使用的房屋，原则上照收房租。

（二）水电费自理，公私混用不能分别装电表、水表的，根据水电的实际消耗，按比例合理分摊。

三、家具和生活用具

（一）家具和生活用具，由个人自理；对确有困难的，由公家适当配备，按照规定收取租金。

（二）凡高级生活用品，如电冰箱、电视机等，今后一律由个人自理。原公家已经配备的，一律按市价合理折价处理给本人。本人不要的，由公家收回，不得以任何理由长期无偿占用，化公为私。

四、交通工具

（一）汽车：部长以上干部，每人配备专车一辆。临时需要增加车辆，由有关单位派车。常务副部长、外事和公安部门副部长及65岁以上的年老体弱的副部长，根据工作需要，每人可配备专车一辆。其他副部长一般不配备专车，由所在单位根据需要，保证用车。家属子女单独外出不供车，因特殊情况必须用车的，按乘坐里程收费。

（二）火车：人大常委副委员长、国务院副总理以及全国政协副主席、最高人民法院院长、最高人民检察院检察长，因公外出，可乘坐火车包车；部长可乘坐火车软卧包房。上列人员除因特殊情况并经中央或国务院批准外，均不得乘坐火车专列。

（三）飞机：人大常委副委员长、国务院副总理以及全国政协副主席、最高人民法院院长、最高人民检察院检察长、部长因公外出，除因特殊情况并经中央或国务院批准外，均不得乘坐专机。

五、服务人员

（一）人大常委副委员长、国务院副总理以及全国政协副主席、最高人民法院院长、最高人民检察院检察长的宿舍，配备服务员、炊事员各一人。如因特殊情况必须适当增加者，应经过批准。

（二）部长的宿舍，配备炊事员或服务员一人。如因特殊情况，经过批准可增加一人。原配备的警卫员取消。

（三）65岁以上的副部长的宿舍，配备炊事员或服务员一人。

（四）在上述规定人数内，本人愿意自雇服务人员的，由公家按规定发给自雇费。

六、出差、出国和外出休养

（一）高级干部外出视察和检查工作，不能携带家属子女和无关人员。凡有家属子女或无关人员同行的，其车、船、食宿费用自理。

（二）高级干部出国访问，除礼节上需要带夫人者外，一律不准带子女亲属。

（三）高级干部外出休养，可携带家属陪同照顾，但一般不得携带已参加工作的子女。

（四）高级干部外出视察和检查工作或外出休养，除有关招待机关负责接待外，不得组织人员迎送；不得举办宴会、专场晚会和其他特殊招待；不得动用公款购送土、特产品。

（五）伙食费和粮票按规定标准收交。

七、文化娱乐

（一）原则上不准为个人组织专场电影、戏剧以及其他文娱活动。如为个人放映电影，要收取影片租金。

（二）除外事活动外不得在公共娱乐场所为高级干部设特座。

（三）为高级干部集体放映电影一律售票，如放映不宜扩大范围的"内部参考影片"，子女不得入场。

（四）有关部门组织的集体文娱活动，高级干部及其家属子女参加时，要同群众一样照章购票。

八、不请客送礼

（一）不准用公款请客送礼。

（二）不得以试用、借用等名义，无偿占有或低价购买国家和集体生产的产品。

（三）各部门各地区和生产单位，不得以任何名义向高级干部个人赠送物品。

（四）在外事、外贸活动中，接受对方赠送的礼品，除价格不高的零星纪念品外，一律交公。

九、（略）

十、遗属的生活安排

高级干部逝世后，对遗属的生活安排问题，由民政部制定具体办法，颁发执行。

本规定适用于各省、自治区、直辖市党委书记、副书记，人大常委主任、副主任，政府省长（主席、市长）、副省长（副主席、副市长），政协主席、副主席等高级干部。军队高级干部的生活待遇，由中央军委参照上述精神另行规定。

为了推动《规定》的贯彻落实，1979年11月2日，邓小平在中央党政军机关副部长以上干部会议上,专门作了题为《高级干部要带头发扬党的艰苦朴素、密切联系群众的优良传统》的报告。他提出:"为了整顿党风,搞好民风,先要从我们高级干部整起。"他还要求:"这个规定一经(党)中央和国务院下达,就要当作法律一样,坚决执行,通也要执行,不通也要执行。"

1979年11月13日,中共中央、国务院发出《关于高级干部生活待遇的若干规定》,要求各有关部门必须严格执行,高级干部应当自觉遵守。凡违反《规定》的,要进行批评教育;对错误严重、情节恶劣的,要给予纪律处分。为了贯彻执行《规定》,中共中央指定中央纪委牵头,成立一个检查小组,每周向中共中央作一次报告。这对促进党风好转、改善党和群众关系,起了良好作用,给党的建设带来"一种新的气象"。

《规定》公布后,深得群众欢迎。10项内容每项都很具体,易于操作,也便于监督,对于反对特殊化、净化社会风气,确实起到了很好的作用。

《准则》与《规定》等一系列党规党纪的制定,为整顿党风提供了有力的武器,并促进党的纪律建设不断向规范化、制度化方向发展。

《准则》等一系列党规党纪制定颁布后,中央纪委一方面大力查处违反党风党纪的案件;另一方面,为了促进全党贯彻落实《准则》,健全党内政治生活,中央纪委从1980年4月到11月的半年多时间里,在北京先后召开了三次座谈会。

1980年4月18至21日,中央纪委在北京举行第一次贯彻《准则》座谈会。会议研究、总结了三个多月来,贯彻《准则》的经验和工作中存在的问题;再次强调,在贯彻《准则》过程中,要联系本地区、本部门的党风建设实际,对照检查,边查边改。

第一次贯彻《准则》座谈会召开之前,中央纪委召开了常委会。

会上，黄克诚认为，贯彻《准则》是我们抓党风建设的一件大事，大家要站在全党的高度来进行思考。

陈云首先肯定了他的这个说法，并顺着话题发言："第一，执政党的党风问题是有关党的生死存亡的问题。因此，党风问题必须下狠心抓，永远不懈地抓。第二，纪律检查委员会的工作会有困难，但是经过统一认识，是可以解决的。第三，必须实事求是，查清事实，核实材料，再处理问题，并和本人见面。"

胡耀邦说："陈云同志讲的执政党的党风问题，是全党应该注意的一个根本原则问题。必须把维护党的政治纪律放在首位。"

在审订、修改《准则》过程中，黄克诚深深感到，和平环境与执政地位，使共产党员的政治思想产生了许多问题；特别是"文化大革命"，使党的优良传统遭到严重削弱。"文化大革命"结束后，整顿党的组织、思想和作风，提高党员的素质，加强党员的党性锻炼，恢复和发扬党的优良传统，是全党面临的一个重大课题。因此，他一复出，就提出要抓党风党纪的问题，并提出无产阶级执政党的党员应有的品德和风格，要正确使用手中的权力，拒腐防变，经得住各种考验。第一次贯彻《准则》座谈会后，黄克诚主持撰写的《无产阶级执政党的党员应具有的品德和风格》一文，于1980年6月6日完成。全文约2.1万字，从15个方面论述了怎样做一名执政党的合格党员问题。

一、共产党员执政，就是为人民服务，不是当官做老爷，不允许利用职权谋取私利。

毛主席"为人民服务"的教导，是我们共产党员的根本立场，是我们一切思想、言论、行动的出发点，是我们人生观的核心……作为执政党的党员，不能忘本，不能没良心，不能变成骑在人民头上的老爷。

二、共产党员要有全局观点，顾大局，识大体，对广大人民的最高利益负责；不允许把向上级负责同向人民负责对立起来，不允许把局部利益、眼前利益同人民的整体利益、长远利益对立起来。共产党除了人民的利益，没有任何私利……党员作任何工作，归根到底，都要向人民负责……正确处理全局、局部和个人的关系……努力做到胸怀全局，顾全大体，一切从党和国家的利益出发，同时，又要善于把向上级负责和向人民负责统一起来。

三、共产党员的一切思想、言论、行动都要从实际出发，实事求是，理论联系实际；不允许唯心武断，不允许搞本位主义。

四、共产党员要有群众观点，要走群众路线，对同志、对人民要讲平等；不允许对群众利益漠不关心，脱离群众，欺压群众。

五、共产党员要虚心听取人民群众的批评和控诉；不允许置之不理，不允许打击报复。

六、共产党员要勇于批评和自我批评，勇于改正错误；不允许文过饰非。

七、共产党员要坚持党的民主集中制，党委要实行集体领导和分工负责；坚决反对不负责任的官僚主义。

八、共产党员要讲团结，搞五湖四海；不允许垒山头，搞派性，只团结拥护自己的人，不团结反对过自己的人。

九、共产党员要说真话，要言行一致，表里如一；不允许说假话，当面一套，背后一套，口是心非。

十、共产党员要勇于思考，不隐瞒自己的观点，敢于在党的会议上发表自己的独立见解；不能随波逐流，人云亦云。

十一、共产党员要敢于和错误的思想、言论、行为作斗争，敢于和歪风邪气、违法乱纪的现象作斗争；不允许自由主义，更不允许制造借口，诬陷好人。

十二、共产党员在生活上要艰苦朴素，遵守制度；不允许搞特殊化。

十三、共产党员要严格教育子女，子女的学习和工作，应该和人民群众一样，由组织统一安排；不允许利用职权，谋求特殊照顾。

十四、共产党员要严守保密纪律；不允许泄露党和国家的机密。

十五、共产党员要尊重领导，爱护领导；不允许溜须拍马，阿谀奉承。

黄克诚对共产党员的15条要求，在一些刊物上发表后，引起广泛共鸣。

第二次贯彻《准则》座谈会于1980年6月16至21日在北京举行。这次会议着重研究了中央、国家机关各部门贯彻执行《准则》的情况和措施，并指出，《准则》是各级党组织必须遵守的规范，只有全党严格按照《准则》办事，才能提高党在群众中的威望。

1980年11月14至29日，中央纪委在北京召开第三次贯彻《准则》座谈会。各省区市、中央一级党政机关、中共中央军委直属机关、各军种、各大军区、各军事院校纪律检查机关的负责人和有关同志共375人，参加了会议。会议集中讨论、研究了如何围绕进一步贯彻《准则》，坚决纠正党内和社会上的不正之风问题。

黄克诚在这次会议上，着重讲了党风问题。当时，他已双目失明。

他的身子挺得很直，双手交握着放在桌面上，没有讲话稿。

"党风指的是党的作风，是共产党员的作风，它包括思想、政治、工作、生活等各方面的作风。在我们党内，毛主席最先提出了党风这个名词，并对党风问题做过系统的论述。在《论联合政府》的结束语里，他讲了我们共产党人不同于其他任何政党的作风，一个是理论联系实际，一个是密切联系群众，一个是批评与自我批评……中央纪委（恢复）成立时，我请示陈云同志，问他首先要抓什么，他说，要抓党风。陈云同志把搞好党风当做我们纪委工作的首要任务。前些时候又提到'执政党的党风是有关党的生死存亡问题'，因此，这件事情必须坚决抓紧、抓好，不能动摇！"

台下的与会者认真地作着记录。有些人见黄克诚戴着墨镜，也不拿稿子，以为他讲上几句、做个样子便罢了，就没打算作记录。不料，他侃侃而谈，头头是道。他们这时候也在本子上记了起来。

黄克诚说："抓党风，就是要纠正党内的不正之风。什么叫不正之风？就是在政治上、思想上、工作上和生活上表现出来的不良态度和做法，就是与我们党的优良作风相违背，与《准则》相违背，与《规定》相违背的那些坏的想法与作风！"他的手指在桌面上叩了叩，发出清脆的响声，在鸦雀无声的会场上显得更加响亮。"抓党风，关键不是说，而是要真正动手抓……从中央到地方各部门的各级领导干部直到每个党员都要自觉带头。这是我们能否搞好党风的根本一条，也是我们党的老传统。我们党过去树立了好作风，有很强的战斗力，我觉得领导带头、干部带头、党员带头起了决定性的作用。红军初建时期和搞地下斗争时期，领导处处带头。哪一支红军不都是由于领导、干部、党员带头才打出了战斗力？那时有两句话，'冲锋在前，退却在后''吃苦在前,享受在后'。冲锋时干部和党员在前面,'来,跟我上!'连长、排长这样做,营长、团长也这样做,战斗危急时,师长、政委都这样干。一声'跟我来!'队伍就上去了。"

他绘声绘色地讲着,还不停地夹带着手势,非常有感染力。会场上,有人忍不住鼓起掌来,随即爆发出一阵热烈的掌声。

黄克诚待掌声响了一会儿,双手做了个平压的姿势,示意会场安静下来,这才又说:"没有这个作风,是夺取不了全国解放的胜利的!那时候,不管在什么情况下,只要中央下个命令,党员都坚决地执行。抗战时期,毛主席就是用个电台,'嘀嗒、嘀嗒'地指挥我们。'嘀嗒、嘀嗒'就要无条件地执行。没有什么人来监督,也没有人来批评、斗争,大家都自觉地执行延安的'嘀嗒、嘀嗒'。现在三令五申有些单位就不执行,什么原因呢?就是有些领导干部不带头。只颁布《准则》、颁布漂亮的决议案,就是不带头干,那就是说假话,搞'假大空'!领导干部必须成为端正党风的模范,只有这样才有资格指挥人家……"

他的脸慢慢地从左向右转动着,看上去像在扫视大家。尽管他看不见,但这样的扫视让人们感到一种力量。

大家屏声静气地望着他,期待他接着讲下去。

黄克诚口气决绝:"我们做纪律检查工作的同志,在我们党内更应该走在前面,每个成员都不能做违反《准则》的事情,这是最紧要的。中国有句古话,'己不正,焉能正人'。所以,我们自己必须以身作则。我们以后鉴别哪个领导、哪个干部、哪个党员好不好,带头不带头是重要的一条,或者说是主要的一条。要把这条标准制度化,当作考核干部、提拔干部的最主要的标准之一。我们在工作中发现哪个干部、哪个党员模范带头作风好,就要热情地宣传,并积极地向党委和党的组织部门推荐。对那些带头作风很差的干部,我们也要积极地向党委和组织部门反映情况，并对提拔重用他们提出我们明确的反对意见。党风问题关系到我们党的生死存亡，我们必须这样做……"

他的话再一次被突然而起的掌声打断。他听出这掌声是由衷的，脸上露出了笑容。

第三次贯彻《准则》座谈会开得非常成功。会议认为，粉碎"四人帮"特别是党的十一届三中全会以后，经过全党努力，党风已经有了相当大进步。但与新中国成立初期相比，党风总的说来没有根本好转。

会议对贯彻《准则》、纠正不正之风提出了7项措施：（1）端正党风，是全党的大事，需要各级党委切实加强领导，一级抓一级，一抓到底，作出成绩；（2）整顿好领导班子；（3）从制度上作出决定，取消各种特权；（4）进一步抓好《准则》的宣传教育，加强思想政治工作；（5）抓好正反两方面的典型，执纪赏罚严明，坚持在党纪面前人人平等；（6）发挥群众的监督作用，支持并保护敢于揭发不正之风的党员和群众；（7）经常检查贯彻执行《准则》的情况，对群众反映最强烈的问题，限期解决。

第四节　铁面无私抓党风

中央纪委的主要任务，就是抓党风。在一系列党规党纪出台后，抓党风有了抓手。

为了配合贯彻落实《准则》，《人民日报》以及各地的媒体，开始了中华人民共和国成立以后声势最大的批评监督宣传，不仅宣传正面典型大张旗鼓，曝光反面典型也同样大张旗鼓、指名道姓，不遮遮掩掩。

黄克诚抓党风，更是铁面无私。

1980年1月，主持总参工作的副总参谋长杨勇，为欢送调离总参的李达、张才千，同时欢迎调来总参工作的张震，在京西宾馆请他们吃饭，这顿饭共花了400元。结账的时候，杨勇让工作人员以总参的名义开了一张400元的发票。谁知几天后，这件事就被举报到中央纪委。

黄克诚知道了，让李振墀将举报信拿给他。

李振墀是黄克诚新增加的秘书。他很快从信访部门取来那封举报信，念给黄克诚听。

"果真是说他们吃饭花了公家400元钱?!"黄克诚听完信的内容，恼火地说，"这种做法是违反《规定》的。我们正在抓党风，刚发了文件，他们还敢去公款吃喝?！这件事要查一下！"

李振墀提醒道："现在，公款吃喝比较普遍，光查他们不妥吧？"

黄克诚又气又恼地说："一顿饭就吃掉400块，而一个农民一年能挣几个钱！我们吃的、喝的，都是农民辛辛苦苦生产创造出来的。一定要查！其他公款吃喝的，发现一个也查处一个。"

"可是……"

"可是什么？"

"请客的人是杨勇啊！杨勇请的人里面还有张震。他们都是您的老部下。"

"那更要查！不管涉及谁都要查，不仅要查，还要处理。谁出主意谁出钱！"黄克诚的态度十分坚决。

红军时期，1931年1月，黄克诚担任红三军团第4师政治部主任并代理师政委时，举办了一个短期军事政治训练班，抽调20多名优秀的班长进行培训，杨勇就是其中之一，培训后派往连队任政委。湘江战役中，黄克诚、张宗逊率红三军团第4师到位于界首的红一军团司令部，接收红一军团的防务。团长沈述清壮烈牺牲后，红10团在政委杨勇指挥下，与数倍于己的国民党军激战两昼夜，完成了掩护兄弟部队渡江的任务。在长期的革命斗争中，黄克诚与杨勇形成出生入死的上下级关系。1955年，杨勇被授予上将军衔。"文化大革命"中，黄克诚和杨勇被关押在同一所监房，批斗彭德怀时，常常一起被拉上台陪斗。

1931年11月，黄克诚由红三军团第3师政委调任第1师政委。他到任不久，就赶上打赣州。在进行战前政治动员时，黄克诚专门对全师的政工干部提出要求：教育干部、战士要遵守城市政策，保护工商业，保护贸易，不许没收商店，不许逮捕老板等。但部队还未攻入城内，就发生了一件违反政策的事：一天，有人向黄克诚反映，红1

团4连没收了一家商店。黄克诚听后，直奔红4连。连政委张震见黄克诚来了，立即迎上去报告。没等张震讲完，黄克诚就冲他发了火："张震，谁让你没收商店？杀你的头！杀你的头！"连着两个"杀头"，弄得张震莫名其妙。他说："我没有没收商店，你杀不了我的头！"说完，一赌气走了。黄克诚也在气头上，临走时还气呼呼地说："查清了，还要找你张震算账！"后来弄清楚了，是红3团一个连干的。那时，红军的上下级关系就是这样，有话说在当面，说重说轻都没关系，说过也就完了。真是不打不成交。此后，黄克诚并没有因为这场争吵而疏远张震，相反，彼此的感情更加亲密。

第五次反"围剿"，战至1934年9月下旬，红军已处于十分不利的境地。10月12日晚，红三军团到达江西雩都（今于都）东北方向的水头圩、石溪坝、车头圩、禾田、仙露观等第二集结地域，做好突围前的准备工作。这期间，博古来到红三军团，在团以上干部会议上作了一个报告，声称部队要准备突围、转移阵地，但他并没有讲明要转移到何处。黄克诚联想起前几天报纸上刊登的张闻天的文章，敏感地意识到，中共临时中央已打算放弃中央苏区，向外线转移。于是，他急忙赶到红三军团的后方医院，动员伤病员立即出院，告诉他们只要腿没有问题，能走的都赶紧走，一定要跟着大部队走，安全有一定保障，否则会很危险。当时，红三军团的伤病员有1万余人，他们对于部队准备马上向外线转移一无所知。绝大多数伤病员不想或不能出院，只有少数人当即出院归队，其中有张震、甘渭汉、钟伟等人。黄克诚在医院看见张震，指名要他赶紧出院，跟着大部队走。张震的胳膊受伤很重，伤口还在化脓。他担心会拖累部队，有点犹豫。黄克诚说："你的胳膊伤没好没关系，你的腿是好的啊，不耽误走路，赶紧撤！"张震后来在回忆录里这样写道："后来听说，红军主力走后，医院被敌人打掉，医院的同志和伤病员都牺牲了。我们在雩都赶上了部队。我仍回到10团，留在团部当作战参谋。部队正忙于补充兵员、弹药、刺刀、棉衣。原来，中共中央和中革军委在各路敌军加紧向我中心区推进的严重形势下，已决定撤离中央苏区，到湘西去同红二、红六军团会合，由于这个决定极端保密，我们这些人只听说要进行'反攻'，根本不知道要放弃中央苏区，进行战略大转移。多年来，我一直认为黄克诚同志可能知道部队要走的情况，才到后方医院接我们。近年看他的《自述》，方知他当时也不知真情，而是从中央领导同志的讲话、文章中判断的，实在难能可贵！当年，如果不是黄克诚同志把我从医院里接出来，带上长征路，哪里还会有今天！"

这样的生死之交，怎么会敌不过一顿400块钱的饭局？

黄克诚要查杨勇请客吃饭花了400元的事，传到了张震的耳朵里。他震惊不已，急急忙忙地去找杨勇，商议是否赶紧主动承认错误作检讨。到了杨勇的办公室，杨勇正在同新任副总参谋长何其宗谈话。杨勇对何其宗说，副总参谋长这个位置很重要。你刚来，要多到下边熟悉情况。

"老杨，不好了！"张震一进办公室，就满脸焦虑地嚷了起来。见何其宗在，他犹豫地止住了话头。

杨勇看看何其宗，对张震说："没事，你说，什么事？"

张震叹息道："唉！我们上次在京西宾馆吃饭的事，被检举到中央纪委那里了。"

"谁这么无聊啊！吃个饭也被检举？"杨勇一脸的不屑，根本没往心里去。

何其宗插问："那顿饭吃了多少钱？"

张震说："只有400块。问题是黄老知道了这件事。他发话要查，还要处理，说'谁出主意谁出钱'。"

"黄老不是小题大做嘛！公款吃饭的事，又不是我们这一个单位有！"杨勇满不在乎地发着牢骚，他根本不相信黄克诚会真查一顿400元的饭局。

张震还是担忧，想了想说："要不，我去说说情。如果真要处理，我们大家分担饭钱。"

杨勇一拳捶在桌子上，激动起来："先别管他。我就不信黄老会处理我们！我们可都是他的老部下，当年我们共同浴血奋战，结下的深厚战斗情谊难道不敌一顿饭？'文化大革命'时，我跟他关在一块儿，还一起唱过《国际歌》哩！"

何其宗在一旁听着，越听越兴奋："你们说的黄老，就是那个在庐山会议上被打倒的黄克诚吧？他可是有名的铁面无私呀！"

何其宗年轻，对黄克诚的名字早就如雷贯耳，但一直没有见过黄克诚。他认为，黄克诚是中央纪委常务书记，第一要务是抓党风，以黄克诚的品德与个性，越是战友、部下、就越严格。现在，《规定》刚下发执行，杨勇请客的事也算是撞到枪口上了，岂有不查的道理？还是主动去作检讨为好。张震表示赞成。

杨勇一听，如梦方醒。但他仍然觉得，请客吃饭已经很普遍，自己这顿饭才花了区区400元。黄克诚再严苛，也不至于为400块钱大动干戈，伤了战友情谊。

得知黄克诚要查杨勇请客的事，不少人前来为杨勇说情。张震等参与那顿饭局的人也请求共同承担责任，低调处理算了。可黄克诚不肯让步，还让李振犀去证实，杨勇是不是牢骚满腹。若是杨勇不理解，他要好好"撸"上一顿。

李振犀回来后笑道："黄老，杨勇认为您是小题大做。事实上，很多人也都这样认为。这件事还是放一放吧。"

"喵！"黄克诚鼓了鼓腮帮子，不满地嚷了一声。他伸手抄起电话，对着话筒便说："我是黄克诚，给我接总参杨勇同志办公室。"

电话很快就接通了。

不待那边讲话，黄克诚就动气道："杨勇，你官当大了，老虎屁股摸不得了！"

"黄老，是您啊！您别说了，我这就去您那儿！"电话里立即传出杨勇诚惶诚恐的声音。

黄克诚放下电话，望向李振堺："振堺，千万不要以为这是400元钱的小事！抓党风无小事，件件都是关系到党风问题的大事！是关系到党的高级干部工作、生活作风的大事！高级干部不带头，刚制定的《规定》不成了放空炮？党风何时能好转?！不准用公款请客送礼，这一条，《规定》写得明明白白。"

"从最近中央纪委收到的信件来看，不少是反映公款吃喝、旅游的。看来，不抓确实不行。"李振堺一边听，一边若有所思地点头。经黄克诚这么一分析，他刚才还想为杨勇开脱的想法打消了。李振堺感到，和黄克诚比起来，他看问题的高度确实相差十万八千里。

黄克诚和李振堺顺势探讨起如何有效地抓《规定》落实的问题。没过多久，杨勇风风火火地跑了进来。

"黄老，我来了。"杨勇恭恭敬敬地给黄克诚行着军礼，垂手站到他的办公桌旁边。

黄克诚面无表情地说："来了好。"

杨勇诚恳地说："公款吃饭的事，我错了，我作检讨！您也不用查了，是我出的主意。这顿饭钱，我自己出。我以后也不会公款吃喝了！"

黄克诚的表情渐渐缓和下来。他指了指一旁的椅子，让杨勇坐，又语重心长地说："杨勇啊，你不要以为交上这个钱就心安理得了。请总参几位领导吃顿饭，说起来事情不算大，但你必须从内心里认识到，这个事情你就是做错了！中央有规定，已经发了文件，领导干部就要带头执行。你和张震都是我的老部下，你们应该了解我、理解我、支持我。当前，我们党内出现的不正之风，与许多领导干部不能以身作则有直接关系，这是人民群众最不满意的地方。用公款请客吃饭，就是在吃喝老百姓的血汗，不能容忍这种现象蔓延！只有党的高级干部廉洁自律，才能形成良好的党风。不要把这类问题看作是一桩小事而轻易放过。杨勇，你莫怨我、恨我，你是我的老部下。我们一起打仗，一起出生入死，一起蒙冤，在监房里一起唱《国际歌》，是共过甘苦的战友，有情有面。这些，我都记在这里。"他扬起右手，用大拇指戳了戳自己的胸口，继续说："但是，在端正党风问题上，越是高级干部，越是老部下，越要严格要求，不然，怎么服众？你说，是不是这个理？"

杨勇望着黄克诚，感觉这番话是看透了自己的心思而说的，不由得满脸羞愧："黄老，我理解您。您什么也别说了，我这就办！"

"这样很好。"黄克诚首肯道。

杨勇由衷地说："黄老，这个事，我原来认为您是小题大做，但您在电话里一挖苦，我就明白了。您刚才的一席话，更让我如醍醐灌顶。我想好了，我作完检讨，再让总参纪委将这件事发个通报，要各级干部引以为戒，您看行吗？"

"噢？"黄克诚深感意外，随即满意地笑了，"你这样想是很深刻的，有这样的觉悟就对了！"

第二天，杨勇从工资中拿出400元补上了饭钱，并作了检讨，还在总参系统发了通报，了结了此事。这件事给刚调到总参工作的何其宗留下了极深的印象，他感到震撼，心中暗暗发下誓言，自己以后无论是在总参还是在别的岗位工作，绝不用公款请客，也绝不接受公款吃喝。

杨勇的事情让黄克诚陷入了更深的思考。打铁必须自身硬。抓党风，纪检干部要以身作则，党政军领导干部更要以身作则。首先要一身正气，讲话才有力量。对党有利的就一定要讲。要顾全大局、讲党性，要不怕吃苦、不怕吃亏、不怕别人骂自己不讲情面……

黄克诚在各种场合谈到抓党风问题时，总是一再表示，抓党风就是要铁面无私，要不怕得罪人，要敢于撕破脸皮，要一视同仁。

1980年夏天，中央纪委突然接到"渤海2号"翻沉事故中死者家属们的告状信。信中所讲之事令人震惊。

1979年11月25日凌晨3时30分左右，石油部海洋石油勘探局的"渤海2号"钻井船，在渤海湾迁往新井位的拖航过程中，由于工作人员违章操作，造成钻井船翻沉、72人死亡、直接经济损失达3700多万元的特大事故。这是中华人民共和国成立以后石油系统最重大的死亡事故，也是世界海洋石油勘探历史上少见的特大事故。事件发生后，石油部很长时间未向上级报告。事发8个月后，死者家属们忍无可忍，写信向中央纪委告状。

黄克诚得知此事，大怒道："这事要管！这是事关人民群众生命财产安全的大问题。党委干什么去了？为什么拖着不报？一定要查！查个水落石出！"

中央纪委查明情况后，立即给予通报批评，认为"渤海2号"翻沉事故，是石油部领导不按客观规律办事、不尊重科学、不重视安全生产、不重视职工意见和历史教训造成的。石油部领导对此负有不可推卸的重大责任。国务院领导对这一严重事故处置不当，也是重要的失职，应当向全国人民承认错误。

1980年8月25日，国务院作出《关于处理"渤海2号"事故的决定》。《决定》指出，"渤海2号"钻井船在渤海湾内翻沉的事故发生以后，石油部迟迟不认真调查事故的原因，不如实向上级报告情况，也没有采取得力措施处理有关责任人员。事故发生8个月以后，石油部仍然没有严肃对待。因此决定：（1）接受宋振明的请求，解除他石油部部长的职务，提请全国人大常委会批准。（2）国务院主管石油工业的副总理康世恩，对这一事故没有认真对待和及时处理，在国务院领导工作中负有直接责任，决定给予记大过处分。（3）国务院对"渤海2号"上死难的同志表示沉痛的哀悼，对他们的家属致以深切的慰问。

当时分管石油工业的国务院副总理康世恩对这起事件负有领导责任。在要不要给他处分的问题上，中共中央政治局几次开会研究。黄克诚始终坚持要给康世恩处分，否则，无法向全国人民交代。人命关天，何况，这不是简单的人命问题。康世恩对革命事业忠心耿耿，对开发大庆油田，乃至对中国的石油事业作出过突出贡献；但功是功，过是过，赏罚要分明。中共中央政治局最后表决通过，给予康世恩记大过处分。康世恩受记大过处分，开了国务院副总理受处分的先河。

此决定公布后，引起社会巨大反响，普遍反映中共中央抓党风是动真格的。

"渤海2号"事故使中国石油事业遭到了巨大的打击，而国务院作出处分决定后，康世恩与石油部领导正确对待国务院给予的处分和批评，不但没有灰心和消沉，反而以更大的毅力和百折不挠的信念，振兴石油工业。为使石油工业走出徘徊不前的困境，1982年2月，中央决定康世恩回石油部兼任部长。康世恩提出撤销对他的处分的要求，得到中央纪委批准。1982年6月15日，国务院发出《通知》指出："鉴于近两年康世恩同志在石油工业部的工作卓有成效，国务院决定撤销对康世恩同志记大过的处分。"

处理"渤海2号"事件后不久，黄克诚收到中央纪委信访办转来的一封检举信。写信人，是在北京著名的丰泽园饭庄工作的厨师、全国劳动模范陈爱武。他通过学习《准则》，上书中央纪委，批评商业部部长王磊在丰泽园饭庄搞特权。王磊搞特殊化，少付钱，吃一顿"客饭"交的钱还不够买一碗汤，从1977年以后，到丰泽园饭庄吃"客饭"仅有据可查的就有16次。1980年，王磊的两次"客饭"应该付费124.92元，但只付了19.52元。至于没有留下菜单的"客饭"费，就更多了。

黄克诚想起杨勇用公款请客的事，不由得双眉一耸："又是吃饭的事？！立即派人去调查一下！"

中央纪委责成北京市纪委筹备组调查此事。经过核查，证明陈爱武反映的问题属实，并于1980年9月20日给中央纪委写了调查报告。

黄克诚看完报告，斩钉截铁地指示道："向全党发出通报，批评这种不正之风！"

李振墀不安地说："黄老，王磊可是部级干部啊。向全党发通报，会不会在高级干部中引起震动？要不要再考虑一下？"

李振墀考虑的是，国务院刚刚对副总理康世恩作了处分，在社会上引起不小的震动。现在又要通报批评一位部长，会不会对高级领导干部的整体形象产生负面影响。

"引起震动才有效果！"黄克诚毫不动摇，"振墀，这不是小事啊！这是特权行为！先是杨勇，现在又出来个王磊，都是党的高级领导干部！明天还会有谁？长此下去，党风怎么抓？怎么变好？我们重视抓党风，不能停留在嘴巴上、口头上！也别小看这举报信，这是人民群众敢于向特权思想挑战的表现，这是一种好现象、好风气！我们若是不理不睬，或是不痛不痒地处理，岂不会寒了人民群众的心？不管职务多高，干部都是人民的公仆，而决不是人民的老爷，必须接受人民群众的监督。只有养成这样的风气，我们的党风才能从根本上好转！"

根据黄克诚的指示，10月14日，中央纪委发出通报，批评了商业部部长王磊在丰泽园饭庄吃喝不照付费用的错误，表扬了陈爱武敢于同错误倾向作斗争的精神，转发了北京市纪委筹备组的调查报告，并向全党发出通报，要求纠正干部的特殊化和吃喝风。10月16日，商业部党组召开会议讨论王磊的错误，王磊作了检讨。他承认在丰泽园饭庄请客吃饭多次少付款，1980年的两次"客饭"应付款124.92元，但仅付款19元。会后，王磊称病住院，丰泽园饭庄的领导还去看望他，表示歉意。陈爱武因此受到打击报复。

10月17日，《中国青年报》以《青年厨师陈爱武敢于向特权挑战》为题，报道了陈爱武的勇敢行为。10月18日，《人民日报》在转载该文的同时，还刊登了中央纪委表扬陈爱武、批评王磊的通报和中共商业部党组讨论王磊错误后的决定。王磊迫于舆论压力，出院后又几次在会上作检讨，并亲自到丰泽园饭庄认错，还责成商业部系统的饭店修改了不合理的"客饭"制度。

此事在高级干部中确实引起了不小的震动。事后，一位担任中央高级职务的领导人对这样处理有些意见，认为对一位部长在饭庄吃饭的事情，全党发通报批评、《人民日报》进行报道，是小题大做，处理得过重、过分了，还批评《人民日报》"乱点名批评领导干部"。黄克诚知道后很不高兴，在列席中共中央书记处会议时，对主持人胡耀邦讲："耀邦同志，我有几句话要说。"胡耀邦说："黄老有话，您就先说吧！"黄克诚高声问："XX同志来了吗？"XX马上站起来说："黄老，我来了。"黄克诚批评说："你现在官做大了，老虎屁股摸不得了！听说你对王磊这件事的处理耿耿于怀，是不是打在王磊身上、痛在你的心上呀？你是不是也像他那样请客吃饭少付钱呀？同志们想想，这种不正之风不这样刹，能刹住吗？现在，老百姓对领导干部搞特殊化的现象十分不满，不就是因为领导干部不自觉吗？难道就不能批评了，不能见报了？有什么不得了？又不是'文化大革命'，一点名就要打倒、搞臭。这是人民群众监督、新闻监督、舆论监督，听听老百姓的声音有什么不好?！如果人民群众提点意见就遭到打击报复，谁还敢给你提意见？没有群众的监督，那太危险了！对于党内的不正之风、以权谋私等现象，我历来是非常憎恶的。廉洁自律是一名共产党员应该做到的，是共产党员的基本准则。我们共产党就是要在一点一滴的行动中，建立起群众对我们的信任。"XX面红耳赤，认为黄克诚批评得对，不仅没有对黄克诚心生怨恨，反而越发尊敬他了。

　　黄克诚的话得到了胡耀邦等中央领导人的赞同。胡耀邦表示，在廉洁自律方面，我们应该以陈云同志、黄克诚为榜样。他还以陈云、黄克诚两人的住房为例加以说明："陈云同志当初住北长街时，要给他修房子，他不修。碰上唐山大地震，只好给他在房顶上搭一个防震的棚子办公，上面铺上厚木板。陈云同志就坐在那个铁框框里，见了好多中央领导同志，像小平同志、剑英同志、先念同志、依林同志，他们就在那铁架子底下谈话。黄老住在南池子，去过的同志都感觉得到，周围的环境十分嘈杂。摊贩的叫卖声、来往的汽车喇叭声，对年老体弱、有时在家办公，睡眠也不好的黄老干扰很大。他的秘书找管理局商量，准备加高一点围墙，修缮一下大门，以减少噪声，可一次次都被黄老拒绝了。现在有了《准则》和《规定》，我们大家有义务带头做到。"

　　发现问题就及时查处，这样才有利于党风的好转。处理王磊事件的过程，令黄克诚感到抓党风已真正成为全党的共识，心中甚是欣慰。

　　杨勇请客事件、"渤海2号"事件、王磊吃"客饭"事件，一件接一件。可是，一波未平，一波又起。

第五节　抓党风抓到了党中央主席头上

一天早上，黄克诚拄着拐杖刚来到办公室，李振堹就紧张地向他汇报说，有几封群众来信，反映了华国锋的三件事。因为紧张，李振堹都有些结巴了。

当时，华国锋是中共中央主席，竟有群众反映中共中央主席的问题，这可是个爆炸性的事件！

"什么?! 反映华国锋?! 我没有听错吧?!" 黄克诚也感到震惊，连声问。

"您没听错，是反映华主席的问题。"李振堹仍有几分紧张地回答道。

黄克诚镇静下来，让李振堹具体说说是哪三件事。

李振堹一封封地拿起信念起来。这三件事，一是华国锋去江苏视察时，外出沿途搞戒严，影响交通，造成上班族迟到，引起群众不满；二是中共中央党校的教授反映，有人把华国锋在中共中央党校作报告时坐的椅子送到了博物馆；三是山西群众反映，当地政府在给华国锋的交城老家修故居、建纪念馆。

黄克诚听着，眉头越皱越紧，突然，像受了打击似的说："这不是搞新的个人崇拜嘛，应该查！"

李振墀连忙劝阻道："黄老，您再考虑考虑。这查的是党中央主席啊，中央纪委好不好插手？敢不敢查？"

"不查，我们《准则》和《规定》就形同虚设啊。这样，你让管党风党纪工作的几个同志来一下。"黄克诚有气无力却又肯定地说。如果这些事情是真的，他感到难过。党和国家刚刚经历了个人崇拜的时代，还没缓过气来，怎么又要回到老路上去？

黄克诚拄着拐杖，在办公室缓缓地踱着步，脑海里急速思考着如何调查这反映上来的三件事，以及查处华国锋将会带来的后果与影响。

黄克诚最早知道华国锋，是起于华国锋"杯酒定湘阴"的传奇故事。

话说1949年8月，程潜在湖南率部起义后，解放军进驻长沙，湖南新政府成立，湖南各地的政府也在进行交接。但在交接过程中，有些工作团遭到反动分子的疯狂暗算。派去接管湘阴的土改工作团，前两批人员一到，就被当地的匪特恶霸谋杀了。华国锋是第三批派往湘阴的干部之一，任县委书记、县武装大队政委。他当时才28岁，却已有10年的治县经历。面对匪特恶霸势力猖獗的形势，他沉着机智，一面张贴布告，宣布枪毙某几个在押的杀人土匪；一面发出政府通告，设下名酒河豚宴，邀请各保甲、各乡村的首领和社会贤达共商建设新湘阴大计。这一硬一软两手兼施，宴席一过，各保甲、乡村的首领就上交枪支，认捐钱粮。之后，华国锋雷厉风行，领导全县人民开展了减租退押、清匪反霸、土地改革等运动，令湘阴这个当年民生凋敝，水灾、虫灾（血吸虫病）肆虐，土匪、恶霸横行的地区，没杀几个人就完成了建设新政的任务，出现了大治的气象。这称得上是一段地方政权顺利、果断交接的传奇，一时间，华国锋"杯酒定湘阴"，在湘潭地区乃至湖南全境传为佳话。

黄克诚担任湖南省委书记时，湖南各地的匪特恶霸势力仍威胁着刚刚建立的新生政权。华国锋将湘阴的匪特武装、恶霸势力收拾得服服帖帖，支前、防洪赈灾、土改等工作也都走在湖南各地的前头，而且群众的口碑非常好，引起黄克诚的特别关注。后来，华国锋根据下乡时碰到的实际情况，总结概括出联系群众的三条"铁规"，第一，到农民家里，坐凳子不吹灰；第二，群众做饭时，要帮助烧火；第三，吃饭时要和住户拉家常，不能吃"哑巴饭"。黄克诚得知后，如获至宝，要求湖南全省干部借鉴华国锋的经验，干部下乡时要学习这三条"铁规定"。

对华国锋的使用问题日益受到黄克诚的重视。湘潭县委书记杨第甫调任湖南省委副秘书长后，由华国锋接任。

华国锋到湘潭县任职后，在韶山冲搞农村互助组试点，还专门调研了韶山公路和来韶山冲的参观者情况。华国锋觉得，到韶山冲参

新中国成立初期，黄克诚（左三）在湖南

观毛泽东故居的人日益增多，而且还有外国记者，而韶山公路只是条简易公路，又不通客运汽车，对参观者来说极不方便。去韶山需要步行30多里，才能到达。于是，华国锋给湖南省打了个扩修韶山公路的报告。黄克诚看了报告十分高兴，肯定了华国锋的想法："好！你的这个想法非常好！我们搞社会主义建设，就是要改变落后的面貌。现在，我们湖南的经济状况大为好转。这条公路要修，要扩修，而且一定要修好、修宽、修漂亮！你现在是湘潭县委书记，这个任务就交给你了！要修一条让韶山人民群众满意、自豪的路，修一条社会主义公路！"

修韶山公路的事颇费周折。

当初，黄克诚就任湖南省委书记后，湖南发生了严重的水灾，紧接着又遇到夏荒。就在他绞尽脑汁解决夏荒难题的时候，长沙地委和湘潭县委一份请求修缮毛泽东故居及修建韶山公路的报告摆到了他的办公桌上。他动心了。在这之前，1950年5月，毛泽东派毛岸英回韶山省亲，湖南省没有派人陪同。那时，从湘潭到韶山还是走小路。毛岸英从湘潭骑马，在离韶山30里远的银田寺下马，然后步行回韶山。此事让黄克诚感到，修缮毛泽东故居和修建韶山公路很有必要。毛泽东作为新中国的领袖，他的故居必定会成为人们的参观地。在这个时候提出修缮毛泽东故居和修建韶山公路，可以说正中黄克诚下怀。可是，修缮毛泽东故居还好办，修公路的钱从哪里来？湖南省的公路建设规划当时还只在县级公路阶段，韶山公路属于乡级公路，尚无规划。况且，正在进行抗美援朝战争，后期的支前任务繁重，资金紧张，根本拨不出这笔钱。黄克诚和湖南省委领导班子成员商议后，批建韶山公路，但经费由湘潭县自己解决。

几个月后，黄克诚下去检查工作，来到湘潭，发现韶山公路已修了一半。他好生奇怪，湖南刚刚解放，各地的财政状况很糟，人民币还未被人们完全接受,而且刚刚经历了夏荒。可他在湘潭检查工作时,一路上发现各区乡都拉起了电话线,韶山公路也在如火如荼地修建。湘潭是怎么做到的?当初,他批复修建韶山公路时,让湘潭自己解决修路经费问题,本以为筹集经费需要一段时间,哪想到湘潭竟已经把路修到这个份儿上了!

黄克诚问时任湘潭县委书记杨第甫:"修路的钱从哪里来的?"

杨第甫回答:"财政积累。"

"你们地方财政,怎么积累得这样快呢?"黄克诚追问道。湖南其他地方,总是隔三岔五地向省里叫穷要拨款。

杨第甫就一五一十地给黄克诚算账:湘潭有 50 亿元旧币的财政积累。这 50 亿元的主要来源是两个。一是卖余粮的收入。湘潭县通过保甲长征收了公粮,但只准征收、不准运出。年终结算时,有余粮 5 万多担,将这余粮统一卖出,得了一笔款子。二是卖盐的收入。湘潭解放时,国民党的县长在逃走的时候企图运走一批食盐,结果被湘潭的中共地下党截获。后来,在人们拒收人民币时,湘潭县委决定将这批盐投放市场,并且不收金银和现洋,只收人民币,此举很快就稳定了市场和民心。湘潭用所得款项安置了大批前方的伤员,并筹建了两个米厂。一次,杨第甫看到有苏联朋友背着摄影机走小路去韶山拍纪录片,就萌发了修韶山公路的想法,认为这是满足全国人民以及世界各地人民参观韶山毛泽东故居愿望的一件大事。

黄克诚高兴地从湘潭返回长沙,却收到了毛泽东于 1950 年 9 月 20 日写给他和湖南省政府主席王首道的信。信中要求停止修建毛泽东故居和韶山公路:"据说长沙地委和湘潭县委现正进行在我的家乡为我建筑一所房屋,并修一条公路通我的家乡。如果属实,请令他们立即停止,一概不要修建,以免在人民中引起不良影响。是为至要。"

黄克诚的眼睛湿润了。什么是领袖?毛泽东的言行就是证明。毛泽东的胸怀、毛泽东对人民的感情，如天高海深，是黄克诚和湖南省委未能体悟到的啊！原以为修缮毛泽东故居、修条公路不是什么大事，可毛泽东想得如此深远！一定是毛岸英在韶山省亲后，把亲眼看到的韶山亲人和乡亲们的生活状况汇报给毛泽东，毛泽东对家乡的担忧更深了。是啊，毛泽东是为湖南担忧啊！新中国才成立不久，湖南的情况如此，有些省比湖南更困难，怎么令毛泽东不担忧？他心中装的是万民啊！

黄克诚不得不叫停了毛泽东故居和韶山公路的修建工程。1950年11月，毛岸英在朝鲜战场牺牲后，湘潭县出于对他的怀念，把韶山公路修通了。但就是条简易公路。华国锋提出扩修韶山公路，黄克诚求之不得。终于能为韶山做点实事了，他感到，这是自己的荣幸，也是自己的历史责任。表面上看，韶山是毛泽东的家乡，但从长远来看，黄克诚相信，韶山公路必将是一条历史性的公路，"毛泽东"这三个字，也必将成为人类的历史记忆。

黄克诚计划待韶山公路扩修后，找时间去韶山看看。不料，他很快就由毛泽东点将，上调到中央军委工作。后来得知，华国锋不仅把韶山公路扩修了，在湖南的政绩也是有口皆碑，黄克诚甚感慰藉。斗转星移，1977年，正是华国锋批准，黄克诚得以回到北京治病，进而复出工作。

黄克诚回忆着与华国锋交往的点点滴滴，又想起唐太宗和魏徵的故事。魏徵在《谏太宗十思疏》中写下谏言："君人者，诚能见可欲，则思知足以自戒；将有作，则思知止以安人；念高危，则思谦冲而自牧；惧满溢，则思江海下百川"。唐太宗则从谏如流，成为千古明君。今天的中共中央主席，不是封建皇帝，更应该身居高位而积其德义，以图天下归心、国家安定。华国锋本是厚德之人，一定不会阻挠调查他，更不会迁怒于调查人。这样想着，黄克诚越发相信华国锋会坦然

第二章 抓党风铁面无私

105

面对中央纪委的调查。

这三个纪检干部来了，看过那几封信后，不敢相信似的问："黄老，真查华主席啊？"

黄克诚透过墨镜看着他们，反问道："你们是什么意见？"

这三个干部面面相觑，不敢说话。

黄克诚坦荡地说："我对华国锋同志有一定的了解。我在50年代任湖南省委书记时，华国锋同志先后任湘阴县委书记和湘潭县委书记等职。他为人忠厚，谦逊平和，廉洁自律，作风务实，从不张扬，是一位可以沟通、听得进不同意见的领导人。再说，党的十一届三中全会后已有'少宣传个人'的决定。查这三件事，华国锋同志是会理解的。"

黄克诚所说的"决定"，是指中共中央于1980年7月30日发出的《关于坚持"少宣传个人"的几个问题的指示》。《指示》作出五项具体规定："从现在起，除非中央有专门决定，一律不得新建关于老一代革命家个人的纪念堂、纪念馆、纪念亭、纪念碑等建筑。正在建设的和虽已建成但尚可改造的，应尽可能改建为其他社会经济文化福利设施"，"现尚在世的中央领导同志的故乡、母校和曾经活动的场所，一律不得进行任何形式的纪念布置"，"报纸上要多宣传马列主义、毛泽东思想，多宣传社会主义优越性和工、农、兵、知识分子为四个现代化奋斗的成就，多宣传党的政策方针决议，少宣传领导人个人的没有重要意义的活动和讲话"等。

三个干部谨慎地请黄克诚作指示。

"你们先给华国锋主席写封信，说明对群众反映的这三件事，中央纪委准备调查，请他对这三件事提出意见。你们要大胆调查，不要有什么顾虑，一切后果由我黄克诚负责。"黄克诚指示道。

随后，中央纪委成立了三个调查组，准备分别赴江苏、中共中央党校和山西三地调查。

也许这件事确实太重大了,黄克诚内心也无形中感受到压力。这时,他的气管炎又一次复发了。在唐棣华的一再坚持下,他才同意让医生上门来作了检查。医生认为,他这次气管炎复发很严重,必须卧床休息一阵,还建议他在医院进行一次全面体检。

医生走后,唐棣华就催促他去医院,并交代丛树品,有什么事,让办公室的同志到医院向黄克诚汇报。黄克诚勉强同意了,但坚持在住院前先去一趟办公室。这天正好是三个调查组出发的日子,他必须亲自和调查组的同志再面对面交流一次,免得他们有思想包袱。

黄克诚正要出门,李振墀举着一封信来了,看上去很高兴。

李振墀说:"黄老,华主席给中央纪委回信了!"

"哦?快念一下。"黄克诚赶紧在椅子上坐下来。

李振墀急切地说:"信中说,这三件事都有,已经作了处理。"

黄克诚高兴地笑了:"已经作了处理?好呀!我就说嘛,华国锋主席会理解的。他是个廉洁自律、听得进意见的领导人!怎么处理的?"

李振墀把信仔仔细细地念了。

华国锋对三件事作了如此处理:对第一件事,他亲自给江苏省委主要领导打了电话,批评他们这样做不对,今后不准那么做;对第二件事,他给中共中央党校打了招呼,让他们把椅子从博物馆撤掉了;对第三件事,他给山西省委第一书记王谦说了,交城已经没有他的房子,正在修的是他哥哥的房子,请马上停工。

"华主席态度鲜明、处理得当,好!好!非常好!"黄克诚双手的大拇指齐齐地翘着伸了起来,脸上的表情欣慰至极,"哦,对了,既然三件事都处理好了,告诉调查组,不用去了,即刻解散!"

李振墀长长地吐出了一口气。

黄克诚又说："调查组可以不去了，但还要在这三件事上做做文章。第一，把华国锋同志的信登在《党风与党纪》上。第二，建议中央发一封信，告诫全党要防止新的个人崇拜。你赶紧起草个报告，把这个意见向中央报告。"说完，他剧烈地咳了几下。

李振犀连忙端了一杯水递给黄克诚，待他止住咳嗽，有些担忧地问："黄老，对这三件事，华主席已妥善处理了。还这样做文章，对华主席的形象会不会有影响？"

黄克诚觉得这个问题非常奇怪："怎么会有影响呢？我认为，此事恰恰反映了华国锋主席遵规守纪、以身作则的领导人风范！"

李振犀若有所悟："明白了。我这就去起草报告。您就安心的去医院休息一段时间吧。办公室有什么事，我们会向您汇报的。"

"好，你去办公室，把这个事跟鹤寿同志详细汇报一下。他若没有意见，报告即刻呈送中央。"黄克诚点点头，这才如释重负。

黄克诚的意见得到中央高度重视。1980年10月20日，中共中央书记处会议决定，今后二三十年内，一律不挂现任党和国家领导人的像，以利于肃清个人崇拜的影响。10月23日，中共中央又发出《转发华国锋同志的信的通知》，指出，今后在公共场所不再悬挂华国锋的像和题词。这个文件的下发，对于消除和防止个人崇拜、净化政治环境和人们的心灵，具有重大意义。

黄克诚抓党风，抓在实处。无论是曾经共同出生入死的战友、部下，还是身居高位的中共中央主席，他都一视同仁、秉公维纪，凛然无私的形象越发受人敬重。

第六节　正人先正己，坚决不去外地休养

黄克诚因气管炎复发住院，十几天后才出院。

周日的上午，黄克诚坐在院子里一边晒太阳，一边听丛树品念报纸、文件。刚念完，他的老部下洪学智、杨勇、吴信泉、张震等人就走进院子，一个个喊着"黄老"，上前向黄克诚问候。

丛树品连忙走进屋去，搬出几把椅子来，招呼大家坐下聊。

几个人坐在暖暖的阳光里，愉快地聊起天来。

黄克诚抬起头来，欣慰地说："杨勇、张震，你们俩能来看我，我很开心。这说明，你们真的理解我了。"

"难道我们会口服心不服吗？我们作为您的老部下，也是受党教育几十年的党员干部，违反纪律，那不是给您抓党风添乱添堵吗？"杨勇的话里包含着歉意。

黄克诚点指杨勇："你的这个说法不准确，不是给我添乱添堵，而是给党添乱添堵。抓党风党纪，是我们每个人的大事。"

杨勇诚恳地说："是，黄老说得对。只要我们认真抓党风，自己的身子正了，就会影响到身边的人。抓党风是落实在一件件事情上的，很有效。我是深有体会了！"

黄克诚赞道："这说明你对抓党风有了清醒的认识，这样的干部越多越好。"

张震说："黄老，您查华主席的事，让人们敬佩。大家都说，中央纪委要是都能这样执纪，就不愁党风不好转！"

"噢？"黄克诚的神情专注起来。

张震道："您看，您和华主席，一位是中央纪委常务书记，一位是中共中央主席。您没有因为职务低一些而'回避''失职'，华主席也没有因为位高而居高临下地'扣压''擅行'。你们想到一块儿了。您要报告、要求查，华主席已明确、已纠正，使本来让大家感到敏感、棘手的问题，就这样简单快捷、轻松愉快地解决了。"

杨勇立即附议道："就是。这是需要非凡的气魄、宽广的胸怀和崇高的精神境界的啊！现在，党内外最缺少也最需要的，就是这样的上下级关系和监督与被监督的关系！"

"心底无私天地宽"，洪学智在一旁缓缓地吟了一句，说，"黄老，您和华主席诠释了这句话的含义。"

洪学智又道："有人说，中央纪委作为党中央的纪律检查机关，接到群众反映的情况，尽管涉及党中央主席，也一方面如实上报，一方面及时核查，没有隐瞒不报、压下不查，而是秉公办事、严格执纪，真正起到了党的'保健护士'的作用。这样的纪检工作，让人们看到了党风彻底好转的希望。"

"对，对。"杨勇、吴信泉、张震齐声应着。

黄克诚沉思着说："党中央主席也需要群众监督，才能不犯错误或少犯错误嘛……呃，我听说自从开展真理标准问题大讨论以来，'凡是派'和否定毛主席的倾向争论得十分激烈，你们怎么看？"

"庐山会议上，毛主席要是不犯错误，您也不会蒙冤20多年。"洪学智脱口而出。

黄克诚摆摆手:"毛主席有错误,但在长期的革命斗争中,是在毛主席领导下,我们党形成了很多优良传统。毛主席为什么有那么高的威望?不就是因为带领我们夺取了政权,建立了新中国,使我们党成了执政党吗?难道,这也要否定?"

"这个当然不能否定,但还有人说,毛泽东思想已经没有什么价值了。老实讲,对这个说法,我有时觉得有道理,有时又觉得是胡说八道。"杨勇说。

"我被关押期间,常常反思我们党的历史、反思庐山会议。渐渐地,我想明白了,毛泽东思想不是偶然产生的,而是几亿中国人民在几十年革命斗争中的产物。实践已经证明,毛泽东思想是马列主义原理同中国革命具体实践相结合的产物,是在中国革命实践中发展了的马克思主义,有中国的特点,有自己独特的内容。"黄克诚清癯的面容上,显露出一种深思熟虑过的坚定。

吴信泉立即说:"这个是千真万确的。"

黄克诚冲他点点头:"我复出后狠抓党风,对这些问题思考得更多、更深了一些。实事求是、理论联系实际没有价值了吗?为人民服务没有价值了吗?新中国成立以后,我们党成了执政党,经历了一个极大的历史转变。这个转变带来了一系列新情况、新问题,对党员的思想、作风产生着深刻的影响。有一部分同志滋长了不良倾向,这种不良倾向越来越严重。对这种现象,毛主席早有警惕并着手解决。进北京之前,他就说过:'因为胜利,党内的骄傲情绪,以功臣自居的情绪,停顿起来不求进步的情绪,贪图享乐不愿再过艰苦生活的情绪,可能生长。'正是这些情绪支配着我们的一部分同志,他们渐渐放任自己,忘掉了革命理想,追求个人权势与享受,丢掉了党的优良传统。这种不良倾向,也要怪到毛主席头上吗?"

在黄克诚说话的过程中,洪学智几次想插话,都没插上。

"我们看问题，要客观地看，不能因为毛主席在晚年犯了重大错误，就把他好的方面否定了，把毛泽东思想也一股脑儿地抛弃掉。那样很危险，党可能分裂，国家可能混乱，我们会吃大亏的。"黄克诚说得动情，抓起拐杖，在地上使劲地磕了磕。

洪学智有些负气地问道："那您说，现在该怎么办呢？"

"是呀！否定毛主席的声音很大，加上'文化大革命'的伤疤仍历历在目，这种声音反响很大。"杨勇顺着洪学智的话说，甚是担心。

黄克诚咬动着腮帮骨，没有立即作答。

张震不知黄克诚为何突然沉默，有些不安，朝洪学智看了一眼，连忙打起了圆场："呃，我们别说这些事了，今天是来看望黄老的。"

洪学智会意地说："对对对，黄老，听说您的气管炎犯了，我想给您提个建议。"

黄克诚怔了一下，明白了洪学智内心的"小九九"，故意道："好啊！你的建议能治气管炎？"

洪学智说："黄老，气管炎主要与气候、环境有关。您去南方休养一段时间，保证会好起来！"

张震也说："就是。去南方休养，也就没有工作打扰了。"

黄克诚苦笑道："我一出去，就要带一帮人陪护，那要花公家多少钱！还要给地方添很大麻烦。去不得，不能去！"

"黄老，您就别总想花钱的事了。身体健康，您不是可以为国家做更多的事吗？"洪学智嗔怨道。

"我坚决不去外地休养，你们都不要劝我了。我去休养，那是浪费公家的钱。即使浪费一分钱，也愧对老百姓。现在抓党风，贯彻落实《规定》，我们每个党员领导干部都应该从自身抓起，我怎么能去外地休养呢？你们来得正好，我们再好好聊聊党风的事、聊聊军队的事。"黄克诚说。

见黄克诚兴致很高，张震他们就反映了部队里一些同志对经济政策和某些政治措施不大理解的问题。黄克诚很坦率地谈了自己的意见。他说，对这个问题要注意。如果这个问题不解决，对军队工作不利，对军党关系、军政关系、军民关系都不利。时间长了，积累多了，遇到某种情况，就可能发生问题。"我有些担心，对这个问题一定要重视起来。"黄克诚说，"目前，我们处在一个大转变时代。这是战略性的转变，大家的思想要跟上这个转变。在这个大转变过程中，有许多重大问题需要重新研究、重新认识。马列主义、毛泽东思想的基本原理，比如辩证唯物主义、历史唯物主义，那是不能改变的。可是，马克思、恩格斯、列宁和毛主席对许多问题的具体结论，具体的方针、政策，是必须重新根据当前的情况去考虑的。甚至无产阶级专政这样的重大理论问题，在社会主义的生产关系已经建立、资产阶级已经消灭的情况下，是否还要像革命刚刚胜利的时候那样去强调、去解释，也是需要重新研究、重新认识。至于政治、经济、文化、教育等许多方面的具体问题，在方针、政策上作些改变，以至作很大的改变，那就更不应当大惊小怪了。不作大的改变不行，小改解决不了问题。我们的社会主义建设搞了30多年，生产力的发展还不如台湾地区快。这个问题还不值得我们好好想一想吗？再看看人民的生活，前几年有很多人吃不饱、没饭吃，这样下去，怎么得了！如果还照老办法，不转变，弄得人民活不下去，他们就会起来逼着你转变。你假如不转变，就得下台。这几年，我们改变了过去那一套，把党的工作着重点转移到经济建设方面来，现在已经看到了好的效果。应当说，我们党的现行政策在总的方针上、在方向上、在各种重大问题上，都是正确的、积极有效的。当然，在这样广泛的转变中，也出现了一些新问题。例如，农村的包产到户就是新问题中的一个。由于过去对包产到户批判了那么多年，现在一听就害怕、反感。其实，有些地方只有用这种办法，群众才愿意干，才能多打粮食，为什么不能用？问题是不要搞'一刀切'，不要不分情况，一律都那样搞。总之，要看到实行这种大转变之后，这几年，农民是高兴的，工人是高兴的，知识分子是高兴的。现在的问题就是，我们的干部中有一部分人不那么高兴，军队里有一部分干部和战士不那么高兴。他们有的是不了解全面情况，有的是觉得自己没有别人得到的好处多，还有的是受过去影响，思想上转不过来。对部队中的这些认识问题，不要责备、批评，更不要歧视，要多做解释，耐心地讲道理。对那些仍然想不通的同志，要允许他们保留意见，让他们继续看看再说。总政、《解放军报》可以根据部队的思想情况，写一些内部或公开的教育材料到部队去宣讲，特别是领导干部要亲自下去讲。在这个大转变的时候，领导干部亲自下去做思想工作，是非常重要的。"

忽然，一阵风刮过，吹得树叶沙沙作响，大家就张罗着进屋去。这番讨论不是三言两语就能结束的，他们都做好了长时间辩论的心理准备。

这个上午，聊得很尽兴。若不是考虑到黄克诚的健康问题，恐怕再晚也收不住。在与老战友、老部下的叙谈中，黄克诚抓党风的思路更加清晰了。

第七节　不能放过经济领域的违纪案件

党的十一届三中全会决定中国实行改革开放政策以来，社会生产力得到了极大发展，人民的思想进一步解放，中国特色社会主义建设也在稳步推进。然而，黄克诚看到，实行改革开放政策以后，在不长的时间里，就有相当多的干部被腐蚀了，经济犯罪的程度和人数已远远超过20世纪50年代初的"三反""五反"时期。而且，这股邪风越来越猛。因此，在抓党风工作中，黄克诚从实际出发，把打击经济领域的犯罪行为作为抓党风的重要环节。在中央纪委召开的第三次贯彻《准则》座谈会上，黄克诚还作了题为《关于思想僵化问题和经济问题》的报告。他在报告中说："经济方面的问题，不属于我们纪委的职权范围。但是，现在国家没有设立监察委员会，党的纪委就要代行一点国家监委的工作……经济方面的问题很多，纪委能起的作用有限。在这方面，纪委的工作重点是抓抗拒执行国家计划、违反国家财经制度或玩忽职守给人民造成重大损失的违纪案件以及打击投机倒把、走私、贪污、盗窃国家财产等等。"

1982年年初，中共中央批转了中央纪委关于打击经济领域犯罪活动的简报，接着向全党发出紧急通知，开展这方面的斗争。

1982年4月13日，中共中央、国务院又发出《关于打击经济领域中严重犯罪活动的决定》，指出，这场斗争关系到我国现代化建设的成败，关系到我们党和国家的盛衰兴亡。

根据中共中央的紧急通知和《决定》的要求，中央纪委迅速行动，派出司局级以上干部154名，分赴各地，充实、加强打击经济领域犯罪活动的办案力量，直接参与大案要案的调查处理工作。8月17日，黄克诚在中央纪委第四次全会上讲话时，专门讲到了打击经济领域里严重犯罪活动的问题。他说，半年多来，这场斗争已取得了不起的成效，沉重打击了一大批贪污盗窃、行贿受贿、投机诈骗等形形色色的经济犯罪分子，保卫了社会主义的经济基础和"四化"建设，保证了我们国家更好地沿着坚持四项基本原则的轨道前进。他强调，今后相当一段时间内，各级纪委仍要把很大的精力放在这项工作上，"抓这项工作也就是抓党风"。

黄克诚要求纪检部门，一是要下一点狠心，改变软弱的状况，拿出大无畏的精神来，不要怕得罪人；二是要改变执法失之于宽，使人民利益受到损害的倾向，以实际行动为抓好党风作出贡献。

黄克诚还抓了在外事活动中接受礼品的问题。他认为，在外事活动中接受礼品有损国格、人格。化工部党组成员、副部长杨义邦，是个年轻干部，在对外经济工作中接受礼品，并犯了严重错误。黄克诚坚持要作出处理，第一次，即1982年2月，给了杨义邦党内严重警告处分。后经进一步核实材料，发现处理太轻。事隔不到半年，1982年7月，中央纪委又作出第二次处理，给予杨义邦留党察看两年和撤销党内一切职务的处分，并建议撤销他在党外的各种职务，另行分配工作。8月11日，国务院撤销了杨义邦的化工部副部长职务。

这以后，中央纪委又狠刹建房分房，党政机关和党政干部经商、办企业，以及党员干部索贿、受贿，干部出国等方面的不正之风，并颁布一系列规定，要求各级党委、纪检部门和每个党员认真贯彻执行。

在狠抓党风过程中，黄克诚不管对什么人，都采取近乎"不合情理"的严格态度，其实都是着眼于大局。他希望开一个真正严格治党的头，使党内的民主监督机制有效地建立起来。

对于各地贯彻执行《准则》的情况，1982年9月，中央纪委在向党的十二大的工作报告中指出："三年来的实践证明，这个《准则》起了教育党员，纠正党组织和党员中违背党的组织原则的作用，成为端正党风的强有力的武器。各级纪委认真贯彻执行《准则》，把纪律检查工作提高到了一个新的水平。"2005年，陈云诞辰100周年前夕，中共中央政治局原常委宋平在一次接受采访时说："我觉得党规党纪那十二条是非常好的。可以说把'文化大革命'所破坏的一些党规党纪恢复了起来。而且应该说，在新的情况下面还有些新的提法。所以这个党规党纪，当时大家都非常赞成，我看现在再发扬下去还是有用的。"

黄克诚是一个每每看问题会多看困难的人。改革开放风云初起时，他未轻率乐观。他深感：对于党组织来说，"文化大革命"造成的思想、作风弊病和"溃疡"尚未治愈，党的工作重心已转到发展经济上来。这有如一个身有内伤、尚未完全康复的人，已经开始了高速度的新长征。而"让一部分人先富起来"的口号会引起什么样的后果？作为共产党人不可能当"先富"的那部分人，必须考虑大多数人的未来。经济领域的腐败案件频发，而治理腐败还不够有力，会留下太多隐患。在这种情况下，党的自身建设和对各级党政领导干部的监督管理将是成败攸关的。他明白，要使党风有质的提高，必须靠全党之力——上到中央最高领导人一抓到底的决心，下至广大党员乃至普通群众的有效参与。尽管黄克诚明确意识到自己已年迈力衰，但作为一名老共产党员，他唯一的选项只能是竭尽全力。

第三章

参与领导平反冤假错案

第一节　上交彭德怀珍贵手稿

复查和平反党的历史上形成的一些重大冤假错案，是"文化大革命"结束后拨乱反正的一项重要内容。

1977年12月之后，中央组织部在胡耀邦主持下，冲破重重阻力，于党的十一届三中全会召开前的一年时间里，直接办理和复查平反副部级以上干部130多人，打开了在全国范围内落实干部政策、平反冤假错案的局面。中央纪委恢复成立后，平反冤假错案工作大刀阔斧地开展起来，黄克诚参与领导了这项工作。

第一个得到平反的举国关注的冤假错案，是彭德怀冤案。

彭德怀是中华人民共和国开国元勋、中华人民共和国元帅，中华人民共和国成立后，任中共第六至八届中央政治局委员、中共中央军事委员会副主席、国务院副总理兼第一任国防部部长等职。在近半个世纪的革命斗争中，彭德怀南征北战，历尽艰险，为中国革命的胜利，为人民军队的成长壮大，为保卫和建设社会主义祖国，作出了卓越的贡献。他在1959年的庐山会议上蒙冤，"文化大革命"中又惨遭迫害，于1974年11月29日在北京逝世。

彭德怀是黄克诚的老首长、老战友。自1930年5月红三军团成立起，绝大部分时间，黄克诚在彭德怀的领导下战斗、工作。1930

年5月，红5军第5纵队进抵湖南平江县，同红5军主力会合。在平江，第5纵队第8大队政委黄克诚第一次见到彭德怀。打下平江后，部队稍事休整，即向江西开进，打响了修水之战。经一夜激战，全歼守军，占领了修水县城。这次战斗中，第5纵队担任主攻。黄克诚身先士卒，率领攻城部队，冒着国民党军的枪林弹雨，爬云梯登上城头。这是黄克诚到红军后，第一次参加攻城战斗。此战歼灭国民党军1个营，活捉营长和保安队队长，缴枪300多支。彭德怀对黄克诚的表现十分赞赏，他对一些领导干部说：打一仗就能识别一个干部。修水这一仗，我们认识了黄克诚。在随后红5军的整编中，黄克诚调到第3纵队第2支队任政委。此后，黄克诚多年跟随彭德怀，成为彭德怀十分信任的一员干将。在行军途中、在宿营地里，他们总是谈得无拘无束、十分融洽，有时也争论得面红耳赤、各不相让。1952年，黄克诚奉调中央军委，又一次和彭德怀共事。在彭德怀外出时，黄克诚代他处理中央军委日常事务，是彭德怀的得力助手。黄克诚和彭德怀都是敢言之士，性格、作风比较合得来，一路走来，争吵无数，但他们言不及私，相待以诚，相争以理，因而也相知甚深。在40多年的岁月中，他们共同闯过了无数惊涛骇浪，踩碎了无数艰难险阻，共享过无数次胜利的欢乐和幸福，更加深了相互的了解和革命的友谊。1959年，黄克诚在庐山会议上被批判时，有人说他支持彭德怀的"意见书"，是为了报当年的"救命之恩"，竟使得黄克诚莫名其妙，不知此言何所指。经有关人员在会上的"揭发"证实，黄克诚才得知当年的真相。1931年夏，黄克诚反对肃反，差点被肃反委员会以"同情和包庇反革命，破坏肃反"的罪名处决。红三军团军团长彭德怀出面干预，才使肃反委员会"刀下留人"，黄克诚幸免一死。由于当时肃反委员会在释放黄克诚的时候，没有讲明原委，事后也无人提起此事，包括彭德怀本人从来没有对黄克诚谈过这件事，因此，黄克诚毫不知情。黄克诚与彭德怀言不及私的革命情谊，由此可得佐证。庐山会议上，他们两人被打成"反党集团"的第一、第二号人物，也皆由敢说真话、坚持真理的品格所致。"文化大革命"中，黄克诚与彭德怀曾被关押在同一座监牢，"放风"时见过面，说过几句话。那次见面，竟是他们的永别。

党的十一届三中全会结束后的第二天，1978年12月24日下午，黄克诚同其他党和国家领导人华国锋、叶剑英、李先念、邓小平、陈云、邓颖超等人一起，参加了在北京人民大会堂为彭德怀、陶铸平反昭雪隆重举行的追悼会。

黄克诚觉得，是时候向中央上交彭德怀的手稿了。

对彭德怀冤案的平反，黄克诚介入较早。

黄克诚刚复出任中共中央军委顾问后，因眼疾复发住在解放军总医院，一个来访者让他格外激动。

这个来访者是彭德怀的侄女彭梅魁。

彭德怀被打成"反党集团首领"那年，彭梅魁30岁，在北京第一汽车制造厂医院当医生。彭德怀对国家、对百姓深切的关爱，对强国富民的急切，都让彭梅魁无法相信他是反党分子。于是，在那些艰难岁月里，她总是极尽所能地照顾彭德怀的生活。1962年，彭德怀在闲暇时读了很多书，做了很多笔记，还将自己在1958年12月回湖南搞了8天调查的感受，以及对当时一些问题的看法及忧虑，都直言不讳地写了下来。但他感到自己的问题一时没有希望解决，遂将这份几万字的手稿交给彭梅魁，让她代为保存。彭梅魁深知这份材料的分量，将它一层层地用布包好，亲自带回老家，与母亲一起，放在一个坛子里，埋到灶角下。"文化大革命"期间，彭德怀的家被抄。彭梅魁担心彭德怀的手稿发生意外，从北京急返湖南老家，找出手稿，冒着危险，重新改换埋藏地点。后来，她又在两个弟弟的帮助下，不断转移手稿的隐藏地点。1969年,彭梅魁将它们带回了北京。此后,彭梅魁去探望被关押的彭德怀时,彭德怀也会将偷偷写下的笔记交给她秘密带出来。

彭梅魁是从《人民日报》上,看到黄克诚复出任中共中央军委顾问的消息的。当时,她正在家里。她激动地将报纸塞到丈夫张春一手里,拍打着报纸,嚷道:"黄叔叔,黄克诚叔叔!他当军委顾问了!老天有眼,让黄叔叔又有了说话的机会!这下,伯伯的手稿可以见天日了!"

彭梅魁和张春一商量,要将彭德怀的手稿交到黄克诚手里。她从床底下拖出一个陈旧的、装满了破烂家什的木箱,小心翼翼地从中翻出一个由发黄报纸包着的厚厚纸包,深情地抚摸着。这是彭德怀遗留在世上的物品,也是他遗留给世人的心!

1974年,彭梅魁接到彭德怀病危的消息,打报告要求见他最后一面,最终获得了批准。

彭梅魁匆匆赶到解放军总医院。彭德怀早已暗淡的眼睛突然一亮,似乎一直在等待这个侄女出现,艰难地抓住她的手,断断续续地叮嘱说:"那些……书籍……送给我的……好友黄克诚……他是我……最值得……信任……的人……"他指的"那些书籍",就是早先陆陆续续交给彭梅魁的零散手稿。

彭梅魁牢记着彭德怀的遗言,但那时候,黄克诚尚被关押审查,她没有办法,也不能去找他。之后,也一直没有黄克诚的确切消息。她只得费尽心机,保存好这份手稿,希望有一天能把它完整地交到黄克诚手里。

几经打听,彭梅魁终于得知,黄克诚正在解放军总医院住院。她不知黄克诚得了什么病、病情重不重,犹豫再三,还是决定不要错过这个机会。

一走进病房,彭梅魁就像疯了一样奔到黄克诚的病床边,把脸紧紧伏在他的手上,激动地说:"黄叔叔,我是彭老总的侄女梅魁。我总算找到您了!"说着,热泪哗啦啦地涌流而出。

黄克诚震惊莫名。记忆中,他见过彭梅魁两三面,但那是20多年前的事了。那时,她还是个英姿飒爽的青年。此次她来,想必是为彭老总的事。黄克诚不禁一阵心酸,关切地说:"是梅魁啊!你怎么找到医院来了?来,坐起来慢慢说。"

黄克诚说着,指了指床边的椅子。

彭梅魁盯着黄克诚戴着的墨镜,本想说自己来的目的,却又犹豫了,改口问道:"您的身体不要紧吧?"她突然想到,黄克诚刚刚复出,又年事已高,是否还愿意为彭德怀平反奔走呼喊?近20年过去了,他是否还是当年彭德怀那个刚正不阿的诤友?手稿交给他是否安全?她过去从来没有想过这些,此刻,这些问题却突然涌上心头。

"你看到了,黄叔叔的右眼已经瞎了,左眼也只有一点点视力。但这次做了白内障摘除手术,左眼的视力有些许提高。我的身体总的来说还可以。我在被关押期间自创了一套按摩方法,聊以自保健康,还很管用。"黄克诚也寒暄着。他知道彭梅魁有要事要说,想等她平静下来。

"黄叔叔上了年纪,您一定要好好保重身体。以后,国家还需要您做很多事哩!"彭梅魁说。

"想想你伯伯,我能有今日,已是相当知足了啊……"黄克诚感叹道,自己却抑制不住地激动起来,"1974年,我也因病住进解放军总医院,和你伯伯住的是同一个医院,可当时我并不知道。不然,我一定会想办法与他见上一面。彭老总因患癌症逝世,我竟完全不知情!他们多会封锁消息啊!后来,我听说,你伯伯因为剧痛难忍,把被子都咬烂了。一代英雄啊,如此凄凉辞世!虽说死生是常事,苦乐也是常情，但彭老总这样去世，实在令人痛惜！"

彭梅魁听到这席话，不禁为刚才那一刹那间的犹豫感到羞愧。彭德怀怎么会把如此重要的手稿，交付给一个没有正义感的朋友？正直、忠良的黄克诚没有变！

想到这里，彭梅魁含泪诉道："伯伯在弥留之际，说话已经十分艰难，还断断续续地嘱咐我，要我代他去看望黄叔叔您，并将他遗留的书籍送给您。他的原话连起来是：'那些书籍送给我的好友黄克诚，他是我最值得信任的人。'"

她讲起了自己最后一次见到彭德怀的情景。

"我的彭老总啊……"黄克诚听得老泪纵横。

"我今天来找您，就是将伯伯遗留的手稿交给您。"彭梅魁说着，从随身背着的书包里取出彭德怀的手稿，把包手稿的报纸一层层展开，露出纸张已有些发黄的手稿。

她恭恭敬敬地用双手将手稿捧到黄克诚面前。

黄克诚接过手稿抚摸着，嘴唇剧烈地歙动着。

彭梅魁告诉黄克诚，这些年，这些手稿也和彭德怀一样受尽磨难。1969年，彭梅魁把手稿从彭德怀的老家带回北京后，为藏这些手稿，她和丈夫张春一没少担惊受怕。手稿有时藏在北京张春一的父母家里，有时她干脆自己带在身上。唐山大地震时，他们全家搬到防震棚里躲地震。她把手稿装进一个旧书包里背着，昼夜不离身，睡觉时就把书包带缠在手腕上……

黄克诚使劲咬动着下颌，似乎在极力控制自己的感情。此刻，他与彭德怀在一起战斗、工作的日日夜夜又历历在目，对彭德怀的思念，像潮水一般冲击着他的心房！斯人已去，其志永存！

"梅魁，为你伯伯这样一包手稿，吃苦受难是值得的。这是一部历史啊！你们有勇有谋，做了一件大好事。你伯伯会感激你们的，历史也会感激你们的！"黄克诚双手作揖般捧起手稿，不停地向彭梅魁举着。不用说，他已经知道这部手稿的千钧分量！

彭梅魁放下心来，探询似的问："黄叔叔，这些手稿是上交中央，还是您自己保存？"

黄克诚沉吟片刻，郑重其事道："自己保存难，容易损坏，我看还是上交党中央好。不过，现在党中央很忙，待以后找个适当的机会再交。"

彭梅魁点点头："好，我听黄叔叔的。这里还有我的一份申述材料，反映我伯伯去世前的境遇，并提出为我伯伯平反的要求。我希望我伯伯能得到平反。"

黄克诚果断地说："好，你把材料放在我这里，我让秘书念给我听。包括你伯伯的这些手稿，我都要看。我的眼睛看不了，就让他们念给我听，我一个字都不会落下。但你伯伯平反的事，不是一天两天的事，你必须有耐心。"

"嗯。我伯伯若在天有灵，一定会感激黄叔叔的……"彭梅魁突然哽咽着说不下去了。

黄克诚轻轻拍打着她的肩膀，抚慰地说："梅魁，不要难过。你伯伯跟我说的最后一句话是'不信青史尽成灰'，现在，我们至少看到了还你伯伯历史清白的希望……你安心回去吧，我先听完这些文字，再跟你商议具体怎么办。我们保持联系。我过一两天就要出院，你以后有什么事就到家里来找我。"

黄克诚说完，又嘱咐丛树品把南池子的住址写给彭梅魁。

彭梅魁接过纸条，如释重负，朝着黄克诚深深地鞠了一躬。

黄克诚连忙下地扶起她，饱含深情地说："梅魁呀，你不知道，我也很想念彭老总啊！我复出工作以来，有很长一段时间，做梦时还经常同他在一起。"

黄克诚说着,站起身走到书桌前坐下,铺开稿纸,凑近桌面,提笔一字一字地写起来。写完,他又轻声地背诵道:"《调寄江城子·忆彭德怀》:久共患难自难忘。不思量,又思量;山水阻隔,无从话短长。两地关怀当一样。太行顶,峨眉岗,犹得相逢在梦乡。宛当年,上战场;军号频吹,声震山河壮。富国强兵愿必偿,且共勉,莫忧伤。"

他将词稿递给彭梅魁:"梅魁,这首词是我1965年在山西任职时因思念彭老总而写的,你留着当个纪念吧!"

1965年9月,因国内外形势所需,中共中央、毛泽东将彭德怀、黄克诚等人安排到北京以外任职,彭德怀去了西南"大三线",黄克诚来到山西。黄克诚一到山西,就去各地调研。年关未过,他又下到旱情最严重的高平地区指导抗旱工作,一去就是两个多月。1966年4月的一天,黄克诚到高平县城关公社察看旱情,顺道去了位于城北的凤和村。凤和村曾是他在1938年5月率八路军第344旅旅部驻扎过的地方。他特地看了当年旅部驻地公家院和自己的住所祁家院,并在祁家院住了一晚。入夜后,黄克诚思绪翻腾,情不自禁地想起了抗日战争时期和彭德怀在这个地区一起部署反摩擦斗争的情景。那次,彭德怀从延安返回第344旅,只带了几个警卫。到达垣曲时,他获悉国民党顽固派准备分三路进攻八路军总部,沿途很不安全,只好避开隘路,爬山走小路,并拍电报让黄克诚派人在小路上接他。黄克诚接到电报,本可以派出一支小分队就行,可他得知沿途敌情严重,很不放心,亲自率小分队去迎接。接到彭德怀后,黄克诚一边走,一边向他汇报国民党顽固派正与八路军搞摩擦的情况。国民党将领鹿钟麟、朱怀冰指使驻赞皇、元氏以西地区的侯如墉部,以及驻束鹿、宁晋间的乔明礼部,向八路军平汉游击纵队大举进攻。就在黄克诚介绍情况的过程中,彭德怀的反摩擦作战方案已成竹在胸。刚到第344旅部,彭德怀就站到地图前，让黄克诚立即传达他的命令：八路军第 129 师第 385 旅主力、冀西部队、冀中部队向侯如墉、乔明礼两部发起反击，歼其大部！这次，让黄克诚切实感受到彭德怀那种"谁能横刀立马，唯我彭大将军"的战将智谋与气魄。想到那段历史，想起在中共中央军委工作时，彭德怀曾对他说过"我这个人一辈子就是想搞'富国强兵'的，除此之外，没有别的想头"，黄克诚更是百感交集：如今，彭老总你身在何方？对了，你去了大三线，你在大三线的哪一个点上？克诚想念你啊……黄克诚思念着彭德怀，思绪难平，彻夜不眠。凌晨，他披衣而起，坐于桌前，饱蘸思念之情，挥笔写下了这首《调寄江城子·忆彭德怀》。

彭梅魁接过词稿，泪水又夺眶而出。

"我伯伯当年若能看到这首词，该会多欣慰啊！"彭梅魁叹息道。

"你伯伯会英灵有知的。"黄克诚说，"彭老总有你这样的侄女，是不幸中的万幸啊！"

这一天，对于彭梅魁和黄克诚来说，都是神圣的、历史性的一天。彭梅魁完成了伯伯彭德怀的遗愿，将手稿交给了黄克诚；而黄克诚接受了手稿，就像接下了一桩庄严的使命。

手稿包括彭德怀在庐山会议上写给毛泽东的信、1962 年写的"八万言书"，以及一些读书、读报、读文件时的笔记，字字珍贵。

黄克诚开始逐字逐句地读彭德怀的手稿，但他的视力实在难以承受，每次看不了几页纸，眼睛就干涩难耐。不得已，他让丛树品念给他听，并一再要求不得漏掉一个字、一句话。

就这样，在医院看了一部分手稿后，黄克诚出院了，全家搬到了位于南池子的新家。在家里，黄克诚做的第一件事，就是继续看彭德怀的手稿。手稿和彭梅魁的信等所有材料，他都让丛树品仔细地读给他听，有些内容，他还自己看了几遍。黄克诚更加真切地感觉到这份手稿的分量，打定主意要向中央反映彭梅魁提供的情况。但这批手稿太珍贵了，当时上交还不是时候。为防闪失，他决定将手稿抄写一份，并拍照保存下来，以做备份，待彭德怀平反昭雪之时一见天日。

黄克诚把这一决定告诉了彭梅魁。

彭梅魁认为他想得太周到了，当即同意用复写纸将手稿全部抄录一份，然后再拍照保存。因为是手抄，工作量有些大，她打算让爱人张春一也一起抄写。张春一写字快，又早知道这部手稿的存在，也能确保手稿的安全。

黄克诚为了加快抄写手稿的速度，让自己的小女婿，也就是黄梅的丈夫赵杰兵，也帮忙抄写一部分。由于赵杰兵和张春一都有自己的本职工作，所以，抄写工作尽管是天天都在进行，仍延续了数月才完成。

就在黄克诚和彭梅魁他们做着抄写彭德怀手稿工作的时候，中央启动了对彭德怀的平反工作，而且，推进的速度非常快。

党的十一届三中全会举行前，中共中央于1978年11月10日至12月15日召开工作会议。会议原定三项议题：第一，进一步贯彻执行以农业为基础的方针，尽快把农业生产搞上去；第二，1979年、1980年两年的国民经济计划安排；第三，讨论李先念在国务院务虚会上的讲话。会议要求，头两三天，讨论全党工作重点转移问题；之后，再讨论上述三项议题。11月12日，陈云在东北组的发言中提了六条意见，其中第四条说："彭德怀同志是担负过党和军队重要工作的共产党员，对党贡献很大，现在已经死了。过去说他犯过错误，但我没有听说过把他开除出党。既然没有开除出党，他的骨灰应该放到（北京）八宝山革命公墓。"当时，彭德怀头上还戴着"反党集团头子"的帽子。陈云的讲话，超出了当时中央主要负责人关于平反冤假错案不得超出"文化大革命"时期的界限。能提出把彭德怀的骨灰放入八宝山革命公墓，显示了陈云巨大的政治勇气。

11月25日，华国锋代表中共中央政治局讲话，宣布了几项重大决定。关于彭德怀的决定是：彭德怀对党和人民作出过重大贡献，怀疑彭德怀里通外国是没有根据的，应予否定。会议决定纠正对彭德怀的错误结论，将其骨灰放入八宝山革命公墓；撤销中央专案组，全部档案移交中组部……

1978年12月24日，即党的十一届三中全会闭幕后的第二天，彭德怀追悼会在北京隆重举行。邓小平为彭德怀致悼词，代表中共中央全面、公正地评价了彭德怀光辉的一生，为这位含冤去世的人民共和国元帅公开恢复名誉、平反昭雪。

黄克诚参加了追悼会。他既为彭德怀含冤而死深感悲痛，又为彭德怀终于迎来公正的评价而深感慰藉。彭德怀生前曾经说过："历史是最无情的，也是最公正的。历史终将会对我作出公正的评价。"这一天来了，尽管对彭德怀来说，来得太迟了，但终于还是来了！

黄克诚从中央这么快就为彭德怀平反中敏锐地感到，中央拨乱反正的决心非常大。接下来，一大批同志将得到平反，刘少奇、彭真、陆定一等人的冤案都已在重新调查过程中，相信历史会还他们公正。黄克诚也衷心希望，以后不要再出现冤假错案。"这么大的国家、这么大的党，出现冤假错案是难免的，但我们党确实应该从以往的历史中认真总结教训。这样大规模的冤假错案，太伤党的元气了。"他心里想到。

黄克诚觉得向中央上交彭德怀手稿的时机成熟了，立即叮嘱彭梅魁再将申述材料完善一下，写成一封给中央的信。他要一起交给中央，交到已担任中共中央秘书长的胡耀邦手里。

彭梅魁写好信后，前来见他。

黄克诚让唐棣华把彭德怀的手稿拿来，又让彭梅魁把新写的信放到手稿里面一起包好。

彭梅魁一层一层地解开装手稿的包裹，把信放到上面，又一层一层地包好。

黄克诚抚摸着包裹，思绪翻滚，叹道："这不只是手稿，这是一部历史的教训！"

彭梅魁庄重地揖了揖手，说："拜托黄叔叔了。大恩不言谢，我伯伯在天有灵，一定会感激黄叔叔的！"她没提任何要求，只是希望中央给她打一张收条。

黄克诚郑重地说："要谢，就谢党中央吧！梅魁，你要相信我们党，虽然犯了不少错误，但有自我修正的能力。莫与党计较过去的恩怨，往前看，啊？"

彭梅魁坚定地点点头："嗯，我一定做到往前看。黄叔叔，我伯伯已经平反了，您的问题还没有结果哩！"

"我的事不急。我已经十分幸运了，能活着看到党和国家的历史揭开新的篇章。"黄克诚淡淡地说，又看了一眼彭梅魁，再次语重心长地叮嘱道，"你还年轻，要往前看。现在，党和国家的事业需要一大批年轻人。你伯伯平反昭雪了，你没有历史包袱了，可以轻装前进了。"

彭梅魁敬佩地说："黄叔叔，您永远都那么坚定。"

黄克诚的嘴角浮起一抹微笑："共产党的干部，必须有革命的乐观主义精神嘛！"

彭梅魁坦承道："黄叔叔，我确实迷惘过，但一想到像您和我伯伯这样的人，历经劫难却从不抱怨党对你们的不公，一心想的是党、国家和人民，我就释然了。您放心，我会无愧于我伯伯和黄叔叔您的。"

黄克诚一本正经地补充道："要无愧于党和人民。"

彭梅魁的泪水突然涌上眼眶。她站起身，站到黄克诚对面，缓缓举起手，庄重地向他行了一个军礼。

站在一旁的唐棣华鼻子一酸，转过脸去。

1979年1月4日，是中央纪委第一次全体会议开幕的日子。上午的会议结束后，黄克诚在丛树品搀扶下，神情肃穆地走进胡耀邦的办公室，手里捧着一个纸包。

胡耀邦迎上前，将他扶到沙发上坐下后说："黄老，您怎么来了？有什么事，您让我去您那里就是了！"

黄克诚将纸包递给他："我有一样东西交给你。"

胡耀邦主持中央组织部工作期间，在邓小平、叶剑英、陈云等老一辈革命家的支持下，排除阻力，顶着压力，坚定不移地奋力推进为彭德怀平反的有关工作。这部手稿是一份历史档案，上交中组部才是它的历史归宿。

"这是什么？"胡耀邦接过纸包，惊讶地问道。他将纸包翻过来翻过去地看了看，有些好奇："这外面的包装，用的还是60年代的报纸啊！"

"是60年代的报纸。你先打开看看。"黄克诚神情肃穆。

胡耀邦轻轻地、一层一层地揭开旧报纸，最终打开了报包。一摞笔记本和一沓泛黄的稿纸出现在他的眼前。他一下子就认出了那苍劲有力的笔迹。

"彭老总的手迹?!"胡耀邦惊呼一声，本能地打开笔记本，急切地浏览起来。

办公室一时安静极了，只听见翻动手稿的声音。

庐山会议时"左"的现象虽然纠正了一些，但浮夸、虚报、对群众的强迫命令，不仅存在，而且还在发展，蒙蔽着真相，使一世英明伟大的毛主席也难以洞察。这一下不仅在政治上要打死一些人，而且会要打出一个大马鞍形……

胡耀邦读着彭德怀的手稿，眼前浮现出彭德怀的音容笑貌，不由得拍案叫绝："透彻、准确！"

黄克诚深深地叹息道："是啊！这些话，彭老总在1960年4月就写了。"

"对于当年'左'的现象，我记得华国锋主席曾说过：'还是彭老总看得远'，真是这样啊！"胡耀邦感慨不已。

"'不信青史尽成灰'，这是彭老总跟我说的最后一句话。遗憾的是，他没能活着等到青史为他正写的这一天。"黄克诚语气沉重。

胡耀邦默默抚摸着手稿，沉思着，眉头轻轻地皱了起来。

"彭老总逝世后，除了他的'罪证'，一切带有他的笔迹的书籍、纸张都难逃火劫。黄老，这些手稿是怎么保存下来的？您是从哪里找来的？"他疑惑地问。

"这是彭老总的侄女彭梅魁，在她母亲、弟弟和丈夫的帮助下，冒着生命危险保存下来的，前后算来有17个年头喽，不容易啊！"黄克诚谈起了秘密保存彭德怀手稿的经过，慨叹道，"本来，在你主持中央组织部工作的时候就想交给你，但考虑到时机还不是很成熟，彭梅魁同志也怕你忙，所以最后决定，在方便的时候再交给中央。现在是时候了。彭梅魁同志只要求你给她写一张收条就行了。包裹里面，还有她给中央的一封信。"

"好，我这就写收条！"胡耀邦的态度十分果决。

胡耀邦坐到书桌前，沉吟片刻，提笔认认真真地写了起来，写完，又看了看，这才将收条交给黄克诚：

克诚同志并梅魁同志，今天上午，克诚同志交给了你要他转给我的彭德怀同志的一批手稿。计5个32开笔记本，一个22开笔记本，一封给中央的信的手稿，一份注有眉批的"庐山会议文件"。我当作为珍贵的历史文物转给中央。这封信是我给你的收条。

胡耀邦，1979.1.4 下午

黄克诚将收条凑到眼前仔细地看了一遍，庄严地向胡耀邦伸出手："耀邦同志，谢谢你！如果可以，我也代表彭老总及他的全家谢谢你！谢谢党中央！"

胡耀邦用双手重重地握住黄克诚的手，沉吟着说："黄老，彭老总的手稿不能就这样交中央档案馆保存起来了事。我有个想法，我想把手稿交给有关方面组织出版，您认为如何？书名就叫《彭德怀自述》。"

黄克诚一听，大为惊喜："那太好了！这是一件彰显党中央魄力的事情，不仅可以告慰彭老总的在天之灵，也是向全国昭示党中央拨乱反正的决心啊！太好了！耀邦同志，此举可行！"

胡耀邦一巴掌拍在彭德怀的手稿上："好！那我们就请示中央，出版《彭德怀自述》！"

在胡耀邦的大力支持、帮助和关注下，有关方面组织力量对彭德怀的这批手稿进行了认真整理。1982年3月，以彭德怀的"八万言书"和他在囚禁中所写的交代材料为基础，整理编辑的《彭德怀自述》由人民出版社出版。第一次印刷的13万册运到全国各地的新华书店后，不到半个月就被抢购一空。人民出版社紧急决定，日夜开机，加印200万册。这本书创下了新中国成立以后党和国家领导人回忆录销量的最高纪录，是几十年间中国书市罕见的现象。

人们无法不感叹，彭德怀元帅，在专案组的威逼声中，是如何凭着惊人的记忆力，趴伏在阴暗的囚室里，一字一句地写出了这部我军数十年的征战史，以及深山里的贫农之子成为开国元勋的奋斗史，字字见忠诚，句句铸英魂。读者们在给报纸、杂志的来信中说："彭老总至死都惦记着人民，人民永远缅怀他。"

《彭德怀自述》出版后，黄克诚那颗对挚友的牵挂、感念之心，真正彻底地安宁下来了！

为了纪念彭德怀，黄克诚怀着深厚的情感，写下了题为《丹心昭日月　刚正垂千秋——悼念我党我国和我军杰出的领导人彭德怀同志》的纪念文章，发表在《红旗》杂志1979年第1期上。此文分为"献身革命　鞠躬尽瘁""丹心向党　坚毅忠贞""毕生征战　卓著功勋""耿直刚正　无私无畏""严师诤友　肝胆照人"五部分，概述了彭德怀功勋卓著的一生、耿直刚正的崇高品德、对党和人民事业的无限忠诚，也还原了彭德怀对毛泽东绝对信赖和毛泽东对彭德怀由衷赞赏的伟人情谊，不只是一篇纪念文章，更是一篇具有丰富内涵的历史文献。

在"毕生征战　卓著功勋"一节中，黄克诚写道：

> 在作战指挥上，彭老总常常是在艰苦困难的条件下，以少胜多，以弱胜强。一九三〇年，彭老总率领红三军团，以摧枯拉朽之势，一举打败一倍多于我之敌，攻占长沙市。这是我军在红军时期攻占的唯一省城。在历次反"围剿"战斗中，彭老总在毛主席统一指挥和毛主席军事思想的影响下，英勇奋战，大量歼敌，战绩卓著，威名远扬。特别在第二次反"围剿"战斗中，在红一军团密切协同下，彭老总率部连打三仗，初战东固山，全歼公秉藩师四个团共一万余人；再

战中村，打垮孙连仲部一个旅，俘敌千余人；三战建宁，将敌刘和鼎师大部歼灭，缴获大批武器装备，真是"七百里驱十五日"，"横扫千军如卷席"，取得了第二次反"围剿"的完全胜利。长征途中，彭老总率领红三军团，配合红一军团，以劣势兵力，猛打猛冲，一举消灭凭险固守的强大敌人，攻占天险娄山关，二进遵义城。这是整个长征中我军歼敌最多的一次战斗。著名的延安保卫战是在毛主席战略决策下大获全胜的。作为西北战场前线总指挥的彭老总，坚决执行毛主席制定的作战方针，充分发挥自己的军事才能，积极而正确地组织指挥各次战役战斗，为消灭蒋胡匪军，迅速扭转陕北战局，直至解放大西北，做出了不可磨灭的贡献。当时，彭老总所部装备很差，兵力有两万五千余人。而面对的敌人却是全副美械装备的二十三万多蒋胡军。在敌我力量对比如此悬殊的情况下，彭老总斗志昂扬，信心百倍，他遵照毛主席"先打分散和孤立之敌，后打集中和强大之敌"，"以歼灭敌军有生力量为主要目标"，"力求在运动中歼灭敌人"等作战原则，打了一个接一个的漂亮仗。彭老总精心运筹，巧布迷阵，在青化砭设下口袋，诱敌深入，一个伏击战，即全歼敌三十一旅共二千九百余人，活捉敌旅长李纪云。初战告捷，彭老总又按照毛主席制定的"蘑菇"战术，牵着敌人鼻子"大游行"，待敌疲惫不堪、懵头转向之时，再战羊马河，全歼敌一三五旅，毙伤俘敌旅长麦宗禹以下四千七百余人。紧接着，彭老总又率部强攻蟠龙，一举吃掉守敌六千七百余人，生擒了号称胡宗南"四大金刚"之一的一六七旅旅长李昆岗。旗开得胜，三战三捷，人民欢呼，敌军胆寒！西北战局很快扭转。毛主席对彭老总的出色指挥和辉煌战绩给予了高度的评价，在沙家店战役胜利后的一次军事会议上，毛主席乘兴即席挥笔，为彭老总重新书写了他在长征路上热情赞扬彭老总的诗篇：山高路远坑深，大军纵横驰奔。谁敢横刀立马，惟我彭大将军。

毛主席这气势雄伟的诗篇，正是彭老总能征惯战的威武形象的生动写照！

在"耿直刚正　无私无畏"一节中，黄克诚又写道：

彭老总胸怀坦荡，光明磊落，耿直刚正，嫉恶如仇。在他的身上，充分体现了共产党人为了真理和正义而赴汤蹈火、决不返顾的彻底革命精神……

彭老总常常告诫我们：一个共产党员，特别是党的高级干部，不应该隐瞒自己的政治观点。为了坚持真理，应该抛弃一切私心杂念，真正具有不怕杀头、不怕坐牢、不怕撤职、不怕开除党籍、不怕老婆离婚的"五不怕"精神。只有这样，才是忠于党、忠于人民的态度，才会有益于革命、有益于人民。否则，如果看到错误的东西不敢挺身而出，坚持斗争，或者随波逐流，或者阳奉阴违，都会助长错误倾向的发展，因而误党误国，一害人民，二害革命。彭老总最不喜欢那种明哲保身、看风使舵、不讲原则、不分是非的"滑头干部"，对于表里不一、言行不一的两面派行为尤其深恶痛绝。记得，一九五六年，当苏联一个代表团来到我国时，彭老总当面质问米高扬："斯大林有缺点，他在世时，你们为什么不提意见？他死了你们就拼命反对他！？"米高扬回答说："当时不敢提呀，提了要掉脑袋！"彭老总义正词严地斥责说："怕死还当什么共产党员！"我们的彭老总就是这样，为着党和人民的利益，要他有意见不提，那是根本不可能的，用他自己的话说：就是掉了脑袋也要提……今天，他对我们认识真理，正确地总结历史经验，所起的作用，更是不可估量的。他那耿耿的忠心，铮铮铁骨，是光昭日月，永生永存的。

在"严师诤友　肝胆照人"一节里，黄克诚写到了彭德怀克己克俭的生活作风：

彭老总的生活是极其艰苦朴素的。他自红军时代起，就经常教育干部战士，莫忘我们吃的穿的都是人民的血汗。我们是人民的儿子，不要忘本，不要忘记人民，不要铺张浪费，不要追求生活享受。他自己身体力行，不愧为艰苦朴素的模范。在漫长的战争年代里，他与部队同甘共苦，从来不搞特殊化。一九三〇年，我第一次见到他，就感到他和普通战士一个样：头戴旧的红军帽，身穿灰色红军服，脚上穿的是麻草鞋。他吃的也和战士一样。那时，由于敌人的封锁，非常缺盐，他就和战士"有盐同咸，无盐同淡"；供给部规定每月另外津贴他一点生活费，他坚决不要。从朝鲜回国后，他依然保持战争年代艰苦奋斗的革命精神。他从来不多用人，在中南海时，除了办公室的秘书、参谋人员，就是一个警卫员，一个司机，一个公务员。他没有私人的炊事员，也没有小伙房，总是到食堂打饭。彭老总住的也十分简单，除去工作人员的住处，就是一个卧室，一个办公室兼作书房、会客室。

彭老总对家属的要求也很严格。入朝之前，彭老总在西北工作，他两次到京，都住在北京饭店，他在京的侄子侄女每次来看他，他都不准另开房间，晚上，就让孩子们挤在他的住室里，睡在地毯上。他从朝鲜回国后，住中南海，孩子们上学离家比较远，他从来不准用车接送。一九六五年，他要到三线去工作了，走后，原来的住房就要交公。可是，一直住在他家里的一个侄女没有住处，他就向组织提出，能不能留下一间。组织上答应另外给找一间房子。为了这件事，彭老总心里很是不安，他一再给侄女念叨：我向组织要求解决个人问题，这一生还是第一次，我心里是很过意不去的。是的，彭老总从来不为自己谋私利。他身后一无所有，留给我们的是一颗忠耿的丹心，一腔刚烈的正气，和一个对共产主义事业的钢铁般的坚定信念！

倘若彭德怀九泉有知，一定会感激世上幸存着黄克诚这样一位相知相念的战友！

第二节　平反刘少奇冤案

在中央纪委平反冤假错案的工作中，影响最大的是为刘少奇平反昭雪。

早在党的十一届三中全会召开之前，陈云、邓小平就十分牵挂刘少奇的平反问题。党的十一届三中全会闭幕后，1978年12月24日，邓小平在一封要求为刘少奇平反的来信上批示："政治局各同志阅，中央组织部研究。"根据党的十一届三中全会的精神，要全面开展冤假错案的复查、平反工作，党的十一届三中全会一结束，邓小平、陈云、邓颖超、胡耀邦、黄克诚、王鹤寿和中央纪委的常委们，就开会研究平反冤假错案的指导思想问题。在这次会上，大家讨论得非常充分。

陈云说："我看，就是三句话、九个字：'不唯上，不唯书，只唯实'。这次平反冤假错案工作，政治上的影响很大。不要以为中央讲了话，有了党的十一届三中全会的文件，我们就可以很轻松地进行工作了，而是要很深入地、实事求是地进行大量的调查研究工作。当前，党内和社会上的情况很复杂，有些人可能会利用一些案件中的表面现象和细节问题，干扰平反工作的顺利开展。所以，除了这三句话、九个字，我们一定要从表面现象看到本质问题，要从细节问题看到根本问题。"

黄克诚说:"这三句话、九个字就是我们中央纪委平反冤假错案的三项原则,落实到具体的工作中,我理解为:第一,无论是谁批示过,错误的就要纠正。第二,无论新案、旧案,只要是错案,就必须全部纠正。第三,无论案件多么复杂,都要实事求是地对待。"

邓小平说:"黄老的这个理解非常对。具体落实到少奇这个案子,要解放思想,把一些重大的党的历史问题弄清楚。必要时像当年在延安那样,搞个历史决议,把党内思想搞统一。"

陈云说:"少奇的案件是新中国历史上最大的冤案。一定要做好少奇案件的复查、平反工作。"

黄克诚说:"这不仅仅是为少奇平反,也表明我们党改正错误的一种勇气。"

邓小平说:"当年把少奇同志打倒,是不合法律程序的。一个国家主席,一张大字报、几个小将就把人弄下来了。还有中央专案组,在当时的情况下也是不正常的,背着毛主席、党中央搞了不少名堂。不然,情况不会这么复杂。要认真审查。"

黄克诚说:"对于一些冤假错案,即使有些同志已经去世,或本人没有申诉,我们也要主动查清、平反。"

陈云说:"少奇的复查、平反工作,请黄老、鹤寿同志具体负责。鹤寿同志多管一些。"

黄克诚说:"少奇同志冤案平反中的困难是可想而知的,但是,再大的困难也要克服!"

刘少奇是中华人民共和国开国元勋,是党的第一代中央领导集体的重要成员,曾任中共中央排名在最前面的副主席、中华人民共和国主席,为中国革命和社会主义建设建立了不可磨灭的功绩。但在"文化大革命"开始后,他被打成"反革命修正主义分子""党内最大的走资本主义道路的当权派",继而又被扣上"叛徒""内奸""工贼"的大帽子。林彪、江青一伙出于篡夺党和国家最高领导权的目的,趁机罗织罪名,极尽诬陷之能事,蓄意对刘少奇进行政治陷害和人身迫害。1966年12月8日,王光美专案组成立。1967年5月中旬,王光美专案组改为刘少奇、王光美专案组。1968年9月,刘少奇、王光美专案组提出了《关于叛徒、内奸、工贼刘少奇罪行的审查报告》。党的八届十二中全会在极不正常的情况下,通过了这份报告和附件《罪证》,并作出了"把刘少奇永远开除出党,撤销其党内外的一切职务,并继续清算刘少奇及其同伙叛党叛国的罪行"的决议。刘少奇被剥夺了出席全会的资格,甚至失去了任何申辩的机会,蒙受了前所未有的冤屈,于1969年11月12日在河南开封含冤去世。他离开这个世界时,身边没有一个亲人。除了中央专案组的人员外,甚至没有人知道他是谁。他的骨灰寄存证上写着"刘卫黄,71岁,无业"。刘少奇的妻子王光美被关进监狱。他的子女中,有的被迫害致死,有的被关押,还有的被送往农村劳动。真正是妻离子散、家破人亡。不仅如此,一大批党政军领导干部被诬陷为"刘少奇的代理人",横遭株连者不计其数,由此酿成了中国共产党历史上最大的冤案。据最高人民法院在1980年9月前的统计,"文化大革命"中,因刘少奇问题受株连而错判的案件有22053件,因此错受刑事处分的有2.8万余人,其他被批斗、隔离、关押的更是不计其数。刘少奇一案牵连人数众多、影响极大,因而,其平反的重要性不言而喻。

历史上,黄克诚作为刘少奇的部下,长期受刘少奇领导,工作上的交集不少。黄克诚从来就是这样一个人,他不计较个人得失,完全从大局出发提建议,如果提出的建议不被重视就再提,而一旦上级作出决定,就坚决执行。他矢志不移地坚持正确意见,说真话,不掩过,坚持并敢于维护真理,甚至不怕得罪自己的直接领导。在工作思路上，黄克诚和刘少奇有过多次意见之争：新中国成立前，发生过该不该打曹甸战役之争；新中国成立后，又在天津发生过如何对待资本家和私人资本主义经济之争（黄克诚认为讲团结多了、讲斗争少了；刘少奇主张讲团结，不讲斗争）、在湖南发生过工作重点应放在农村还是城市之争（黄克诚主张重点放在农村，刘少奇主张重点放在城市）。但这些争论，都是从工作出发，不曾有私念，故而，丝毫不影响他们的私人关系。

从1979年2月开始，黄克诚积极协助陈云，并带领王鹤寿，会同中组部，组织人员首先对刘少奇的冤案进行重新审理。

3月5日，河南省委派专人将刘少奇的骨灰从开封运回郑州。

3月27日，中央纪委办公会议研究决定："刘少奇的问题经鹤寿同志与任重同志商量，按陈云同志意见，由中央组织部和中央纪委共同处理。"当月，中组部在对与刘少奇一案直接相关的王光美的问题进行复查后作出结论："王光美同志政治历史清楚，没有问题。"

4月18日，刘少奇案件复查组成立。王鹤寿直接负责复查工作。复查组由8人组成，分别来自中央纪委、中组部、对外经济贸易部、中央党校和军队系统。中组部的贾素萍担任组长，中央纪委的杨攸箴担任副组长。贾素萍不久因患病不能工作，复查小组实际上由杨攸箴负责。

随即，刘少奇冤案的复查工作启动。

5月22日，中央纪委办公会议确定："对刘少奇案件的有关材料（包括档案和活的材料）应进一步查证核实。弄清关键问题，究竟是不是叛徒、内奸、工贼，在复查、核实的基础上，要取得切实可靠的旁证材料。"

中央决定，将平反冤假错案和审理林彪、江青两个反革命集团，清理"文化大革命"中的"三种人"，交给中央纪委办理。这些都是关系国家安定团结和大批干部命运前途的大事,黄克诚深感责任重大。他一方面组织研究方针政策,另一方面直接参与研究解决一些重大问题。根据邓小平、陈云的指示,黄克诚作为刘少奇案的具体负责人之一,密切关注着复查工作的进展,一直亲力亲为,尽量靠前指挥。发现当初中央专案组在刘少奇的案子上搞了不少名堂,明显存在不实之处后,黄克诚同中央领导层中阻碍为刘少奇平反的人进行了针锋相对的辩论,并决心把平反刘少奇冤案这件事一抓到底。

刘少奇案件复查组一成立,黄克诚立即召集中央纪委干部徐岚等三人开会,要求他们作为打头阵的小组,首先对刘少奇的冤案进行重新调查,以备日后为刘少奇平反。"你们几个要率先行动起来,对少奇的冤案深入调查核实,不仅要调查核实诬陷刘少奇所谓'大叛徒、大内奸、大工贼'罪名的有关材料,尤其要了解清楚少奇被武装监护及惨死在开封的情况。"黄克诚谆谆指示。

徐岚为能接受如此重大的任务而兴奋,但也不无担心,直言道:"会不会遇到阻力?这么大的案子,牵涉的人广面大,不是轻易能翻过来的。"

黄克诚态度坚决地说:"肯定会有阻力,但是,少奇同志是被诬陷的,是林彪、江青一伙搞的鬼。我们要敢于斗争、实事求是、突破思想禁区,不要畏手畏脚。平反冤假错案,是党的十一届三中全会的决定,谁也阻拦不了。明白吗?对少奇同志冤案的调查,对于我们的纪检干部是一个考验。你们放手调查,有什么事随时向我或鹤寿同志汇报。"

徐岚当即表示,一定全力以赴,不向任何阻力屈服,以完成这项艰巨的任务。

隔天,王鹤寿来到黄克诚的办公室,递给他一份报告,请他拍板。

145

王鹤寿说:"有两个同志请求到中央纪委工作。一个是您在总参时的部下——王又新,他想回到您身边工作。您觉得呢?"

黄克诚下意识地点了点头:"这个,我完全同意。王又新工作扎实,文字能力不错,组织纪律性强,作风正派,很适合做纪检工作。还有一个同志是谁?"

王鹤寿迟疑地说:"这个同志叫王贤举。"

"哦?"黄克诚怔住了。

"他是一位军队干部,所在单位让他转业到地方。他提出,想到中央纪委工作。组织部门考察时发现,王贤举的能力不错,也有工作热情,但他曾在您的专案组里担任过一段时间的副组长。您认为他来中央纪委工作合适不合适?"王鹤寿见黄克诚感到意外,心里打起鼓来。

一般来说,专案对象平反了,搞专案的干部是绝不会再和专案对象在一起共事的。王鹤寿原来犹豫过,要不要自己就把这件事处理了,退回王贤举的报告。可眼下正是用人的时候,王贤举的工作能力毋庸置疑,理应用这样的人。但是,如果调他到中央纪委,又关涉到黄克诚。思来想去,王鹤寿还是决定将报告呈递黄克诚定夺。

黄克诚凝神静思片刻后,缓缓说道:"王贤举参加过我的专案组。以前,他办我的专案,那是在为党工作。那是个特定的历史时期,我个人对他没有成见。他在我的专案组工作时,还算讲政策,比较实事求是,没有干过出格的事。他知道我在主持中央纪委工作,还能主动要求到中央纪委来,说明他同样没有私心,是个不怕打击报复的人;同时也证明,他相信我的为人,不会打击报复他。我们需要这样的同志一起工作。我同意接收王贤举,请按组织程序报办。"

"黄老,您要不要再考虑考虑?不管怎样,他搞过您的专案啊!"王鹤寿还是有些不放心。

黄克诚朗声笑道："共产党人，心胸理当博大一些，在大局面前，个人的恩怨不算个事。若是总计较个人前嫌，又怎么能往前看呢？"

黄克诚拿起笔，眼睛凑到桌面上，在报告上签下"同意。黄克诚"几个字。

王鹤寿十分感动地看着黄克诚签字。一个颇为棘手的人事问题就这样轻而易举地解决了，他明白了"胸襟"二字的真正分量！

黄克诚将报告递给王鹤寿，推心置腹地说："鹤寿啊，我年纪大了，身体不济。像这些事情，就由你们做主来办，不必向我请示报告了。"

"那不行，黄老。一般事情，我和其他同志商量后定，大事还得您把舵。"王鹤寿诚恳地表态。

黄克诚轻轻摇了摇头，又说："徐岚等同志在调查工作中肯定会遇到不少阻力，中央纪委要做他们的坚强后盾。我这个常务书记不常务，平反少奇同志的冤案，具体工作全靠你了。事关重大，你一定要突破阻力，突破思想禁区，深入调查核实啊！"

"黄老，您把关，我来抓落实就是！"王鹤寿接过报告，愉快而郑重地应道。

王鹤寿将主要精力扑在刘少奇案件上，加速推进复查工作。徐岚一行不辱使命，数次去河南调查，核实刘少奇被武装监护及惨死的详细情况，在11月底回京复命。

黄克诚听完徐岚的报告后，心里更有底了。但他也知道，刘少奇案件不是一个普通的问题，它涉及党的十一届三中全会后，党内两种不同的态度：一方面是实事求是，解放思想；另一方面，还有人僵化、教条，坚持原来的"既定"方针。不解决这个矛盾，为刘少奇平反的工作仍有很大阻力。所以，黄克诚向陈云汇报时，谈了对这个问题的看法，希望中央加快进程、加大力度，并强调说："少奇同志是被诬陷的，一定要平反。"

"是冤案，就一定要平反！"陈云的态度与他的如出一辙，并让他再向邓小平、叶剑英等中央领导同志当面汇报一次。

黄克诚说："在中央纪委平反冤假错案的工作中，我深深地感到我们党再也不能陷入内斗，犯重大错误了！"

"是啊！对这一点，我深有同感。你数数我们这些人，有几个没有受过内斗之害？"陈云也深有感触地说。

"令人欣慰的是，我们党有纠正自身错误的勇气与能力。这次若为少奇同志彻底平反，就更能展现这种勇气和能力。我比以往任何时候都有信心。"黄克诚向陈云伸出手去，准备告辞。

陈云紧紧地握住他的手，语气十分坚决："一定要有信心！信心是我们党的生命力所在！"

根据陈云的指示，黄克诚又将复查组初步了解到的刘少奇冤案情况，向邓小平、叶剑英等中央领导人分别作了汇报，并对刘少奇的平反问题提出了详细的建议。他说："少奇同志是被诬陷的，事实清楚，但还有人突破不了这个禁区，这就不是实事求是。我们要主持正义。"

中央坚决支持中央纪委突破禁区，平反刘少奇冤案。此后，中央纪委的调查核实工作紧锣密鼓，推进得更快了。

就这样，前前后后经过一年多的调查及核实取证，完成了刘少奇冤案的复查工作。此后，在黄克诚的支持和王鹤寿亲自主持下，复查组反复讨论，七易其稿，写出了详尽、确切的《关于刘少奇案件的复查情况报告》，经中央纪委书记办公会议讨论通过，送陈云审阅。复查情况报告经陈云审定后，上报中共中央政治局。中共中央政治局一致同意这个复查情况报告，据此制定关于为刘少奇平反的决议草案。

1980年1月举行的中央纪委第二次全体会议期间，在讨论处理党的历史上遗留下来的几个重大是非问题时，黄克诚明确提出要做好刘少奇案件的复查、平反工作。1月16日，邓小平在中共中央召集的干部会议上所作题为《目前的形势和任务》的讲话中，宣布中央将在不久后为刘少奇恢复名誉。

1980年2月23日至29日，党的十一届五中全会召开。会议的主要议程之一，就是为刘少奇平反昭雪、恢复名誉。会议经过认真讨论，一致通过《关于为刘少奇同志平反的决议》，决定撤销党的八届十二中全会通过的关于刘少奇的审查报告和错误决议，恢复刘少奇作为伟大的马克思主义者和无产阶级革命家、党和国家的主要领导人之一的名誉。1980年5月17日，中共中央在北京人民大会堂为刘少奇举行了追悼大会。随着刘少奇冤案的平反，因刘少奇冤案而受株连的数万人也得到了平反昭雪。

黄克诚感到非常欣慰，因为这不仅仅是为刘少奇平反，事实上是对新中国历史上最大冤案的纠正，从根本上否定了"文化大革命"所谓摧毁"以刘少奇为首的资产阶级司令部"的中心内容，进而为彻底否定"文化大革命"扫清了道路。

在中共中央领导下，中央纪委会同中组部卓有成效地工作，到党的十二大召开前，在3年多时间里，不仅平反了"文化大革命"中的冤假错案，而且还纠正了不少"文化大革命"前的冤假错案。

1979年1月4日，为陈丕显、曹荻秋、魏文伯、杨西光以及一大批受迫害的干部、群众平反；2月17日，为彭真平反；3月5日，为肖劲光平反；3月28日，为"杨余傅事件"中的杨成武、余立金、傅崇碧及受牵连人员平反；4月18日，为因"文艺黑线专政""三十年代文艺黑线""四条汉子""三家村""黑线回潮"等受审、被批判和被株连的人们平反；6月8日，为陆定一平反；12月6日，为"华北山头主义"平反。

1980年1月10日，为谭震林平反；5月20日，为罗瑞卿平反；7

月15日，为1966年前的中央组织部平反；7月24日，为萧华平反；8月4日，为杨献珍平反；8月26日，为李德生平反；等等。

一些蒙冤多年的中共早期领导人，如张闻天、李立三等人，也先后得到平反昭雪，恢复了名誉。

第三节 "黄克诚"三个字确实很管用

刘少奇冤案复查工作临近结束时，李振墀由中央纪委调配给黄克诚当秘书。

李振墀原来在刘少奇案件复查组工作，负责撰写案件复查情况报告。这份报告受到邓小平表扬。黄克诚也看了，认为确实写得好。他觉得，李振墀的文字能力、理论水平、逻辑思维和对政策的把控都非常到位，于是点名要李振墀来做自己的秘书。这样，有利于将黄克诚对中央纪委工作的一些思考及时形成文字，便于指导工作。王鹤寿也看中了李振墀的能力，原想将他留在自己身边，得知黄克诚想要李振墀，二话没说就同意了。

李振墀来报到的时候，黄克诚因为眼疾复发正在解放军总医院住院，他就直接跑到医院来见黄克诚。此前，李振墀除了远距离地听黄克诚作报告外，没有直接接触过黄克诚，但他听说过，黄克诚在被罢官之前，都是自己起草文件。黄克诚起草文件有个习惯，一般是晚上在家里考虑好一个腹稿，第二天早晨一上班，别的文件不看，先坐下来起草文件，一气呵成，然后交给秘书誊清，他再改，改后再誊清，他再改，直到满意后发出。所以，黄克诚起草的文件，质量较高。所有的大事，黄克诚都要反复酝酿、协商，最后才上报审批，对送来的材料则逐件审读，工作非常细致、周密。黄克诚在中央纪委工作时，因年事已高，眼睛又不好，自然不能再亲自起草文件了。但他在日常工作中，处处事事体现出的谦虚谨慎、作风民主、知人善任、热诚爱护干部的品格广为人知，也深受推崇。他对干部严肃又严格，一切按原则办事。在他面前，无论什么事，都别想马虎过去。而他又平易和蔼，容易接近。用王鹤寿的话说："黄克诚实可谓功勋卓著，'资格'很老，但他从不摆领导架子，平易近人，平等待人，在他领导下工作过的干部，都感到很踏实，都能够放得开手。有了意见敢提，有了话敢'倒'出来，有了'委屈'愿意跟他诉说。说对了的，总能得到他的肯定和支持；说错了的，不对头的，往往会受到他的批评。即使批评得很严厉，也让人心服口服，激起奋然改进的勇气和热情。"因此，对于李振墀来说，"黄克诚"这三个字有一种感召力，觉得能到他身边工作是一种幸运。

李振墀有些拘谨地走进黄克诚的病房，见黄克诚正靠在床头按摩着自己的手腕，戴着墨镜，似乎没有觉察到有人进来，就站到床边，紧张地叫道："黄老，李振墀向您报到！"

黄克诚的脸上立即荡漾出热情的笑容。他伸出

1981年，黄克诚在北京玉泉山与身边工作人员在一起

手来，抓住李振墀的胳膊摸了摸。

"振墀来了啊，好，好！是我点名要你的，知道吗？"黄克诚掩饰不住兴奋劲儿。

"知道。他们说，本来鹤寿同志要留我，但黄老您点名要我来当秘书。"李振墀还有些局促不安。

"我看过你写的报告，才决定要你的。当然，我说看报告，其实是让丛树品或者朱鸿念给我听的，我的眼睛已经看不了报告了。我这个样子，你做我的秘书不为难吧？可能困难会多一些哦。"黄克诚抬起一只手，指了指自己的眼睛。

李振墀老老实实地说："黄老，事情很突然，我没有思想准备，怕做不好秘书工作。"

黄克诚脸上流露出欣赏之情："没关系，慢慢来，你很快就会适应的。我之所以让你来，还有一个原因：朱鸿到我这儿是借调过来帮忙的，过段时间就要回原单位了。我这里人手不够。你坐。"

李振墀在床边坐下，仍有些紧张："呃。那我现在就开始工作，给您念一会儿文件。"

黄克诚摆摆手，笑吟吟地说："不要'念'文件。以后，你看了文件后就给我'说'文件，'说'文件的要点就是。"

李振墀咀嚼着"说文件"的含义。少顷，他拿出一份文件，神情完全放松下来了："好，黄老，我现在就给您'说'一下今天的文件。"

李振墀摆开架势，准备"说文件"。黄克诚却说不忙。他想趁这会儿没别人，房间里清静，先和李振墀聊聊天。他知道自己的湖南口音重，就告诉李振墀，有听不懂的地方就让他再重复一遍，直到弄明白为止。

"哎。"李振墀应道。他心里忽然对黄克诚产生了一种亲近感。以前，尽管人们都说黄克诚平易近人，但黄克诚批评起人来的那股"狠"

劲、他抓党风时的不留情面,又让李振墀总觉得这样一位身居高位的"老资格",一定是令人望而生畏的,担心自己在他身边工作会压力山大。此刻,李振墀却感觉黄克诚朴实得像一个老农民、像父辈一样的长者,没有半点儿大领导的架子。

有了这种感觉,两个人的对话显得十分轻松、投机。

"你今年多大了?"黄克诚随口问道。

李振墀答道:"40岁了。"

"这正是干事的好年纪。好好干!"

"哎。以后,黄老多指点我。"

"家里怎么样?孩子几岁了?"

"都好。两个孩子都上初中了,一个儿子,一个女儿。"

"那就好,工作起来就不会分心。你感觉在中央纪委工作怎么样?"闲聊没几句,黄克诚的话题就转到工作上来了。

"我个人很喜欢这个工作。但是,"李振墀顿了顿,"我向您反映一个情况,是外面的反映。"

"噢?你说说看。"黄克诚立即直起了腰身。

李振墀定了定神,说:"现在有好多反映,说党的第一把手搞特殊化,谁都管不了。纪委也管不了,因为我们的体制是纪委在同级党委的领导下,要听第一把手的。中央纪委的权限太小。"那口气,好像这些情况在他心里已憋了好久,现在终于可以一吐为快似的,有种痛快淋漓的感觉。

"那他们认为要怎样搞?"黄克诚的神情专注起来。

李振墀说道:"应当搞垂直领导,这样,纪委的腰杆子会更硬些。"

黄克诚立即摆摆手,沉思着说:"不能这么搞。过去,苏联搞过,最后成了凌驾于党中央之上的'第二中央',无法无天,这不行。我们党历史上的教训也不少。过去搞肃反，肃反委员会的权力大得很，我当师政委都管不了师里的肃反委员会。后来搞了双重领导，肃反委员会在同级党委领导下，同时还受上级领导，情况才好多了。"

"但现在是一把手的问题很突出，纪委没法管。"李振墀道。

黄克诚缓缓地把身子靠回床头，胸有成竹地说："纪委要想有权威，不在于格定得高低，关键在于：第一，要在工作中树立威信；第二，要选好人。纪委工作人员的待遇可以稍高一些，比其他单位的同志高出五分之一或十分之一，但如果犯了错误，也要加重处罚。不这样，中央纪委就留不住人，也招不到人。当然，要做到这一条很难。全国都是同一个工资标准，纪委的不可能高。"

李振墀觉得这些话很有价值，在黄克诚说话的同时，拿出本子记录。他一边记一边不住地点头："现在，党政机关都在选拔人才，纪委的人才确实比较难找。"

"人才最重要的是德才兼备，德要放在首位，作风一定要正派，不能用那种八面玲珑的人做纪委工作。人人都说好的干部，充其量是个庸才；人才大多是有棱有角的人，能挑出不少毛病来，但有一技之长，有能力，敢坚持原则，敢讲真话，作风正派。用人就要用这样的人。中央纪委就要有既能办案，又敢于'从老虎嘴上拔毛'、不怕打击报复的人才。我在会上说过，纪检干部要做到'七不怕'。"黄克诚脸上显现出无比的自信。

"可是，这样的人实在不好找。"李振墀快速地记录着，也不忘及时插话。

黄克诚笑道："我相信好找，这要看我们敢不敢真正用他们。"

"呃……"李振墀一时不知如何作答。

"你说，我这样的要求是不是有点'左'？振墀，我感到困惑的是，过去，人们总说我右；党的十一届三中全会后，人们却认为我'左'

了。我的人没变，思想也没有变，这是怎么回事？是不是我真的'左'了？"黄克诚说到最后，真有些百思不得其解的样子。

李振墀茫然地问道："是不是因为您到处讲抓党风？"

黄克诚摇了摇头："党风非抓不可。无产阶级政党夺取政权后的根本任务，就是'两个改造'。"

"'两个改造'？"

"对。一个是物质世界改造，另一个是精神世界改造。"

"请黄老赐教。"

"物质世界改造就是进行经济建设；精神世界改造就是对人的改造，在党内就是对党员进行教育。从国际共产主义运动的历史看，我们党过前两关，即夺取政权和进行经济建设已经解决或正在解决；对人的改造是最难过的一关，现在看，不仅没有解决，反而有很多曲折。这一关过不好，共产党就没有前途、没有希望。如今的好多问题，就是对人的改造放松了，不敢提对人的改造了，谁提就说谁'左'了。过去，对人的改造太严厉了，人们不敢伸手要这要那，伸手也感到脸红；现在，理直气壮地伸手。长期下去，不讲主义、不讲革命、放弃党内思想斗争、急功近利，这是最危险的！"很显然，黄克诚在这个问题上早已深思熟虑。改革开放使中国社会进入了一个新的历史时期，但在经济领域出现的一些与党风建设要求大相径庭的腐败现象堪忧，让他思考其中的根源。

李振墀听得颇为入迷，笔在本子上"唰唰唰"地快速记录着，他也不由自主地跟着思考："改造人靠什么？怎么改造？"

黄克诚道："时代不同了，改造人的内涵也不同了。现在改造人，改造什么？我的想法还不成熟。我把我的想法给你说说，你看看可不可以写一篇文章。"他稍稍停歇了一下，似乎在整理思路，然后缓缓地接着说："要坚持不懈地用马列主义、毛泽东思想，用共产主义思想不断地克服党内的各种错误思想,开展批评与自我批评和必要的思想斗争。"

黄克诚认为,共产党员改造不好,党风就搞不好。不讲人的改造,就可能走偏方向；人的思想问题解决不了,经济建设工作就不可能沿着社会主义、共产主义的轨道前进。"这是环环相扣的事情,缺一环都不行。思想教育本是中国共产党的强项,可是,在改革开放后的一段时间内放松了,招致不少问题。思想教育虽然不是万能的,但少了思想教育是万万不行的,势必出现败坏党风的现象。在开展思想教育时,进行必要的思想斗争也是不可少的。如果各种坏思想在党内蔓延开来,就会使我们党的革命性减弱、战斗力减弱,因此,对错误的思想和行为不批评、不进行必要的斗争,要实现党风的根本好转是不可能的。"不过,他也坚信:"只要我们能够坚持不懈地进行思想教育,不断地开展批评与自我批评,不断地进行思想斗争,党内错误的思想和行动就会得到不断的纠正,党的战斗力就会不断地提高。"

李振墀哪里听过这样的理论？他觉得新奇有趣,又入情入理,不由得,注意力更加集中了。

"有人认为,商品经济条件下,'思想改造''思想教育'的提法过时了,不灵了,没人听了。这是糊涂认识。我们是共产党嘛。只要是共产党执政,只要共产党的根基没变动,就要坚持马克思主义、毛泽东思想。'思想改造''思想教育'这些提法无非是以此为手段来净化人们的错误思想,它们本身有什么错？过去,错就错在做法上。事实上,改革开放以后,商品经济条件下出现的贪污腐败等怪象,无不与削弱或放弃'思想改造''思想教育'有关。"黄克诚忧心忡忡。

李振墀思索着黄克诚的话,隐隐觉得他是对的："思想改造""思想教育"虽然显得有些"过时"、逆耳,却是中国共产党在新形势下,更健康地立于不败之地的良方。无论如何,黄克诚是一位有思想,并敢于把自己的思想亮出来的领导人，是真正不怕扣帽子、打棍子的干部。正人先正己，刚正不阿，不以权谋私，这样的人，是抓党风的不二人选。

李振堉兴奋地抬起头来："我一定尽力！黄老，您今天的一席谈，让我茅塞顿开。我一定认真领会您的教导，当好您的秘书！多向您汇报，多向您请示。"他的话发自肺腑。此刻，他由衷地认为能给黄克诚当秘书，真是荣幸！

"哎，我老了，也许有些思想观念落后了，有老框框。我倒是要向你多学习哩，年轻人思想活跃。"黄克诚笑了笑，"谈到汇报和请示，我对你有个建议或说是要求。我们讲话或者写东西的时候，总是先讲成绩，再讲经验，最后才讲问题，这个不好。我们向领导汇报工作，要先讲问题，先把问题讲清楚。至于工作成绩，你不讲，无大碍。你不讲，群众也知道，领导迟早也会知道。"黄克诚对工作历来如此，不论是汇报还是总结，都是先报忧，先讲问题，后讲或不讲成绩，主要是讲问题。他考虑问题，也是先想到不利的条件和困难。黄克诚对李振堉如此高标准要求，实在是因为对李振堉有莫名的偏爱。

李振堉敬重地说："黄老，您这不是对我的建议，而是传给我的工作经验啊！我一定细细体会，作为自己今后的重要工作方法。另外，您有刚才这样的思考，哪里落后呢？您先好好养病，等出院了，我再请您多赐教。"

"呃，我住不安生了，明天就出院得了！不，今天就出院！"黄克诚脸上闪现出孩子气的笑。他似乎也被这番对话感染了，内心深处滋生出一种斗志。党风不抓，执政党危矣！

在黄克诚的坚持下，他第二天就出院了。

一出院，他家的宅院就又热闹起来。

"黄老！"上午时分，他正在后院散步，一个熟悉的声音从前院传来。

　　黄克诚的脸上立即笑容绽放。他听出来了,那是老朋友、老部下夏如爱的声音。夏如爱是江苏省淮阴县人,1949年10月,到达湖南邵阳,任邵阳地委书记兼邵阳军分区政委;1952年以后,先后任湖南省政府财经贸易办公室副主任、湖南省委委员、湖南省副省长等职;1957年,调国务院工作,任农产品采购部办公厅主任、第二商业部研究室代主任等职;庐山会议后也被打成"彭黄军事俱乐部骨干成员",免去了职务,挨尽了批斗。黄克诚罢官候审期间,夏如爱是不避嫌疑去看望黄克诚次数最多的一个朋友。黄克诚去山西以后,就没有了夏如爱的消息;复出后才知道,夏如爱在"文化大革命"中又受到冲击,靠边站了。粉碎"四人帮"后,夏如爱很快就平反了。夏如爱还像以前一样,一进院子,就扯着嗓门喊。他的喊声一响起,整个宅院就有了生气。

　　果然,夏如爱满面春风地走进后院,上前扶住黄克诚:"黄老,我看您来了。"

　　"哎呀!如爱!好久不见了呀!"黄克诚乐滋滋地说,"快进屋里坐。"

　　夏如爱将黄克诚搀扶进书房,在沙发上坐下后,愉快地说:"黄老,我的问题解决了、平反了,现在到国家工商行政管理局担任副局长了!"

　　黄克诚欢喜地说:"这个事,我知道。祝贺你呀!要珍惜重新为党和人民工作的机会,好好干!"

　　"那是一定的,好歹也得把靠边站时那段浪费的时间给补回来!"夏如爱没有埋怨以前的事,对这一点,黄克诚很欣赏。

　　两个人敞开思想,聊着如何开展新的工作,十分投机。

　　正说着,朱鸿陪同钟伟、洪学智来了。

黄克诚在庐山会议上被打成"反党集团"二号人物后，又在中共中央军委扩大会议上被揭发是"杀人犯"。有人指责他，在1935年红军到达哈达铺时，下令打死了几个走不动的同志，还枪毙了中革军委卫生部一个开小差的干部，却把责任嫁祸于红一军团派到红三军团担任领导工作的干部身上。这完全是无中生有。当时，黄克诚任第2纵队政治部军事裁判所所长，按理，处决人应该经过他审批，但他因为此前反对采取过激方式整肃部队已被剥夺职权，仅随队行军，没有权力处决逃兵。也就是说，处决逃兵与他没有关系。但是，震惊中的人们谁会相信他的话呢？就在他百口莫辩之际，一个充满力量的声音响了起来："不对！黄克诚没有杀人！"是钟伟，是那个矮个子钟伟！是黄克诚的老部下钟伟！钟伟高声说："你们瞎说，这事，我知道。部队离开哈达铺以后，是我带着一个营在后面担任收容任务！当时，部队很疲劳，减员大，掉队的多。这不是黄克诚批准干的。处决卫生部的那个干部，也根本不是黄克诚同志决定的，而是上边给我的命令，我敢不执行吗？这事，不少同志都知道嘛！"

钟伟那时任北京军区参谋长。他是湖南平江人，原名钟步云，又名钟德泰。他在1929年入团并参加工农红军；1931年入党；在革命战争年代，先后在红三军团、红十五军团担任团政委、师政治部主任，新四军第3师第10旅第28团团长、第10旅副旅长，东北野战军第2纵队第5师师长、第12纵队司令员等职。他带领的部队以勇猛、机智、果断的战斗作风，连续取得辉煌的胜利。钟伟是中国人民解放军的著名战将，战功赫赫；也是位有着传奇色彩的将领，号称中国的"巴顿将军"，是东北野战军中唯一从师长直接晋升为军长的。在天津战役中，他率部参战，并担任天津市军管会委员，参与接管天津工作，负责组建天津警备区。新中国成立后，钟伟历任广西军区参谋长、中国人民解放军防空军司令部参谋长等职，1955年被授予少将军衔。黄克诚对他一直欣赏有加,毛泽东也一直记得这个"小个子",称他是"战神"。

钟伟的这番仗义执言,不仅没有改变"黄克诚是贪污犯、杀人犯"的"事实",也没有使会议停止对黄克诚的批斗,而且立即把斗争矛头转向他。人们认为,钟伟和黄克诚穿一条裤子,也是"父子关系"。众目睽睽之下,钟伟被带出会场,随后,也受到批斗、处理。他被解除北京军区参谋长的职务,发配到安徽省去当农业厅副厅长,离开了军队。在"文化大革命"中,他又遭到林彪、"四人帮"的摧残和迫害。"文化大革命"结束后,经中共中央军委批准,对他的问题予以平反,恢复名誉。黄克诚得知钟伟平反的消息后,十分欣慰。

钟伟一进门就说:"报告黄老!钟伟给您提意见来了!"

洪学智补充道:"还有洪学智!"

黄克诚故作惊讶:"哦?!你们俩想唱哪一出?有什么样的意见,摆这么大阵势上门来提?"

洪学智愤愤不平地说:"这一两年来,多少人平反了呀!刘少奇那么大的冤案都平反了。听说,罗瑞卿、肖华等人的案子也马上就要平反。就连党的早期领导人,像瞿秋白、张闻天、李立三等同志,也已经开始了紧锣密鼓的重审程序,要给他们平反昭雪、恢复名誉。是这样吧?"

"中央纪委的工作之一就是平反冤假错案嘛!你们俩不也平反了吗?还有什么意见?"黄克诚不解地问。他真的不理解他们双双提意见,说的却是平反的事,可他们已经平反了,这意见何来?难道还有什么条件要提?如果那样的话,就不是自己认识的钟伟、洪学智了。

钟伟大大咧咧地说:"我们不是对自己的平反有意见,而是对您有意见。"

黄克诚欠了欠身:"哦?你坐下说嘛,站在那里,晃得我眼睛痛。"

几个人"嘿嘿"一乐，都坐下了。

丛树品给大家泡了茶端上来，分别摆到各人面前，也坐到一旁，准备记录。

夏如爱有些紧张地看看钟伟，又看看黄克诚。

钟伟不平地说："黄老，您知道吗？您的很多老部下、老战友都慢慢平反了，可大家都抱怨说，您为这个平反、为那个平反，自己头上的帽子却还没摘哩！"

丛树品一听，忍不住插话道："嗨，这个事呀，你们有所不知。黄老的家人也不理解，催促黄老向中央反映自己的平反问题，黄老却不以为然。"

朱鸿说："黄老蒙冤20年，起因是庐山会议。彭老总平反后，好多受牵连的人也平反了。黄老，您这个'彭黄集团'二号人物的平反是理所当然的啊。"

"就这个意见呀！我现在统一答复你们。"黄克诚轻松地靠到沙发上，不以为然地说，随即，脸又板了起来，"作为一个共产党员，个人在党内受点委屈算不得什么了不起的事，比起我们为之献身的共产主义伟大事业来，实在是微不足道。在党的历史上，有多少无辜的同志含冤死去，又有多少同志英勇牺牲，他们连全国胜利的那一天都没能看到。我今天还能活在世上，比起那些早死的同志，实属万幸！当年跟我一起参加革命的有一两百人，如今，只有我和另外一个战友还活着。我有工作做，有房子住，有工资领，有地方看病，还有什么不满足的？彭老总戎马一生，功高盖世，不是没等到粉碎'四人帮'就含冤九泉了吗？不是连平反的这一天也没看到？比比彭老总，我就更感到幸运，更知足，还有什么委屈和不平可言？我应该趁活着，多为党工作才是。"

大家沉默地听着，不由得肃然起敬。

黄克诚又说："其实这些话，我已经说过很多回了，希望大家都能明白。"

"唉，大家听到了吧？黄老的心里还是没有他自己！"朱鸿叹道。

钟伟想了想，说："黄老的思想境界，我应该学习，但就怕达不到那样的高度。黄老，我虽然平反了，但还没安排工作。我也想再为党工作，我的工作问题怎么办？"

黄克诚笑道："钟伟，你是个'战神'，是个天生爱打仗的人。现在没有仗打，你就先安分守己地待着吧。若再打仗，第一个就去找你！"

洪学智冲钟伟努了努嘴："钟伟，你这下安心了吧。"

"嘿嘿。"钟伟抬手在脑袋上摸了一圈，无奈地笑了笑。他明白了黄克诚的意思，自己想要工作的念头是没指望了。

大家又就工作的话题坦坦荡荡地议论着、争论着，一种战友间无拘无束的氛围在房间里弥漫开来。

第二天一早，黄克诚精神头十足地来到办公室。

朱鸿刚给他汇报完早上收到的群众来信，就有两个纪检干部来访。他俩一屁股坐在黄克诚的办公桌对面，牢骚满腹地说："黄老，这平反工作，我们干不下去了！"

黄克诚心下知道，他们肯定是在工作中碰了一鼻子灰，就让他们仔细讲讲是怎么一回事。

年长的纪检干部负气地说："黄老，您让我们负责部队的平反工作，可部队那些老干部，个个都战功赫赫，说起这十几年受的委屈，一个比一个气粗！有的领导干部拿到平反决定后不满意，就是不签字，提的有些要求，我们很难办到！"

黄克诚知道他说的都是实情，也非常理解那些军队老干部。十几年，人生有几个十几年啊？况且，那十几年是他们生命中的黄金岁月！他不能怪他们，只能让部下耐心点，设身处地地为他们着想。

年轻的纪检干部说："我们都很耐心，但他们就是嫌这嫌那不满意。最让人头疼的是张平凯将军，他把平反文件都撕碎了，还冲我们发好大的火！"

接着，他站起身，手指乱指乱戳着，学着张平凯发火的样子："'什么?! 关了老子近20年，就这张破纸想把老子打发了?!'"然后，他双手一摊，委屈地说："黄老，您听听这是什么话！就这样，生生把我们给轰出来了！"

听这个纪检干部学张平凯说话惟妙惟肖，黄克诚禁不住乐了："你们不知道呀，张平凯身经百战，在战争年代多次负伤，但无怨无悔。1959年，他跟着彭老总蒙冤，这么多年下来，一纸平反文件确实不能抚平他内心的伤痛。你们不要感到委屈。跟这样的老干部受过的磨难比起来，你们受点气算不得什么，再耐心些吧。"他说着，语气又沉重了起来。

年轻的纪检干部一筹莫展地说："那我们拿他怎么办？"

黄克诚想了想，让他们把张平凯的平反文件再打印一份。

"文件早就打印出来了。"年长的纪检干部不明就里，连忙从公文包里取出文件递给黄克诚。

黄克诚拿起桌上的放大镜，仔细地看着文件说："朱鸿，你把我的狮子头印章拿出来。"

朱鸿从文件柜里取出一个印章盒，又从盒中取出一枚印章。这枚铜制的印章很特别，呈狮子头形状，十分精美。这枚狮子头印章颇有些来头，是陈毅送给黄克诚的，当年在新四军很有名。战争年代，黄克诚用这枚印章下达重要的战斗命令。新中国成立后，黄克诚是第二次使用它。第一次使用，是在湖南。签批长沙地委与湘潭县委请求修缮毛泽东故居和韶山公路的报告时，黄克诚特意盖了狮子头印章，一是表示慎重，二是表达决心。

朱鸿将印章蘸上印泥，递到黄克诚手中，扶着他拿正印章。

黄克诚在文件上重重地摁上印章，少顷，把文件递给两个纪检干部说："你们俩拿着这个，再去找张将军，告诉他，这印章是我亲手盖上去的。"

两个纪检干部看了看文件上的印章，疑惑地走了。

朱鸿顾虑重重地说："黄老，张平凯将军的事有您亲自督办，应当不会再起矛盾；可现在各个行业反映的，都是平反工作不好做。有些沉冤多年的人平反了，但怨气难平，非要同当事人争个是非曲直；有的人对待遇不满；还有的人要求回原单位工作……"

黄克诚语重心长地叹道："所以啊，波乱纷纷，没有万全之策，更需要我们耐心细致地做工作。我们现在接触的，很多是早已认识、耳熟能详的领导干部，只要我们耐心细致地做工作，最终基本上能够达成共识。你讲的这些同志大都是领导干部。我们还要注意，'文化大革命'造成的大量冤假错案中，不仅有领导干部，也有挨了整、受了委屈的一般干部和普通群众。我们要重视大案要案的平反、甄别，也要关注这些干部和群众。"

朱鸿望着黄克诚，敬重之情油然而生。

"黄老，我不明白，您是中央纪委常务书记，现在中央纪委的主要工作是平反冤假错案，彭老总的冤案早已平反昭雪，您自己什么时候平反呀？"他关切地问道。

黄克诚随意地摆了摆手："我现在有工作做就行了，我平不平反、什么时候平反是军队的事。冤假错案太多，一步一步来吧。"

朱鸿无奈地摇了摇头，走到自己的办公桌前，翻看着一堆信件，突然又想到了什么，转头对黄克诚说："可是黄老，您的问题不作结论，受您案子牵连的同志也不能平反呀？"

"嗯，这倒是个问题……"黄克诚怔了一下，随即又达观地说，"眼下，军队平反冤假错案的工作也在进行，相信我的案子也快了！问题会解决的，就别想那么多了。马上要开中央纪委二次全会，我要讲话。来，我说，你记一下，帮我理理讲话的思路。"

果然，朱鸿一听要整理讲话内容，赶紧在黄克诚对面坐下。

话说那两个纪检干部手持黄克诚盖了印章的平反文件，返回张平凯家。

张平凯拉开门，一见又是他们两个，脸立即黑了下来："怎么，老子的话，你们没听明白……"说着，就要关门。

年长的纪检干部连忙用身子抵住门框，双手递上文件，笑嘻嘻地说："张将军，您先别骂，看一下，看一下！"

张平凯气恼不已，见不能推挡他们，只得返身回屋，戴上老花眼镜看文件。文件看完，他盯着印章的形状，愣了片刻，然后，头点得像鸡啄米似的说："狮子头印章？这不是黄老的狮子头印章吗？好，好，我签字，我马上签字！"他不曾见过黄克诚的狮子头印章，但关于它的传闻，早在解放战争时期就听说了。

两个纪检干部对视了一眼，觉得不可思议。

张平凯拿起笔，在文件上重重地签下自己的名字，将文件递给纪检干部，"嘿嘿"地笑着："两位同志，我上次冲你们发火，态度不好，对不起了！别见怪，别见我这个老兵的怪哦！"

年长的纪检干部态度谦和地说："张将军，是我们没耐心，工作没做细致，也请张将军原谅。您还有什么意见，请尽管说！"

"呵呵，没意见，没意见！黄老都盖了大印，我有意见也不提了！"张平凯忙不迭声地说，一副心悦诚服的表情。

年轻的纪检干部实在忍不住，好奇地问："为什么？"

张平凯慨叹道:"为什么?你们难道不知道吗?黄老的平反结论至今还没作,他自己还戴着'反党'的帽子哩!我已经平反了,还有什么资格计较那点儿待遇?!"

纪检干部看看文件,又看看张平凯,若有所悟。

像张平凯这样最终平静接受平反待遇的事不在少数。有的老干部虽然平反了,但所提条件不能全都如愿,像张平凯当初一样想不通,就直接找黄克诚谈。黄克诚总是耐心地开导他们,亲切地询问他们的生活和健康状况。找他的老干部看到他长期蒙冤仍严格自律、胸襟豁达,就把原来准备提的要求收了回去,高高兴兴地走了。

是黄克诚的无私与德望,让张平凯他们从内心里感动与信服。"黄克诚"这个名字,在那个特殊的历史时期,确实有独特的号召力、凝聚力。

黄克诚不仅重视大案要案的平反、甄别,对那些在政治运动中挨了整、受了委屈的一般干部甚至普通群众也很关注。

吉林长春的白求恩医院有一名普通干部,她在1959年反右倾时和"文化大革命"中受到错误批判,职级、待遇长期受影响,生活困难,多次申诉,无人解决,就壮着胆子给中央纪委和黄克诚写信,请求帮助。黄克诚知道后,让丛树品以中央纪委和他个人名义给白求恩医院的领导写信,要他们认真复查。不久,这名干部的问题得到妥善解决,她给黄克诚写来了感谢信。她在信中说:"我是一位普通医务干部,当时完全是抱着试试看的想法把信发出去了,并未抱多大希望,没想到竟引起了您和中央纪委的重视,我们全家将永世不忘,我要努力做好工作作报答。"黄克诚听了信后,十分欣慰地说:"已经得到妥善解决,这就好了,这就好了!"

还有一位上海的纺织女工,蒙冤的问题也是在黄克诚亲自过问下得到解决的。这位女工因丈夫被判刑受到株连,1958年,所在单位以支边为名,把她下放到甘肃敦煌的一个荒凉小村。她拉扯着5个未成年的孩子,含辛茹苦,度过20多年的艰难岁月,眼睛几近失明。1982年4月,她的亲戚写信给黄克诚,请求帮助,希望让这位女工回上海养老。黄克诚知道后很同情,他让夫人唐棣华接待了来访人,并以他的名义给上海市公安局原副局长杨光池写信,要求给予证明和帮助。杨光池派人调查核实这位女工的情况后,落实了她回上海的事。

新四军第3师有个女同志,丈夫在抗日战争中牺牲了。她抚养两个没有见过生身父亲的烈士遗孤长大,吃了不少苦,住房困难问题长期得不到解决。黄克诚得知这一情况时,因眼疾复发正在住院,但他立即让朱鸿告诉有关部门帮助解决,又让人把烈士遗孤唤到病床前。他用颤抖的双手将他们从头摸到脚,喃喃自语道:"长大了,都长大了。你们的爸爸为革命献出了生命,你们可要争气呀!"

为平反"文化大革命"造成的大量冤假错案和甄别历史遗留的案件,黄克诚尽管年迈体衰,仍然进行了大量艰苦细致的工作。他不仅听取案件汇报,而且亲自接待来访者。对重要案件,他都打电话督促有关部门抓紧平反、纠正。每听到一个错案得到纠正落实,某个干部的沉冤得到平反昭雪,他总是欣慰地说:"这就好了,这就好了!"但他自己的冤案尚未平反的事,他从不提及。对他来说,只要能为党工作,就足以慰藉。因此,他不顾身体羸弱,依然为党为民鞠躬尽瘁地工作着。

第四节　21年的冤案终得昭雪

就在老战友、老部下们纷纷为黄克诚平反的事纠结的时候，1980年5月31日，史进前突然登门来拜访黄克诚，并特地请唐棣华一起听。

唐棣华好生惊讶。平时只要黄克诚有客人，她都是回避的。

史进前从公文包里取出文件递给黄克诚，黄克诚又把文件交给唐棣华，让她念。

唐棣华看看文件，念道："《关于黄克诚同志的复查结论》。"

黄克诚一听，身子仿佛触电一般震颤了一下。他一把抓过文件，使劲凑到眼前看了看，然后将文件放到一旁，抬起头来，定定地看着史进前，不解地说："进前，我的问题起于庐山会议，这个问题不是总政治部能解决的啊。"

史进前连忙解释道："总政明白。我来，是代表总政征求黄老您对这个复查结论的意见。"

原来，这份《关于黄克诚同志的复查结论》是黄克诚专案复查组起草的，总政治部主任韦国清审阅后，认为很有说服力，在上面签了字。为表示慎重，他让史进前亲自跑一趟，送黄克诚当面征求意见。韦国清还叮嘱史进前，代表复查组向黄克诚道歉：相对于其他同志的平反工作,这个复查结论有点晚,请他谅解。史进前认为韦国清多虑了:"黄老若计较这个,那就不是黄老了!"

史进前知道,对于一些冤假错案,即使有些当事人已经去世,或本人没有申诉,黄克诚也主动查清平反,为许多人洗清了多年的不白之冤。但黄克诚对自己背了20多年的冤案,从不向中央打报告要求平反,他总是说:"我现在已经有工作做就行了。"当有关部门整理历史资料,就因为他提出正确意见而遭到批斗、撤职的问题向他了解核实当时负责人的情况时,他仍以大局为重:"如果当时的那几个负责同志在世,我还是可以和他们辩论的,但他们已经去世了,我还在,我不能单方面来作评论。"他又叮嘱说:"你们要实事求是,把事实说清楚就行了,不要说过头了,不要给那几个负责同志的脸上抹灰,给他们抹灰就是给党抹灰。"黄克诚这样一个人,怎么会计较作出复查结论的时间早晚?

黄克诚点点头,对史进前说:"如果是这样,那我没意见。我很满意。"

"那好,我回去后就将复查结论呈报中央军委和党中央。"史进前诚恳地说,"黄老,我代表复查组向您老致以深深的歉意,这么多年,您受委屈了!"

黄克诚手一挥,慨叹道:"都过去了,历史能作出公正的评判。一切都过去了!"

送走史进前,唐棣华一把抓住黄克诚的手,热泪夺眶而出:"老头子,我们总算等到这一天了!"

黄克诚轻轻拍了拍她的手,哽咽着,眼睛也湿润了。是的,总算等到这一天了。历史是公正的,苦难都过去了,生活还在继续,事业还要前进!

6月25日,总政将复查结论呈报中共中央军委并中共中央。在京的中共中央领导人华国锋、胡耀邦及中央军委领导徐向前、聂荣臻等人圈阅后，以中发〔1980〕58号文件发至县、团级，并批示："中央同意总政治部《关于黄克诚同志的复查结论》，现转发你们，望传达到全体党员干部。"

复查结论说：

> 1959年在庐山会议上，中央决定对黄克诚同志进行批判，并在党的八届八中全会作出决议，除保留中央委员外，撤销党内外一切职务，接着又在军委扩大会议上对黄克诚同志继续进行了揭发批判。1962年，在党的八届十中全会上对黄克诚同志进行专案审查。1966年7月，彭德怀、习仲勋审查委员会写了《关于黄克诚反党问题的审查报告》（中央未批准），给黄克诚同志强加上所谓"一贯反对毛泽东思想，竭力阻挠毛泽东思想的传播"，"反对党的社会主义革命和社会主义建设总路线"，"反对毛主席的无产阶级军事路线，推行彭德怀的资产阶级军事路线"，"在彭、高、饶反党联盟的阴谋活动中，充当急先锋"，"同彭德怀一起在庐山向党猖狂进攻，阴谋发动反革命政变"，以及"把持经济摊子"（即所谓贪污黄金案）等等莫须有的罪名。这些都是对黄克诚同志的污蔑。在文化大革命中从1967年1月至1975年4月，又被林彪、"四人帮"关押审查。1970年7月23日，彭德怀专案审查小组写了《关于反党分子黄克诚罪行的审查报告》（中央未批准）。1975年5月8日，中央专案审查小组办公室写了《关于黄克诚同志的审查情况的报告》。这两个报告，仍然认定黄克诚同志是"彭、高、饶反党联盟的重要成员"和"彭德怀反党集团的主要同谋者"，认定黄克诚

同志"隐瞒了1927年他在蒋匪二师政训处任图书管理员3个月的历史","解放后在湖南工作期间，利用职权，包庇安置叛徒、特务、反坏分子"等问题。

根据党的十一届三中全会对冤假错案进行平反的精神，和中央组织部1980年1月30日的通知，经复查认为，1959年在庐山会议上，黄克诚同志实事求是地提出了一些意见，中央把彭、黄等同志定为反党集团，并决定对黄克诚同志进行批判和审查是错误的。给黄克诚同志强加的种种莫须有的罪名均属污蔑不实之词，应予推倒。

关于黄克诚同志与高岗的关系问题。1953年高岗确曾向黄克诚同志谈过一些问题，黄克诚同志觉察到高岗所谈的问题有些不正常，曾向中央领导同志反映过，并报告了毛主席。根本不存在黄克诚同志参加高、饶反党联盟的问题。

关于把持经济摊子（即所谓贪污黄金案）的问题。这纯属对黄克诚同志的污蔑。

关于黄克诚同志1927年在国民党第二师政训处任图书管理员三个月的问题。当时黄克诚同志已向组织报告过，并在自传中作过交代。

关于所谓"解放后在湖南工作期间，他利用职权，包庇安置叛徒、特务、反坏分子"问题。当时黄克诚同志在对待和处理旧人员问题上，采取区别对待、给予生活出路的做法，是符合党的政策的。

文化大革命中，对黄克诚同志再次进行批斗和关押审查，使黄克诚同志的身心受到严重摧残，纯系林彪、"四人帮"对黄克诚同志的打击迫害，应给黄克诚同志彻底平反、恢复名誉。撤销1959年庐山会议以来，历次对黄克诚同志的审查报告，按照中央有关规定彻底清理审查中的所有材料。对受株连的家属、子女和其他同志，均予彻底平反，恢复名誉，落实党的政策，消除影响，做好善后工作。

这个结论，推翻了自1959年庐山会议以后强加在黄克诚头上的一切不实之词，在4个重大问题上给黄克诚平反洗冤，他背了21年的黑锅终于被洗刷干净了！

21年，对于黄克诚来说，本应是政治生命的黄金时期，他却只能在罢官赋闲、受审查、被关押中度日。回想起来，他心中悲怆不已。

黄克诚在1959年的庐山会议上蒙冤，紧接着，中共中央军委扩大会议上又被揭发出骇人听闻的"贪污黄金案"：新四军第3师曾经积累了不少黄金、银圆和烟土，"革命家底"厚实。第3师离开苏北、进军东北时，把"革命家底"兑换成黄金，黄克诚走到哪里带到哪里，先带到东北，最后竟带到湖南去了！

黄克诚一向被认为是清廉、克己的，忽然间成了大贪污犯，所有人都震惊了！黄克诚痛心，气愤，羞辱难当。他怎么解释，也没有人相信。于是，他请求中共中央军委立即派出调查组对那批黄金进行调查，但他心里也忐忑不安，因为那些黄金都是当时任新四军第3师供给部副部长的翁徐文经手的。翁徐文这个人很可靠，不会说谎，可过了这么多年，黄克诚怕翁徐文年纪大了，记不清来龙去脉，更怕翁徐文已经将账目销毁。万一翁徐文死了，黄克诚就百口难辩，跳进黄河也洗不清。

中共中央军委扩大会议结束后不久，中共中央军委决定组织工作组对"黄金案"进行调查。经过严格的审查、筛选，最后从军事检察院、军事法院，以及总政治部保卫部、组织部、干部部抽调9名得力干部组成3个小组,对黄克诚进行全面调查。第一小组组长是总政治部保卫部部长蔡顺礼,第二小组组长是最高人民法院军事审判庭庭长钟汉华,第三小组组长是最高人民检察院副检察长兼军事检察院检察长黄火星。总负责人是中央军委副秘书长兼总政治部副主任萧华。

经过半年多时间的查证,到1960年4月,事情搞清楚了。所谓"黄金家底"是指1945年9月,黄克诚奉命率新四军第3师从苏北进军东北时带的一部分经费。

新四军第3师在苏北经营的5年时间里,艰苦奋斗,生产自救,积攒了一笔经费。这笔经费一直由时任供给部副部长的翁徐文管理。在第3师进军东北前,翁徐文根据黄克诚的指示,将这笔经费除兑换了一些国民党发行的法币外,考虑到应急,把仅限于苏北地区流通的货币换成黄金并带到了东北。

大军千里挺进东北,中共中央是不拨发经费的,也没有钱给第3师,全靠第3师自己解决。第3师省吃俭用攒下的这笔经费,可以说派上了大用场。到东北后,第3师遇到极为困难的情况,在无党组织、无群众、无政权、无粮食、无经费、无医药、无衣服鞋袜等"七无"的艰苦条件下,建立根据地、整编部队、补助困难干部、救济伤病人员等等,都动用过这笔款项。黄克诚任西满军区司令员时,经上级批准,把剩余的经费带到了西满军区。1947年年底,为方便保管,西满军区供给部又将这些金子炼成金条,经黄克诚请示时任中共中央东北局财经委员会书记的李富春批准,派专人将金条送交东北银行保管。1949年1月,黄克诚任天津市委书记时,这些金条仍在东北银行保管。中央确定黄克诚任湖南省委书记后,一直经手这笔款项的翁徐文写信给黄克诚,询问这批黄金怎么处理,同时表达了想到湖南工作的意愿。黄克诚考虑到湖南刚刚解放,有不少暂时的困难,同时,湖南又是中国革命的发源地之一,有许多革命烈士的遗属需要救济,所以,他请示李富春,要求将保管在东北银行的那批金条带到湖南。李富春批准了。翁徐文、陈烨、王之庆、吴子昌四人从齐齐哈尔来到沈阳,在中共中央东北局找到李富春,打了领条。东北银行提供了黄金出库清单,用两个保险柜装上黄金,外加木箱封好,在武装警卫下,由翁徐文等四人护送到长沙,救济了不少军、烈属等。待湖南的经济情况好转后,剩余的黄金上交湖南省财政厅。

一切都清清楚楚,什么问题也没有,应该作结论了。然而,尽管铁证凿凿,谁愿为黄克诚这个"反党分子"主持公道和拍板呢?所以,这次调查不了了之。

1962年1月,中央召开的七千人大会,决定给前几年错整的干部平反,但错误地决定不给最大的冤案"彭德怀反党集团"平反。在第一次审查时没有查出问题的黄克诚自然也不能平反,而且,党的八届十中全会后又对黄克诚进行专案审查。这次对黄克诚进行专案审查的任务,交给了彭德怀、习仲勋专案委员会。这是一次对黄克诚的全面审查,"黄金案"是审查的重点问题之一。

此前参加"黄金案"审查的人员又被召集起来,还是由黄火星和钟汉华负责,办公室设在北京翠微路的总参招待所。他们分为几个小组,分别到东北、湖南等地进行更周密细致的调查。特别是去湖南的工作组,三番五次地找翁徐文、付景毅、张正鸿等人谈话,交代政策,并反复核实账目。翁徐文等人"始终坚持原来的说法,离开账本就不轻易讲话"。最后,工作组在一个会上宣布:"经过多方面的查证,问题基本搞清楚了。"

参加这次专案审查的张英华回忆说:"在湖南,我们住在省委招待所。这次调查比上次更详细,所有能找的线索都找了,能找的人也都找了,该查的档案和资料都查了,开了不知多少座谈会,都证明所谓'黄金案'是一个假案,是一个影子! 1966年6月,我们调查'黄金案'的同志写了一个报告,结论是没有贪污这件事。黄克诚只是用部分黄金救济了一些人,他既没有贪污,也没有违反规定。"

这次对黄克诚的全面审查用了4年时间。1966年7月,彭德怀、习仲勋审查委员会将《关于黄克诚反党问题的审查报告》递交中共中央、毛泽东,历数了黄克诚八条罪状,但对所谓"黄金案",只写了两句话:黄克诚"长期把持经济摊子,是个大贪污犯"。既没具体事实证明,又不否认是假案,甚为蹊跷。这个报告还提出四点建议:"1. 撤销黄克诚的中央委员(职务);2. 将黄克诚清除出党;3. 将这个报告在全党公布;4. 在报纸上点黄克诚的名,肃清他的影响。"毛泽东没有批准这个报告。

1969年6月,康生提出,彭德怀、黄克诚的案子要重新审查。根据他的指示,彭德怀专案小组同时担负对黄克诚的第三次审查。因为有以前的审查材料作基础,这次审查仅用一年多时间就结束了。1970年7月23日,彭德怀专案小组完成了《关于反党分子黄克诚罪行的报告》,并于8月15日上报黄永胜、吴法宪、叶群、李作鹏及周恩来。这个报告概述了黄克诚"右倾反党","利用职权,包庇叛徒、特务、反坏分子",以及在"文化大革命"期间写"反动黑诗","为刘少奇为首的资产阶级司令部鸣冤叫屈"等三个问题。该报告"建议予以结案,永远开除(黄克诚的)党籍,撤销党内外一切职务,长期监押"。中央没有批准。

这三次审查的结果始终没有告知黄克诚,黄克诚也就一直蒙在鼓里。

1970年冬,黄克诚终于得到了家人的消息,这是很大的安慰。实际上,早在1968年秋冬,唐棣华就被下放到河南某干校。走之前,她请专案组转交一封信和一包衣物、用品、食物等给黄克诚,并告诉他,孩子们都分配去外地或下乡插队,她自己也要离京等等情况。然而，黄克诚始终没有收到这封信。1970年，唐棣华所在干校传说黄克诚已死。唐棣华半信半疑，写信给周恩来，试探性地说长女黄楠要结婚，想从山西取一点黄克诚的私人物品。周恩来批示，将信与东西转给黄克诚，并让黄克诚写信告知山西有关部门。通过操办这件事，黄克诚才获悉了家人的消息，他的家人也得知黄克诚依然健在。

1971年"9·13"事件发生后，身在监房中的黄克诚凭着他的政治敏感性，从监护人员态度的变化、监舍条件的改善，看出了发生重大事件的迹象。不久，黄克诚因发高烧住院。他从医院哨兵口中知道了林彪叛逃、机毁人亡的消息，震惊之余，陷入沉思。1972年2月，黄克诚在病情好转后出院，被转移到北京的中央政法干部学校关押。

中央政法干校位于复兴门外木樨地南侧（今中国人民公安大学）。监舍宽敞明亮，每间约有20平方米，楼内设有卫生间和洗澡设备。他们的日子好过多了，饮食也有了较大改善。黄克诚的监舍为4号。彭德怀就住在他的隔壁，是5号房。谭政、杨勇、李井泉等人也被关押在这里。管理上比以前宽松了，他们可以在上午9点和下午4点左右出来散会儿步，只是不能公开交流。

断断续续地，黄克诚了解到，"9·13"事件发生后，中央的日常工作在周恩来主持下出现了转机，开始纠正"文化大革命"中打击迫害老干部的做法，解放了一批老干部。对尚不能解放的老干部，则设法改善他们的处境。遵照周恩来的指示，公安部和北京卫戍区领导到什坊院等监护点进行检查，而后报告了检查情况。周恩来得知北京卫戍区的各关押点条件差，而且分散，遂决定把全部监护对象集中到德胜门外的功德林监狱和中央政法干校两处。1972年1月5日，彭德怀等人被转移至中央政法干校。1月10日，毛泽东抱病参加陈毅的追悼会。这不寻常的举动，明确地发出了一个强烈的信号：要尽快解放一批老干部。周恩来抓住时机，千方百计地推动解放老干部的工作。一大批老干部获得解放，重新走上工作岗位。

政治形势突变，燃起了黄克诚心中的希望之火。

但是，幸运之神没有马上降临到黄克诚头上。他仍被关押审查，翻来覆去地写检讨，只是管制上更加放松了。

转眼到了1973年春天。5月的一天，黄克诚被告知，他的家人要来看他。

黄克诚在监护中第一次见到了家人。这距上次见到唐棣华已隔5年，与孩子们则有7个年头没见面了。按照探视程序，监护人员把黄克诚送到政法干校附近的一个部队驻地，在会议室等候，再由专案组用车把他的家属接来。探视时间约两个小时。

这次见面，让黄克诚感到欣慰的是，孩子们一个个都真正长大了。

因为很长时间没有与家人见面，在等待家人到来的时候，黄克诚竟然有几分紧张与忐忑。他坐在一张蒙着蓝布的大桌子跟前，看上去衰老至极，一举一动都是颤巍巍的。他的面孔苍白而消瘦，头上是些稀疏、花白的头发；一件黄色的旧呢军衣，里面露出一层一层的毛衣和衬衣；交握着放在桌面上的双手，不停地抖动着。

唐棣华和黄楠四兄妹走进来时，看到他这样苍老与寒酸，一个个显出惊愕、怜悯之情。

黄梅犹疑地喊了一声："爸爸?!"

"啊哈，妹子——"黄克诚本来笑得还有些不太自然，听黄梅一开口，心里一下子莫名地舒坦了，脸上立即绽出笑容。黄梅是他最疼爱的孩子，虽然她最喜欢和黄克诚打嘴仗，但爹娘疼满女的规律，让黄克诚对黄梅甚是喜爱。

黄梅朝黄克诚急跑上去，扑进他的怀里，眼泪夺眶而出。黄楠、黄晴也围住黄克诚，七嘴八舌地喊着、问候着，激动万分，但千言万语不知从何说起。

还是黄楠先找到话说："我们有7年没见面了，爸爸。"

黄克诚点点头："嗯，7年了。"

黄楠问道："您过得好吗？"

黄克诚机械地答道："过得好。"

黄梅抱怨道："您怎么能过得好？您身体不好……"

黄克诚有点不耐烦地打断黄梅的话："我完全能应对，过得还好。你们呢？现在的社会风气好不好？你们的工作都还好吗？"

他不喜欢谈论自己生活上的事，更希望孩子们能谈一谈外面的世界。他被关押的时间太久了，对外界更多的是陌生，而他渴望了解外面的世界。

孩子们七嘴八舌地说起外面的事情。黄克诚这才确切地知道，就因为是他的孩子，他们都不同程度地受到冲击。黄梅在中学挨了斗；黄煦在1967年年底清华大学"团派"和"414派"开始武斗期间，曾被抓去当人质、"战果"和"黑后台"，关了十几天，多次挨打。现在，他们兄妹星散各地，或在农村插队，或在基层厂矿。不过，这段艰难岁月也是一家人最团结互助、共担命运的时光。由于特殊的家境，黄克诚的孩子们开始成熟，逐渐有了自己的判断。

听到黄楠和黄煦都在湘南小镇沱江工作，黄克诚憔悴的面色奇迹般地褪去了。他微笑着，眼睛熠熠地闪出光亮。

"哦！沱江是好地方，山清水秀！我长征时从沱江附近经过。黄晴呢？"他兴奋地问。

黄晴正要回答，黄梅抢过话头："我和二哥都在山西五台插队。"

黄克诚更加有了兴致："在山西插队？不错嘛！抗日战争时，我在山西抗战3年多，在太行山带兵打日本鬼子，在五台山附近住过几个月哩。"

黄梅嗔看着黄克诚："爸爸，你天天关在这里，却好像祖国的每一寸土地上都留着你的足迹。"

黄克诚脸上的皱纹舒展开来："呃，你不懂。祖国在我们这些为她奋斗、流血的人心里，是不一样的，分量太重了！"他从容、愉悦的表情仿佛在说，祖国的每寸土地上确实都留着他的足迹，而他也像爱亲人一样爱着祖国的每一处山河。

黄克诚又朝黄楠转过脸去："黄楠，开发潇水克服了旱灾，粮食产量上去了吗？"

黄楠诚实地回答道："上去了一些，但不太明显。1972年，湖南全省的粮食产量300亿斤出头。"

"怎么还不到400亿斤呢？铁路建设呢？焦枝线、枝柳线都通车了吗？"黄克诚关切地又问，一本正经的劲儿令人兴叹。

黄梅惊讶至极："爸爸，你被关押，怎么还知道这么多事情啊！"

黄克诚带着自豪的神情说道："傻妹子，我虽然被关押，但没被剥夺关心国家大事的权利嘛！这些年发现了不少新油田，这是大好事！不过，中原油田还没有充分开发。"他推了推眼镜，乐观地推测道："根据李四光的板块学说，中原的土地下应该还有大油田！"

"爸爸，你是从哪里听来的这些事情啊？"黄晴听着，也有些好奇了。

黄克诚孩子般得意地笑着："这些都是我从报纸缝里读来的哦！"

子女们都以一种震惊又钦敬的眼神望着他。

那一瞬间，从黄克诚与他的处境和形貌极不相称的笑意里，就连一向对政治不感兴趣的黄梅，也模糊地感受到，蕴藏在黄克诚心底的一个共产党人不屈不挠的精神力量和精神境界。

黄楠突然压低了声音："爸爸，我们实在不明白，为什么这些年里，那么多老干部被批斗、关押，社会上帮派林立、打打杀杀，我们的国家怎么了？对别人，我不太了解，可你和彭伯伯这个事，我一直想不明白……"

黄晴也低声说："我看，文化大革命是一场错误，爸爸这样的人被批判也是一场错误……"

黄梅说："我以前不理解爸爸，现在是不理解这个社会。不过爸爸，我们几个对这些问题的认识，对妈妈是一种精神支持。"

黄克诚一边听，一边不住地、满意地点头："那就好。黄楠、黄煦、黄晴、妹子，你们几个都有了分辨是非的能力，我就放心了。不过，你们还要认真改造自己的世界观才对，要多学习马列著作。你们知道吗？当年在革命战争年代，再怎么紧张，我们也要抽出时间来读《共产党宣言》，有些段落背得滚瓜烂熟。现在，我还记得一些，比如，"他清了清嗓子，站起身，摆出一副朗诵的架势，"'它用公开的、无耻的、直接的、露骨的剥削代替了由宗教幻想和政治幻想掩盖着的剥削'；再有，'过去的一切运动都是少数人的，或者为少数人谋利益的运动。无产阶级的运动是绝大多数人的，为绝大多数人谋利益的独立的运动……'"

黄克诚朗诵着，满脸发射着光彩。

黄楠看着苍老、朴素得就像大街上一个平民老头的黄克诚，身处监禁之地却念念不忘《共产党宣言》，忍不住调侃道："爸爸，你这个'反党分子'对《共产党宣言》的理解还挺深的！"

黄晴担心这话会刺激到黄克诚，就劝道："我们是来看望爸爸的，就别和爸爸抬杠了！"

黄克诚却乐呵呵地说："没事，允许你们有自己的看法……"

黄煦见大家一直只顾说话，把唐棣华冷落在一旁，就把唐棣华推到黄克诚面前，打岔说："我们让爸爸和妈妈说会儿话吧！"

"对了，棣华，你怎么突然来看我了？而且，孩子们也来了。"黄克诚这才想起探问有这个见面机会的原因。当初,他得到家人要来探望的消息,震惊得不得了。

唐棣华就细说起来:现在,老干部政策正在落实。前不久,傅连暲被迫害致死,这事让毛主席很痛心。他也警醒了,作了个批示。1972年1月10日,毛主席参加了陈毅的追悼会,这件事被解读为解放老干部的信号。之后,在周总理主持下,中央开始落实老干部政策,一大批老干部陆续获得解放。北京市的一些老干部已经出来工作。唐棣华的问题性质也由原来的"走资派"改为人民内部矛盾了。唐棣华向专案组写了要求探望黄克诚的报告,得到了中央领导人批准。

这些情况与黄克诚的判断差不多。一听家人可以来探望,他就敏锐地感到中央的政策有所变化。他兴奋地喃喃道:"哦?果然是这么回事……那你有没有彭总案子的消息?他会被解放吗?"

"没有。彭老总不解放,你恐怕也没指望。"唐棣华忧虑地说。

黄克诚默然。

唐棣华关心地问:"你在里面吃得消吗?我们一直担心你的身体。"

黄克诚捏了捏自己的胳膊,炫耀说:"你们不知道吧?我自创了一套按摩疗法,战胜了烟瘾、牙疼、胳膊疼,又向鼻炎、气管炎等痼疾开战。我还要再完善些,摸索出一条路子,对更多的患者有些益处……"

他很想把自己在监所里的经历一五一十地说给家人们听,尤其是他在里面写的那些诗词,再说说他是怎样凭着监管人员态度的变化,判断出林彪出事、政治动向发生变化,以及如何与审查人员斗智斗勇的事,可探视时间到了!

黄克诚不得不意犹未尽地打住话头,依依不舍地和家人告别。他看着他们离开，又站到窗前，看他们在楼外空地上转身向他挥手。他的手举起，久久没有放下。

这次见面，给黄克诚的子女们心里带来了巨大震撼。

回去的路上，唐棣华和黄楠、黄煦、黄晴、黄梅沉默着坐在车里，手握着手，像是彼此的一种慰藉。

黄楠的眼里一直含着泪水，心里不断地重复着一句话："这就是丹柯！这就是丹柯！"一回到家，她就冲进房间，坐到书桌旁，迅急地写了起来。写完，她泪如雨下地高声呼喊："这就是丹柯！"

丹柯是苏联无产阶级作家高尔基短篇小说中的人物。当全族人被敌人赶入森林深处，濒于灭绝时，丹柯自告奋勇地带领大家，披荆斩棘，向前行进。他用手抓开自己的胸膛，掏出一颗燃烧的心，把它高高地举在头上，照亮部族前进的道路，最后来到阳光明媚的美丽草原，但他自己因流尽最后一滴血而悲壮地死去。这个故事，实际上颂扬了在革命的黑暗中敢于为理想英勇献身，却不计较个人得失的英雄形象，激励人们去追求胜利、追求光明。这个故事，黄楠曾反反复复地读过，但一直没有把丹柯与黄克诚联系在一起。直到那时，她才觉得真正了解了父亲黄克诚，觉得他身上有一种丹柯般的英雄精神！

黄梅看到黄楠满是泪水的脸，惊得停止说话，从桌上拿起稿纸。

原来，黄楠写了一首诗，题目叫作《这就是丹柯》。

黄梅深受感染，不由得饱含深情地朗诵起来：

这就是丹柯，
他做了什么？
当族人迷失在暗无天日的密林，
他撕开胸膛擎出燃烧的心，
照亮前路带领绝望的人群……

朗诵声将唐棣华、黄煦、黄晴吸引过来。四兄妹齐声朗诵，有一种浩气震天的气势！

唐棣华张开双臂，一把将4个子女揽住，激动得热泪涌流："黄楠，谢谢你，谢谢你终于理解了你的爸爸！孩子们，谢谢你们！"

5个人紧紧地拥抱在一起，泣不成声。

黄克诚不知道，在家人们的心目中，他已经成了浩气贯日的英雄丹柯，成了一个历经挫折却初心不悔的英雄传说。

但是，他的关押生活仍然日复一日。

1975年年初，中央专案组又对黄克诚进行了审查，这是对黄克诚的第四次审查。

1975年3月7日，根据毛泽东关于尽快结束专案审查，把人放出来的指示，中央作出决定：除了林彪集团有关的审查对象和其他极少数人外，对绝大多数被关押受审查者予以释放。黄克诚仍在审查中，继续待在中央政法干校。

5月8日，中央专案组向中央呈报了题为《关于黄克诚同志的审查情况》的报告，华国锋、汪东兴、纪登奎、吴德批准了这个报告。这个报告的内容非常简单，不到400字，除再次肯定"黄克诚是高、饶反党联盟的重要成员和彭德怀反党集团的主要同谋者"，认定黄克诚"隐瞒了1927年他在蒋匪二师政训处任图书管理员三个月的历史"，"解放后在湖南工作期间，他利用职权，包庇安置叛徒、特务、反坏分子"外，对其他问题没有提及。该报告最后说："鉴于中央对黄克诚同志的问题已作过结论和处理，仍维持原结论和处理，回山西省工作。"这个报告与庐山会议决议的语气一致，但称黄克诚为"同志"，是此前三次提交的专案审查结论中没有的。

7月4日，中央专案组将此报告送达黄克诚。

久违了的"同志"二字，在黄克诚心里激起层层波澜。他对自己在庐山会议上认过错的问题没有再提出异议，但因为报告里涉及了一些人和事，而且所述不尽属实，他仍与专案组人员反复争论，不肯签字。

唐棣华知道后，劝他说："你先签字吧。这个材料其实和庐山会议的结论没有大的区别，将来如果庐山的冤案能解除，其他一些附加的无稽之谈不辩自清。"

黄克诚细细琢磨了唐棣华的话，觉得不无道理，尽管心中仍不很服气，还是勉强在审查报告上签了字。几天后，专案组向黄克诚宣布：中央决定解除对他的监护，黄克诚仍回山西工作。

1975年秋，已经73岁的黄克诚离开中央政法干校，结束了长达8年多的监护生活，返回山西。

黄克诚回到太原，暂住迎泽宾馆。山西省的接待人员告诉他，先在宾馆住几天，等安排好住房，再迁往省委大院的宿舍。本来，山西省委还有给黄克诚安排工作之意，但没过几天就变了，说他身体不好，还需休养，太原市内不宜居住，让他搬到了晋祠招待所（亦称晋祠宾馆）。

黄克诚心里明白，国家肯定又出现了新情况，自己靠边站了。果然，过了不久，全国展开了一场所谓"批邓、反击右倾翻案风"运动，中国政坛再次浊浪翻滚，像他这样的老干部再次靠边站也是必然。

黄克诚见怪不怪，就以自己年事已高为由，向组织提出，请求让长子黄煦夫妇来山西与他一起生活，以便得到照顾。这个请求获得批准，黄煦和妻子张小娴来到他的身边。

黄克诚依然关注着时局的变化。他虽然再次靠边站，可不管怎样，政治气候比以前好多了，否则，黄煦和张小娴不可能从沱江小镇调到太原这个省会城市来照顾他。表面上看，这是人之常情，黄克诚是个老人了，身边要有人照顾，可这绝不是一般的人之常情，而是表明了一种政治态度。

黄克诚对时局比较乐观,但他这次重返山西没有解决工作问题,让他不得不在思想上做好最坏的打算。个人的命运在时局变化中,实在算不得什么。他当初到山西来工作是做了长期打算的,以为余年将在这里度过,没想到仅一年多,就被政治风暴卷回京城,失去自由长达8年之久。会不会再被押回北京,也料不定。

但不管怎样,有黄煦和张小娴在身边,黄克诚的生活有人照料,比起在北京的政法干校来,他的心情舒畅了不知多少倍。不经意间,就到了1976年。

黄克诚年事已高,眼睛又不好,除了偶尔与黄煦下下象棋外,在宾馆的院子里散散步就是他唯一的活动了。那日,他由张小娴陪着在宾馆的花园里散步,边散步边聊着见闻,突然听见广播里传出沉重的哀乐声。两个人不由得停下脚步,侧耳倾听。

播音员沉痛、沉缓的声音在宾馆上空回响:"中国共产党中央委员会、中华人民共和国全国人民代表大会常务委员会、国务院以极其沉痛的心情宣告:中国共产党中央委员会委员、中央政治局委员、中央政治局常务委员会委员、中央委员会副主席、中华人民共和国国务院总理、中国人民政治协商会议全国委员会主席周恩来同志,因患癌症,于一九七六年一月八日九时五十七分在北京逝世,终年七十八岁……"

黄克诚踉跄了一步,手中的拐杖哐当一声掉在地上。

张小娴吓了一跳,急忙扶住他,捡起拐杖塞到他手里。

"是总理啊!这怎么得了,怎么得了……"黄克诚颤抖着声音说,神情悲怆无比。

1976年1月8日,周恩来逝世的噩耗传出,举国痛悼,黄克诚更是悲痛万分。他担心政局又起变化,担心国家的前途,内心十分焦灼。

周恩来送葬之日，广大人民群众表达了对他最深切的缅怀。之后，从3月下旬开始到4月的清明节，几十万群众自发地来到北京天安门广场，追悼周恩来。人们登上人民英雄纪念碑台座，朗诵诗歌，发表讲话，一面追悼周恩来，一面揭露"四人帮"，也表现出对毛泽东任用"四人帮"的不满，同时表达了对邓小平的拥护和期望。一场悼念伟人的活动，逐渐发展成一场伟大的群众运动！

那些天，黄煦和张小娴每天都给黄克诚讲述一些在单位听到的情况，黄克诚也能从报纸上看到不少消息。他既为群众的觉悟感到高兴，为人民群众声讨"四人帮"的倒行逆施、痛悼人民的好总理周恩来的举动所感动；也为毛泽东、为党的过失和今后可能遇到的问题而忧虑、难过。

恰在此时，63岁的韩先楚来看望黄克诚这位老领导了。1958年炮击金门时，福州军区司令员韩先楚和政委叶飞在福建前线，直接受命于黄克诚。"文化大革命"中，韩先楚当时任兰州军区司令员。他告诉黄克诚，他去参观大寨，是专程来太原看望黄克诚的，想看看他的生活怎么样。

黄克诚被解除监护后，韩先楚是第一个来看望他的老同志。黄克诚很感动，但并不聊自己的生活，而是就有关大寨的一些话题深化开去。他说："大寨是个伟大的先进典型，值得去看，其中的意义更值得思考。"

"正是。我觉得'农业学大寨'口号提得对，提得及时。"韩先楚暗自惊讶，黄克诚长期被监护，思想却如此敏锐。韩先楚自己正是想弄清楚"学大寨"的意义才赴大寨参观的，途中听到北京天安门广场的事，甚为震撼。他来看望黄克诚，也是想了解黄克诚在这个事情上的态度。谁都知道，黄克诚的厄运是从1959年的庐山会议开始的，与毛泽东密不可分。而天安门广场上这场运动，背后的指向，不无对毛泽东的不满。

"周总理逝世，国家命运堪忧呀！"黄克诚忧心忡忡。"人心向背，极为分明。群众在觉醒啊！民心是最大的政治。毛主席一辈子讲联系实际、联系群众，现在在这件事上却被那些人折腾得如此失了民心，不仅是他个人的悲剧，我们党也有责任，令人痛心啊！今后怎么办？我们的国家往何处去？"

韩先楚内心感到震撼。黄克诚没有说一句幸灾乐祸的话，反而对国家、对党充满无限的忧患之情！他久经磨难，但依然恪守着正直的品格。他依然言不及私、光明磊落！

"黄老，还是您想得深啊！"韩先楚凝视着黄克诚，不由得肃然起敬。他自信地安慰道："不过，从现在的局势看，'四人帮'离垮台不远了！"

转眼就到了盛夏时节。晋祠宾馆内，古树参天，清幽凉爽，宛若避暑胜地。

黄煦见迟迟没有安排黄克诚工作，就劝他打个报告，干脆请求回北京养老。

黄克诚却说："眼下正是多事之秋，我就不给组织添乱了，安安心心地偏居在这晋祠一隅，就当休养了。"

黄克诚不给组织添乱是真，但把晋祠当休养之所，只不过是个无奈的借口。他心里想着的是党和国家的命运，如何安心得了？不安心，可又不能有所作为，渐渐地，他又焦虑、烦躁起来，感觉度日如年。

父子俩正聊着，张小娴回来了。她带回一张《人民日报》，告诉黄克诚一个伤心的消息："爸爸，朱老总去世了。"

"什么?!"黄克诚喊了一声，目光落在报纸头版上。

黑色的讣告刺痛了黄克诚的心,热泪涌上了他的眼眶:"朱老总的身子骨一向硬朗,我也一向认为他必能活过百岁,怎么就突然走了呀……"

"爸爸,您别太伤心,朱老总也算是高寿之人了。再说,与彭老总的死比起来,他也是有万福……"张小娴劝慰说。

黄克诚浑身一颤,刚站起来的身子又颓然歪倒下去:"什么?!你说什么?!彭老总他死了?!"

黄煦和张小娴十分震惊,彭德怀在1974年11月就因患癌症逝世了,黄克诚居然还不知道!对了,彭德怀住院是保密的,他死后也没有发布消息。

黄克诚愤怒地说:"患癌症?!彭老总若不是经受长期的关押与摧残,又怎么会得癌症而死?!他们还真会封锁消息啊!一代英豪,没能等到自己的冤屈洗雪……"他突然泪如泉涌,再也说不下去了。

屋子里的气氛陡然像是窒息了一样。沉默了好长一段时间,张小娴才小心翼翼地开导说:"爸爸,人死不能复生。眼下,您自己的身体要紧啊!"

黄克诚长长地叹息了一声,悲伤地说:"我伤心的不只是彭老总冤死,也不只是朱老总走了,伤心的还是我们这个国家在风雨中飘摇啊!周总理走了,朱老总也走了,毛主席能不能经得起这样的打击哦!"

黄克诚记得,1976年5月,毛泽东会见巴基斯坦总理布托时,就是带病出来的,苍老得厉害。

黄煦担心黄克诚过度伤心影响身体,故意用轻松的语调说:"爸爸,您现在是天高皇帝远,又无职无权,就别操心国家大事了。您都这么大年纪,有个健康的身体比什么都重要。"

"话是这么说,可我的心哪能放得下。国家兴亡,匹夫有责。况且，你们的爸爸一生为的就是国家……"黄克诚声音沙哑地说，一脸戚容。他知道，自己的那份感情、那般情怀，子女们恐怕一时半会儿还理解不了。

黄克诚好不容易才从悲痛的氛围里走出来，心境多少放松了些。谁知，两个月后，又一个惊天噩耗传来！

1976年9月9日中午时分，张小娴从外面回来，说起一个非常奇怪的事情：中央人民广播电台反反复复播送同一条预告消息，下午4点钟有重要广播；而且，每次都播两遍。她让黄克诚分析分析这是怎么回事。

如此密集的预告，听说只在1970年通知人们观看我国第一颗人造地球卫星时才有过。黄克诚心里突然有了一种大不祥的预感。

下午4点，低沉的哀乐从收音机中传来。播音员压抑着感情，一字一字送出沉重的、缓慢的声音："中国共产党中央委员会、中华人民共和国全国人民代表大会常务委员会、中华人民共和国国务院、中国共产党中央军事委员会，告全党全军全国各族人民书……"

黄克诚惊呆了！他站起身，又重重地坐下去，老泪纵横，嘴唇剧烈地颤抖着。

"主席，主席，是主席啊……"黄克诚的一只手握成拳头，在桌子上不停地捶着，痛心疾首地喊了起来。

毛泽东于1976年9月9日零时10分在北京逝世！

黄克诚坐在椅子上不能动弹，久久说不出话来。房间里，哀乐声，播音员悲伤、沉痛的声音，黄克诚绝望、凄苦的表情，让一切都凝滞了。

1976年一年之内，三位伟人接连去世，实在令黄克诚深感震惊、难过、悲痛。他虽然自庐山会议以后一直蒙冤，但仍敬重毛泽东。毛泽东是中国最早的马列主义者之一，他为创立中国共产党和人民的军队、为建立社会主义的新中国献出了自己的一切。他成功了，成了党和国家的领袖、全民爱戴的英雄。这一切，是历史无法抹去的事实。黄克诚岂能因一己之私而心怀怨恨，并在这一刻幸灾乐祸？

那一夜，黄克诚坐在黑暗中，回想着在广州政治讲习班上听毛泽东讲课的情景；回想着在井冈山与毛泽东领导的中国工农革命军胜利会师的场景；回想着毛泽东在北京香山接见他的欢融场景；回想着毛泽东亲自劝他到中央军委工作，还特意命他在到北京前，回老家看看的那份乡情；回想着庐山会议上在毛泽东面前的争辩；回想着天安门城楼上，毛泽东问他还想不想回军队的那一幕……他无意休息，也无法休息。

窗外的月光映在屋内，他看上去像一座雕像。

张小娴进来了，开了灯，见黄克诚枯坐在屋里，十分心疼。但她明白此刻老人心里的悲伤，就破例没有提醒他该去休息了。

1958年9月10日，中共中央军委第115次会议上，黄克诚（右一）陪同毛泽东接见中共中央军委副秘书长萧向荣等与会同志

她将手里抱着的一大卷粉色纸放到桌上,轻声说:"爸爸,褶皱纸,我找到了。"

下午听过广播后,黄克诚就沉浸在悲痛中,很久缓不过劲儿来。直到傍晚时分,他才说要亲手做一个花圈。他吩咐黄煦赶紧扎一个花圈架子,又让张小娴想办法找粉色的褶皱纸。他要用这纸扎成花朵,再做成花圈,寄托哀思。好在这种纸当地就有,张小娴上街去了一趟,很快就买回来了。

黄克诚说:"好。喊黄煦来,我们一起为毛主席扎花圈。"

他的声音听上去喑哑、痛苦至极。他站起身,走到桌前坐下,摸着褶皱纸,眼泪又一下子涌上眼眶。

张小娴告诉他,黄煦在扎花圈架子,等一会儿就会过来。

两个人就无声地一起做起小纸花来。黄克诚将一张张纸揭开,张小娴用剪刀将纸剪成四方形纸块。待所有纸张都被剪成小纸块,两人开始将小纸块卷成花朵。

纸花一朵一朵地叠了起来,慢慢堆积成厚厚的小山。

黄煦扛着扎好的花圈架子进来了。

三个人沉默着,将纸花一朵朵扎上架子。待花圈制成,黄克诚手抚着上面的小纸花,腮帮子不停地鼓动着,似乎在克制自己的情绪不致崩溃。

自制的花圈饱含着黄克诚的深情,寄托着他对一代伟大领袖的无限哀思。

1976年9月18日,举行毛泽东追悼大会那天一早,黄克诚收拾得十分整洁,一件深色的衣服将他的面容衬得更加肃穆。因为连续多晚没有睡好,加上时不时流泪,他的眼疾犯了。黄煦和张小娴劝他不要去追悼会现场了,可他哪里肯依,坚持要把花圈送过去。黄克诚说:"毛主席的追悼会,山西全省各界代表都参加,全国人民都在悼念他,全世界都在悼念他，我怎么能不去呢？我今天就是全瞎了也得去！"

就这样，黄克诚拄着拐杖，黄煦、张小娴抬着花圈，一家三口早早出发，来到山西省设在太原市人民广场的毛泽东追悼会会场。

天下着雨。广场上哀乐低回。一个巨大的灵堂上方悬挂着横幅："沉痛悼念伟大领袖毛主席"。灵堂正中，悬挂着毛泽东的遗像，四周摆满了花圈。

黄煦、张小娴将花圈抬到那些花圈旁边放下，回身站到黄克诚身边，一左一右地搀扶着他。

前来吊唁的人们眼里含着泪水，有些人忍不住哭泣。个别和黄克诚比较熟悉的山西省同事，看到他也来参加追悼会，十分惊讶，因为在他们心目中，黄克诚是被毛泽东打倒的。

黄克诚凛然道："毛主席去世后，我和全国人民一样感到深深的悲痛。毛主席逝世，是我们党、国家和人民难以估量的损失，也是世界难以估量的损失。我们这代人对毛主席的感情，是超过一切个人恩怨的。他是我们党和国家的领袖，他不只是一个人，他代表着一个党和一个国家！"

也有人问黄克诚，对时局会如何变化有什么看法。他没有回答，也不便回答。从悼念周恩来时已表现出的党内强大力量来看，时局往好的方向发展是可以肯定的。但是，局势彻底变好，恐怕还要付出很大代价，还要经历不少风波。

想到这些，黄克诚悲怆地自言自语着："主席啊，你走了，中国还将经历多少风波啊？又将向何处去？"他的心声，伴着哀乐，仿佛回响在广场上空，叩击着中国大地。

中国将向何处去的问题，久久地萦绕在黄克诚心间⋯⋯

黄克诚回忆着往事，热泪盈眶。他为中国迎来了新生，也为自己终于熬过了政治严冬，平反昭雪，迎来了生命的春天而悲喜交加！

第四章

在『两案』审查中坚持实事求是

第一节 在中央"两案"审理领导小组担任副组长

除了大力平反冤假错案,中央纪委另一项重大任务是审查处理林彪、江青集团。在协助陈云平反刘少奇冤案的同时,黄克诚又协助陈云,领导审理林彪反革命集团案、江青反革命集团案(以下简称"两案"),工作十分繁重。

由于"两案"是中国共产党建立、新中国成立以来发生的,特别重大、特别复杂、危害极其严重的案件,正确审理这两个案件,是举国关注、举世瞩目、意义重大、影响深远的大事,中共中央极为重视,要求"两案"审理"一定要经得起历史的检验,要为维护党纪国法做出典范"。当时,中央纪委面临两大难题:一是"两案"审理工作是极其繁重、复杂的任务,要付出极大精力,又不可能在很短的时间内完成,这就必须解决好"两案"审理和中央纪委整体工作的安排问题。二是也有一个职责范围和程序问题。按照职责,中央纪委主要负责对触犯党纪问题的审查和处分,而对于林彪、江青两个反革命集团的成员,中央已经决定永远开除出党,中央纪委如何再审理?陈云提议,由中央纪委抽调一部分人员与有关方面配合,组成"两案"审理领导小组,专责进行"两案"的审理;中央纪委本身主要抓党风党纪的组织领导工作。根据陈云的指示，中央纪委向陈云并中央呈报的第一方案提出，成立由中央纪委牵头，中组部、解放军总政治部、公安部、最高人民检察院、最高人民法院参加的中央"两案"审理领导小组，领导和指导"两案"审理工作。

1979年7月7日，中央批准了中央纪委提出的第一方案，并决定通过司法程序审理林彪、江青集团的案件，责成中央纪委先对"两案"进行清理和审查。

对"两案"审理，从一开始就存在着两种不同的看法：一部分人主张，既然要清算林彪、江青集团的罪行，就必须把十年动乱中的重大事件和重大问题都彻底查清楚，弄个水落石出，分清是罪行还是错误，不论涉及哪一级、哪一个人，都应该尽量查清。另一部分人则认为，只能清查到四届全国人大或党的十大前后为止，不能再往前查，否则，就会产生"清查谁、矛头指向谁、是否要砍旗"的问题。这个前提定不下来，清查提纲就无从拟订，清查工作就难以开展。陈云适时提出了指导性意见。他指示："必须实事求是，查清事实，核实材料，再处理问题，并和本人见面。"中央"两案"审理领导小组认为，对"文化大革命"中的重大事件和重大问题，应该遵循实事求是的思想路线，一律查清其来龙去脉，在事实基础上作出符合实际的结论。邓颖超、黄克诚、王鹤寿纷纷发表意见，强调要保持客观的态度，不要带着个人的感情色彩办案；一定要区分政治错误和刑事责任的界限；判刑、处理要讲真凭实据。这些意见，为审理"两案"提供了重要指导。

审理"两案"是一件极其复杂、特别重要的工作，需要组织一个强有力的班子。1979年7月28日，中央"两案"审理领导小组正式成立。中共中央秘书长兼中宣部部长、中央纪委第三书记胡耀邦担任组长，黄克诚、王鹤寿和中组部部长宋任穷、最高人民检察院检察长黄火青四人为副组长。组员有解放军总政治部副主任黄玉昆、公安部副部长于桑、中组部副部长曾志、最高人民检察院副检察长李士英、司法部副部长郑绍文，以及中央纪委副书记张启龙、章蕴、魏文伯等14人。与此同时，从中央各部门和全国各地抽调了134名同志组成"两案"审理办公室，总政治部副主任黄玉昆和总政治部保卫部部长史进前也被抽调到这里。"两案"审理办公室在负责"两案"审理的同时，还负责指导在全国开展的对"四人帮"的揭批查工作。

中央"两案"审理领导小组成立之前，中央纪委根据党的十一届三中全会精神，已临时设立了第二办公室，对外称中央纪委二办，专门承接新中国成立以后特别是"文化大革命"中所有历史事件的清查和审理工作，包括审理"两案"工作。黄克诚亲自点将，把中央纪委常委、解放军军事检察院检察长曹广化调到第二办公室担任主任。中央"两案"审理领导小组成立后，中央纪委二办就成为领导小组下设的"两案"审理办公室。曹广化担任第一主任，刘文、刘鸣九分别任第二、第三主任，彭儒、刘丽英、汪文风、郝志伟、包玉山任副主任。该办公室下设秘书组、审批组、材料组、定案一组（负责林彪反革命集团案）、定案二组（负责江青反革命集团案）、定案三组（负责陈伯达案）。随后，各地区、各部门和军队系统，也都成立了"两案"审理领导小组和相应的办事机构，开始了对"两案"的全面审理工作。"两案"审理办公室对外仍称中央纪委二办，它掌握着许多重要人物的命运。

中央"两案"审理领导小组明确分工：黄克诚负责对林彪集团的审查，王鹤寿负责对江青集团的审查。同时确定，林彪案由解放军军事检察院起诉，江青案由最高人民检察院起诉。

7月28日，中央"两案"审理领导小组召开第一次会议。胡耀邦在讲话中郑重指出："两案"审理工作是非常严肃的，要向子孙后代负责、向全党负责,要经得起历史的检验!

黄克诚在会上强调指出:胡耀邦的讲话就是在"两案"审理过程中要把握的政策。"文化大革命"给我们党、给我们的人民造成了很大的创伤,带来了很深的裂痕,但是,要考虑当时的历史条件。犯错误的人,有些人品质恶劣,趁火打劫,是为了向上爬;有些人投机自保,是"风派"人物;有些人盲目执行,跟着上边跑。这种状况在很大程度上要由我们党当时的路线负责,由林彪、"四人帮"一伙负责,是当时的历史条件造成的。现在,事情已经过去了。经过我们党大量的工作,民愤已经慢慢冷下来,即使有些民愤还没有消除,也应尽可能地说服他们。一定要把仇恨集中在林彪、"四人帮"这伙罪魁祸首身上。除了那些元凶首恶外,对其他的人,就要采取比较宽容的态度。"我认为,'两案'中判刑的、开除党籍的人越少越好,越少对我们党越有利。"黄克诚说。

8月15日至9月3日,第一次全国"两案"审理工作座谈会在北京召开。黄克诚出席会议并讲话,他说:"办案来不得半点虚伪,要对得起子孙后代,要对历史负责、对党负责,要彻底弄清情况,才能定案。判刑的人,按照党内斗争的办法处理,一定要把政治错误与刑事责任分开。各地上报中央要求判刑的有1万多人,这个数目太多了,应当尽量缩小打击面。这对我们的事业有利,对全党的团结和全国人民的团结有利。"

"两案"的审理准备工作正式拉开序幕。这次会议主要是从全国范围,平衡"两案"的判刑人数和人员名单。经过反复讨论以及邓颖超、胡耀邦、黄克诚等中央纪委领导做工作,最后确定,中管干部判刑108人,其中林彪集团34人、江青集团74人。

中央纪委二办的牌子也挂在中组部大楼五层,牌子不大,但来来往往的人很多,黄克诚把二办的工作放到了重要位置,对"两案"工作抓得很紧，常去当面听取情况汇报。曹广化到任后，他郑重地对曹广化作了一番交代，强调说："'两案'问题很复杂，有党的领导人的错误，也有路线问题，被林彪、'四人帮'钻了空子。他们搞了许多阴谋活动，但就其基本罪行来看，他们是两个集团，性质有区别。一定要以事实为依据、以法律为准绳，要经得起实践和时间的检验。"这些都是重大的方针、原则，黄克诚在大会上也讲过。

谈到具体的工作，黄克诚指示道："广化，现在，中央纪委二办名声在外。你担任二办主任，压力大，担子重，要做大量艰苦细致、去伪存真的工作，需要增加人手，就向中央纪委提出来。你们一定要注意，'两案'问题，在证据上不能有一点纰漏，一定要办成'铁案'，一定要经得起历史检验。遇事多汇报、多请示。"他一再叮嘱曹广化要熟悉案情，先调看林彪集团的所有罪行材料，再制定具体的审查计划，生怕交代得不清楚。

"两案"审理工作遇到的困难，比预想的还要大。

一天，黄克诚又来到中纪委二办，听取曹广化关于林彪反革命集团涉及的刑事问题的汇报。曹广化很认真地提出：他根据黄克诚的指示，事先已调看了林彪集团的所有罪行材料，发现"两案"牵涉的面广、人多。尤其是那些被林彪、江青集团造成家庭悲剧的人，对林彪、"四人帮"恨之入骨。社会上有股舆论，主张对"两案"涉案人员多抓、多判、重判甚至多杀。这个问题很棘手。

曹广化一条一条地讲，黄克诚闭目静听。曹广化讲完，黄克诚首先夸奖道："你们的工作做得不错。时间不长，基本问题已经弄清楚了，这就使实事求是有了基础。"谈到那些困难，黄克诚耐心地说："对这个问题要十分重视。社会上有各种反映都不难理解，但我们不能受任何情绪、舆论影响，更不能因为压力大而产生急躁情绪。过去，'四人帮'他们办案靠'逼供信'。我们办案，来不得半点虚假，要对得起子孙后代,要对历史负责。只有彻底弄清事实,才能定案。不能久拖不决,也不能操之过急。现在,我们力量有限,要调动各方面力量进一步弄清详情、真情,再把当时客观的历史背景考虑进去,把过去带着条条框框看的问题剔出去,把件件事情弄个水落石出,这样才叫弄清了。"

"好,我们按您的指示,不急于定案,先进一步弄清事实。"曹广化心领神会。

黄克诚赞道:"就是要有这样一种态度,要严谨。"

曹广化说:"请黄老放心,对许多重大问题正在深入调查。我们感觉,这不是个一般的路线问题,的确非常复杂……"

黄克诚把手一挥,打断了曹广化的话:"等一下。什么叫路线问题?这个概念过去这样用,很模糊。从现在调查的情况看,林彪集团最主要的,在于它阴谋篡夺党和国家最高领导权、谋害毛主席、发动武装政变、分裂国家。这些问题远远不止是路线问题,而是破坏宪法、践踏法制,属于刑事问题。解决这些复杂的问题,必须以事实为根据,分清问题的性质。属于法律方面的问题,要以法律为准绳,用法律的手段来解决。"

"好!如果用法律手段解决林彪集团的案件,事情就简单多了!"曹广化兴奋地说。

"我会在中央纪委委员会议上提出这个建议。"黄克诚认真地说,又谆谆告诫道,"广化,把你从军事检察院检察长任上调来,看重的就是你的能力和经验,更是你敢于坚持正义、坚持实事求是的政治品质。希望你能对案情从头至尾了解清楚,在讨论、酝酿起诉书内容的事情上掌握充分的发言权。"

曹广化望着黄克诚对自己满是寄托了希望的神情,心里暗下决心:"一定不辜负黄老的期望!"

随后，黄克诚在中央纪委委员会议上，与王鹤寿代表中央纪委领导班子，分别汇报了"两案"审理的进展情况。

黄克诚就曹广化遇到的情况作了进一步说明："对林彪集团的案子，我比较清楚。刚才听了鹤寿同志关于江青集团案子的介绍，对这两个案子有了了解。这两个集团，目的是一致的。它们之间也有矛盾，是争权夺利的矛盾，但总的来说，目的是一致的，就是要夺取党的权力。'两案'合一就可以看出，这是一场夺权与反夺权的斗争，是一场决定国家命运的大决战。'两案'问题，有党内错误，也有路线问题，但就基本罪行来看，它们是两个反革命集团。这两个集团已触犯了国家法律。这不是一般的违反党规党纪，为首的那些人，要交司法部门处理！"

黄克诚率先提出用法律手段处理林彪、江青集团的案件。

黄克诚话音未落，陈云就表示完全赞成黄克诚的意见，认为林彪、江青两个集团已经触犯中华人民共和国的法律，事实清楚。他建议中央纪委正式报告中央，提出将"两案"提交司法机关处理的建议。

1979年11月3日至29日，中央在北京召开第二次全国"两案"审理工作座谈会。这次会议主要是审核林彪、江青反革命集团的罪行材料；对判刑的人数、名单及其罪行进一步审查核实；讨论确定受党纪、政纪、军纪处分的人员名单；对审理中的相关问题，统一政策、统一认识。在会议讨论、酝酿起诉书内容和拟定罪犯名单的过程中，有人认为，林彪是自己摔死了，吴法宪、邱会作等人难道不该判死刑吗？有人在发言中否定毛泽东，认为吴法宪、邱会作等人都是在"文化大革命"中犯的罪，可"文化大革命"是毛泽东发动的，他们是按中共中央的指示干的，该不该追究他们的责任？有人主张，凡是涉及"两案"的、干坏事的，都要抓、要判，起诉书的内容不能避重就轻。还有人主张多抓、多判、重判甚至多杀，等等。各种意见纷纷攘攘，莫衷一是。黄克诚看大家的认识仍未统一到中央的指示上来，心里很着急。针对有人主张多抓、多判、重判甚至多杀的倾向，11月13日，黄克诚在会上说：不要感情用事，不要以感情代替政策，要把罪行和错误分开，不要开杀戒，打击面越小越好。

1980年1月25日至28日，第三次全国"两案"审理工作座谈会在北京召开。会议的主题是学习和领会中央对审理"两案"工作的指示精神：判刑和开除党籍的面宜窄不宜宽，人数宜少不宜多。

1月28日，黄克诚出席会议并讲话。他说："中央对我们审理林彪集团、'四人帮'集团的工作有原则上的指示，就是一个不杀，大部不抓。这是一个原则。关于判刑的面和开除党籍的面，中央的精神是宜窄不宜宽，人数宜少不宜多。这也是一个原则。也就是说，在处理这两个案件时，采取宽大一点的政策。这是我们党历来的传统，是毛主席的一贯主张，我们现在还是要执行这条方针。"他呼吁，要"高抬贵手，刀下留人"。"许多人本来是革命同志，但在那样的大混乱中分裂了，你死我活，成了仇人，造成许多家庭悲剧，这是令人同情的。"

他还说："斯大林的名声不好，就是因为用刑事审判的方法处理党内矛盾，搞了扩大化，错杀了许多同志，留下严重的后遗症。我们应该汲取他的教训。"

第二节　呼吁"刀下留人"

第四次全国"两案"审理工作座谈会，于1980年7月18日至27日在北京召开。会议主要讨论了105名省管干部判刑名单，对每个判刑的人核对事实、全国平衡。此前，第二次座谈会上，已将拟判刑的108名中管干部减少至60人（实际上，最后中管干部判刑的为38人）。黄克诚在讲话中，重申了判刑和开除党籍的面宜窄不宜宽、人数宜少不宜多的原则。他要求，对每个判刑人员要认真核实事实，真正做到事实清楚、证据确凿，不错判一个；并再次呼吁"两案"审判要高抬贵手，刀下留人。

"两案"的元凶首恶都不能判死刑吗？对那些在"文化大革命"中犯了错误的人，真的就不追究责任了？对黄克诚讲的关于审理"两案"的政策，有人赞成，有人不能理解。会场上像炸了锅一样议论起来，各种质疑声不绝于耳。

待会场好不容易安静下来，黄克诚才冷静地解释说："'文化大革命'期间，我被关起来了，对'文化大革命'的情况知道不多，但我认为，'文化大革命'是内乱，说到底是路线斗争、党内斗争。路线斗争就是路线斗争，它不同于社会上发生的刑事犯罪，没必要大抓、重判，涉及面越小越好。当然，林彪、'四人帮'是搞阴谋的，性质又不同……我们党几十年来，就是靠尊重事实、坚持真理，才得以生存、发展和前进的。现在，拨乱反正、正本清源更要实事求是，万万不可感情用事啊！对那些在'文化大革命'中犯了错误的人，不是不追究，而是要区别情况处理。"

"怎么样区别情况处理？"有人追问。

黄克诚耐心地说："对犯错误的人和犯罪的人要区分开。对于犯错误的人，应该根据当时的实际情况区别对待，按党的政策，实事求是地作出结论。对这些人，要赶快把他们放出来，让他们回到家里去、回到工作岗位上去。不要再把他们放在农场或什么别的地方改造了。要知道，一个同志七八年都过那样的生活是不好受的。有些工人、农民、学生造反，搞打砸抢。希望考虑一下，他们中当时有些还是小孩子，究竟能有多大罪过呢？他们在党的号召下，干起来了！红卫兵满天飞，虽然他们犯了一些错误，甚至犯了罪，也要从轻发落，不要株连太多了，该解脱的解脱。而对那些执行上级指示犯错误的人，我们应当区别不同情况，以一种谅解的精神处理他们的问题。这是因为，在那样一种背景和情况下，很难避免犯错误。除了打死人的、带来后果严重的，都应从宽从快、抓紧解决。当然，有三种人，一是跟随林彪、'四人帮'造反起家，占据领导地位干坏事，情节严重的人；二是帮派思想严重，粉碎'四人帮'后立场、观点没有转变的人；三是行凶作恶，策划、指挥武斗，打砸抢的分子。这三种人则另当别论。中央对这三种人的处理态度是很鲜明的。这三种人和品质很坏、犯错误严重的人，不能进领导班子！"

黄克诚的阐释，完全符合中央关于处理"两案"的指示精神。

经过反反复复的讨论，大家的认识最终统一到中央的指示精神上了。

排除各种杂音后，审理"两案"的准备工作有序推进。至 11 月，一切准备就绪，11月20日正式开庭。

11月19日，黄克诚在李振墀陪同下，来到陈云的办公室，汇报"两案"审理工作进展情况。

陈云感动地说："黄老，这么多工作压在你身上，你辛苦了！"

"我只是操点心，不做具体事，算不上辛苦。鹤寿他们做具体事的辛苦。"黄克诚轻轻摆了摆手。

陈云赞道："'两案'审理工作自开展以来，进展得很快，中央很满意。"

黄克诚感到欣慰。他汇报完"两案"的情况后，谈了自己的看法。"两案"审判工作结束后，下一步是处理与"两案"有牵连的人和"文化大革命"中犯错误的干部问题。除了将那些野心家、阴谋家另案处理外，对其他受牵连的人，对犯错误的干部，特别是犯了严重错误的干部，应当以政治斗争的性质来处理，以党的最高利益、长远利益为出发点来处理。通过这样处理，使我们全党今后若干代的共产党人从处理党内斗争过程中汲取教训，从而对党内斗争采取正确的方法，这是处理这场政治斗争的前提。

陈云同意黄克诚的看法，并强调说："党中央从一开始就对'两案'审理工作提出了要求，要求审理'一定要经得起历史的检验，要为维护党纪国法作出典范'。对于'两案'的主犯也好，从犯也好，我们一定要区分政治错误和刑事责任的界限！"

有了陈云的支持，黄克诚的信心更足了。他相信自己能够把握好中央制定的关于处理"两案"工作的原则，区分政治错误和刑事责任的界限，尽可能做到刀下留人。

"两案"审判工作进展顺利，黄克诚紧张的心情放松了许多。眼看1981年的春节临近，想到秘书李振墀的工作很辛苦，顾黄克诚比顾家的时间还多，黄克诚要请他一家吃顿饭，感谢他，也感谢他家人对工作的支持。

"黄老，哪能让您请我们吃饭？这不是倒过来的理了？我请您和唐大姐吧。"李振墀急忙争辩道。

黄克诚摆摆手："莫啰唆。明天还是哪天吃饭，你定。"

李振墀想了想："明天，机关的同志会餐啊。对了，曹广化主任还让我明天负责接您哩！"

黄克诚一愣："会餐？会什么餐？"

李振墀说："中央纪委二办不是有许多军队的干部吗？按军队的习惯，春节前要会个餐。"

黄克诚摸起身旁的拐杖，拄着站了起来："这个广化！你赶紧给他打个电话，让他立即到我这里来一趟！"

李振墀明白黄克诚要批评曹广化，连忙解释说，这个事是有同志提议，曹广化考虑到中央纪委二办的同志一年多来工作很辛苦，春节就要到了，会个餐、一起吃顿饭是应该的，也不"犯规"，才同意会餐，让下面筹办一下。再说了，"两案"审判工作还在进行，接下来，中央纪委二办的工作还有很多，也可以借会餐鼓舞一下士气。

"我们共产党人在抓党风问题上要有赤子胸怀，更要有铁石心肠。"黄克诚却坚持要曹广化来。

曹广化急匆匆地来了。他一边摘帽子，一边兴冲冲地问："黄老，您有什么指示？"

黄克诚板着脸说："广化，你们春节前会餐的事反映到我这里了。是你批准的吧？"

曹广化这才发觉黄克诚板着面孔，心下疑惑，但仍坦然道："是的。"

"会餐花的是公家的钱吧？"黄克诚瞄了一眼曹广化。

曹广化沉着地回答道："嗯。中央纪委二办的工作人员很多是军队干部……"

"军队习惯是军队习惯，中央纪委工作是中央纪委工作。你搞混了！"黄克诚打断他的话，手指头重重地戳在沙发扶手上。

曹广化怔了片刻，回过神来，说："黄老，我明白了！这个事是我考虑欠周到，当时只想到大家辛苦工作了这么长时间，会个餐没什么大不了的，没有上升到事关党风党纪的高度看问题……"

黄克诚见曹广化不仅没有辩解，还主动检讨，心里大悦，表情立刻缓和了。

"广化啊，我们中央纪委天天说要抓党风，自己却用公款大吃大喝，这怎么带头抓党风？你是中央纪委常委、二办主任，又分管中央纪委机关事务，不请示，不讨论，自己做这个主，是错误的。"他苦口婆心地说着，语气中带着几分爱惜。

曹广化连忙应道："黄老，我错了。我这就回去写检讨，向全机关作检讨！"

黄克诚微笑了一下："检讨要写深刻，最关键的是以后要落实在行动上。党风好转是一件一件小事体现出来的，不是喊出来的。"

"广化记在心里了！"曹广化轻轻拍了拍胸口。

曹广化准备回去写检讨，黄克诚却摆手叫住他，让他把林彪案的进展情况说一说。

曹广化立即兴奋起来。他汇报说，林彪案总的进展情况良好。在审理林彪案的工作中，工作人员一直按照中央指示精神与黄克诚的讲话精神在做工作，但仍有一部分同志的思想问题有待解决。他们依旧主张从重从严处理所有犯过错误的干部。

黄克诚知道，"文化大革命"给我们党、给我们的人民造成了很大创伤，带来了很深的裂痕。许多人本来是革命同志，但在那样的大混乱中分裂了，成了你死我活的仇人。特别是那些死了父亲、母亲、爱人、子女的同志，对直接或间接造成他们家庭悲剧的人，当然非常愤恨。这种心情是容易理解的，也是令人同情的。这种状况在很大程度上，是当时的历史条件造成的。那些在"文化大革命"中遭受迫害的人，要化解怨恨甚至仇恨不是一天两天的事，但"文化大革命"毕竟不像个人恩怨那么简单。所以，不管怎样，都要做通这些人的思想工作，让他们能够跳出个人恩怨，胸怀大局，往前看。黄克诚相信，这些人最终会理解中央的原则，支持"两案"审理工作。

曹广化认真地听着，对黄克诚的敬重越发深刻。黄克诚经历的坎坷，比很多人都要多、要重，可他从不计较个人得失，一切从国家大局着想，襟怀坦荡。这样的品格，又有几人能比？曹广化突然理解了，当初中央为什么坚持让黄克诚这位眼睛都看不见的老人，出任中央纪委常务书记之职。黄克诚这样的品格、风范，就是共产党人的一个标杆、一个榜样啊！中央看中了"黄克诚"这个名字的作用，看到了他的号召力、凝聚力！中央当初决定由黄克诚担任中央纪委常务书记，是多么英明啊！

感动的潮水一浪接一浪地涌过曹广化的心田。他默默地望着黄克诚，信心倍增。一返回办公室，他就取消了会餐的计划，并对会餐之事作了深刻检讨。

转眼就到了春节。1981年2月6日，农历大年初二中午，黄克诚兑现了请李振墀一家人吃火锅的许诺。

他和李振墀一家四口来到一个极为普通的火锅店，在陈设简陋的包间坐下。很快，饭桌就摆上了热气腾腾的火锅和几碟凉拌菜。桌旁的一辆小推车上，放着一些菜盘，上面盛放着羊肉片、牛肉片，还有土豆片、大白菜之类的蔬菜。

李振墀的大儿子往面前的空碗里舀着芝麻酱。李振墀的小儿子则拿着筷子，入神地看着火锅上的刻纹。

1981年春节期间,黄克诚(左一)请秘书李振堮一家吃火锅

黄克诚随口问道:"小家伙们,告诉黄爷爷,这两天过春节,你们吃什么好东西了?"

"前天,我们吃团圆饭,有鸡肉、有鱼;昨天嘛,我们吃的也是火锅。"李振堮的大儿子回答道。

黄克诚把头侧向李振堮:"噢?你们昨天吃了火锅?"

"是。我们想着吃火锅方便,也象征红红火火嘛!"李振堮说。

"哎呀,这个事是我没做好调查研究工作呀!对不起,今天不应该请你们吃火锅的。"黄克诚满脸歉意。

李振堮连忙说:"这个没什么,黄老。"

黄克诚自责道:"火锅吃多了上火啊。再说,你们昨天才吃了火锅,我特意请你们吃饭,理应换一下口味嘛。"

"没关系,没关系,黄老,您千万别放在心上。"李振堮的妻子赶紧安慰道。

"嗯,这是个教训。"黄克诚想了想,说,"振垾,我们要吃一堑长一智。你回头让厨房注意一下,以后遇到请别人吃饭的事,要了解一下人家头一天吃的是什么,避免出现今天这样的情况。你也一样,以后每年大年初二,我都请你们一家吃饭,要告诉我,你们家在大年初一吃了什么。"

李振垾没想到黄克诚为一顿饭如此上心,并由此生发出今后生活中要注意的事项,不由得十分感动地"哎"了一声。

"我们吃个饭,不调查研究就会造成连吃火锅的局面。我们办案子,更要慎重再慎重,一切从事实出发。不调查研究带来的,就不是上火这么简单的事了,一定要搞好调查研究!"黄克诚又从吃饭联想到工作,"上次和广化谈话后,我又仔细思考了一些事。得空,你把我的这些思考记下来。"

"我这就记。"李振垾说着,快速地从提包里取出笔记本打开,又从上衣口袋里取出钢笔,开始记录。

到黄克诚身边工作以后,李振垾和丛树品、朱鸿一样,养成了随时记录黄克诚讲话的习惯。李振垾知道,以黄克诚的经历与思考,他说的每个字都很珍贵,是一笔对党的事业与工作不小的思想理论财富,对自己的人生也将具有指导性意义。

黄克诚沉思着说:"我们在审理'两案'过程中,还要坚持'三不'原则。这'三不'就是:不贬损毛主席,不贬损我们党,不贬损老干部!在我们平反冤假错案和审理'两案'过程中,有些人别有用心地想贬低我们的领袖和党的领导、败坏曾经为革命出生入死的老干部,这是值得警惕的。犯错误是一回事,客观地对待历史是另一回事。"

李振垾一边记,一边不住地点头。

他们两个人一个说,一个记,都越来越兴奋、越来越上劲。李振墀的妻子几次想打断他们，都没能插上话。直到火锅快烧干了，服务员提着水壶来加水，提醒他们可以涮锅了，黄克诚和李振墀才不好意思地打住话头，开始吃火锅。

这顿火锅吃下来，李振墀心里头更加热乎了。

最高人民法院特别法庭从1980年11月20日开始的，对林彪集团、江青集团的审判，经过两个月零五天，在1981年1月25日进行宣判。除了林彪、叶群、林立果、周宇驰等人因已死去，免于追究刑事责任外，判处江青、张春桥死刑，缓期两年执行（后经最高人民法院刑事审判庭裁定，对江青、张春桥原判死刑、缓期两年执行的刑罚，依法减为无期徒刑），剥夺政治权利终身；判处王洪文无期徒刑，剥夺政治权利终身；判处姚文元有期徒刑20年，剥夺政治权利5年；判处陈伯达有期徒刑18年，剥夺政治权利5年；判处黄永胜有期徒刑18年，剥夺政治权利5年；判处吴法宪有期徒刑17年，剥夺政治权利5年；判处李作鹏有期徒刑17年，剥夺政治权利5年；判处邱会作有期徒刑16年，剥夺政治权利5年；判处江腾蛟有期徒刑18年，剥夺政治权利5年。

林彪集团、江青集团的主犯依法受到惩处。至此，历史翻过了沉重的一页。

第三节　正确对待在"文化大革命"中犯错误的干部

尽管中央已经召开了四次全国"两案"审理工作座谈会,"两案"审判工作也已结束,但党内和社会上许多人还是想不通。有的人对一些在"文化大革命"中犯错误的老干部没有被追究刑事责任,指名道姓地表示不满。

黄克诚认为,"文化大革命"中,为数不少的干部和群众陷入"左"的泥潭,犯下这样那样的错误甚至罪行。不能否认,这些人为数不少,是一股不可忽视的社会力量,对他们的处理是否恰当,关系到社会稳定、民族团结,甚至关系到改革开放后新的历史发展。因此,中央在审理"两案"时决定,除林彪、江青两个集团中的10名主犯外,其他犯错误的干部,不论错误大小,一律按人民内部矛盾处理,并提出"着眼大局,从宽处理"的方针。这个方针在黄克诚一系列讲话和对一些人的处理上,都有充分体现。有人把一些老干部扯到"两案"中去,是不对的!

1981年2月23日,即"两案"宣判29天后,黄克诚在中央纪委常委会上,谈领导班子整顿时说:"整顿领导班子是个非常重要、非常复杂的问题……我们党当前的组织状况、思想状况的复杂程度,可以说是党的历史上从未有过的,没有哪个时期像现在这样复杂。从党的干部队伍状况来看，建国以来，在多次政治运动中，党内斗争的状况错综复杂。很多干部挨过整，也有很多干部整过人……在这样复杂的情况下，整顿领导班子是很不容易的。"他认为，在整顿领导班子过程中，考察、鉴别、提拔或处分干部，只能遵循这样的方针，那就是：除极少数人以外，基本上不要着重从历史方面考虑，而是主要根据中共中央的路线来鉴别、检查我们的干部。就是说，看哪些干部是拥护和赞成党的十一届三中全会以来的路线的，哪些是阳奉阴违的两面派。此外，还要看哪些干部的品德和作风好、哪些干部搞不正之风等等。要根据这些来区别使用和处理干部，不要老纠缠那些历史旧账。要允许和诚心欢迎那些做过错事、说过错话的同志承认错误、改正错误。历史上的问题非常多，非常复杂。对有些事情很难取得一致意见，不仅纠缠不清，而且搞起来非常不利于安定团结，不利于我们集中精力贯彻中央的路线。关于正确对待在"文化大革命"中犯错误的干部，黄克诚说："我曾多次说过，在'文化大革命'那样复杂的历史条件下，许多干部犯些错误是难免的。因此，在'文化大革命'中干坏事的人，除了极少数罪恶昭彰的要判刑或给予纪律处分外，对于大多数人，只能把他们当作犯了错误来处理，给他们改正错误的机会，不能统统都打倒。这个口子不能开得大了……只要他们认识和检讨了错误，现在真心实意地拥护党的路线，又积极工作，我们就应根据他们现在的表现来确定对他们的使用，不能老揪住过去的错误不放。"当然，对那些在各级领导班子中的曾经跟随林彪、"四人帮"造反起家的人，以及打砸抢分子、搞两面三刀的人等等，必须坚决处理，"一是根据事实，二是根据中央的路线、方针、政策，三是根据被处理者本人的态度和现实表现"。

1981年3月19日，黄克诚在同解放军总政治部领导谈到抓紧进行"两案"复查结论工作时说："粉碎'四人帮'后的清查工作，至今还有一部分需作结论的同志的问题，要抓紧处理解决。这都是党内问题，不要等了。这部分人的问题，要从宽从快处理，处理越快越好，不要再拖了。""对这些人，我们应当以一种谅解的精神处理他们的问题……年纪大了、身体不行的要把生活安排好，年轻力壮、能工作的，还要安排工作。'三种人'和政治品质很坏、错误严重的人不能进领导班子，安排使用时要注意。"

清理"文化大革命"中的"三种人"，是中央纪委抓党风面临的一大任务。

"三种人"在"文化大革命"中拉帮结派、造反夺权、组织武斗，诬陷、迫害干部和人民群众，必须受到清查，以纯洁党的干部队伍。但是，改革开放初期，在大量提拔中青年干部的情况下，这批人中间年轻、有知识、有专业，又很会看风向的人很容易混进来。因此，陈云从一开始考虑抓紧提拔中青年干部的时候，就强调对"三种人"一个也不能提拔，"一个也不能提拔到领导岗位上来"！

1981年8月1日，内蒙古自治区党委第二书记廷懋致信黄克诚，代表内蒙古自治区党委为民请命，要求对"文化大革命"期间策划"内人党"冤案的原内蒙古自治区革命委员会主任滕海清，追究法律责任。

滕海清在1929年参加游击队，1930年参加中国工农红军，1931年加入中国共产党，是一位身经百战、战功赫赫的老干部，1955年被授予中将军衔。新中国成立后，他历任军长兼军政委，军事学院高级系副主任、政治部副主任，石家庄高级步校校长，北京军区副司令员，北京军区副司令员兼内蒙古军区司令员等职，为培养我军中高级指挥员，加强我军的革命化、现代化、正规化建设，作出了应有的贡献；但在担任内蒙古自治区主要领导期间，错误地发动了挖"新内人党"运动，造成大量冤假错案。

对"内人党"的情况进行详细了解后，1981年9月23日，黄克诚给廷懋复信：

延懋同志：

来信奉悉，迟复为憾。

你提出对滕海清追究刑事责任的意见，从当时的情况和造成的恶果来看，是可以理解的。滕海清的错误确实严重，"新内人党"案给内蒙兄弟民族招致了人为的灾难，这个事实是令人难以容忍的。如果从民愤和单纯法律观点来衡量，追究刑事责任是应当的。但是，还有几点情况请你考虑。

现已查明，挖"新内人党"案是林彪、"四人帮"直接插手，康生、陈伯达，特别是康生授意和指使下进行的。滕海清等是实际领导执行者。

挖"新内人党"案是发生在"文化大革命"初期的特殊历史条件下的冤案之一。在那个非常时期，不只内蒙古自治区，就在辽宁、广西、四川等省区都有大量冤案和不少被迫害致死的无辜的人，有的地区比内蒙古情况还严重。考虑到当时的历史条件，不好过于追究个人责任。关于这一点，在"若干历史问题"的《决议》中，已经有了总结，并表明由党中央承担责任。

中央对"两案"的处理方针是，除了林（彪）、江（青）等这些反革命阴谋集团的为首分子追究刑事责任，使其罪有应得，以平民愤外，对绝大多数跟着他们犯了错误包括有严重错误的人，仍然本着从宽的精神，作为人民内部矛盾从轻处理。当然，也是看在每个人的全部工作和全部历史，对他们本人和所犯错误都作历史的分析。就滕海清来说，他作为主要领导人和执行者，对"新内人党"案负有直接领导责任，造成的后果是相当严重的。但是，念其在长期斗争中，出生入死，为人民流血奋斗，做了不少有益的工作，所以还从宽，不拟再追究刑事责任。

最后，中央决定对原拟追究刑事责任在押未判的周赤萍、程世清等二十六人，也要分批解除关押，不再追究刑事责任。这个决定充分体现了中央对"两案"所涉及的人员的处理方针是从宽的。

我举出上述情况，是为了请你参酌。当然，贯彻从宽的方针，还需要大家共同进行大量的艰苦细致的工作，内蒙古自治区的工作更艰巨些。希望你同自治区党委及有关同志共同致力，说服同志们从大局出发，并实事求是地做好善后工作。

专此，顺致

敬礼

黄克诚

一九八一年九月二十三日

但是，此信没有起到作用。

对黄克诚的远见卓识及政策思想，内蒙古自治区党委的领导一时还不能理解，内蒙古自治区干部、群众要求惩办滕海清的呼声仍然很高。于是，黄克诚又亲自找廷懋交谈了三个多小时，苦口婆心地解释党的政策。廷懋他们最终服从了中央的决定。1994年，廷懋回忆这件事时，很有感慨地说：近几年，国际形势风云变幻。苏联和东欧诸国的剧变，无不与它们处理历史遗留问题的失误有关。中共中央当年对滕海清等人从轻处理的决策是英明的，具有深远的历史和战略眼光。

原成都军区司令员梁兴初是赫赫有名的战将，九一三事件后，被指责"参与反革命阴谋活动",1971年11月遭隔离审查,1972年被定性为"上了林彪的贼船,犯了严重的方向路线错误和宗派主义错误",1973年被下放到山西太原一家化工厂劳动改造,同时接受没完没了的政治审查。"两案"审理结束后,有人提出要从重处理梁兴初。梁兴初的夫人不服,遂进京申诉,材料转到黄克诚那里。此前不久,黄克诚看到成都军区司令员秦基伟向中央反映的、关于梁兴初的审查材料不实的意见,头脑中产生过疑问,因为忙于领导"两案"审理工作,一时没顾得上过问。

早在1979年9月14日,黄克诚在中央纪委一次会议上,讲到正确对待老同志的问题时,就点到梁兴初的案子,强调对待老同志,应有一个基本的看法。像梁兴初,说他反对毛主席,上了林彪的贼船,审查了近10年,竟拿不出一件站得住脚的事实,这是对老同志不负责任!梁兴初,一个打铁的出身,从小参加红军,负过九次伤,身上被子弹打了好多个洞,打了那么多胜仗,他能反对毛主席吗?黄克诚讲话后,梁兴初的问题有了转机。当年,他就被解除劳动改造,离开化工厂,被暂时安置到山西省军区的干休所;1980年11月,又搬到北京军区北京赵家楼招待所。时隔一年多,现在又看到梁兴初夫人的申诉,黄克诚觉得梁兴初案有问题,立即让李振埑通知有关工作人员,帮他找到秦基伟的意见,仔细核查梁兴初案。经查证,有关梁兴初的审查材料确实存在很多不实情况。黄克诚听了汇报,说:"这么多不实情况,却吵着喊着要判他死刑,是对梁兴初不负责任!国民党没能要他的命,难道我们要他的命?!"根据黄克诚的指示,梁兴初案得以再次核查。1981年10月23日,中共成都军区委员会向中共中央、中共中央军委呈报了题为《关于梁兴初同志的审查结论和处理意见》的报告。这份报告否定了梁兴初与林彪集团的阴谋活动有牵连,撤销了梁兴初"上了林彪的贼船,犯了严重的方向路线错误和宗派主义错误"的定性。梁兴初的问题得到彻底解决，恢复了大军区正职待遇。

"文化大革命"中在冶金部执行支左任务的原沈阳军区副政委陈绍昆，"文化大革命"结束后，一直被地方揪住不放，认定他积极追随"四人帮"，是"四人帮"的"爪牙"，要求查办。陈绍昆提出申诉后，黄克诚让李振墀代笔，给冶金部领导写信，说明情况，请地方同志以谅解的精神处理陈绍昆的问题。很快，组织上对陈绍昆的问题作出结论，使他得以解脱，正常离休。

黄克诚还稳妥地把握政策，保护了一大批参加"三支两军"的人员。

"文化大革命"中，军队奉命执行"三支两军"任务。参加支左的广大干部、战士在极其困难复杂的情况下，做了大量工作，对于缓和紧张、混乱的局面，维护社会秩序，保护一些老干部，减少工农业生产和人民生命财产的损失，起了积极作用。但由于总体上执行"左"的那套东西，加上个别人员素质不高，在执行"三支两军"任务过程中，发生了这样那样的问题，有些人犯了错误。因此，有些单位揪住"三支两军"人员的问题不放，要求支左人员回来检讨。

黄克诚认为，在那种特定的历史条件下，中央的命令能不执行吗？他说：应该看到，"三支两军"人员大部分是好的，而且是部队里好中选优的，他们犯的错误不能算在他们个人的账上。除对个别作恶多端、民愤极大的人要处理外，其他的人一般不要追究。黄克诚的谈话引起各方面关注，参加"三支两军"的人员大部分没受到追究。

1981年11月6日至22日，第五次全国"两案"审理工作座谈会在北京召开。会议根据党的十一届六中全会《关于建国以来党的若干历史问题的决议》精神，学习讨论了中央有关"两案"定性处理的方针、政策，以及中央领导同志的讲话、批示；分析了全国"两案"定性处理的情况；讨论平衡了"两案"中受审查的属于中央管理，各省、自治区、直辖市或中央部委一级管理的拟判刑人员，以及属于中央管理的拟开除党籍人员名单；研究了"两案"定性处理的有关具体政策。

会议期间，陈云就"两案"审理工作作出重要批示，胡耀邦作了重要讲话。陈云在批示中指出：

> 一九六六年开始的"文化大革命"是一场内乱。但这是一场政治斗争。这是在特定的历史条件下的政治斗争。这场政治斗争被若干个阴谋野心家所利用了。在这场斗争中，有许多干部、党员、非党人士受到了伤害。但"文化大革命"从全局来说，终究是一场政治斗争。因此，除了对于若干阴谋野心家必须另行处理以外。对于其他有牵连的人，必须以政治斗争的办法来处理。对于这场政治斗争，不能从局部角度、暂时的观点来处理，必须从全局观点、以党的最高利益、长远利益为出发点来处理。这种处理办法，既必须看到这场斗争的特定历史条件，更必须看到处理这场政治斗争应该使我们党今后若干代的所有共产党人，在党内斗争中取得教训，从而对于党内斗争采取正确的办法。这是处理这场政治斗争的前提。

陈云的批示，正是黄克诚在领导"两案"审理工作过程中一贯秉持的原则立场。

座谈会就执行"两案"定性处理政策过程中遇到的具体问题进行了讨论，并提出解决意见。在清查"三种人"问题上，要求该清查而没有清查的地区和部门，结合改善党的领导、端正党风工作继续完成。"三种人"仍在领导岗位上的，都必须从各级领导班子中清理出去。对他们的处理,要根据事实,根据中央的方针、政策,根据本人的态度和现实表现,采取具体问题具体分析、具体处理的方法,由组织、人事、纪律检查部门按正常的干部管理权限,一个一个地解决。对其他犯有严重罪行或严重错误该清查而未清查的,也要按照正常的手续,由原单位负责查清处理。

清理"三种人"工作开始后,1982年,山西省委清查领导小组也开始行动。清查行动中,查到了1967年1月在山西带头抄了时任山西省副省长黄克诚家,并将黄克诚押送北京关押的造反派头头高某。于是,他们把高某作为重点进行隔离审查,并三次派人到北京求见黄克诚,核实高某当年抄家的情况,但黄克诚都没接见他们,也没有把这件事放在心上。之后,山西省委清查领导小组又发函给黄克诚,调查高某的情况。

负责山西清查工作的是年轻干部刘丽英。她知道黄克诚前三次的态度,接到山西发的函,将函件直接从中央纪委办公厅拿给黄克诚,并请示他如何回函。刘丽英解释说:"当年抄走的您的物品都没能追查回来。高某交代说,抄了您的大将军衔、礼服、勋章,以及各种笔记本、抗战时缴获的日军指挥刀等东西,但勋章和指挥刀、手枪等都找不到了,大将礼服和照片、笔记本等东西那时都烧掉了。山西方面无非是想查实您当时被抄了什么东西,请您证明一下。"

黄克诚见刘丽英一再坚持,就让李振墀回函。他说:"那就这样写吧:'1967年1月3日,我被首都红卫兵从山西带到北京,其他的记不清了。'"

"黄老,这样回复他们没有用。"李振墀记下他的话后,又提醒道。

黄克诚长叹了一口气:"年轻人在那个年代头脑发热,毛主席号召造反,他们就干起来了。用毛泽东思想造反,不是他一个人的事。如果我说了对他不利的话,会影响他一辈子。如果他是好人,在那个特定的社会环境下做了坏事，因为我的揭发，影响他一辈子就不好了；如果他是坏人，肯定不会只有抄我家这一件事，还会有其他坏事，这就没有必要由我来揭发了。"

刘丽英年轻气盛，忍不住说："您老真是豁达仁慈，这么不计个人恩怨。"

黄克诚摆摆手："小刘、振墀，我们做人，要尽量避免伤害别人，这是原则。小刘，你们若查实他属于'三种人'，那就按'三种人'处理；若他没那么坏，就不要因为他当年抄了我的家，而把他纳入'三种人'范围。"

刘丽英只好如实向山西省委清查领导小组转告了黄克诚的意见。山西方面按照黄克诚的指示，根据高某后来的表现，没有将他纳入"三种人"范围。

刘丽英从高某的事情上认识到，仁慈待人、不计个人恩怨、避免伤害别人，是黄克诚做人的一贯原则。

黄克诚在对待"三种人"问题上的态度非常坚决，对那些一身正气、旗帜鲜明地同消极腐败现象做斗争的、有战斗力的干部又非常爱护。刘丽英被选调进中央纪委后，工作才能得到充分的发挥。她很有办案能力，也很有冲劲，多次承办并突破棘手的大案要案，尤其在参与平反刘少奇冤案和"两案"审理工作中，表现相当出色，深得黄克诚等中央纪委领导器重，连陈云都说过："刘丽英是穆桂英挂帅嘛！"但刘丽英的出类拔萃也引来了一些对她的非议，甚至造谣中伤。这些传到了黄克诚的耳朵里，他找来王鹤寿说："我最近听到些对刘丽英的议论，不少是负面的，我认为是偏见。她原是沈阳市公安局副局长，在'文化大革命'中，同'四人帮'在沈阳市公安局的党羽进行坚决斗争，遭到残酷迫害，丈夫李文彬还被迫害致死。她一个女同志，立场坚定，旗帜鲜明，为党的事业一心扑在工作上，怎么会有人非议她？就她在平反少奇同志冤案和'两案'审理中的工作表现，我看她是一个很值得重用的同志。"王鹤寿也认为，刘丽英的表现确实可圈可点，可能就是因为年轻，在经验上欠缺了些，再锻炼锻炼，应该是个很有前途的干部。黄克诚说："经验欠缺不是大问题。年轻人有魄力、有事业心、有上进心，敢与不良风气做斗争就好。我们的事业需要年轻人接替，我们要把想干事、能干事、干得成事的年轻人提拔到更高的领导岗位上来才是。"

陈云、黄克诚与王鹤寿及时肯定了刘丽英的工作，并排除非议，坚持把她提到更高的领导岗位，使她发挥了更大的作用。

黄克诚复出后，尤其是出任中央纪委常务书记后，一些当年批判和审查他时说过错话、做过错事的人，纷纷向他赔礼道歉。黄克诚并不介意，他总是坦诚地告诉这些人："在当时那种情况下，谁都难免犯错误。上边有指示、有决定，你能不执行？你执行就犯执行的错误，不执行就犯不执行的错误。很难呀！你们也有压力，不向我开炮，你们也难以过关。现在，事情已经过去了，我们汲取经验教训吧！没有必要再去提它了。要注意保重身体，争取在有生之年为党再多做些工作。"黄克诚语重心长的话语，令这些人落下感动的、羞愧的热泪，心里更加敬重这位德高望重的老将军。

"两案"审判结束后，黄克诚本着人道主义精神，积极推动，快速办理了黄永胜、李作鹏、邱会作等人的保外就医落实工作。

一天，黄克诚从办公室回来，刚进家，唐棣华和丛树品就都嚷嚷起来。

唐棣华说："你可回来了！"

丛树品说："黄老，这事您可不能当好人！"

黄克诚觉得奇怪："怎么了？一个个气鼓鼓的。"

唐棣华负气地告诉他，吴法宪的夫人陈绥圻找上门来了，说吴法宪身体不好，希望保外就医；同时，她想到上海去看病。她去找相关部门的人，人家都不理她，最后找到黄克诚这里来了。

黄克诚思量道："'两案'审判已经结束，吴法宪也接受了判决，本着人道主义精神，应该可以办理保外就医。去上海看病，也没什么不妥。"

"吴法宪当初对您那个样子，黄老，您别理他！"丛树品急道。

唐棣华也怨气冲天地说："我也是一想起当初，这心里就来气。"

他们说的，就是当年吴法宪揭发"黄金案"的事。在1959年8月召开的中共中央军委扩大会议上，黄克诚的老部下、空军政委吴法宪落井下石，揭发黄克诚犯了"本位主义"错误，进而演变成黄克诚贪污了1万两黄金，致使他有口难辩，蒙受了20年不白之冤。"文化大革命"中，吴法宪因积极参与林彪反革命集团的活动，在1971年9月被撤销一切职务；1981年的"两案"宣判中，被最高人民法院特别法庭判处有期徒刑17年。吴法宪患了重病，请求监外就医。

黄克诚认真地说："那些都是个人问题，而且是过去了的事，是两码事。现在，人家找上门来，我们不能不闻不问，宽大为怀吧。树品，你去找朱鸿，让他帮着走一下司法程序办理。"

丛树品恨恨地跺了跺脚："唉！黄老，这天底下的人如果都像您一样不计前嫌、心胸宽阔，就没那么多斗争了！"

黄克诚淡淡一笑。他刚指示帮吴法宪、陈绥圻夫妇办手续，司法部门的领导就来了。他们因为吴法宪的事牵涉到黄克诚，不敢擅作主张，特意前来征求黄克诚的意见。

黄克诚非常痛快地回答说："我个人同意让吴法宪监外就医。你们来了更好，还有一件事，请你们也办一下，把他的爱人陈绥圻从浙江接来，让她可以对吴法宪随身进行照料。"

吴法宪的事很快就办妥了，陈绥圻也与上海方面联系妥当，不日就可以去上海治病。吴法宪闻知此事是由黄克诚亲自安排的，感动得痛哭流涕。

这件事过去后，朱鸿的历史问题解决了，要回空军去。临走前，他向黄克诚辞行，并请黄克诚作指示。黄克诚告诫说："你还年轻，要趁年轻多为党干工作，为国家负责，为军队负责！"

第五次全国"两案"审理工作座谈会上，根据陈云的批示进行了深入讨论与学习，提高了认识，统一了思想。与会者一致表示，从党的长远利益考虑，对"两案"这样处理是正确的。1982年1月31日，中共中央批准了这次座谈会的会议纪要，并发出通知（即中发〔1982〕第9号文件），指出："陈云同志的批件，对'两案'审理工作的指导方针作了更为完整的概括，是中央处理'两案'问题的总的指导思想。"此后，经过各级党委和纪委所做大量艰苦工作，全国性的"两案"审理工作基本结束。

"两案"的成功审理，对于我们党和国家的历史具有重大而深远的意义。它揭露了敌人，教育了人民；发扬了社会主义民主，加强了社会主义法制；继承了处理党内矛盾的优良传统，积累了正确处理党内斗争问题的新经验。

第五章 正确评价与维护毛泽东的历史地位

第一节　倾听来自基层的声音

黄克诚身体虚弱，部下、熟人们纷纷劝他去南方休养一段时间，他却担心劳师动众，坚决不去南方休养。他的气管炎日渐严重，大家就退而求其次，劝他无论如何都要去医院仔细检查一番，以防免疫力下降带来更多病症。黄克诚最终没有拗过老部下、秘书们和家里人的建议，来到解放军总医院检查身体，结果被医生劝告，又住进了医院。

他住在医院，大脑却没有片刻停止思考。

听收音机又成了黄克诚每天早晨必做的功课。这天早上，他正在听收音机，丛树品送来了一摞新文件。

丛树品并不急着给黄克诚念报纸，而是略带神秘地告诉他一件事。上次洪学智等老部下劝黄克诚去南方休养、他不去的事情，不知怎么被反映到中央领导人那里了。陈云等中央领导同志指示中共中央办公厅，安排黄克诚到北京玉泉山休养一段时间。那里环境安静，条件好。

"中办的同志打电话来了。您还是去吧，我跟您过去。办公室那边有事，就让振墀两头跑一下。"丛树品说。

"玉泉山是中央首长住的地方，我还是住在家里吧，方便工作。

在玉泉山住，环境是好，可怎么着也没家里方便。"黄克诚不以为然。

"你这个老顽固，我就知道你不会去！"黄克诚的话音刚落，病房门口就响起了陈云豪爽的声音。随后，陈云出现在门口。

黄克诚惊喜地叫道："陈云同志?!"他想从沙发上站起来，陈云已走到他面前，握住他的手，不让他起身。

"黄老，我今天是专程来动员你去玉泉山的！你不也是中央首长吗？在那里既可休养，又可兼顾工作，你一定要去！"陈云坐下来，又是打趣又是强硬地说。

"你陈云同志都上门来命令我了，我只好服从喽！"黄克诚明白，陈云亲自来说这个话，说明中央很重视他的身体健康，自己再固执就毫无道理了。响鼓不用重捶。黄克诚把嘴角咧了咧，又收起笑容，认真地说道："我去玉泉山，也得约法三章。"

陈云愉快地说："嗬！约法三章。你说说看，是哪三章？"

"一、只带一个秘书，不带家属和其他随员；二、家属除星期日以外，不要去看我；三、一切生活费用自理，不要公家补助。"黄克诚一下一下地掰着手指头，比画着说。

"好，都依你，但你必须尽快搬进去！这次出院后就去。你的健康对党的事业很重要。你要好好休养，养足精神好工作。还有很多事情需要你做哩！"陈云爽朗地应诺道。

黄克诚乐呵呵地说："那就遵命了，我一出院就去玉泉山！"

于是，黄克诚住进了玉泉山五号楼。

然而，黄克诚住到玉泉山以后，去看望他、向他反映情况的人丝毫没有减少，反而因为那里环境安静，聊得更为酣畅。没过多久，他就了解到不少新的社会现象。

黄克诚在玉泉山接见的第一个外地访客，竟是杨第甫。

杨第甫在黄克诚担任湖南省委书记时期，历任湘潭县委书记、湖南省委副秘书长兼"三反"办主任，深得黄克诚器重。1959年的庐山会议后，杨第甫被列入以周小舟为首的所谓"湖南右倾机会主义反党集团"，受到撤销党内外一切职务、下放西洞庭湖劳动的处分；1961年平反后，任湖南省农垦局局长；"文化大革命"中，又受到残酷迫害；1975年复出，任湖南省轻工业局顾问；1978年，任湖南省科委副主任；1980年12月，当选湖南省政协副主席。杨第甫因为参加各种会议，来北京的次数不少，但和黄克诚没有见面，联系都是通过电话，通话的内容无非就是通报一下来京的情况，没时间叙旧，也没时间深入交换意见。

这次，杨第甫来玉泉山看望黄克诚，令黄克诚心情愉快。他直率地问杨第甫，在湖南省政协常务副主席任上，工作有没有压力。

"压力也是有的，主要是年纪大了。"杨第甫实话实说。

黄克诚感叹道："是啊，我们都老了。我们这代人的年龄都差不多，培养革命化、年轻化、知识化、专业化'四化'干部的事已经迫不及待了。你比我小10岁吧？"

杨第甫说："小9岁。"

黄克诚笑道："不管是9岁还是10岁，年龄都过了线，不能进省委班子了。我自己也已是'超期服役'！眼睛都看不见了，却坐在这个位置上。我不能再坐了，耽误年轻人成长。"说完，他有些担忧地看着杨第甫。

杨第甫表示，自己回去以后，一定给老同志们灌输这个观念：多培养年轻人，早让位给年轻人。但他不明白，黄克诚好端端地何出此言。

黄克诚语气幽幽地说："你还记得1953年'三反'时抓陈钧的事吧。有人揭发他是贪污犯，没有调查就把人家关起来审查，省工业厅副厅长的职务也给免了。结果一查，是一桩错案。"

"记得。"杨第甫答道，越发觉得糊涂。

黄克诚自责道："陈钧不能回原单位工作，完全是由于我们失于慎重，行动轻率。我是省委书记，首先负这个责任，理当面见陈钧，赔礼道歉。但当时正奉命调离湖南，行前匆匆，没有顾得上向陈钧当面赔礼道歉，我一直耿耿于怀。到北京后，我曾就此事向安子文说过，过失在我，希望中央组织部在给陈钧分配工作时，按正常调动处理，对弄错了的所谓贪污问题，不存档案，不留痕迹，以免影响到他的将来。后来，中组部给陈钧安排了工作，算是一种弥补，但仍未了却我心中的遗憾。"

"都过去这么多年了，您就放下来吧。"杨第甫劝抚道。

"人老了，容易想起生命中的后悔事。我此生最后悔的一件事，就是在庐山会议上违心地承认反党。我们的时间不多了，再不能做让自己后悔的事。我们没精力冲在一线了，早点退下来，有利于革命事业的发展。"黄克诚虔诚地说。说完，他悠然地把头靠到沙发背上，似乎这些话在他心里已压抑了许久，现在一吐为快，终于可以安心了。

杨第甫豁然明白了黄克诚的意思，内心涌起一股惆怅。是的，经历过长时间的曲曲折折后，老人应该退下来，可年轻人还没有准备好、物色好，交接班的任务也是任重道远啊！

"黄老，既然到了快交班的年岁，您就别太操心了，趁着现在还能走动，回湖南走走吧，到南方去看看，散散心，颐养身体。"杨第甫真心希望能请黄克诚回湖南，到南方去转转。

黄克诚立即摆手道："打住，第甫。我已经快80岁了，眼睛又看不见，一出去就得带随员，需要花许多钱。而我出去却做不了什么工作，徒给国家浪费钱财，也给地方上增加许多不必要的负担。所以，还是不出去的好。"

杨第甫只得作罢。他知道，除了到外地开会，几十年里，黄克诚从来没有为了避暑或游览，专程到外地去过，赋闲期间去浙江，也是为了到农村搞调研。在杨第甫眼里，黄克诚的头脑中就没有休养和观光旅游这些字眼儿。

继杨第甫之后，朱静轩登门拜访黄克诚来了。

朱静轩当时任湖南省郴州地委书记。他这次来北京，是到中共中央党校学习。

朱静轩上次和黄克诚见面，已是21年前的事了。

那还是在1959年2月，黄克诚到解放军第47军检查工作，其间在第47军驻地湖南省衡南县考察调研公共食堂的情况，之后接见了衡南县委书记朱静轩等地方领导干部。黄克诚问："人们对吃大锅饭满意吗？比如，老年人要吃软的，而年轻人要吃硬的，病人要吃稀的，公共食堂怎么办？大家都在公共食堂吃饭，还搞不搞分配？群众没有零花钱，没钱买衣服穿，那又怎么行呢？有的人要吃荤菜，有的人想喝一点酒，你们又怎么办呢？"朱静轩老老实实地汇报道："说实在话，众口难调，所以，时间一久，人们当初的热情就退下去了，矛盾、怨言也多起来了。有时还出现打人、骂人的情况，甚至还出现过扣饭现象，就是找借口不让有些人吃饭。公社就想办法，抓食堂分区就餐，让老年人、青壮年都能吃到自己满意、合口的饭菜。眼下，群众的反映都还可以，就是不知道能坚持多久。您刚才提的那些问题，都不那么容易解决。"黄克诚听出来朱静轩没有虚言，就鼓励说："如果你们认为公共食堂好，那就要想办法办好它。如果大家有意见，就要找到意见的根源，回应这些意见。静轩同志，你们几个是衡南县的父母官，要想办法让人民的生活好起来。毛主席领导我们干革命，为的就是让人民过上好日子。我们党的各级干部，就是要为人民多想想。"黄克诚又强调指出，共产党人是为人民服务的，要为人民造福,不要留后患;要给人民多积德,不要积怨。发展农业生产要因地制宜,要扎扎实实,坚决反对浮夸风、命令风、瞎指挥等不良风气。要发动群众,不要强迫命令,更不要打人、扣饭!上报成绩要实事求是,不要虚报浮夸。

黄克诚当年在衡南调研时作的指示,朱静轩一直记在心里没有忘记。也正因此,他才在事隔21年后,仍然想着当面向黄克诚汇报。可是,朱静轩不敢确信黄克诚还能记得他,让丛树品通报后,心里面还有些惴惴不安。

不料,他一进房间,刚喊了声"黄老",黄克诚立即笑容满面地说:"是朱静轩呀!我们有21年没见了吧?什么风把你吹来了?"

"黄老,您的记忆力真是好啊!"朱静轩看着戴着墨镜的黄克诚,心中感动不已,木讷地说,话里还有几分惊讶。

黄克诚笑道:"人啊,老天爷让你这方面不行,那方面就要更好。我的眼睛看不见了,听力反而敏锐了。"

朱静轩回过神来:"是,您老蒙受了那么多冤屈和迫害,还这么乐观开朗,真让人敬佩!"

黄克诚说:"我当然要乐观。比起在战争年代牺牲的革命者,我现在还活着就是幸运了。小朱啊,中国革命的胜利是靠千千万万人流血、奋斗换来的。有不少人牺牲了,我们要永远记住他们;有些人还活着,我们要照顾好他们,不能过河拆桥、忘恩负义啊!你们各级地方党委和民政部门的同志要进行普查,凡是过去对革命有过贡献的人,都要力所能及地进行适当生活补助,送去党组织的温暖和人民的关怀!"

"我回去后,一定落实您的指示。"朱静轩毕恭毕敬地表态。

"还有,一个好的基层领导干部最重要的素质是'时时放心不下'。你在基层工作,要保持对'文化大革命'结束后开创崭新局面的十足劲头，也要对前进中出现的负面苗头保持敏感和警觉，要常怀忧虑之心。"黄克诚语重心长。

朱静轩连声应诺。

黄克诚让他说说郴州的情况，说说当地的工农业生产形势。

朱静轩来拜访黄克诚之前，就已经准备好要谈这些情况。郴州的工农业生产都已走上正轨，人民群众的生产积极性非常高。他相信黄克诚听到这些，一定会非常高兴，但他来探望黄克诚的真正目的，是要汇报其他情况。

在谈了郴州的工农业生产形势后，朱静轩有片刻犹豫。

黄克诚敏锐地感到他有更想谈的问题，轻轻地"嗯"了一声。

朱静轩终于鼓起勇气："现在，党内和社会上似乎出现了一股歪曲党的历史、否定毛主席的历史功绩和毛泽东思想历史地位的歪风。我今天来看望您，是向您汇报这个情况。我觉得，这股歪风要刹住才好。"

黄克诚似乎已料到朱静轩要说这个话题，心情沉重地说："你要讲的这个情况，已经有不少人反映过了。我们党是伟大的党，谁也不能否定，不仅现在不能否定，将来也不能否定！我们的天下是毛主席等老一辈革命家领导我们打下来的，是无数革命先烈用鲜血换来的。这点道理，那些人难道不懂吗？毛主席的历史功绩，谁也不能否定！小朱，你在地方工作，能做到不跟风、不盲从、不人云亦云，太难能可贵了。来，你好好讲给我听。"

朱静轩明白了黄克诚在这个问题上的态度，心中大喜，身子不由得往黄克诚身边靠近了些，将自己听到的、看到的、感受到的社会上那股歪风，一五一十向他作了汇报。看着黄克诚越抿越紧的嘴角，他的心情反而轻松了。他觉得，黄克诚依然是当年那个敢说真话的黄克诚，而且，革命信念更加坚定了。有黄克诚在，说真话就有了寄托。

235

第二节　李先念、徐向前、习仲勋力请黄克诚站出来讲话

黄克诚怎么也没想到，李先念、徐向前、习仲勋三人会一起到玉泉山来看他。

李先念进得屋来，趋步上前，抓住端坐在沙发上的黄克诚的手说："黄老，我是先念哪！我和徐帅、仲勋看您来了！您的身体可好些了？"

徐向前、习仲勋也上前和黄克诚握手。

黄克诚的笑容浮在嘴角，喜形于色地说："托你们的福，除了气管有大问题，其他无大碍。另外，总是睡眠不好，人老了，爱想事。你们都好吧？来来，快请坐！"

李先念、徐向前、习仲勋三人与黄克诚的交集不算很密，却都非同寻常。

黄克诚和徐向前有共同在八路军任职的经历，只是徐向前的职务一直高于黄克诚。黄克诚和徐向前在工作上的接触不是很多。

1962年8月，康生借小说《刘志丹》之事陷害习仲勋，把习仲勋等人定为"反党集团"。党的八届十中全会正式召开的第一天，经康生建议，会议决定：彭德怀、习仲勋、张闻天、黄克诚、周小舟等5人是被审查的主要人员，在审查期间，没有资格参加会议，国庆节

也不上天安门城楼。那次，黄克诚刚开了一天会就被通知回家。1965年，由于国内外形势变化，毛泽东认为，受审查的彭德怀、黄克诚、习仲勋等人不宜留在首都北京，提议分配他们到外地挂职下放。"文化大革命"爆发后，习仲勋又遭到残酷迫害，被审查、关押、监护，前后长达16年之久。直到1978年，他才复出，被选为第五届全国政协常委，后来任广东省委第一书记兼广州军区第二政委。习仲勋到广东主持党政工作后，团结和带领广东省委一班人，坚决贯彻执行中共中央关于把全党工作重心转移到经济建设上来的重大决策，率先向中共中央提出充分利用国内外有利形势，发挥广东的特点和人文、地缘优势，让广东在改革开放中先走一步的请求，得到中共中央和邓小平等人的赞同。1979年7月，中共中央、国务院正式批准，广东在改革开放中实行特殊政策、灵活措施并创办经济特区。习仲勋通过调查、实践，探索新体制，抓住机遇，领导广东实现战略转变，先行在深圳、珠海试行开放政策，进而在广东全省推广，加快了广东经济的发展，也使广东成为中国改革开放的窗口、综合改革的试验区和排头兵，为国家实行对外开放政策提供了宝贵经验。1980年9月，习仲勋被补选为全国人大常委会副委员长。同年10月，中共中央决定调习仲勋到中央工作。

黄克诚在中共中央军委工作时，李先念在中央政府主持经济工作。黄克诚对经济工作很感兴趣，两人的话题都围绕经济工作，很多观点相同，因此也谈得来。1957年，中央经济工作五人小组成立时，李先念、黄克诚都是小组成员；1958年6月，中共中央决定成立中央财经小组，李先念、黄克诚又同为组员。1959年2月，黄克诚去湖南时，时任国务院副总理的李先念也正在湖南调研。两个人一起到岳麓山附近，考察农业生产合作社。他们衣着朴素，一路上向陪同人员和当地百姓了解湖南全省的农业生产情况和群众的生活困难。这段经历,成了两人难忘的珍贵记忆。他们对经济问题的看法有许多共同语言。庐山会议时,黄克诚被急召上山后,第一个去见的人就是李先念。

如今,黄克诚显得十分兴奋,迫不及待地说:"我没想到你们三个一起来呀!太好了,我早就想见你们了!仲勋,广东那个地方历来开放,经济上容易出乱子,管理不易。你在广东搞得好啊,解放思想、实事求是、开拓创新,为国家的改革开放事业提供了宝贵经验。你敢想敢干敢闯,不负重托,不辱使命,了不起!现在调任全国人大常委会副委员长,站位更高,可以做一番更大的事业!"

习仲勋谦逊地笑了笑,认真地表示:"如果说,我作出了些成绩,以后还能为党做些事,有两个原因,一是中央改革开放的政策指导,二是毛主席实事求是的思想指导。"

"噢?"黄克诚立即凝起神来。

习仲勋接着说:"这些年,尽管社会上有些人对毛主席非议不少,但我从自己读毛主席著作和实际工作的体会来看,毛泽东思想是亿万中国人民革命意愿和实践的结晶,丢不得。毛泽东思想过去是、现在是,将来也是我们党一切工作的指导思想,可丢不得啊!"

黄克诚知道,习仲勋所言不虚。1943年1月,毛泽东亲笔在一幅约1尺长、5寸宽的漂白布上,写了"党的利益在第一位"8个大字,上款写"赠给习仲勋同志",下署"毛泽东"。这个题词,习仲勋长期带在身边,也常跟别人提及。毛泽东这幅题词,成了鼓励习仲勋"努力改造世界观的一面镜子"。

黄克诚像是遇到了知己,面向习仲勋竖起大拇指:"仲勋高见呀!我们搞工作,就是要用毛泽东思想作指导!"随后,他又侧身朝着李先念说:"你呢,先念,在历史的紧要关头,坚决地站在华国锋同志一边,全力支持华国锋同志的工作,为粉碎'四人帮',为从危难中挽救党作出了历史性贡献。你这个功劳不小啊！你对眼下的形势怎么看？"

李先念叹了一口气，说："黄老，我是喜忧参半啊！改革开放这几年，政策活了，经济形势不错，民主空气浓了，但党风、社会风气令人担忧得很。在陈云同志和您的领导下，中央纪委的工作很有成效，出台了不少措施。现在，党风有所好转，但思想还是有些混乱。有人公开提出全盘西化，还有些人要否定党的领导，否定毛主席和毛泽东思想，这着实让人忧哇！"

"更让人忧的是，这种倾向不只在党外，在党内也不乏其人，争论无休无止。这样下去，会造成思想混乱，对党的事业是不可估量的损失！毛泽东思想这面旗帜不能丢啊，黄老，您说是不是？"习仲勋忧心忡忡地补充道。

黄克诚摸了摸下巴，沉缓地说："嗯，是这个理。一段时间以来，我也听到不少议论。很多人不理解，为什么很多复出的老干部对这种议论很着急。我们这代人对毛主席的感情，是超越个人恩怨的。我们确实不能因为自己在'文化大革命'中吃过苦就人云亦云，把毛泽东思想抛弃掉。"

"黄老，你说得太对了！"李先念立即响应说，"我认为，毛泽东思想不能丢！我对很多人说过，我在军事上是向徐帅学习的，陈云同志是我经济上的老师，外交上是周总理直接指导的，而毛主席则是我一辈子的导师！小平同志说过，没有毛主席和毛泽东思想，中国革命还会在黑暗中摸索好多年。中国革命尚且如此，我们个人就更不知要摸索多少年了！"

黄克诚不住地点着头，突然问道："徐帅，你怎么一言不发？"

徐向前坐在一旁，一直专注地听着他们几个说话，不时地颔首，像在思索着什么。这时听得黄克诚叫他，徐向前猛然回过神来，说：

"先念同志和仲勋同志说的，也就是我想说的。毛主席建树的丰功伟绩，任谁也抹杀不了。就个人的成败经历来说，我对毛主席军事思想的正确和伟大是深有感触的。毛主席有错误，但并不像社会上一些人诬蔑的那样。我们要正确评价毛主席，这对维护社会稳定很重要。"

"是啊！社会上有些人攻击、歪曲毛主席，甚至叫嚣要彻底否定毛主席和毛泽东思想。"习仲勋焦急地说，一把抓住黄克诚的手，显得十分激动，"黄老，您该出来讲话了！"

李先念附和道："对，黄老，这就是我们今天来看您的目的！"

黄克诚纳闷儿地问："你们在一线工作的，为什么不讲话？"

"黄老啊，我们应该讲，但您讲和我们讲不一样，分量不一样，影响也不一样！您是挨整最厉害的，您讲最有力！"徐向前直截了当。

李先念接过话头，连声说："就是，就是啊！挨整最厉害，现在还活着的，没几个了。您是我们党难得的敢说真话的人，您的威望和影响无人能比！"

"对，黄老，您出来讲话，有利于澄清是非、扫清迷雾、统一全党的思想啊！"习仲勋加重了语气。

黄克诚若有所思地扫视着他们几个，思索着。他尽管看不清他们的脸，但清楚此时他们几个人的表情一定是十分庄重的。他感到欣慰。当时在思想上，党处在一个微妙的、关键的历史关头。有这些久经考验的老革命家勇敢地表达自己的立场，是难能可贵的。

黄克诚冲大家点点头，敞开心扉说："实话对你们说，这阵子，我一直在想这个问题，想得睡不着觉啊！这就是我的睡眠总不好的原因。我来玉泉山住也有些日子了，脑袋里一直想的都是这些事。党风问题、思想问题积累已久，不是一两次讲话就能解决的。但否定毛主席和毛泽东思想这个事，对我们党来说太重大了，拖不得，拖下去会造成党的分裂。我们这些老家伙确实不能再沉默，对毛主席、对毛泽东思想要有正确的评价，绝不能忘记党的历史，绝不能否定毛主席的伟大历史功绩！你们容我再想想，我要把这个事想深、想透、想明白。你们放心，我这个人的本性就是敢说真话，眼瞎了，心还没瞎哩。我也会坚持自己一向的原则，实事求是，不贬损毛主席，不贬损我们党，不贬损我们同时期的老革命。是非必须分清，历史不能抹杀！"

黄克诚说到最后笑了。李先念、徐向前和习仲勋也轻松地笑了。

习仲勋长长地舒了口气："我们就知道，黄老绝不会做历史的旁观者！"

与李先念、徐向前、习仲勋三人的一席畅谈，彻底掀起了黄克诚心中的波澜。他不会做历史的旁观者，但如何做一个历史的参与者，在关键时刻发出正确的声音或代表正确的声音，是需要作一番认真考量的，来不得半点轻率和冲动。而且，在如此重大的事情上发声，需要非凡的勇气与胆魄，需要大无畏的历史责任感和担当精神。

黄克诚深入思考着这些问题。他让丛树品整理好各种来访者谈论的内容，他自己也在脑子里梳理着听到的各种意见，又每天与前来汇报中央纪委工作的李振墀交流感想，心里的想法日益清晰。

第三节 "四千人大讨论"争论不休让他忧

黄克诚在玉泉山住着,每天呼吸着清新的空气,散散步,看看报,听听广播,听听汇报,清静之余,也确实感到自己的气管炎症状有了缓解。然而,他的思想越来越焦虑。党风问题、正确评价毛泽东和毛泽东思想的问题,使他常常半夜失眠,身在玉泉山,心仍在办公室。

这种焦虑,影响了他原本就岌岌可危的视力。

一天早上,丛树品照例走进黄克诚的房间,喊着:"黄老,要去散步了!"准备陪他去院子里散步,却发现他坐在床沿上,沉默着,双手握在拐杖上,眼睛正失神地、一眨也不眨地盯着某个地方,对丛树品的话置若罔闻。

丛树品提高了声音叫道:"黄老?"

黄克诚把腮帮骨咬动了几下,似乎在克制内心的紧张情绪,尽量沉着地说:"树品,我的眼睛看不见了,一点儿也看不见了。"

"黄老,您别吓唬自己!"丛树品疾步上前。他把手在黄克诚面前晃了晃,见黄克诚毫无反应,这才意识到情况严重,赶紧安慰道,"黄老,您千万别着急。我这就联系医院!"

丛树品几步走到书桌前，拿起电话。

黄克诚被紧急送到解放军总医院眼科就诊。唐棣华接到电话后，也连忙赶到医院。她尽管早有心理准备，但当黄克诚的眼睛真的要全盲的时候，还是惊慌了。自黄克诚去玉泉山休养，他的眼睛干涩问题得到一定缓解，一切似乎变得安稳了许多，他怎么会突然完全看不见了呢？这突如其来的变故，让早已能沉稳面对生活中一切问题的唐棣华，也有些焦急不安了。她在诊室外转来转去，意识到完全看不见与还能看到一点儿光亮之间，黄克诚的心态可能完全不一样，心中更是着急。她希望黄克诚的眼睛只是一时不适，而不会有大碍。

医生从诊室出来，带给她不愿相信的事实：黄克诚彻底失明了。

黄克诚被两个医护人员搀扶着走出来时，神情像是受了很大刺激似的，面色也憔悴得厉害，人显得更加苍老。唐棣华心里一酸，差点儿掉下泪来。黄克诚这个苦命的人，好不容易复出工作，正干劲冲天地要为党和国家鞠躬尽瘁，大干一番事业，身体却横生枝节，他的一双眼睛全盲了！

失明的人刚开始，心态会有些变化，可能有一阵子，感到特别焦虑，性格上也会起变化。接下来的两天，黄克诚确实表现得不如从前那般开明豁达。他要么长时间地沉默，要么粗门大嗓地说话，话语里像是掺杂了火药星子，稍有不适就暴怒不已。他的心情真是坏到了极点。

丛树品知道，黄克诚烦躁的一个重要原因是一时间无法工作了，就安慰他说，中央纪委的一切工作都在按部就班地进行，老干部的平反工作仍在进一步推进，对年轻干部的选拔工作也很顺利。虽然社会上最热的话题还是对毛泽东的评价，党的高级干部在讨论《关于建国以来党的若干历史问题的决议》过程中，对此也争论激烈，认识并没有统一，但一定会有一个实事求是的结论。他有什么想法，可以通过秘书们去反映。

黄克诚仍然沉默。他彻底意识到自己真的看不见了，老得没有用了，心里突然涌起一阵悲凉。

为了妥善照顾双目失明的黄克诚，解放军总医院紧急决定，把以前他患气管炎住院时护理过他的护士小丁，调到他的病房当护士。小丁性格开朗，爱说爱笑，护理工作细心周到，黄克诚很信任她。这个决定，让唐棣华的心安定了许多。

清晨，黄克诚醒来后，习惯性地伸手到床头按亮了台灯，眼前却仍是一片漆黑，不由得又是一阵伤心。他爬起来，将身子靠在床头，眼睛呆呆地朝向前方，双唇紧闭，一声不吭。收音机在床头柜上摆着，他也没有去打开它。

小丁端着药盘，轻快地走进来了。她娴熟地把药盘放在桌上，走到窗前拉开窗帘，任早上的阳光温暖地照进病房。然后，她走到床头边，轻轻摇高了床架。

"黄老，从今天起，我负责您的护理工作。您有什么事尽管吩咐！"她乐呵呵地说。

黄克诚听得真切，满脸的悲愁立即一扫而光："哦，小丁啊！"

小丁哄小孩似的说："哟，黄老真是好记性！还记得我的声音哩。"

"你的声音甜美，我当然记得。"黄克诚说。

小丁落落大方地"命令"道："那好。现在，您要起床、洗漱。来，我扶您去卫生间。"

黄克诚摆摆手："现在不用，我坐会儿。"

"呃，老坐着哪儿行？您先洗漱，然后去散步，然后回来吃早餐。"小丁认真起来。

黄克诚天真地抬起头来："然后呢？"

小丁说:"然后工作嘛!丛秘书、李秘书会来向您汇报工作,还有您的夫人、朋友都会来,很多人会来看您,和您谈工作。"

"那么多人来看我,我现在是瞎子一个,有什么好看的?"黄克诚的语气里,又有了一丝淡淡的伤感。

小丁嗔怪道:"呃,黄老,您的话听上去有些泄气哦!您是大将,就是大将军一个。您文韬武略,胸怀宽广,眼睛失明,心会更亮堂哩!"

黄克诚震惊地望着小丁说话的方向,烦恼情绪又一下子散开了。

"'眼睛失明,心会更亮堂',就是说,瞎子也看得清?"他打趣道。其实这样的道理,他早就明白,只是双目失明这样的事落在自己身上,他真心不愿意接受。

"当然。我曾听朱鸿秘书说过,您有非凡的远见卓识、深谋远虑。以前在新四军的时候,陈毅元帅说您是'高度近视的千里眼',眼睛近视,内心却有一架望远镜,是不是?连陈毅元帅都这么夸您,您肯定比谁都看得清。"小丁又像哄小孩似的说道。

黄克诚笑起来,嘴角往两边翘上去,很单纯的样子:"陈毅元帅是夸过我,但那是30多年前的事了。他夸我是千里眼,心里有望远镜,可也戏谑过我,喊过我'黄瞎子'哩。那时,我只是近视程度太深,现在老了,真是彻底瞎了!"

小丁巧嘴巧舌地说:"彻底瞎了也不要紧。您别怕,我来做您的眼睛好了。丛秘书、李秘书他们都会是您的眼睛。"

黄克诚听得心花怒放:"哈哈!这么说,我瞎了一双眼睛,倒会有更多双眼睛了?"

"就是嘛。所以,您现在要去洗漱。待会儿,我陪您去花园里走走。"小丁认真地说。

黄克诚乖顺地"哎"了一声,摸索着拿起床头的拐杖,小丁上前扶住了他。她知道，这个倔强的、焦虑的老头已被"驯服"了。

她搀扶着黄克诚来到花园里，一边散步，一边闲聊着。

"黄老，我听人家说，在战争年代，您因为视力不好，把白马当人了，闹出笑话，还误闯敌阵，差点儿把命搭上，对不对？"小丁笑哈哈地问。

黄克诚咧嘴笑着："这事，你这小姑娘从哪里听来的？"

"嘻嘻，我不告诉您。我喜欢听革命故事，以后，您多讲给我听。"

"这个提议好啊，革命故事就是要有你这样的年轻人听才好……"

两个人正聊得兴起，朱鸿提着公文包找到花园来了。他参加了"四千人大讨论"，得知黄克诚完全失明，很是牵挂，会一开完，就急切地赶到医院来了。他发牢骚说，"四千人大讨论"吵得一塌糊涂，对毛主席有非议的人不少。

"四千人大讨论？"黄克诚急切地问，"简报呢？"

朱鸿拍拍公文包："我带来了。"

"好，小丁，我们快回病房，让朱鸿把简报念给我听。"黄克诚赶紧招呼小丁。

"四千人大讨论"就是对《关于建国以来党的若干历史问题的决议》（草案）的讨论，说来话长。

1979年10月1日恰逢新中国成立30周年大庆，中央决定由叶剑英作一个重要讲话。这篇讲话提出："中共中央认为，对过去三十年特别是文化大革命十年的历史，应当在适当的时候，经过专门的会议，作出正式的总结，但是，在庆祝建国三十周年的时候，有必要给予初步的基本估价。"讲话总结了林彪、"四人帮"极左路线的主要特征以及给全党和全国人民极其深刻的教训，对10年"文化大革命"的初步基本估价是："反革命大破坏，使我国人民遭到一场大灾难，使我国社会主义事业受到建国以来最严重的挫折"；对毛泽东和毛泽东思想的评价是："中国人民将永远铭记毛泽东同志的不朽功绩，坚决捍卫和发展毛泽东思想的科学体系"。

讲话发表后引起良好反响，特别是对"文化大革命"、毛泽东及毛泽东思想的评价获得广泛认可。这时，党内出现一种普遍的呼声，希望在叶剑英国庆30周年讲话基础上，加以充实、丰富，进一步作出一个历史问题的决议。邓小平审时度势，顺应党心民意，准确把握时机，提出把历史决议的起草工作提上中共中央的工作日程。

于是，1979年11月，《决议》（草案）的起草工作启动，在中共中央政治局、中央书记处领导下，由邓小平、胡耀邦主持进行。

这个决议，要对新中国成立30多年间中国共产党的历史进行科学分析和正确总结，实事求是地评价新中国成立以后的重大历史事件，实事求是地评价毛泽东在中国革命、建设中的历史地位，不是一件易事，必须集中全党智慧，经过充分讨论，方能形成。《决议》（草案）起草出来后，1980年9月，中共中央政治局决定，要组织全党4000多名高级干部对它进行讨论。10月12日，中共中央办公厅发出组织《决议》（草案）讨论的通知。随通知发了《关于建国以来党的若干历史问题的决议（1980年10月供党内高级干部讨论稿）》，要求在10月15日以前发到各省、自治区、直辖市。讨论稿共112页，约5万字。这次讨论开始时，预定参加人数是4000人，故称为"四千人大讨论"，实际参加的人数要多。"四千人大讨论"在10月中旬先后开始，持续了一个多月，到11月下旬结束。这是一次规模空前的大讨论，是党内民主的大发扬，也是对新中国成立以后的历史进行的一次深入、具体的研究。

讨论中的热点与焦点是对毛泽东和毛泽东思想的评价，有许多好的意见，但也有一些片面以至极端贬低或否定毛泽东和毛泽东思想的言论。特别是某些挨过整的人，带着私人感情，对毛泽东提出不正确的批评。有人说："毛泽东发动'文化大革命'，打倒一大批党和国家领导人，归根到底，不是为了革命事业，而是维护自己的地位，这表明他的品质不高尚。"也有人说："评价毛泽东可以分前、后两段，前期是马克思主义者、共产主义者，后期是极左主义者。"有人甚至说："新中国成立30年来，中国发生很多次重大错误和失误，所有这些错误和失误都应该由毛泽东一个人负责。"还有人说："毛泽东同志犯了很多错误，《决议》中就干脆不写毛泽东思想部分。"

邓小平看了关于讨论意见的简报，首先肯定大家"畅所欲言，众说纷纭，有些意见很好"；同时，对于那些偏激的意见，特别是对毛泽东的一些不正确的意见，认为必须予以澄清。10月25日，他找胡乔木、邓力群谈话，坚定地表示：在科学评价毛泽东和毛泽东思想的问题上不能让步。邓小平说："不提毛泽东思想，对毛泽东同志的功过评价不恰当，老工人通不过，土改时候的贫下中农通不过，同他们相联系的一大批干部也通不过。毛泽东思想这个旗帜丢不得。丢掉了这个旗帜，实际上就否定了我们党的光辉历史。"他把问题提得很尖锐："决议稿中阐述毛泽东思想的这一部分不能不要。这不只是个理论问题，尤其是个政治问题，是国际国内的很大的政治问题。如果不写或写不好这个部分，整个决议都不如不做。""不把毛泽东思想，即经过实践检验证明是正确的、应该作为我们今后工作指南的东西，写到决议里去，我们过去和今后进行的革命、建设的分量，它的历史意义，都要削弱。不写或不坚持毛泽东思想，我们要犯历史性的大错误。"

黄克诚也早已拿到了讨论稿。"四千人大讨论"期间"吵得一塌糊涂"，让他始料不及。

黄克诚紧皱双眉，陷入了沉思。邓小平在接见意大利女记者法拉奇时不是说过吗，我们要对毛泽东的一生功过作客观评价，我们还要继续坚持毛泽东思想。这样掷地有声的讲话，难道还镇不住那些争论吗？

1980年8月21日、23日，邓小平两次在北京人民大会堂接受意大利女记者法拉奇的采访。法拉奇绕着弯子问了许多关于毛泽东和"四人帮"的关系问题，探问以后北京天安门城楼是否还会保留毛泽东像，探问中国将如何评价毛泽东。邓小平说："毛主席的错误和林彪、'四人帮'问题的性质是不同的。毛主席一生中大部分时间是做了非常好的事情的，他多次从危机中把党和国家挽救过来。没有毛主席，至少我们中国人民还要在黑暗中摸索更长的时间。""我们不但要把毛主席的像永远挂在天安门前，作为我们国家的象征，要把毛主席作为我们党和国家的缔造者来纪念，而且还要坚持毛泽东思想。我们不会像赫鲁晓夫对待斯大林那样对待毛主席。"显然，有些人没有把这些话听进去，更没有深入思考。

黄克诚一巴掌拍在沙发扶手上，腮帮子剧烈地抖动了几下，气愤地说："岂有此理！我看，有些高级干部完全忘记了党的历史，也忘记了自己的历史。要知道，其中有些干部参加革命前，穷得连衣服都穿不上，是放下讨饭棍子参加革命的。我们中国革命遭受了那么多挫折，没有毛主席，胜利能那么快吗？毛主席是有错误，但绝不能因此否定他的伟大历史功勋和人格！有些人受了点委屈，有怨气可以理解，但不能胡说八道，不能头脑发昏！看来，这是一股思潮，很危险，要警惕！"

"黄老，该吃药了。"小丁端着药盘走进来，看到这一幕，很担心黄克诚因为激动加重病情，连忙走近他，取出药片放到他的手里，又把水杯端给他，故意大大咧咧地说："您在住院，就安心养病吧。外面的事，让其他人操心去呗。"

249

黄克诚怔了一下，平静了一些，仰着脖子吃了药。

小丁见他镇定了许多，这才告诉他，外面有两位老军人想见他又怕打扰他，已徘徊许久了。

黄克诚一听，立即抖擞起精神，让快请他们进来。

朱鸿起身刚走到门口，丛树品领着钟伟和另一位老军人进来了。老军人喊着"黄老""老首长"与黄克诚握手，钟伟却一声不吭地在一旁看着。

老军人大声说："黄老，我今天是给您赔礼道歉来了！"他尽管知道黄克诚看不见，还是鞠了个躬，又"啪"地立正敬了个军礼。

黄克诚惊讶不已："赔礼道歉？为什么？"

老军人惭愧地说："1959年开军委扩大会批斗您的时候，我也批过您，跟着吴法宪批您私藏黄金……"

黄克诚伸出手，老军人连忙握住他的手。他则顺着老军人的胳膊摸上去，摸了摸他的脸，笑道："都过去了，你还提它干什么呢？在当时那种情况下，你如果不批判我、斗争我，自己也过不了关啊。我能理解，都过去了！我们都要向前看，好好保养身体，在有生之年，争取为党、为人民多做点工作。个人恩怨事小，我们党的事大。"

一直站在一边沉默不言的钟伟，这时已是满眼含泪。他抱怨道："您都这样了，还这样想！"

黄克诚听得真切，拿起拐杖，朝钟伟的方向空戳了一下，又好气又好笑地说："是钟伟吧？半天才吭声啊！"

钟伟立即上前握住黄克诚的手，坦白道："我是钟伟，想看看黄老您，又怕您骂我！"

黄克诚嗔道："你这老小子，该骂就骂。"

钟伟别起一股子劲儿说："我来向您反映问题。"

黄克诚故意大惊小怪地说："噢？别人都来向我反映你的问

题哩。"

钟伟愣了一下，辜道："别人反映的不准确。我现在没有房子住。"

黄克诚放开他的手，嘴角轻轻向上一挑："你上次说没工作，这次说没房住。你没房住？我听说，你和杨勇在西山都有别墅。"

"那不是常住的。我在城里的房子很小……"钟伟急忙辩道。

黄克诚向上挑的嘴角又撇了下来："你另外还有房子啊！我记得，你参军时连短裤都没有。"

钟伟一听，不知黄克诚是真的相信了别人的说法还是在诈他，连连摆手道："黄老，我们说房子，不说短裤的事。西山那里，我只是种了几棵苹果树。1959年的军委扩大会上，我只是说了句真话，就被打成'反党分子'，挨整十几年。我现在没有房子住。"

说完，钟伟猛然想起黄克诚已经看不见了，只好死死地盯着他的脸，看他的表情有什么变化。

黄克诚平静地问："平反后，单位没给你解决住房问题？"

钟伟说："房子倒是分了，但我想搬回被打倒前原先那幢房子。"

黄克诚说："那不行，那幢房早就分给别人住了。"

钟伟说："既然可以平反，恢复名誉、待遇，房子为什么不可以物归原主？"

黄克诚说："钟伟，你老实讲，为什么非要住回原先的房子？"

钟伟急了："我有合情合理的理由！"

黄克诚嘴角一撇："哼。"

"第一，我是原房主，被打倒以后，才被扫地出门的，现在拨乱反正了，理当完璧归赵。第二，我住在那里时，在房前屋后栽花种树，如今已是一片绿荫，果熟花香。尤其是我亲手栽的30株蟠桃树，结的果子青里透红，人见人爱。第三，我这个人念旧，对旧居感情深，想归旧巢安享晚年，以后死也死在那里。"钟伟豁出去了似的，一口气说了三个理由。

黄克诚诧异道："哦，原来是为了30树蟠桃啊！"

大家都听出了他口气中的不满味道，轻声地笑起来。

黄克诚突然用力拍了几下床沿，批评说："钟伟，你说你，70多岁了，一个老红军，竟糊涂到这种地步，把公家的房子视为自己的私有财产。就因为种了那么多花草果木，隔了这么多年，还想硬要回去。我问你，你参加革命的目的就是为了这个吗？我跟你说，你如果要回了房子，就是给我们老红军、老革命丢脸！"

黄克诚的话戳中了钟伟心里的痛点。他意识到黄克诚批评得对，比起革命者的尊严来，房子是小事，不足挂齿。他就不再坚持，诚恳地说："黄老您要这样说我，那我就不要这个房子了。但请您主持公道，再帮我说说话，让我回军队，我带全家住营房去！"

"这个态度还差不多，但是，现在的军营不是你我住得了的喽！"黄克诚怒气顿消，语气中带有一丝伤感。

钟伟奇怪地问："为什么？"

黄克诚感慨道："现在搞国防建设科学化、现代化，军事技术日新月异，多兵种立体协同。对这些，我们都是外行。钟伟啊，我们这点文化，都不适合带兵喽，回军队也起不了作用！"

钟伟嘟囔说："不管这样化、那样化，打仗还是少不了勇敢和忠诚。"

黄克诚沉默着。

钟伟恳求道："黄老，您帮我说说话嘛！"

黄克诚摸起拐杖在地上戳了戳，叹了口气说："唉，钟伟啊，不是我不帮你讲这个话，是不能了。我老实跟你说，你、我、我们这代人的使命已经完成了，都该退役了。我们最后的责任，就是把红军的精神实实在在地传到年轻人手里……"

黄克诚沉浸在一种使命感将尽未尽的惆怅中，钟伟没好气地打断了他的话："传什么传呀！如今连毛泽东思想都不能传了，还传什么红军精神！"

"什么？！"黄克诚眉毛一抖。

"唉！"钟伟叹息道，"现在，大家都在说，搞实践是检验真理的唯一标准大讨论很好，终于搞明白，再不能搞毛泽东那一套了。"

"'毛泽东''毛泽东'，我习惯了喊'毛主席'，还不适应直呼毛主席的名字哩！原来，你钟伟也是'否毛派'啊！"黄克诚又气又恼，声音里有一种莫名的悲哀。

钟伟也不知怎么了，一副要杀要剐随你便，反正今天要把话说出来的样子，抬杠似的说："好吧，'毛主席'就'毛主席'，我不和您争论称呼的事。我本来不是'否毛派'，但很多被打倒过的人都成了'否毛派'。所以，'四千人大讨论'中才有那么多声音！想想也对，'文化大革命'，首先不就是毛主席的过错吗？"

黄克诚越听越气，颤抖着举起拐杖，朝着钟伟的方向举起戳过去，讥道："钟伟，你老小子真是忘本啊！没有毛主席带着你闹革命，你有今天？！"

朱鸿、丛树品连忙走上前去把黄克诚的拐杖拿开，劝他莫要激动。

就在这时，谭政出现在门口。他不知发生了什么事，开口就嚷了起来："黄老，不得了！现在，'凡是派'和'否毛派'争得越来越激烈了！"

黄克诚没好气地说："有些情况，我已经知道了！"

谭政不明就里，继续说："'四千人大讨论'，有些话很过头，甚至对毛主席充满了怨恨。目前，社会上也争吵起来了！"

"像黄老和我，难道不能怨恨他吗？难道还要感激他吗？"钟伟气冲冲地脱口而出。

谭政赶紧阻止道："老钟！我们不能跟着起哄。我们可是跟着毛主席参加红军的老干部！"

黄克诚的面色稍稍平缓了一些："是呀！有人说，毛泽东思想已经过时了。可是，如果不是遵义会议确定了毛主席的领导地位，采取他的战略战术，红军能有长征的胜利？我确实是因为庐山会议上毛主席的错误挨整的，可我从来没有怨恨过毛主席。就是彭总，我也从来没有听他说过恨毛主席的话。很多像我和彭总这样因为毛主席的错误而吃过苦头的人，都不怨恨、不仇恨毛主席。为什么？因为很多事情不是个人恩怨的事，毛主席的错误也不是他个人的错误。庐山会议上，如果大家都能实事求是、坚持真理、不随风倒，毛主席或许就不会犯错了；就算后来他犯了很大的错，也不应该全盘否定他。没有毛主席，就没有红军长征的胜利……"

钟伟梗着脖子又道："如果没有毛主席，也会有红军。我们闹红军时，还不知道有毛主席。"

黄克诚再次抓起拐杖使劲戳地。钟伟的话仿佛是火上浇油，彻底点燃了他心中对'否毛派'的怒火。"住嘴，快住嘴！毛主席领导创立红军，这是历史的选择！作为党的高级干部、军队的高级干部，任何情况下都要承认这个历史事实！钟伟啊，你的委屈，我感同身受，但不能总纠结于此。"

说着说着，黄克诚的语气又缓和下来。他想起钟伟受的种种委屈，想起钟伟由于为自己和彭德怀讲公道话而遭受那么多年不公的待遇，心中涌起深深的同情。黄克诚知道，他没办法要求所有受过冤屈的战友、部下和自己一样，站在全局去看待历史、看待今天的工作与待遇，但他希望他们能公正客观地看待党的历史、人民军队的历史。

他说:"钟伟啊,我理解你。可你要多想想我们党和国家的发展史,多想想自己的成长史,多想想死去的烈士,多想想毛主席为中国革命和建设建立的伟大功勋。你在政治上已经平反,也恢复了一切待遇,个人那点委屈该释然了。现在需要的是着眼于总结经验教训,着眼于党和国家的未来。你是老干部,胸怀要宽阔。"

病房里,大家都静静地听黄克诚讲话,渐渐地,一个个忍不住使劲点头。他们都明白,这是一番推心置腹的话、一番言不及私的话;这是一个胸怀博大的老人的话、一个不徇私情的老共产党员的话。这番话,对每个人都是一记警钟、一剂醒心良药!

钟伟更是震撼在心。他缓缓地举起右手,向黄克诚行了一个军礼:"黄老,您的胸襟无人能比。钟伟我明白了,我听您的!"

朱鸿、谭政等人反映的"四千人大讨论"的情况,以及钟伟这样的老干部对毛泽东的态度,让黄克诚再也无心在医院住下去了,他要求立即出院回玉泉山。他要谢绝来访,安安静静地思考一些问题。

唐棣华听说黄克诚不遵医嘱要提前出院,十分生气地赶到医院,听了他的理由,更加不解,负气地说:"什么问题还非要到玉泉山去思考?不行,你现在这个样子,又不让我去照顾你,我不放心。"

黄克诚沉吟道:"对真理标准问题的讨论促进了人们的思想解放,但在这个过程里,从一些人的言论中,我感到社会上出现了一股全盘否定毛主席和毛泽东思想的思潮,十分担忧。对第二个历史决议的讨论情况,我得花时间消化消化,需要静下心来想想这些事。你莫担心,有树品在我身边。"

唐棣华望着黄克诚。他坚毅的表情让她放弃了劝说,无奈而又顺从地表示:"那好吧,我支持你。我按老规矩,周日去看你。"

黄克诚朝唐棣华摸索着伸出手去,欣慰地笑着说:"谢谢你总是能理解我。"

黄克诚出了院，回到玉泉山。每天，他听丛树品读报，或在丛树品的陪同下去花园散步，大量的时间用在思考上；到了晚上，这种思考也不停止，时常辗转反侧，不能成寐。黄克诚只得靠安眠药，强迫自己保证睡眠。

第四节 与毛泽东的无私"私交"

黄克诚与毛泽东的交往，在1922年就开始了。那时，黄克诚考入湖南衡阳三师不久，三师就爆发了一场轰动湖南全省的学潮。毛泽东赴广州参加党的三大，路经衡阳时，会见了学潮领导人，并在三师的一间教室里，召开了100多名党员和积极分子参加的会议，在会上发表了演讲，对学潮斗争给予高度评价。那时，黄克诚还不能理解那场学潮的意义，但"毛泽东"三个字像种子一样落进了他的心里。黄克诚加入中国共产党后，被选送到广州中央政治讲习班学习，在这里，听过毛泽东讲课。1928年，黄克诚在湘南起义中参与领导永兴起义，后率部随朱德、陈毅到井冈山与毛泽东领导的中国工农革命军会师。此后的革命历程中，黄克诚一向对毛泽东的军事思想与政治谋略打心眼儿里佩服，但都没有与毛泽东面对面说过话。毛泽东当然也不可能注意到黄克诚这样一个基层的指挥官。随着时间的推移，黄克诚对毛泽东更加钦佩。这种钦佩是真实的、发自内心的，因此也是坚定不移的。渐渐地，他不自觉地把维护毛泽东的威信当成自己的使命。早在中央革命根据地第五次反"围剿"时，黄克诚就极力主张毛泽东出来指挥红军。当时，中共中央在那个外国"顾问""太上皇"李德的把持下，实行"拒敌于国门之外""寸土必争"的错误策略，令红军损失惨重。黄克诚虽然职务不高，但仍向上级反映自己的看法，积极建议中共中央调回毛泽东指挥红军，扭转危局。他对彭德怀说："照这个样子打下去，红军要被搞垮的，一点儿出路也没有。你现在讲话还能起点作用，是不是向党中央提个建议，请毛主席出来指挥，或许可以扭转危局。"彭德怀当时已经被党内的"左"倾教条主义者气得半死，只是点点头，一言不发。但在广昌战斗后，彭德怀与李德见面时，当面说李德是"图上作业的战术家"，并骂李德无耻，"崽卖爷田心不痛"，最后把李德气走了。

黄克诚的名字最早引起毛泽东关注，是在红军到达陕北吴起镇后。之前，毛泽东尽管没有直接和黄克诚打过交道，可黄克诚因为讲真话、唱"反调"几次遭降职、撤职，甚至打了胜仗也挨处分的事，毛泽东已有耳闻。

1935年11月初，中国工农红军西北革命军事委员会成立时，一开始没有委任黄克诚任何职务。此前，黄克诚在哈达铺因反对以严酷手段整顿纪律，被从红一军团第2纵队第10团政委降为第2纵队政治部军事裁判所所长。后来，所长的实权也没有了，他仅随部队行军打仗。11月30日，毛泽东专门找第2纵队司令员彭雪枫谈话，了解黄克诚的情况："我听说黄克诚带头反对整顿纪律，有没有这回事？"彭雪枫如实汇报了黄克诚的情况。毛泽东点点头说："黄克诚这个人，优点很突出，但缺点也突出，是个敢讲真话的人。"后来，毛泽东对黄克诚还作过这样的评价："上自中央，下到支部，有意见，他都要讲。他有些意见讲得不错。"这次谈话几天之后，黄克诚被任命为中革军委卫生部部长。后来，他又担任了八路军总政治部组织部部长。

1945年9月17日，毛泽东正在重庆与蒋介石谈判，看到了刘少奇由延安转发的电报，内容是新四军第3师师长黄克诚的《关于目前局势和战略方针的建议》。黄克诚建议中共中央调精兵10万到东北建

1936年，黄克诚（第三排右）在陕北与罗荣桓（第一排右）、邓小平（第二排左二）、杨尚昆（第三排左）、陆定一（第一排左）、李伯钊（第二排左一）等人合影

立大战略根据地，主要内容有：(1) 在与蒋介石和谈的同时，应集中精力准备决战。(2) 取得连成一片的大战略根据地，有利于进行长期斗争。因此，在军事部署上，建议尽量多派部队去东北，至少5万人，能去10万人为最好，并派有威望的军队领导人去主持工作，迅速创造东北总根据地，支援关内作战。(3) 关内以晋、绥、察三地区为第一战略根据地，以山东地区为第二战略根据地，集中主力，消灭敌人。其他各地区则作为这两大战略根据地之卫星，力求局部决战胜利。不可能时，即以游击战争长期周旋。(4) 为执行上述方针，建议从山东调3万至5万部队去东北，华中应调3万至6万部队去山东。

这是一份极有战略价值的电报。黄克诚与中共中央想到了一起，与毛泽东想到了一起！这份电报证明了黄克诚高瞻远瞩的战略思想，证明了他敢于建言的政治胆魄。通过这份电报，毛泽东彻底认识到黄克诚是一位具有政治智慧、战略眼光与军事领导才能的将领，十分欣喜。

9月19日，毛泽东欣然回电，表示"完全同意"。同一天，中共中央向全党发出题为《目前任务和战略部署》的指示电，明确提出了"向北发展，向南防御"的战略方针，并决定有计划地陆续向东北派遣军队。这个方针对于后来打败国民党反动派、解放全中国，有着十分重大的意义。

毫无疑问，黄克诚的建议对中共中央下决心派重兵进军东北起到了一定作用。从那个时候开始，对黄克诚发来的电报，毛泽东格外重视。

关于这个建议，刘少奇后来在同一位领导干部谈到黄克诚时也说：我们对黄克诚的认识比较迟，像他这样能以战略高度思考问题并向中共中央提出建议的高级干部太少了。新四军军长陈毅在接见挺进东北的第3师营以上干部时说："在进军东北这个重大问题上，你们的黄师长早就给党中央发了电报，建议派10万人出关，建立战略根据地。你们别看他眼睛近视，但那副近视眼镜可厉害了，是'千里眼'，看得远哩！"这话，后来被演绎成黄克诚是个"千里眼"、心里有架"望远镜"之类的说法。

黄克诚没有想到，进军东北的任务，会历史性地落在自己和新四军第3师肩上。

1945年9月28日，黄克诚和洪学智率领新四军第3师主力4个旅和3个特务团3.5万余人，浩浩荡荡地向东北挺进。11月25日，他们到达东北。第二天，锦州被国民党军占领。就在这一天，黄克诚给远在延安的毛泽东发去急电，着重报告了部队极为困难的情况，即有名的"七无"："部队行军五十多天，极疲劳……现遇到极为困难之情况，无党、无群众、无政权、无粮食、无经费、无医药、无衣服鞋袜等，部队士气受到极大影响。锦州、山海关西北地区土匪极多，少数人不能通行，战场极坏。而敌人已占锦州，将直到沈阳、长春。我提议：我军应暂不作战，进行短期休整，恢复疲劳，再进行作战，并以一部主力去占中小城市，建立乡村根据地，作长期斗争之准备。"

11月27日晨，黄克诚率部队向高桥、塔山一带开进。出发前，他又给中共中央军委发电，再次建议在东北建立根据地。

中共中央和中共中央军委对黄克诚反映的情况与建议很重视。12月22日，中共中央在致黄克诚的电报中说："关于建立根据地，你是有经验的。"

11月28日，毛泽东和中共中央军委复电黄克诚："直接向东北局请示和提出建议。"毛泽东同意尽快建立东北根据地。同日，毛泽东给中共中央东北局发来了题为《建立巩固的东北根据地》的著名电报，明确提出要把东北的工作重心放在距离国民党占领中心较远的城市和广大乡村，以便发动群众，建立巩固的根据地，逐步积蓄力量，准备将来反攻。毛泽东还详细阐明了建立根据地的方法。

大仗暂时不打了。看到自己关于建立东北根据地的建言被中共中央采纳，黄克诚十分欣慰。

也许正是黄克诚的战略眼光，以及他屡次挨批、遭降职却始终不改初心，让毛泽东认识到他是一个信念坚定的共产党人，他实事求是、敢讲真话的高贵品质，是我们党宝贵的精神财富。新中国成立前后，毛泽东在接管大城市、主政新政权、建设现代化军队等需要披荆斩棘式开创新局面的时候，接连三次亲自点将黄克诚，先是让他领导接管工业大城市天津，接着派他担任湖南首任省委书记，然后又调他到中共中央军委任副总参谋长兼总后勤部部长、政委，充分表现出对黄克诚政治品质与领导才能的信任和器重。黄克诚去湖南任职前，毛

1955年7月,毛泽东等党和国家领导人,与出席第一届全国人民代表大会第二次会议的代表合影,最后一排右四为黄克诚

泽东在北平香山召见了他,黄克诚这才第一次有了和毛泽东面对面交流的机会。

黄克诚敢讲真话的政治品质备受毛泽东欣赏,但在庐山会议上因为讲真话遭遇到最惨烈的一次罢官。

1959年7月16日,时任总参谋长的黄克诚接到中共中央急电,通知他立即到庐山参加会议。这次会议成了黄克诚一生命运的又一个转折点。

黄克诚后来在评论庐山会议时说:"庐山会议这不是一个人或几个人的悲剧,而是党的悲剧。从此,党内失去敢言之士,而迁就、迎奉之风日盛。"

按照常理，黄克诚蒙受了巨大的冤屈，庐山会议后18年罢官受审，黑锅背了21年，几经劫难，心里应该对毛泽东充满不满。但是，黄克诚是一位高瞻远瞩、务实求真的人，他看问题从来不会考虑自己，而总是从全局出发。尽管他清醒地意识到毛泽东不是神，但他不主张批判毛泽东，更不主张非毛化。毛泽东所犯错误，有深刻的政治与社会背景，不是他一个人的问题。毛泽东有错，但毛泽东思想依然是党的指导思想。粉碎"四人帮"以后，国家百废待举、百废待兴。这个时候，全国人民特别需要团结一致，只有毛泽东思想能把中国人民团结起来。毛泽东思想这面旗帜不能丢，如果丢掉这面旗帜，党和人民就没有指导思想了，人们的思想就乱了套，那就要成为一盘散沙。

黄克诚反反复复回想着自己参加革命以来，在毛泽东领导下中国革命取得的伟大胜利与建设成就，想到否毛、反毛的后果，心急如焚。他知道，当时，很多人对毛泽东充满怨气。他若站出来维护毛泽东与毛泽东思想的历史地位，必将遭到很多反对，甚至有可能被骂为"愚忠"，并再一次靠边站，导致"晚节不保"。可是，作为一个真正的共产党人，作为一个以敢言著称的领导干部，在这个关键时刻，他怎能不顾全大局挺身而出？"苟利国家生死以，岂因祸福避趋之"！

1980年11月14日，中央纪委贯彻《准则》第三次座谈会在

1981年，黄克诚在北京玉泉山

北京京西宾馆小礼堂召开，拟于 11 月 29 日结束。会议由王鹤寿主持，各省区市的纪委书记、中央各部委的纪检组组长共 1000 多人参加。会议传达并讨论了陈云关于党风关系党的生死存亡问题的讲话，中央纪委第三书记、已在党的十一届五中全会上当选为中共中央总书记的胡耀邦到会讲话。会议原本请黄克诚出席并讲话，但他因为身体没好利索请了病假，没去参加，也没准备到会讲话。尽管如此，他一直关注着会议的进程。

会议开到 11 月 22 日，黄克诚仍没有准备去参会。他继续着自己的独立思考，失眠得厉害，整晚整晚地睡不着觉，就干脆靠在床头想事情。往事越来越清晰地在他脑海中浮现。暗夜中，他再一次重新走过了自己革命的一生，也走过了毛泽东领导的中国革命与建设波澜壮阔的历史。黄克诚两眼漆黑，心里却燃起一团团火，火光越来越明亮。

连续三天三夜的思考之后，11 月 26 日早晨，黄克诚突然决定要去参加会议并讲话。他让丛树品给王鹤寿打电话。

丛树品大吃一惊："现在？"

"现在。"黄克诚说。

丛树品担忧地看着他："黄老，您这身体行吗？"

"行！不行也得行！"黄克诚语调铿锵。

丛树品知道他心意已定，就拨通了王鹤寿的电话。王鹤寿又惊又喜，立即通知会务组调整会议议程，安排上午由黄克诚讲话。

黄克诚对王鹤寿的答复十分满意。他简要地向丛树品讲述了自己要讲的内容，嘱咐他在自己讲话卡壳时提醒自己，然后特意整了整装束，出发去会场。

第五节　公开讲话，维护毛泽东的历史地位

黄克诚戴着墨镜，在丛树品搀扶下来到会场，向主席台上给他准备的座位走去。会场上挂着"中央纪委贯彻《关于党内政治生活若干准则》第三次座谈会"的横幅，台上台下坐满了人。但这些，他都看不见。

王鹤寿等主席台上的人立即站起来，鼓掌向他表达敬意。全场立即响起了掌声。

会场上，许多人认出了黄克诚，都震惊不已，低声议论着。会议开了10多天，黄克诚一直没露面，会议议程中也没有关于他的信息，他今天怎么到会了呢？莫非是有什么话要讲？但听说他的眼睛已经完全看不见了，连稿子都看不见，怎么讲话？

王鹤寿朝台下挥了挥手，待议论声稍微小了些，大声宣布："同志们，今天，我们中央纪委常务书记黄克诚同志来参加会议。现在，请他讲话！"

果然是黄克诚要讲话！会场下立刻安静下来。

黄克诚向前挪动了一下身子，伸手摸索着话筒，说起了开场白："同志们，我身体不好，联系干部和群众也很少，本来不准备讲话的。

但是，我是一个心里有话就要讲的人。现在，我有些要说的话，在今天的会议上向同志们讲一讲。我先讲讲对毛主席的态度问题。"

会场上刹那间一阵躁动。事先，谁也不知道黄克诚的讲话题目与内容，而对毛泽东的态度是当时最敏感的话题。怎样评价毛泽东的功过是非以及要不要继续坚持毛泽东思想，是中国进入改革开放新时期后遇到的最重大的政治问题之一，牵动着全党和全国亿万人民的心。从中央到地方，从高级领导干部到黎民百姓，都在关心这个问题。毛泽东又是超越国界、有重大国际影响的一代伟人，世界各国一直密切关注着中国对他的评价。这个问题的正确解决，直接关系着中国共产党和中国人民的命运，以及中国在世界的形象。与会者的神经都绷紧了，他们的脸上写满震惊、疑惑、好奇和兴奋。就连在主席台就座的领导，也都有些愕然。但是，大家都渴望听黄克诚到底怎么说，因为大家都知道，他是"左"倾错误的严重受害者之一，是在庐山会议上被打倒的第二号人物，受尽劫难，直到前不久才被彻底平反，他的话将最具代表性！他今天要讲什么？他要发泄对毛泽东的不满吗？他是彻底的"否毛派"吗？

"对毛主席的态度问题，我想了很久了，看起来与我们这次召开座谈会讨论的问题关系不大，但是我认为，对我们党和国家来说，这是一个根本问题。我是一名老共产党员，有责任讲一讲这个问题。我的这个讲话，有的同志听了可能不痛快，请他们谅解！"就在人们惊疑不定之际，黄克诚双手交握着，胳膊肘撑在桌面上，像打预防针似的说开了。

这几句话果然击中了与会者的心。大家都意识到，不管他讲什么，都会是一次振聋发聩的讲话，都会是洪钟大吕！

黄克诚的讲话，犹如开了闸门的洪水，一泻千里。

谁也没想到，黄克诚这一讲就讲了两个半小时，讲了毛泽东的丰功伟绩和晚年所犯错误，分析了他犯错误的原因，以及用正确态度评价毛泽东和毛泽东思想的重大现实意义与历史意义等内容，史实清晰，逻辑分明，公正大气。最不可思议的是，黄克诚双目失明，他的这个讲话没有稿子，也没有提纲，但从头到尾，两个多小时的长篇发言，没有"卡壳"，也没有"走火"，思路滔滔，完整周密，无懈可击。丛树品坐在他身后，原本准备随时提醒他，却自始至终没提醒一个字。会场鸦雀无声，好像掉一根针到地上都能听见声音。尽管黄克诚的湘音很重，很不好懂，大家还是全神贯注，屏住呼吸静听。有人上卫生间方便，都是猫着身子小跑着去、小跑着回，生怕漏听。一直在会务组作记录的李振墀，激动得满脸通红。他想，讲这个话的不应该是黄克诚，他受的迫害、遭的冤屈比别人都多啊！可是，除了黄克诚，又有谁有勇气、有胆魄在这个历史的关键时刻，站出来为毛泽东讲话！

在黄克诚的头脑中，毛泽东的历史地位早已确立。在几十年的革命生涯中，他认识到：毛泽东已不仅仅代表毛泽东本人，而是一个时代的象征；毛泽东思想是党、国家、军队和中华民族的灵魂。黄克诚的这个认识，在任何情况下都不会动摇。历史上，他以敢讲真话著称。当非毛、反毛倾向出现时，他挺身而出，在全党和全国人民面前表明一个老共产党员的坚定态度，正是众之所盼。黄克诚在讲话的最后，以诚恳而又谦和的态度说："我这个讲话就到这里。我的话可能对某些同志是逆耳之言。请同志们对于一个有几十年生活经历的老年人的这个讲话给予考虑，想想是否有几分道理。"

黄克诚的讲话一落音，会场上立即响起经久不息的热烈掌声。当他起身，在丛树品搀扶下缓缓向主席台一侧走下去时，全场起立的起立、鼓掌的鼓掌，都向他行注目礼，目送他离开会场，场面甚是热烈。

大多数与会者为黄克诚坦荡的胸怀所折服，也为他如此大公无私、顾全大局，毫不计较个人恩怨，置党、国家和人民的利益高于一切的精神所感动。有人甚至满含热泪地说："共产党的良心啊！有良心的共产党人啊！"；还有人认为，他的这个讲话是全党和全国人民急需听到的金玉良言。当然，也有人表示不满："黄瞎子老糊涂了，挨那么多整，几乎丢了老命，还在为毛泽东呐喊！"有人疑惑："这个黄克诚一向是右的，在毛主席的问题上怎么又'左'起来了？"

1980年11月28日上午，黄克诚又在会上讲了党风问题、思想僵化问题和经济问题。他仿佛也被自己的讲话激发起顽强的意志，双目失明的事情已经完全无所谓了。

年关将近时，黄克诚回到了南池子家中。

黄克诚关于对毛泽东态度问题的讲话，中央纪委指定专人根据录音进行了整理。整理出来后，黄克诚逐字逐句地听了几遍，反复斟酌全文。1981年2月4日，经胡耀邦批准，中央纪委刊物《党风与党纪》第2期刊登了讲话全文。各级党组织先后在内部对这一讲话进行了传达。

《人民日报》拿到黄克诚在1980年11月26、28日讲话的全文后，根据胡耀邦的批示，加上按语和标题，于1981年2月28日公开发表。但《人民日报》删去了评价毛泽东的内容，理由是：党的领导层正在讨论这个问题，不要急于作结论；如果这时发表黄克诚评价毛泽东的讲话，就抢在了中央作结论之前，会打乱中央的部署。

黄克诚思来想去，决定派李振墀找总政治部副主任华楠，把关于对毛泽东态度问题的讲话原文送到他手中，说明全稿共三个部分，第二、第三部分，《人民日报》已经发表了，第一部分是关于评价毛泽东的，他们没有发表，请华楠看看是否可以在《解放军报》发表。

还在1961年，华楠40岁的时候，就被委以《解放军报》党委书记、总编辑的重任。"文化大革命"开始后,他受到林彪、江青两个反革命集团的交替打击,险些被整垮。1972年年底,华楠重新工作。1976年粉碎"四人帮"后,华楠继续在《解放军报》工作,担任党委书记、社长。1980年1月,他被任命为总政治部副主任。作为在军队长期从事政治宣传工作的领导干部,华楠对黄克诚的品德、作风非常了解,也非常钦佩。他已经听说黄克诚关于评价毛泽东和毛泽东思想的讲话是如何精彩,但不知具体内容。他把讲话稿仔细看了一遍,激动得大声叫好:"这是一篇内容翔实,感情真切,站得高,看得远,说服力很强,又特别符合小平同志讲话精神的好文章。讲的正是当前政治生活中最重要的问题之一,也是广大党员干部和人民群众急需听到的声音啊!"

华楠为屡遭打击和迫害的黄克诚能说出这样顾全大局的话而感动。他立刻向总政治部主任韦国清和副主任梁必业作了汇报,并征求了《解放军报》主要领导的意见。他们一致认为这是难得的好文章,同意在军报上发表。

华楠将此情况报告了黄克诚。黄克诚说:"谢谢你们!这个问题关系重大,请你们报告小平同志批准后再发表。"1981年3月27日,韦国清、梁必业和华楠向邓小平汇报全军学习贯彻1980年12月召开的中央工作会议精神情况时,将黄克诚关于评价毛泽东和毛泽东思想的讲话稿呈报给他。邓小平看后同意发表,并指示胡乔木:"这篇东西,我看是讲得很好的。请你帮他看一下,争取按时发表。"胡乔木在毛泽东身边工作了25年。他才思敏捷,文笔犀利,善写政论文,是"中共中央第一支笔"。根据邓小平的指示,胡乔木对黄克诚的讲话进行了认真审读,字斟句酌,对文字作了个别修改,加上了总标题和小标题,并且增加了一段关于西安事变的话。

华楠拿到胡乔木修改的讲话稿后,为了慎重起见,来到南池子黄克诚家里，又一次征求黄克诚的意见。

黄克诚听完修改部分后，颇为满意地说："可以了，但修改稿中把称谓'毛主席'都改称'毛泽东同志'，我不习惯，从感情上过不去，还是称'毛主席'好！"华楠接受了他的意见，将"毛泽东同志"改回"毛主席"。

1981年4月10日，《解放军报》以《关于对毛主席评价和对毛泽东思想的态度问题》为题，发表了黄克诚的这篇讲话，全文如下：

如何认识和评价毛主席、如何对待毛泽东思想，对我们党和国家来说，是一个根本的问题。邓小平同志曾经代表中央就这个问题表示过原则的意见。小平同志多次讲，在我们党和国家的历史上，毛主席的功绩是第一位的，他的错误是第二位的。小平同志还说过，毛主席"多次从危机中把党和国家挽救过来。没有毛主席，至少我们中国人民还要在黑暗中摸索更长的时间"。在谈到他晚年的错误时，小平同志说，不能把过去的错误都算成是毛主席一个人的，我们这些老一辈的人也是有责任的。我们今后还要继续坚持毛泽东思想。小平同志的这些原则意见是代表中央讲的，我完全赞成。我认为，所有的共产党员都应该本着这些精神去考虑对毛主席的评价和对待毛泽东思想的态度问题。

前一段时间，曾经有些同志对这两个问题的态度比较偏激，个别人甚至放肆地诋毁毛泽东思想，丑化毛泽东同志。这种态度使我很忧虑。作为一个老共产党员，对这个问题，我有责任讲讲自己的看法。为了有助于理解小平同志讲述的那些原则，我想先讲点历史。

在创建红军时期，毛主席为党和人民建立了不朽功勋

在陈独秀右倾机会主义时期，湖南农民起来革命。当时党中央的多数领导人和中层以上社会的舆论都反对湖南农民运动，像去湖南解决农民问题的谭平山等人就讲农民运动过火了，陈独秀也这样讲。只有少数人能够坚持革命立场，支持农民运动，并且只有毛主席经过实地调查写了一篇《湖南农民运动考察报告》，热情地赞扬湖南农民运动，把对农民运动的态度问题提到原则的高度，驳斥了各种非议。这就使很多革命的共产党员对这个重大关键问题，在思想上武装起来了。这篇文章在当时的作用确是了不起的。

大革命失败以后，在"八·七"会议上，党中央提出武装反抗国民党反动派、实行土地革命的总方针，并决定在湘、鄂、粤、赣四省搞武装暴动。毛主席被派到湖南，在浏阳、平江一带发动秋收暴动，原来准备进攻长沙。暴动时来了原武汉国民政府的一个警卫团，团长是我们党的一个很好的同志卢德铭。他带着队伍辗转到达修水一带，与毛主席取得了联系。罗荣桓同志等在崇阳、通城等地领导农民暴动，也组织了小小的队伍。此外，还有平江、浏阳的农民义勇军，萍乡、安源的工人自卫队和醴陵的起义农民等。毛主席将这些队伍收集起来，组织了平江、浏阳、醴陵的秋收起义，但是进攻长沙的计划未能实现。毛主席看到平、浏地区离长沙太近，大的部队在这里难以长期立足，便决定放弃占领中心城市的方针，向井冈山进军。这是一个伟大的战略决策。

在著名的三湾改编中，毛主席在部队中建立了党的各级组织。到了井冈山以后，他就提出了纲领，着手建立罗霄山脉中段革命政权，将红旗在井冈山打起来。秋收暴动中，湖北黄麻、江西、湘鄂西以及其他很多地方都有暴动。但由于经验不足，多数被敌人镇压下去了，有些地方把武器埋了。公开打着红旗坚持下来没有垮的，主要的是毛主席领导的这一部分和方志敏同志在赣东北领导的一小部分武装力量。

井冈山的红旗不倒，代表了中国革命的方向和希望，关系重大。大家看到还有一支武装力量能够站住脚，这就使许多共产党员在大革命失败后极端险恶的情况下，受到了很大鼓舞，增强了革命的信心。那些把武器埋起来的地方又把武器取出来再干。

周恩来、贺龙、叶挺、朱德、刘伯承等同志领导的八一南昌起义，是我们党独立领导革命战争的开始，意义是非常重大的。参加南昌暴动的有三万多人，后来在汤坑、三河坝等地打了败仗，队伍几乎打光了。朱德同志和陈毅同志收集了余下的官兵八九百人，改编为一个团，以后又搞了湘南暴动，扩大了武装，比毛主席领导的兵力多。但是如果没有毛主席的这面红旗在井冈山，没有毛主席正确的政治路线、军事路线，朱德、陈毅同志所领导的队伍要坚持下来也是很困难的。彭德怀、滕代远、黄公略等同志英勇地领导了平江暴动，暴动以后奉命留下黄公略和几个同志带着少数武装坚持平江、浏阳斗争，彭德怀和滕代远同志带着主要的部队也上了井冈山。他们把毛主席建立革命政权、建立根据地、建党、建军等等一套东西学到后，又回到平江、浏阳一带，发展了湘鄂赣根据地。张太雷、苏兆征、叶挺、叶剑英等同志领导的广州暴动失败后，由袁国平、叶镛、陆更夫等同志把剩下的部队带到海陆丰去了。这是一支很硬的部队，保存了党的组织，有很多共产党员，大部分是有知识、有文化的学生，政治素质、军事技术都很好，比毛主席和朱德同志的那两支队伍基础都好。领导海陆丰斗争的彭湃同志，是一个很优秀的同志，海陆丰建立了苏维埃政权，是一个很好的根据地，群众基础非常之好。但是，由于没有一条正确的军事、政治路线，加上受到党内一些悲观情绪的影响，把外地人员从苏维埃根据地遣散回家，结果这样硬的部队，这样好的政权都失败了。为什么毛主席领导的队伍比南昌暴动、广州暴动的力量都小，也经历过曲折，受过损失，却能首先在井冈山独立生存下来呢？这是因为，在大革命失败后的紧要关头，对于红军、红色政权能不能存在和发展，怎样才能存在和发展这些关键问题，只有毛主席在理论上和实践上正确地解决了。鄂豫皖、湘鄂西等地的红军后来有很大的发展，也是和井冈山红旗的影响分不开的。

中国丢掉毛泽东思想会碰得头破血流

毛主席当时在政治上、军事上创造了一套路线、方针和政策，现在看来似乎很简单，但那时大家都没有经验，能搞出这么一套正确的东西就非常困难呀！那时的党中央，包括六大以前和六大以后，就没能搞出这一套。毛主席当时比我们确是要高明好多倍。我再举个小例子。我到井冈山后，毛主席提出军队不能发饷了，要搞供给制。我当时想：这个办法行得通吗？对于有觉悟的共产党员来说，这样做不成问题，但很多战士不发饷怎么行呢？当兵的发饷、当官的发薪，是一切旧军队的惯例。北伐时的国民革命军也是这样，当个少校每月就有一百几十块大洋。现在一下子变过来，队伍能带下去吗？我有些怀疑。可是后来，这个办法居然行通了。只要干部带头，官兵一致，就行得通。井冈山开始时期，队伍比较小，打土豪打得比较多，每个人一个月还可以发三块钱。一两个月以后土豪打得差不多了，钱来得少了，就每人每月发一块钱，以后发五毛。后来连五毛也发不起了，每个人一天只发五分钱的伙食钱，包括油、盐、酱、醋在内。在这样艰难的情况下，部队不仅没有散掉，反而越打越强，成为一支新型的人民军队。这样做是不容易的，别人是提不出来的。

总之，在大革命失败以后这个最危险的历史转折关头，毛主席为我们党和我国人民建立了不朽的功勋。很明显，没有他的艰苦卓绝和富有远见的奋斗，没有他所领导树立的井冈山这面红旗，很难设想中国革命将会是什么样子。毛主席在这个时期的历史功绩谁能比得了呢？哪个有这样大的贡献呢？

如果有人硬要说任何别人比毛主席更高明、功劳更大，那就只能是对历史开玩笑！

红军能够粉碎敌人的第一、二、三次"围剿"，首先是由于毛主席的正确决策

1929年2月，在上海的党中央，曾经指示朱德、毛主席离开部队到上海去，要部队以连、排为单位全部分散，减小目标。这时正处在革命低潮。毛主席答复党中央说：我们离开不得，离开了，部队就会散掉；如果一定要我们离开，那就请派恽代英、刘伯承同志来代理我们的工作。后来，军阀

战争很快爆发，形势就变了。毛主席的"风云突变，军阀重开战……"那首词，就是这时写的。在这关键时刻，如果不是毛主席坚持正确主张，部队会落到什么结局就很难说了。

1929年，红军主力在闽西，这时党内发生过一次关于一些重大原则问题的争论。这次争论我没有参加，但罗荣桓同志、陈毅同志曾经同我详细谈过。那时争论很激烈，争论的结果，多数人不赞同毛主席的意见。他的前委书记当不成了，只好休息养病。后来红军的战斗行动很不顺利，于是又去请毛主席出来，召开了红四军党的第九次代表大会，通过了毛主席起草的古田会议决议，其中主要部分就是《毛泽东选集》中的《关于纠正党内的错误思想》那篇文章。这个决议解决了党内思想上、路线上的许多关键问题。毛主席在我们党和军队生死攸关的问题上作出的正确决策，对我党我军的建设起了伟大的作用。有的人现在说古田会议好像不是毛主席领导的，这不是历史事实。一说毛主席有错误，就好像什么正确的事情都不是他干的，错误的事情就都归他，这怎么行呢！

1930年，立三路线来了，想集中红军的主力夺取武汉。那时，红军形势很好，在江西占领了十几个县，赣西整个地区都被红军控制了。许多同志主张先打开南昌，再打武汉。在这急需作出重大决策的时刻，毛主席敏锐地看出了形势变化的苗头。他判断军阀战争很快就要停了，蒋介石会集中兵力来对付红军。这个问题当时只有他看出来了。他就通过周以果同志向红三军团做说服工作，不要冒险打南昌，部队要迅速东过赣江回到老根据地，当敌人进攻时再消灭他。经过一个多月的争论，才把红三军团的领导同志说服，将部队撤回老根据地。那时，我们的侦察工作很差，毛主席就是通过看报纸，分析出国民党要向我们大举进攻。这又是一个关键性的决策。红军能够粉碎敌人的第一、二、三次"围剿"，首先就因为有了这个正确决策。如果当时不回到苏区，而在敌占区同敌人作战，那么情况怎么样就很难说，很可能要受严重损失。

1931年，江西红军根据毛主席提出的"诱敌深入"的方针，粉碎蒋介石的第一次"围剿"以后，党中央派项英等同志来到苏区，组成中央局，下面建立了军事委员会。项英同志当了中央局的书记兼军事委员会主席，撤销了以毛主席为书记的一方面军总前委。紧接着敌人的第二次"围剿"就来了，蒋介石采取"步步为营"的方法，筑堡前进。项英等同志没有什么作战经验，他们主张跑，要离开苏区，把红军带走。开始，只有毛主席一个人反对项英等同志的逃跑主义，反对离开苏区，主张就地打仗。争论了大约有一个多月，后来得到较多的人支持，但也没有做出什么结论。可是敌人已经进到了江西的富田和东固之间的大山上，修起了堡垒，情况非常紧急。毛主席就果断地下令出击，一下子把敌人的几个师消灭掉了。他的《渔家傲》词里面说："七百里驱十五日，赣水苍茫闽山碧，横扫千军如卷席"，就是写的当时的情况。如果实行项英等同志的办法，那就糟糕了，根据地就会丢掉，红军就会陷入困境。在这个关键时刻，毛主席的决策又比别人高明，这是明摆着的历史事实。这段历史他自己没有讲过，别的人也没有讲，所以，现在很多同志都不知道。到第三次反"围剿"时没有争论了，完全听毛主席的。因为经过前两次反"围剿"，他的威信大大提高了。

排斥了毛主席的领导，革命就受到重大损失

1931年，粉碎第三次"围剿"后，"九·一八"事变发生了。党中央的多数同志从上海到了中央苏区，组成了中央局，领导整个中央苏区的斗争。这时形势非常好。一方面，三次"围剿"被粉碎后，毛主席把红军的主要力量用来进行巩固根据地的斗争，在两三个月时间里打了许多土围子，把根据地中的白色据点绝大部分拔掉了，中央苏区形势非常好。另一方面，因为1932年"一·二八"上海战争爆发，蒋介石既要对付日本人，又要对付他自己内部的各派力量，处在内外交困的情况下。可惜，当时我们党内又发生了争论。毛主席提出的战略方针是：红军除留一部分在苏区外，主力应同赣东北的红军打通联系，发展闽、浙、赣地区，口号是支持国民党十九路军抗战。但是，上海临时中央和中央局的同志都不同意他的这个正确意见。由于王明的"左"倾路线在党中央占统治地位，毛主席又被排挤，但他的军事思想和战略方针在红军中已有深刻影响。在周恩来同志、朱德同志指挥下，红军取得了第四次反"围剿"的胜利。1933年，以博古为书记的临时中央也来到中央苏区。此后，共产国际又派李德来到中央苏区指挥军队。这时，王明的"左"倾机会主义路线在红军中取得了完全的统治。他们改变了毛主席的正确领导方针和正确的军事指挥原则，结果是把整个中央苏区都丢掉了。中央红军被迫长征，出发时有八万多人，过草地时就剩了两万人，到陕北时只剩下几千人。留在中央苏区的几万武装，最后只剩下陈毅、项英等同志带的很少一些人。同志们可以看到，在毛主席的领导下，我们创建了那样大的苏区，他一

离开领导，革命就受到这样大的损失。毛主席在1932年受排挤以后，几年当中只能搞点调查研究，看看书，写写字，填填词，名义上当个苏维埃主席。用他自己的话说，叫做"毫无发言权"。《大柏地》、《会昌》这些词就是这时候写的。

毛主席在危机中挽救了革命，领导中国革命从胜利走向胜利

长征开始了。在广西作战红军遭受重大损失后，大概是在贵州的黎平会议前后，毛主席开始向党中央一些同志提出要考虑我们党的领导和军事方针问题。在遵义会议上，他的决策又是非常英明的。遵义会议的情况，我是在三军团听毛主席亲自来传达的，当时听了以后感到很不满足。因为遵义会议虽然对中央领导进行了改组，确立了毛主席在中央的领导地位，但是担任总书记的是张闻天（洛甫）同志；会议只批判了军事路线的错误，没有批判政治路线的错误。那时我觉得这样做还不够，经过半年多实践，才放弃原来的看法，才懂得当时不谈政治路线，只谈军事上的指挥错误，受批判的同志就不多，有利于团结。当时只是解除了博古的总书记职务和李德的军事指挥权，中央政治局的其他同志仍保留在领导岗位上，博古同志也保留在政治局内。特别到了同张国焘作斗争的时候，我更加认识到毛主席这个决策的无比正确。假如在遵义会议上提出政治路线问题，受批判的领导同志就多了，会对革命事业不利。而军事斗争是当时决定革命生死存亡的关键问题，红军的处境又非常危险。毛主席这样决策，既可以集中精力考虑军事上的问题，又维护了党的团结。这样，后来同张国焘的军阀主义、逃跑主义、分裂主义

斗争时，政治局基本上做到了团结一致。

同张国焘的斗争是又一个关系中国革命生死存亡的重大问题。一、四方面军在川西北懋功会合时，四方面军有八万多人。张国焘自以为人多枪多，想强迫党中央按他的路线干，甚至要谋害毛主席和张闻天、周恩来等同志。如果不是毛主席坚决反对张国焘的逃跑主义，果断地带着一、三军团等部队北上，到达陕北，而是按张国焘那条路线，往西康地区去，那么红军就有全军覆没的危险。在张国焘的那条路线下，四方面军八万人加上一方面军的一部分，在西康地区苦战一年多，人员减到三万。由于朱德、任弼时、贺龙、徐向前等同志以及四方面军许多同志的共同斗争，张国焘被迫同意北上。北上途中，他又主张西征，结果又损失了两万人。最后，四方面军仅剩万把人到陕北。

1936年底西安事变，成功地实现了和平解决的方针，为建立第二次国共合作的抗日民族统一战线奠定了基础。这是以毛主席为首的党中央的一个具有历史意义的英明决策。

抗战时期与国民党搞统一战线，共产国际和我们党中央的观点是不一样的，他们让我们"一切经过统一战线，一切服从统一战线"。毛主席反对这样做，但是没有批评共产国际，只批评了王明。这样既保持了同共产国际的团结，又坚持了我们独立自主的统一战线政策。这个时期中，他对如何开展独立自主的游击战，如何深入敌后、开辟抗日根据地等问题，都有一系列决策。在毛主席的正确路线领导下，我们党和军队大大发展起来。项英等同志不执行毛主席让他们挺进敌后的指示，1941年，在党中央严厉督促下率部队北移时，又擅自改变党中央规定的渡江北上的路线，招致了皖南事变的惨痛失败。相反，陈毅同志执行了毛主席的指示，于1938年四五月间就率领新四军一部东进江南敌后，随后又渡江北上，队伍迅速发展壮大起来。

抗日战争结束以后，斯大林曾让我们党交出武装力量，改编为国防军，和国民党搞联合政府，以换取我党的"合法"地位。但毛主席尽管去了重庆，仍然坚持"针锋相对""一条枪也不交"的方针。毛主席不但以正确的战略战术原则指导了解放战争，而且亲自指挥了所有的重大决战，仅用了不到四年的时间就消灭了国民党反动派的八百万军队，解放了祖国大陆，建立了中华人民共和国。

全国解放初期，搞土改、抗美援朝、实现三大改造，搞社会主义革命和建设等等，毛主席领导我们党所作出的决策，都是英明、正确的。这些情况同志们都清楚，我就不详细讲了。

毛主席对中国革命的贡献，远远不止我讲的这些。我讲这些历史，只是想比较具体地说明：小平同志讲的"没有毛主席，至少我们中国人民还要在黑暗中摸索更长的时间"，绝不是溢美之词，而是对历史公正的科学的论断。这样讲，并不是把毛主席捧为救世主，也不是抹杀其他革命者的功劳。毛主席作为我们党和国家的主要缔造者，多次在危机中挽救了革命，这是我们党内任何其他人都不能比拟的。

要从十亿人民的根本利益出发，以正确的态度来评价毛主席

毛主席在晚年有缺点，有错误，甚至有某些严重错误。现在我们党纠正这些错误，总结我们建立全国政权以来的经

验教训，当然是必要的，但我们应当有一个正确的态度。记得1956年苏共二十大以后，赫鲁晓夫那个秘密报告送到党中央。在中央讨论《论无产阶级专政的历史经验》那篇文章时，毛主席给我们念了一首杜甫的诗："王杨卢骆当时体，轻薄为文哂未休。尔曹身与名俱灭，不废江河万古流。"这首诗的意思是：王勃等人的文章是他们那个时代的体裁，现在一些人轻薄地批判耻笑他们，将来你们这些人身死名灭之后，王、杨、卢、骆的文章，却会像万古不废的江河永远流传下去。我想，这首诗今天仍值得我们借鉴，使我们注意不要以轻薄的态度来评论毛主席。

我个人认为，毛主席后期的错误主要有两条。一条是在建立了社会主义政权、完成了社会主义的三大改造之后，没有及时地、明确地把工作的重点转到社会主义建设上来，并且在社会主义革命和建设的具体指导上犯了贪多图快的急性病错误。另一条是他混淆了两类不同性质的矛盾，把许多人民内部的矛盾当作敌我矛盾，把阶级斗争绝对化、扩大化，并且用对待敌人的办法来处理党内矛盾，以致被坏人钻了空子，导致了"文化大革命"的十年浩劫。这些后果是尽人皆知的，我就不多说了。当然，如果细算起来，可能还有许多别的错误，但那些错误基本上是从这两条错误派生出来的。

如果把建国以来我们党所曾犯的错误都算在毛主席身上，让他一个人承担责任，这样做不符合历史事实。小平同志讲得对，包括他自己在内，我们这些老同志对许多错误都是有责任的。有一个同志问我："不让毛主席一个人承担错误的责任，你承担不承担？"我说："我也要承担一些责任，但对搞'文化大革命'我不能承担责任，因为那时我已不参加中央的工作，没有发言权了。"我认为，凡是我有发言权的时候，我没有发表意见反对错误的决定，那么事后我就不能推卸对错误的责任。比如反右派斗争是必要的，但是扩大化了，错整了很多人，就不能只由毛主席一个人负责。我那时是中央书记处成员之一，把有些人划为右派，讨论时未加仔细考虑就仓促通过了。自己做错的事情怎么能都推到毛主席身上呢？"大跃进"中，许多同志作风浮夸，把事实歪曲到惊人的程度，使错误发展到严重的地步，也是有责任的。在中央来说，只要是开中央全会举手通过决议的事情，如果错了，中央都应该来承担责任。当然，毛主席作为中央主席要负领导的责任。过去解放全中国、建设新中国，我们这些老共产党员都尽了一份责任，功劳大家有份。现在如果把错误都算到一个人身上，好像我们没有份，这是不公平的。我们大家来分担应该分担的责任，那才符合历史事实，符合唯物主义。毛主席去世了，革命事业还要我们这些活着的人来干。我们多从自己方面总结经验教训，只会有利于我们更好地为人民工作。

照我的看法，毛主席晚年犯错误，原因很多，有深刻的历史原因与社会原因。在我们这样一个贫穷落后、人口众多的大国搞社会主义，又没有经验，实在是一件艰巨的事业。直到今天，在我们面前还有很多未被认识的问题，我们仍在不断摸索，也还会犯这样那样的错误。这个问题我不多讲。我只想简单地谈一下毛主席犯错误的个人方面的原因以及我们应该采取的态度。毛主席在晚年不谨慎了，接触实际、接触群众少了，民主作风差了等等，这些都是他犯错误的原因，也是我们全党所必须引以为戒的教训。还有一点同志们要知道，毛主席为人民事业是紧张操心了一辈子的。从大革命失败以后，他就苦心焦虑，经常昼夜不眠地考虑问题。1958年我同他接触时，就感到他脑子已经紧张过度了。脑子紧张过度了，就容易出差错。我现在就有这个体会，脑子一紧张，说话就缺少分寸了。毛主席晚年的雄心壮志仍然非常之大，想在自己这一生中把本来要几百年才能办到的事情，在几年、几十年之内办到，结果就出了一些乱子。尽管这些乱子给我们党和人民带来了不幸和创伤，但从他的本意来讲，还是想把人民的事情办好，把革命事业推向前进。他为了这个理想操劳了一辈子。毛主席所犯的错误是一个伟大革命家的错误。因此，我们在纠正他所犯的错误，总结经验时，还是应该抱着爱护、尊敬的心情来谅解他老人家。

有些同志对毛主席说了许多极端的话，有的人甚至把他说得一无是处。我认为这是不对的，这样做不但根本违反事实，而且对我们的党和人民都非常不利。有些同志，特别是那些受过打击、迫害的同志有些愤激情绪是可以理解的。大家知道，在毛主席晚年，我也吃了些苦头。但我觉得，对于这样关系重大的问题，决不能感情用事，意气用事。我们只能从整个党和国家的根本利害、从十亿人民的根本利害出发，从怎样做才有利于我们的子孙后代、有利于社会主义革命事业出发来考虑问题。多少年来，举世公认毛主席是我们党和国家的领袖，是中国革命的象征，这是合乎实际的。丑化、歪曲毛主席，只能丑化、歪曲我们的党，丑化、歪曲我们的社会主义祖国。那样做，会危害党和国家的根本利益，危害十亿人民的根本利益。现在国内外的敌对力量都希望我们彻底否定毛主席，以便把我国人民的思想搞乱，把我们国家引向资本主义。我国人民内部也有些人受了西方个人主义、自由主义思想的影响，和那些人唱同样的调子，这是很值得警惕的。

近代中国的历史证明，只有马列主义、毛泽东思想才能救中国

毛主席逝世了，给我们留下了宝贵的财富，也留下了一些消极因素。他的消极因素是暂时起作用的东西，经过我们的工作是可以克服的，而且我们正在很有成效地加以克服。但是他留下的最宝贵的财富即毛泽东思想，却将长期指导我们的行动。现在有些人要丢掉毛泽东思想这面旗帜，甚至把毛主席的正确的思想、言论也拿来批判。我认为这样做是要把中国引上危险的道路，是要吃亏的，是会碰得头破血流的。

比方说，现在有人在批判毛主席的《在延安文艺座谈会上的讲话》。这篇讲话的根本思想是提出文艺要为工农兵服务，要起到团结人民、教育人民的作用，这与我们现在讲的文艺为人民服务、为社会主义服务在实质上是一个意思。怎么能把这两个提法对立起来呢？离开了工农兵还谈得上什么人民呢？文艺不起团结人民、教育人民的作用，又怎么为社会主义服务呢？文艺界这几年出现了一大批好作品，对革命事业起了很好的作用。但也确有少数人打着思想解放的幌子，否定毛主席提出的文艺方针。这些人不愿为占我国人口80%的农民服务，不愿为广大的工人服务，也不为勤勉工作的广大知识分子服务，不为四化服务，而对中国香港、日本、美国的一些不大高明，甚至趣味低级的货色倾心向往。我国正处于艰难地开创新路、建设四化的阶段，国家对外开放，向人民介绍外国，学人家的长处，应多介绍这些国家创

业时期人民艰苦斗争的情况，多介绍世界上科学家献身事业、造福人类的事迹和精神。要注意现在有些青年人有一种只追求西方的生活方式和物质享受，甚至迷恋一些连资本主义国家人民也认为腐朽无聊的东西的倾向。文艺创作和外国文艺作品的介绍拿什么样的精神食粮给中国人民？拿什么来培养我们的青年和少年？这是我们必须认真考虑的。

我们要设想一下，如果丢掉毛泽东思想，拿什么东西来代替呢？毛泽东思想不是偶然发生的，它是几亿人民在几十年革命斗争中的产物。在我们中国的历史上，占统治地位长达二千年之久的是孔夫子的思想。这个思想经过我国民主革命后六十多年时间，现在已经起不了多少作用了。另一种思想就是孙中山先生的思想。孙中山是一个伟大的民主革命先行者，他提出的三民主义，对中国民主革命起过积极的作用。很多老一代的人包括我本人在内，在青年时代都信仰过三民主义。但是，同马列主义、毛泽东思想相比，那是不能同日而语的。近代中国的历史证明，只有马列主义、毛泽东思想才能救中国。我们中国共产党人，从建党起就是用马列主义的旗帜来号召、团结、组织中国人民起来斗争的。毛主席根据马列主义的基本原理领导并总结了中国革命的实践，写了一系列的著作，在中国革命的斗争中形成了毛泽东思想，成为我们中国共产党人和全国人民的精神武器。毛泽东思想是我们千百万共产党员和亿万革命群众用血汗凝成的宝贵财富，我们都感到她对于我们更亲切，更行之有效。我们这样大的一个党，这样一个十亿人口的大国，总要有个思想武器作指导。有些人要丢掉我们自己的宝贵财富，难道要请孔夫子、请三民主义回来？那是过去的历史已经证明过了时和行不通的！如果既不请孔夫子，又不请三民主义，那是不是要把西方资本主义的那一套搞来呢？我看是绝对不行的！我完全不是一个闭关主义者，我们要学习外国先进的东西，比如科学技术、企业管理的科学方法等等。但是在社会科学方面，我们就绝不能搬资本主义的那一套。资产阶级的意识形态是为资本主义私有制服务的，不可能为我们社会主义公有制服务。现在有些人就是崇拜资本主义那一套。西方国家的生活水平是比我们高，但资本主义已经搞了几百年了，而我们才搞了三十年的社会主义。如果我们少犯些错误，情况还会好得多。不要把西方都讲得那么漂亮，那里黑暗的东西多得很！据美国报刊报道，美国黑手党的"生产"，1979年收入为一千五百亿美元，纯利润就有五百亿，仅次于石油企业的产值。那是些什么玩艺呢？就是搞各种毒品，搞赌博、卖淫那些乌七八糟的东西。如果我们的国家也搞成这个样子，怎么得了呢？难道这就叫文明，就叫幸福？丢掉毛泽东思想，造成党和人民的思想混乱，我们的社会主义国家就可能变质，子孙后代就会受罪。不能不看到这个危险！

有的同志说，只提马列主义就行了。持这种意见的同志忽略了这样一个事实，即毛泽东思想是马列主义的基本原理同中国革命的具体实践相结合的产物，是在中国革命实践中发展了的马列主义，有中国的特点，有自己独特的内容。我们中国共产党人曾经在马列主义、毛泽东思想的旗帜下为人民作出过伟大的贡献，锻炼出我们党自己的风格。今天，我们要团结人民、战胜困难、聚精会神、同心同德地搞四化，还要靠毛泽东思想。比如，要纠正党内不正之风，就要靠毛主席长期倡导的理论联系实际、密切联系群众、批评自我批评以及艰苦奋斗等一系列优良传统作风。不能因为我们今天执政,当了"官",就丢掉这个宝贵的传统,贪图享受,吃喝玩乐,看一些乌七八糟的电影。这不是生活小事。这样的歪风邪气不制止,我们就会脱离群众,就会腐败下去!

毛泽东思想的基本原理,是我们党和国家的指导思想,这是写在我们党章和《关于党内政治生活的若干准则》上的,是中央一再申明的重大原则。否定和诋毁毛泽东思想的行为,是违反党章党纪的行为。我们这些老共产党员,一切真正为人民的事业而奋斗的共产党员,要同诋毁毛泽东思想、丑化毛主席形象的现象做斗争,以维护党和人民的根本利益。

现在全世界很多国家存在着"信仰危机",很多青年人都感到思想没有出路,没有精神依托。我们中国共产党人在长期的斗争中树立了自己崇高的理想和信仰,并以此团结教育了广大人民群众,我们不能毁掉自己的信仰。当然,我不是说毛主席的每一句话都正确,他的某些话是讲错了或是过时了,但毛泽东思想的精髓和基本原则却将永远是我们中国共产党人和革命人民的精神武器,指导我们不断将革命推向前进。毛泽东思想作为一个科学体系,有一个不断丰富和发展的过程。我们不应苛求前人,只能通过我们后人的斗争实践弥补前人的不足,不断丰富和发展毛泽东思想,在这面光辉的旗帜上写下新的篇章。

第二天,对于这篇讲话,新华社发了通稿,《人民日报》及全国各大报纸都予以转载。广大党员和群众争相阅读黄克诚的讲话,许多单位组织学习,引起极大反响。

第六节　良心讲话引起社会极大反响

　　对于黄克诚的这篇讲话，有人赞叹，有人感动；也有人反对，有人谩骂。

　　讲话发表后，中央纪委和黄克诚处收到无数读者来信，也接到无数读者打来的电话，其中不少是基层干部的。南池子黄克诚家里，电话铃声也是此起彼伏，热闹非凡。

　　丛树品时常一边接电话一边作记录。黄克诚就坐在沙发上，聚精会神地听电话内容。

　　一天晌午过后，唐棣华见黄克诚还没到院子里散步，就走进书房，准备喊他去散步，正碰上电话铃响。丛树品接了电话，对方声音太大，震得他把话筒拿得离耳朵好远。这个人嚷着一定要黄克诚接电话。黄克诚听见了，示意丛树品让他来接。丛树品怔了一下，把电话机提到黄克诚旁边，塞给他话筒。

　　黄克诚对着话筒热情地说："我是黄克诚。"

　　电话里传来一个激动的声音："黄老，我是一个基层干部，找了好多人才打听到您家里的电话。不跟您本人通上话，我不甘心哪！黄老，我们基层干部感谢您！您的讲话打动了我们的心，起到了稳定人心的作用！黄老您不了解我们基层的情况。前一段时间，大家的思想很乱，议论纷纷，好像毛主席不行了，共产党也不行了，看不清方向了。您的讲话给我们吃了定心丸，我们心里亮堂了……谢谢您！"

黄克诚微笑着把话筒拿开。丛树品刚放下电话，电话铃就响了。黄克诚兴奋地伸手要过话筒："我是黄克诚。"

这次，电话里响起略显苍老的、质问的声音："哦，我就是要找你黄克诚！我想问问你，你说'不让毛主席一个人承担错误的责任'，你承担不承担？"

黄克诚说："我也要承担一些责任。我在那篇讲话里说过的。"

"哼！天底下也只有你黄克诚敢这么说吧？我看你是挨整没挨够、没整死，好了伤疤忘了疼！"对方尖酸刻薄地嘶吼了一句，"砰"地一声挂了电话。

黄克诚手握话筒，脸上的表情凝重起来。

唐棣华怨道："你看你，那个讲话让家里都不得安宁。我真不明白你是怎么想的。你一向对于讲话的事很谨慎，现在这么大年纪了，出这个头干什么？资历比你老的同志有的是，官比你大的同志就更多了，人家都不讲，你却去讲！老头子，我理解你对毛主席的感情，可你自己也承认，在毛主席晚年，你吃了苦头。你何必出头为毛主席讲话呢？"

黄克诚平和而坚决地说："讲话谨慎是不能乱讲话，不是该讲不讲。对这个关系重大的问题，我们绝不能感情用事、意气用事，更不能从个人的利害得失、个人的愤懑不平出发。必须跳出个人恩怨的圈子，从党和国家的根本利益、10亿人民的根本利益出发。"

黄克诚觉得，有各种反响才是正常的。中国这么大一个国家，不可能只有一种声音。李振墀每天来汇报工作都说，关于那篇文章的电话接不过来。黄克诚很高兴，电话打爆了才意味着有反响，有争论才有正确的结论！

电话铃又响了，是杨第甫打来的。

黄克诚得知杨第甫已读过那篇文章，就直接问湖南有什么反响。

杨第甫认真地说："反响各式各样，但大多数人认为，您是被'左'倾路线整得最惨的人之一，您对毛主席的评价，才是最有说服力、最恰当的。"

黄克诚听了，内心深受触动。湖南是毛泽东的家乡，来自湖南的反响是他最关心、最想听到的。他感慨道："第甫啊，人总是一分为二的。毛主席对中国革命和建设的贡献是主要的，晚年的错误是次要的。毛主席虽然有错误，但毛泽东思想没有错，不能因为毛主席本人的错误就否定毛泽东思想。在毛主席的晚年，你也是挨过整的。首先，你要有个正确的认识，要做说服工作，特别是在知识分子和民主党派人士中多做说服工作。"

"黄老，对这个问题，我是这样看的：我们今天的社会正处在一个转型期，各种社会矛盾交织在一起，尤其需要实事求是的勇气和坦荡直谏的精神，任何空话、大话、套话都是有害无益的。您在这个时候讲这篇话，不少干部群众都说您是中国人民和共产党人的良心哪！我觉得，群众是心明眼亮的！"杨第甫言辞恳切。

"讲得对与不对，留待后人去评说吧！"黄克诚沉吟道。放下电话，他脸上却显出忧虑之色，喃喃地对李振墀说："按理，反响大是好事，但现在，我有些担忧了。"

李振墀大惊："担忧？为什么？"

黄克诚眉头轻蹙："会不会引起更大的争论？会不会导致思想分裂？"

李振墀镇静下来："我觉得不会。说实话，黄老，这阵子，我也一直在思考、观察，对那些认为您的讲话体现了共产党人良心的议论越来越理解，也越来越赞同……"

突然，门外响起一阵欢快的叫声："老爸爸！爸爸，我们看您来了！"随着声音，黄楠、黄梅出现在门口。黄克诚的笑容立即像花一样绽放开来。

李振墀合起本子，欠身欲离开："黄老，我先走了，你们聊。"

黄克诚高兴地说："你不用回避。她们两个呀，肯定是来'批判'我的，你听听也好嘛。"

李振墀又坐下了。自黄克诚的讲话发表后，他还没有听到黄楠几兄妹的意见。

黄楠、黄梅围在黄克诚、唐棣华身边。

唐棣华嗔讽道："谁敢'批判'你呀？"

黄克诚故意撇撇嘴："今天又不是什么特别的日子，她们俩怎么回来了？"

黄梅故作严肃地说："老爸爸说的没错，我们就是来开您的'批判会'的。老爸爸，您知不知道，您给社会扔了颗原子弹呀！"

黄克诚笑了。果然，她们还真是来开他的"批斗会"的。

黄楠毫不客气地说："爸爸，您吃的苦还不够多吗？干吗要去碰那么敏感的话题？"

黄梅紧接着说："就是。您也到了'退役'的时候，还管这么多事？"

黄克诚收起笑容："我知道。只是自己想到些问题，认为有关国家前途，不讲出来对不起党，心里不得安宁呀。'共产党人不屑于隐瞒自己的观点和意图'，这是马克思说的。"

黄梅又好气又无奈地说："爸爸，您要明白一点，今天和明天，毕竟属于后来人。你管那么多事干吗？既然不可能代庖，何不就此撒手呢？"

李振墀见争执很有可能升级，就想把自己刚才被打断的话说出来:"黄楠、黄梅,对黄老讲话这件事,我想当着黄老和唐大姐的面斗胆说几句。"

黄楠点了点头:"李秘书,你说。"

李振墀咳嗽了一声,非常庄重地说道:"我们要从另一方面来看黄老的讲话。如此纷纭的反响至少说明,黄老切准了时代的脉搏,讲的不是人云亦云、无的放矢的套话。黄老蒙冤18年才复出,到彻底摘帽是21年,却能不顾个人毁誉,如此公正地评价毛主席和毛泽东思想,无论从个人的人格尊严还是从党和国家的利益来讲,都是一个了不起的壮举,勇气无人能及,胸怀无人能及,境界无人能及,远见无人能及!我觉得,黄老讲得好、讲得及时!在任何时代,不畏强权、不计个人安危、敢于讲真话的人,都是国家、民族的良心和宝贵财富。说黄老是共产党人的良心,我认为一点也不夸张!我更加崇敬他了!"他说到最后,颇为激动地站到黄克诚身边,紧紧握住黄克诚的手。

大家十分震惊地看着李振墀。尤其是唐棣华,她从来没有与李振墀闲聊过,也从来没有揣想过秘书们对黄克诚的感情,今天他这番话着实让她刮目相看。她感动地说:"振墀,想不到,你看问题这么深刻啊!黄老这个人,一生因为爱提意见挨过多少次处分,却从不吸取教训。我们不是说他这个讲话不好,而是觉得他不该出这个头。"

"江山易改,本性难移嘛。振墀,你能这么看我的这篇讲话,我很欣慰。"黄克诚激动地握住李振墀的胳膊,由衷地笑着,似乎很骄傲,却又有一丝老人在孩子们面前才有的矜持。

黄梅嘟囔道:"真是近朱者赤,近墨者黑,近黄克诚者敢言。"

此话一出,大家都乐了。

"不过,话说回来,讲这个话确实需要极大的勇气和胆魄。你们的老爸爸不讲这个话,谁去讲呢?"唐棣华沉思着说。她听李振墀这么一说,觉得自己原来的担忧是出于狭隘的思想,害怕丈夫再出什么问题，没有更深层次地认识他的勇气与讲话的价值。

黄克诚得意地朝黄梅的方向指了指："听到了吗？还是你们的妈妈理解我这个老头子！"

唐棣华叹道："理解归理解，怕是以后你没机会讲什么话了！"

唐棣华的感慨不是没有道理。黄克诚讲话后，个别高层领导人已明显对他有了看法，认为他"左"了。

黄克诚却愉快地说："我以后也没什么可说的了。我这一生最痛快的讲话有两次，一次是在庐山会议上，另一次就是这个讲话。我现在才体会到，若能痛快淋漓地讲出自己想讲的话，而且讲的话是有历史价值的，那是一件非常惬意的事。我问心无愧！"

黄克诚说到最后，声音突然嘶哑起来。他激动地站起身，用拐杖在地上猛戳了几下，一副慷慨激昂的样子。黄楠提醒他不要激动，将茶杯送到他手上。黄克诚喝了口水，却不料呛着了，连着咳嗽了几声，脸憋得通红。咳着咳着，他缩成了一团，摇摇晃晃地往一旁倒去。大家吓了一跳，赶紧手忙脚乱地扶住他，发现他的手心滚烫，再一探额头，哎呀，他发烧了！

黄克诚又住进了解放军总医院。

他躺在病榻上，仍然关心着来自各方面的反映，有时候不等李振犀来汇报，就让丛树品到办公室取信件。

丛树品返回医院时，黄克诚刚刚打完吊针。不一会儿，唐棣华和黄楠、黄煦、黄晴、黄梅一齐来了，围在病床边，七嘴八舌地问候他是否已经完全退烧。

黄克诚却不耐烦他们总是问他的身体状况："你们都来了，好。对我那篇文章，你们有没有进一步的消息？有没有听到不同的反映？"

黄梅故意挖苦道："有啊！说您老糊涂了，蒙冤20多年，却一点怨言也没有，真是个'愚忠模范'！"

"你这个妹子,批评老爸爸还没批评够啊!"黄克诚嗔爱地说,嘴角又咧向两边。对于黄梅,他自始至终有种不自觉的溺爱。无论她如何"批评",他都很受用。但他又觉得黄梅的批评比较空,就对黄晴说:"黄晴,你说说。你在人民日报社,听到的议论会多些。"

"黄梅说的情况是有的,不过,普遍反映您的讲话廓清了他们思想上的迷雾,正是时候。有一封信写了这样的话,我记得最清楚:'中国需要全心全意为人民谋利益的英雄,需要脊梁型的人物。黄克诚您就是这样的英雄、脊梁。您是中国共产党和中国人民的良心。'"黄晴在人民日报社工作,职业素养使他说话比较严谨,不像搞文学研究的黄梅那般感性。

"黄梅,你听到没有?"黄克诚笑眯眯地朝向黄梅的方向。

黄梅俏皮地拉长声音说:"听到了,良心同志!"

黄克诚又严肃起来:"是要讲良心的。人有人的良心,执政党也有执政党的良心。执政党的良心就是要对得起亿万人民群众。共产党打天下靠的是人民群众的支持,坐天下更不能少了人民群众的支持啊!"

黄楠站在黄克诚身旁,伸手在他的肩膀上按了按:"爸爸,您就只管好好休息吧!话已经讲了,人家捧您、诋您,那是人家的事。您要淡然处之,莫想太深远的事情。"

一直沉默的黄煦这时也开口了:"呃,大姐,我倒觉得爸爸这样说是有胸怀和气度的。"

"我敢讲这篇话,还要感谢你们几个。"黄克诚突然说,并用手指朝两旁指了指。

"感谢我们?"几兄妹面面相觑。

黄克诚说这话绝不是一时兴起。黄楠几兄妹,个个都很争气,没有靠父母亲的职权生活。他们要么搞技术工作,要么做文字工作,没有一个做官的，也没有一个经商的，自食其力，而且工作、生活得不错。一句话，全是靠自己的真本事。这让黄克诚这个做父亲的很欣慰、很骄傲，腰杆子硬气。

"我今天在这里要慎重地交代你们几个：做事，要继续保持你们的这种本色，好好工作，不给国家添麻烦、添负担。做人，要言不及私，相待以诚，相争以理。工作上要少谈私人的事；与人交往要说真话、实话；即便是同人争吵，也要拿道理说服对方。"黄克诚语气严峻，并且充满了期待。

几个人都感到了这番话的分量，默默地点着头，一齐看着黄梅。

黄梅明白大家的意思，也点点头，拉起黄克诚的手，半是嬉笑半是承诺地说："知道了，老爸爸。我代表哥哥、姐姐们向您保证，一定清清白白做事、干干净净做人。"

"就你喜欢话里有话地挖苦老爸爸！好吧，我不招你们烦了，你们走吧！"黄克诚朝黄梅伸手，欲敲她的额头。黄梅探过头去，抓着他的手敲了一下自己。黄克诚满意地笑了。

家人离开后，黄克诚想起丛树品去办公室取信件的事，问他有什么新鲜事。他说的"新鲜"，就是"骂"他的信、反对他的意见。丛树品告诉他，李振墀要专程来汇报反对意见。

第二天，李振墀来医院向黄克诚汇报工作，果真带了几封"骂"信。

黄克诚一听李振墀来了，立即问道："呃，振墀，有什么情况没有？"

"嗯，有情况。"李振墀胸有成竹地说，"您的讲话引起的反响还在持续。很多人觉得您的讲话站得高、看得远。"

"这些跟杨第甫说的差不多，不新鲜，不说这个。有反对的吗？"黄克诚不以为然，打趣道，"有就讲给我听，不要糊弄我这个老

295

头子。"

李振犀会心地一笑:"有。我手上有四封信,都是反对您的,其中一封还是大骂您的。"

黄克诚很平静地"噢"了一声:"这个好,就给我读骂我的那封吧!"

这封信是从重庆寄来的。写信人没有署名,从信的措辞、语气看,文化素质不高。

李振犀学着写信人的口气念道:"听说你是个瞎子。我看,你瞎的不是眼睛,是心!你和彭德怀在庐山被整得那样惨,居然还要维护整你的人!你知道你的讲话是站在什么立场吗?"

"信中有些话太难听了。"李振犀念罢,气愤地说。在他看来,有反对的声音很正常,有意见也可以提,但破口大骂就不好了,也不是正人君子所为。

黄克诚却哈哈笑着说:"你以后就搜集这样的信,要给我全文读,正面的意见就不要读了。"

丛树品在一旁听着,很同情黄克诚,平白无故地被骂了一通,实在不值得。他见黄克诚不恼反乐,忍不住说:"黄老,您就安心养病吧,对这些事少操心,过几天出院了再说。"

"你不明白,这是他的心声呀。"黄克诚摇摇头,一副很怡然的表情。

黄克诚出院后,又聊起那些"骂"他的信,突然问李振犀:"那天你读的那封信还在不在?我有个想法,你看能不能找到这个人,我想跟他当面谈谈。写这封信的人,情绪那么激烈,可能有些实际情况:一是历史上有些问题,受了些打击;二是年轻人,不懂历史,一时糊涂;三是家庭出身不好,父母受到打击,本人受了牵连。你把他找来,给他安排好,吃住由我付钱。我想和他好好谈谈,能谈通的。"

"什么?！黄老,您是高官,他是小干部甚至平民一个。他那么骂您,您不生气、不震怒,不'居高临下'地给他一点颜色看看也就罢了,还要自己掏腰包请他来当面谈谈。这样的人有什么好谈的?"李振墀坚决反对。

黄克诚笑道:"人心不是靠武力征服,而是靠爱和宽容大度赢得。我认为,他代表了'否毛派'的一种声音。"

李振墀一怔,觉得黄克诚是有道理的,态度立即转过弯来:"那好吧,我看能不能通过四川省纪委找到这个人。"

黄克诚点点头。李振墀起身去找那封信。

不一会儿,信找到了。李振墀正要打电话给四川省纪委,黄克诚却阻止他说:"不用了。我又想了想,这样做不好。你想,通过组织去查这个人,会给他增加政治压力,他肯定很害怕,后果不好,算了吧!"

黄克诚考虑得很周全。如果真的查下去,那个"小民"的命运将如何?难以预料,很可能会出现黄克诚不愿看到的结果。

李振墀又是一惊。一个是"高官",另一个是"小民"。黄克诚想找"小民"来好好谈谈,事到临头却为他着想,担心引来对他不利的后果。黄克诚宽厚善良的仁爱之心、官民平等的亲民作风,有几人能及?！

李振墀凝望着黄克诚墨镜后面失明的双眼,感觉到他心里有一个无比光明的世界。

黄克诚关于正确评价毛泽东和毛泽东思想的讲话,是他晚年政治生活中所做最重要、影响最大的一件事。尽管他对毛泽东和毛泽东思想的评价很难更全面、更深刻,但在历史转折的关键时刻,能从稳定政治大局出发,以博大的胸怀,公开阐明自己的看法,对毛泽东和毛泽东思想作出使人信服的评价,已经是高瞻远瞩、很了不起的壮举,

第五章 正确评价与维护毛泽东的历史地位

297

表现出判断重要历史是非的原则态度和高风亮节。他的人格魅力令人折服，他的讲话拨开了笼罩在人们心头的一片云雾，使大家辨清了政治方向。黄克诚的这篇讲话公开见报10天后，时任中共中央副主席的李先念在会见外宾时说，黄克诚将军关于评价毛主席和毛泽东思想的讲话，代表了中国领导层的一致意见。华楠也说："黄老的讲话，对于大家正确评价毛主席和毛泽东思想、对于

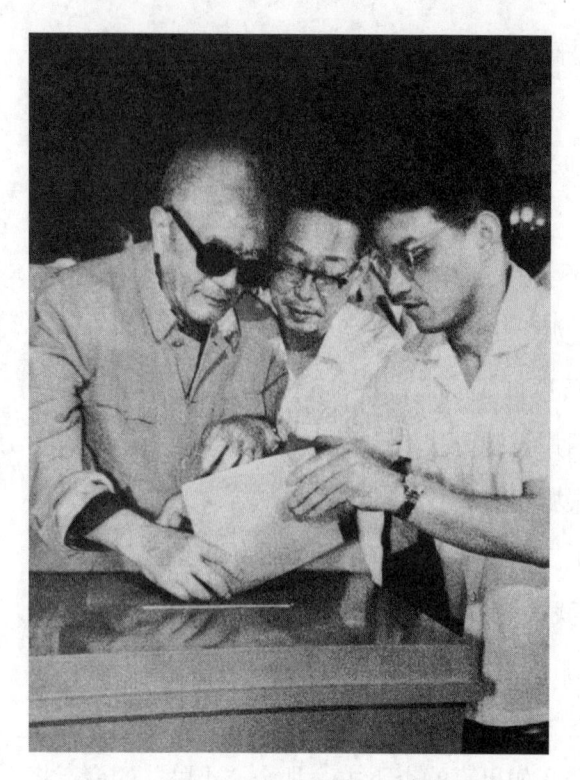

1981年6月29日，党的十一届六中全会通过《关于建国以来党的若干历史问题的决议》。图为黄克诚（左一）在全会上投票。

统一全党思想发挥了极其重要的作用，也为《关于建国以来党的若干历史问题的决议》顺利出台起到了舆论导向作用，有着很强的指导意义和深远的历史意义。"

1981年6月，党的十一届六中全会通过了《关于建国以来党的若干历史问题的决议》，实事求是地评价了毛泽东在中国革命和建设中的历史地位，科学地论述了毛泽东思想的基本内容和作为党的指导思想的伟大意义，在统一全党思想、继续确立毛泽东思想在全党的指导地位等方面，起到了十分重要的作用。

第六章
双目失明,心不失明

第一节　请辞未获批准

《关于对毛主席评价和对毛泽东思想的态度问题》发表后，黄克诚又一字不漏地审读了《关于建国以来党的若干历史问题的决议》（1981年3月30日修改稿），并与王鹤寿反反复复讨论，联名对《决议》提出62条修改意见，共1.67万字，在一些重大问题上充分表明了他们的意见。

第一，关于阶级斗争，黄克诚和王鹤寿认为："阶级斗争是客观存在的……从理论上讲，阶级斗争、无产阶级专政学说，是马克思主义的精髓，是无产阶级推翻资产阶级统治、解放自身及全人类的理论武器。无产阶级政党始终不能忘记马克思主义这一基本宗旨。在这个理论问题上如果发生偏差，可能会动摇马克思主义根基的。因此，在这个重大问题上，应该十分慎重。"

第二，关于党和国家的中心任务，黄克诚和王鹤寿认为："中心任务是经济还是政治，这个问题要处理得非常辩证、灵活。如果片面地、绝对地处理这个问题，不仅会在实际工作中束缚我们的手脚，而且甚至会使我们在政治上迷失方向。马克思主义认为，社会主义革命是分夺取政权和巩固政权两个阶段的。在巩固政权阶段中，经济建设和政治思想战线的继续革命是同样不可少的两个方面。可以说，在我们这样经济落后的国家搞社会主义，经济建设无疑要用去我们绝大部分精力。针对过去的错误，（党的十一届）三中全会提出工作重点的转移是完全正确的。但提到'中心任务'就要慎重考虑。社会主义是一个很长的历史阶段，有时经济问题突出，有时政治问题突出。如果片面、绝对地把经济当作中心任务，把政治放到从属的地位，是不妥的。"

第三，关于社会主义经济发展的客观规律性，黄克诚和王鹤寿认为：社会主义经济发展的"客观规律性是什么？我们感到现在也没有讲清楚，怎么好在这点上责备毛主席呢？毛主席的确把过去战争年代搞供给制、搞军事共产主义的经济绝对化了，所以幻想单凭政治热情就可以解决经济建设上的问题。再有就是'贪多图快'的急性病错误。但他对我国社会主义经济建设的规律，也有一些很有价值的探索，比如《论十大关系》、论农轻重发展的先后次序等等。现在有些人把社会主义的经济规律歪曲为'赚钱'规律，模仿资产阶级那一套办法完全从'利润'出发来考虑问题。如果让这种倾向发展，那会搞得农民不愿种粮食，重工业、军事工业等等无法发展，会出乱子、碰大钉子"。

第四，关于高度民主，黄克诚和王鹤寿认为："现在党内在这个问题上思想较乱。我们觉得现在（以及今后相当长一段时期）不宜多讲'高度民主'这个口号。我们只能讲社会主义民主、共产党领导下的民主、集中指导下的民主，讲民主集中制，讲对多数的民主和对少数的专政等等。我们认为，社会主义民主在我国目前的状况下主要表现为三条：一条是在党和人民中间对各种损害人民利益的言行广泛地开展批评和自我批评，其中包括在报纸上的公开批评；再一条是对社会主义革命和建设的路线、方针、政策以及各项具体工作允许发表不同意见；第三条，就是逐步建立健全人民代表大会制度，使人民群众的意见能够充分地发表,并且具备有效的制约力。我们的这种民主只能在民主集中制的原则下,在宪法和法律所能允许的范围内实行。民主到什么程度,并不决定于我们的主观愿望,而是决定于客观条件的许可程度……我们只能根据实际条件逐步'放宽'对民主的'限制'。这不仅是一个重大理论问题,而且是个很大的现实政治问题。"

第五,关于人治和法治,黄克诚和王鹤寿认为:"在这个问题上,我们过去的偏差在于太强调人的主观作用,而忽视了法律和制度的作用,纠正这个偏差是必要的。但现在有些人则以为制度、法律万能。这种有片面性的、不切实际的想法,会使党和国家吃亏的。中国的古话讲'人存政举,人亡政息',虽然有片面性,但也有几分道理。我们在夺取政权的斗争中,几乎可以说首先是依靠人的革命觉悟。不能幻想有了完备的法律和制度,一切问题就解决了。"

第六,关于封建主义,黄克诚和王鹤寿认为:"把'文化大革命'的原因归之于封建专制主义的影响(有些人甚至把封建主义当作我们党的一切错误的根源),从理论上和实践上都是很不妥当的。这种论点现在已在党内外风行一时、是被广为宣传和接受的论点,而且还有继续发展的趋势,很有必要给予纠正。我国的封建制度确实历史很长,封建思想影响很深,这是无疑的。但是,讲这个问题不能离开我们现在所处的时代这个前提。当今世界的主要矛盾不是无产阶级和封建地主阶级的矛盾。中国也是如此。对我国社会主义制度的主要威胁只能来自资产阶级方面。有不少言论、文章看起来似乎是反对封建主义,但仔细分析便可以看出,实际上是用资产阶级的思想、理论反对无产阶级专政,并称之为封建专制主义……对我们人民(包括一些干部),特别是对青年腐蚀最厉害的,恰恰是资产阶级的货色。近几年来,党内外确有一些人对西方资本主义眼花缭乱,盲目崇拜,甚至发展到像陈云同志严肃批评的那样,忘记了外国的资本家也是资本家这样一个简单的道理的地步。我们对这个问题要有足够的认识。"

第七，关于为人民服务，一切从人民的利益出发，黄克诚和王鹤寿认为："为什么人的问题是根本问题，是立场问题。这是毛泽东思想关于'人生观'的核心，也是我们党的基本原则。群众路线和群众观点则是这个问题的具体运用，是方法问题。明确地重申这一点，有很大的现实意义。我们党内现在有些人不讲革命、不讲原则、不讲组织纪律、不讲斗争、不讲批评与自我批评、不讲工作等等，根本的一条就是丢掉了'为人民服务，一切从人民的利益出发'的思想而去追求个人利益了。这种状况非常危险。我们党成为执政党以后，特别要经常地、反复地、长期坚持不懈地解决这个问题。只有这样，才能保持我们党的无产阶级革命本色。"

第八，关于在党内开展积极的思想斗争，黄克诚和王鹤寿认为："批评与自我批评，'团结—批评—团结'，'惩前毖后，治病救人'等是开展党内思想斗争的武器，是我们党区别于其他政党的显著标志之一，是毛泽东思想中关于党的建设的重要内容，而且有重大的现实意义。现在党内出现许多矛盾和纠纷，但又十分缺乏在原则问题上的积极的思想斗争，缺乏开诚布公的批评与自我批评，因而许多错误思想，许多不正之风得不到纠正。这已经成为十分紧迫的问题……如果丢掉了批评与自我批评的武器，不进行斗争，是不可能把全党、全国人民的思想统一在马列主义、毛泽东思想的原则下的。按照毛主席提出的上述原则，正确地开展斗争，认真吸取过去斗争过火的教训，不仅不妨碍安定团结，而且会有助于真正实现安定团结。在原则问题上，不能搞'和平共处'或者'和稀泥'，任各种错误思想和行为自由泛滥，后果是不堪设想的。"

第九，关于写《关于建国以来党的若干历史问题的决议》的目的，黄克诚和王鹤寿认为："写这个《决议》的目的要十分明确，要充分考虑到这个文件将会产生什么样的根本目的和影响。我们认为,总结建国以来的经验教训的根本目的是为了更好地团结、教育全党、全国人民振奋精神、同心同德为实现新的历史任务而奋斗。因此,能否恢复我们党伟大、光荣、正确的形象,能否恢复毛泽东思想这面鲜明的旗帜的光辉及其生命力,是这个文件写得好坏的关键所在……我们必须清醒地看到,在我们党批评、纠正过去错误的同时,党内外出现了形形色色的奇谈怪论。大量的电影、戏剧、电视剧、文学作品等等,都是以我们党的错误和'阴暗面'为题材的。在这一段时间里,对我们党的错误进行正确的实事求是的揭露和批评是必要的。但长期这样,就在全国造成很不正常的气氛,好像共产党、毛主席一无是处,犯了大罪。特别是极少数人利用我们党总结检查错误,采取夸张、渲染的手段丑化、歪曲、诅咒、诽谤我们党、社会主义祖国和毛主席……如果不坚决制止这种倾向,后果将是危险的。在这种情况下,《决议》如果写得好,我们就有了一个强有力的武器,把全党、全国人民的思想、言论、行动统一到马列主义、毛泽东思想的旗帜下,切实坚持四项基本原则和(党的十一届)三中全会的路线;《决议》如果写得不好,不利于维护、提高党和毛主席的威信,那就会被国内外的敌对力

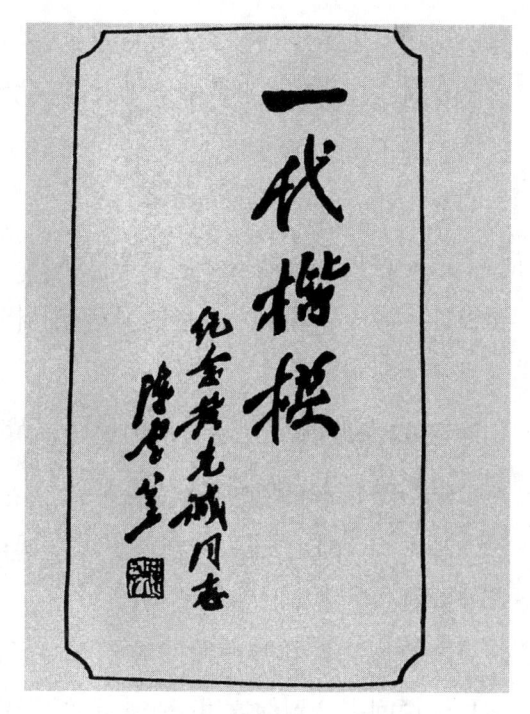

陈云为黄克诚题词"一代楷模"

量所利用，进一步损害我们党和国家，涣散党和人民。我们总结历史经验，对错误进行自我批评是为了提高党的战斗力，促进党的团结和统一，而不是为了毁坏党。所以，写《决议》的目的一定要明确，要充分考虑在实际中产生的效果。"

这些意见，真切地体现了黄克诚在一些重大问题上刚正耿直、敢讲真话、敢于表明自己立场的风范和品格，这也是真正的共产党人应该具备的风范与品格。

这62条修改意见递交给中央后，黄克诚让李振墀陪着他去找陈云，说自己有大事向陈云汇报。

陈云一见他，就又亲近又怨责地说："黄老，我说我去找你，你却非要到我这儿来！多不方便！"

黄克诚心无芥蒂地说："我看不见了，要趁着还走得动，走一走嘛！话说回来，到你这里坐坐，我心里踏实。"

陈云关心地说："我这心里也一直惦记你啊，不只是惦记你的工作，也惦记你的健康。"

黄克诚叹道："我现在除了看不见，身体的其他问题也都越来越严重。真是老了哦，不服不行啊！"

"身体老了，精神尚在。你和鹤寿同志联名对《决议》提出的62条修改意见，我都看了，非常好。我听鹤寿同志讲，你是一字一字地听、一条一条地斟酌。"

"这么大的事，不过细怎么行？"

"当初说只是要你黄克诚的名，但这几年，在很多事情上，你总是躬亲处理，为全党干部作出了榜样！你是我们共产党人的楷模啊！"

黄克诚乐呵呵地说："陈云同志，你想捧杀我？我不过是在其位谋其政而已，不干点事于心不忍哪！只可惜，越来越干不动了。"

"我说的是发自肺腑的话，也是中央领导同志对你的共识。对比党内一些干部以权谋私、贪污腐败，有你这样的领导干部是我们党的福气。"陈云感慨道。

黄克诚神情肃穆起来："说到这个问题，这正是我今天上门要谈的工作。我们现在抓经济工作，依然不能放松抓党风。经济领域犯罪为什么这么猖獗？很大原因是有些领导干部以权谋私。陈云同志啊，我们搞改革开放，搞活经济，带领人民群众过富裕生活，这没错，但一定要注意，共产党员不能先富起来，尤其是领导干部不能先富起来！他们要富起来很容易，因为手中有权！如果对这一条不明确，就很容易造成以权谋私现象泛滥成灾。要抓党风，一刻也不能停歇。以前，人们总认为我'右'，可我一说抓党风，一强调'思想改造''思想教育'，就有人说我'左'，说我'过时'。我真'左'了吗？真'过时'了吗？我不这样认为。"

"抓党风一刻也不能松懈，这是执政党永远的课题！有人认为，商品经济条件下，'思想改造''思想教育'的提法过时了、不灵了、没人听了，这是糊涂认识。你是对的。"陈云肯定说。

听陈云与自己很有共识，黄克诚的话锋更健了："就是嘛！在组织上，'四人帮'的帮派体系是被粉碎了，但在一些地方和单位的党组织里面，还有资产阶级派性。有一种有影无踪的力量吸引着一些人，他们窥风向、找靠山、垒山头、拉拉扯扯，不是按党的原则办事，总是从个人利益考虑问题，使党的意志不能集中、不能形成一个拳头，严重影响了党的战斗力！"

"说得对极了！"陈云赞同道，"思想教育，无非是以此为手段来净化人们的错误思想，它本身有什么错？过去，错就错在做法上。事实上，改革开放后，商品经济条件下出现的贪污腐败等怪象，无不与削弱或放弃思想改造、思想教育有关。你的这类提法在措辞上虽然会被某些人认为'过时'、逆耳，但在新形势下，仍然是保证党的肌体健康、充满生机的良方！"

"所以，我们抓党风，要从实际出发，把打击经济领域的犯罪行为作为重要环节！"黄克诚接过话头。

陈云拍拍黄克诚的手："我们又想到一起了。党的十二大就要召开，下一步中央纪委的工作就是打击经济领域的违法犯罪。"

"好啊！"黄克诚舒心地吐了一口长气，"现在，经济领域犯罪猖獗、市场混乱，得下狠劲抓。我国原来实行计划经济，现在搞改革开放，搞商品经济。但搞商品经济也要注意，我们毕竟是社会主义国家，不能完全搞私有化那一套。如果完全搞私有化，那就是另一种社会制度了。要把经济搞活，不能再像过去那样搞死，但搞活不能没有秩序。这就好比一只鸟，不能捏在手里，总捏在手里，它就死了，要让它飞。但是，要让它在笼子里飞，否则，它就跑了，飞没影了。"

"黄老，你的这个说法太形象了！就是这个道理！"陈云兴奋得连连拍沙发扶手。

黄克诚显出几分得意的神情："你是我们党搞经济工作的行家里手。我这番话能得到你的认同，我太高兴了。"

"你这个人哪，虽然眼睛看不见，但思考问题越来越深刻了！以前，陈毅说你心里有个高倍望远镜，我看是个天文望远镜。我一直在思考经济政策，但没找到一个贴切的、通俗的说法。今天，你这一说，我可是茅塞顿开啊！哦，我觉得可以把你说的归纳为'鸟笼经济'。下次开全国人大会议时，我要将'鸟笼经济'上升到政策高度好好阐发一下！"陈云直起身，看着黄克诚的脸，愉快至极。

"哦？闲聊能聊出为你所用的经济政策思路，我这老朽还有点用。"黄克诚幽默地说。

说来也巧，窗外传来几声清脆的鸟叫。

陈云风趣地说："哈哈，人家说曹操曹操就到，我们说鸟笼竟鸟叫了。"

"哈哈哈……"两个人同时开怀大笑。

一阵笑声过后，黄克诚严肃地说："陈云同志，工作问题说完了，我现在正式提出辞职。这是我今天来的主要目的。"

陈云嗔怪道："你又提这个事。"

黄克诚知道，陈云联想到了当初中央让他担任中央纪委常务书记时，他来请辞的事。

黄克诚诚恳地谈了自己的理由："我年纪大了，又完全看不见，身体越来越不好。更主要的，我希望我们党重视选拔年轻干部。这是我一贯的主张。我个人和一大批在'文化大革命'中受到打击、迫害的老干部恢复工作，一些人还担负了重要领导职务，是拨乱反正、推动党的事业发展的需要。但要使党有战斗力、永远充满活力，从党的组织工作、干部工作讲，年高体弱的同志到了不能正常工作的时候，就应该从党的事业出发，主动从领导岗位、工作岗位上退下来，让年富力强的、优秀的同志接替。这个问题，在党处于执政地位的情况下尤其重要。唯有如此，党的事业才能犹如黄河、长江，后浪推前浪，奔腾向前。你说，是不是这个理？"

"理是这个理。选拔年轻人，我完全赞同，但眼下，中央纪委的工作不能没有你，我们党也不能没有你。你还不能辞职。"陈云的口气很硬。

改革开放之初，干部队伍青黄不接的现象十分严重。能否顺利实现干部的新老交替，成为关系党的十一届三中全会路线能否长期坚持、党和国家能否长治久安的重大战略问题。陈云对于干部交接班问题思考得很早。1978年12月，他在中央工作会议上就对恢复设立中央书记处表示赞成，认为这可以使中央核心领导层更集中精力于思考、决策大事，也可以使年龄比较轻的同志得到锻炼，逐步进入中央核心领导层。1980年2月，党的十一届五中全会决定设立中央书记处。陈云在会上提出："书记处和全党的一个重要任务，是要在各级选择合格的年轻干部"，"还要培养一批技术干部到各级领导机关里来，这样才能搞'四化'"。

黄克诚有点着急了："你既然赞同这个理，就应该赞成我辞职。我们党的事业必须后继有人。你一直重视选拔年轻干部，如果不让我这样的老人退下来，年轻人如何上得来？像刘丽英、汪文风这样的同志，你也了解，能力与作风都过硬，值得重用。另外还有几位同志，他们在中央纪委这些年，能力和作风都有相当好的表现。"

"选拔年轻人，还是那句话，需要我们老同志传帮带。所以，你更不能请辞，至少目前不能。你虽然已到耄耋之年，但思想依然与现实非常接轨，宝刀不老。"陈云的态度一点儿也没有松动。

黄克诚苦笑一声，无奈地说："好吧，我不跟你辩了。但这个问题，我以后还是要讲。我们这些人都七八十岁了，不晓得哪一天就伸腿了！如果我们党和国家都是老头占着位子，不离开领导岗位，不让年轻干部接替，战斗力就不行了，就会慢慢衰败下去。在这一点上，假如再这样下去，我们这个党就比资产阶级政党还落后。我从班房出来后，就感到这是一个迫在眉睫的问题。对干部老化问题，要及时解决，使年轻干部有个锻炼和接班的时间。过去，毛主席提出领导班子实行老中青三结合是对的，现在，党中央提出把培养造就一大批革命事业接班人作为全党、全国一项十分重要的战略任务来抓，很必要。但不能停留在文件上，要实打实地执行，往前推进。我希望我们党建立这样的制度，干部到一定年龄之后，就离开领导岗位。比如说，除中央提议的中央纪委常委之外，60岁以上的中央纪委委员一律不进常委班子。"

陈云见黄克诚让步了，又由此及彼上升到制度的高度，不由大喜："讲得好。这意见，我同意。这个制度就从我们这代人开始执行！"

与陈云的谈话极大地鼓舞了黄克诚。此后不久，十一届中央纪委第四次全会召开。闭幕会上，黄克诚到会发表了讲话。他强调，要把搞好党风工作坚持不懈地长期抓下去；打击经济领域的严重犯罪活动，要树立长期作战的思想；领导班子年轻化和注重培养青年干部，必须抓紧进行。对党风问题，他以前已讲过多次，这回仍然苦口婆心地阐述了一番。他说，党风问题关系我们党的生死存亡，是我们的事业兴旺发达的根本保证。中央纪委成立3年来，"抓党风是有成效的，党风一年比一年有所改进"，"但是还没有根本好转，还存在很多带根本性的问题，有的甚至还很严重，远没有达到全党同志和人民对我们的期望"，"现在我们的党风不好，根子在于很多共产党员的思想不像共产党员的思想了。抓党风，就是抓共产党人的思想改造，抓精神文明建设。就是用马列主义、毛泽东思想、共产主义思想不断地改造党的队伍，克服非无产阶级思想，使我们党能保持旺盛的战斗力，保持无产阶级先锋队的纯洁性"。黄克诚坦荡直率、期盼党的事业兴旺发达的殷殷之情，使中央纪委委员们深受感动，会场多次响起热烈的掌声。

1982年9月1日至11日，党的第十二次全国代表大会在北京召开。党的十二大是全党工作重点转移到经济建设上以后召开的第一次全国代表大会，它的召开标志着拨乱反正的基本完成。党的十二大总结了拨乱反正的经验，制定了全面开创社会主义现代化建设新局面的正确纲领，把邓小平提出的建设有中国特色社会主义思想确定为新的历史时期改革开放和现代化建设的指导思想，并提出把党建设成为领导社会主义现代化事业坚强核心的任务。大会选举出新的中央委员会，并选出中央顾问委员会和中央纪律检查委员会。胡耀邦当选为中共中央总书记。中共中央经过反复酝酿、准备，决定安排一批老同志离开领导岗位，退居二线或离休、退休，并选配一批年富力强的同志上来，以解决党的领导核心老化问题。中央纪委的领导也同时更新。黄克诚对此衷心支持。他向中央表示，希望退出中央纪委领导层。然而，他再次被选为中共中央委员，并当选为中央纪委第二书记。

如日中天的威望，让他继续留在了领导岗位上。

黄克诚已经满80岁了。既然退不下来，他就依然不停地工作。他带病坚持听汇报、找人谈话、思谋大事，只是十分注意自我节制，放手让已接任中央纪委常务书记的王鹤寿和其他同志多管事，尤其避免干预中央纪委的具体人事安排和事务性工作。

可是，他对于执政党党风建设问题的思考一刻也没有停止。1983年2月，黄克诚出席十二届中央纪委第二次全体会议闭幕会并讲话。会后不久，他因患带状疱疹住进医院，一住就是整整两个月。在医院里，他向李振墀口述了《保持共产党人的纯洁性》一书的序言。序言说：我国已进入一个建设社会主义强国的伟大历史新时期。为了完成新的历史时期的伟大任务，我们需要制定而且已经开始制定一系列适应我国实际情况的方针、政策，这是完全必要和完全正确的。但是，必须明白，"有了正确的政策，还必须有保证政策准确实现的条件。最根本的就是每个共产党人都坚持社会主义道路，保持共产主义纯洁性，在思想上、行动上作群众的表率，以便动员和组织最广大的人民群众为完成新的历史任务而奋斗"，"我们所处的历史条件，需要我们既要坚定不移地贯彻执行党的十二大提出的方针、政策，坚决清除长期存在的'左'的影响，又要保持清醒的头脑，警惕资本主义的腐蚀"。实行对外开放政策，要同国际资本打交道。"必须看到，国际资本中的少数反动分子，千方百计腐蚀我们的党员、干部和群众。对此，我们必须保持清醒的头脑。在国内，我们允许个体经济成分存在，并得到一定的发展，在一段时间以后，如果我们不加强领导和管理，某些经济环节就可能走上邪路。"在经济搞活以后,一小部分社会主义企业会产生很大的盲目性,有的甚至搞投机倒把、走私贩私等违法活动;在实施按劳分配政策的时候,有少数人一心"向钱看",想少劳多得,甚至想不劳也得,这种情况有发展的趋势。因而,现在向全党再次提出"严肃地坚决地保持共产党员的共产主义的纯洁性"的口号,是合乎实际、合乎逻辑的,也是非常必要、非常及时的。序言还说:"对外开放政策,将使我们得到和学会许多先进的东西,但是,许多资本主义世界的坏东西,会蜂拥而入,会像有害的细菌那样到处蔓延。因此,我们对一切外来的东西,都要采取分析的态度,先进和落后,适用和不适用,必须严格加以区别。一概拒绝是错误的,一概接受也是错误的,而且更危险。总之,我们要采用两分法,吸收那些先进的于我有用的好的东西,舍弃那些落后的或者虽然先进但不适用于我国的东西,坚决拒绝那些腐朽有害的东西。""反对资本主义思想腐蚀的斗争,将是整个新的历史时期的任务,不是在短期内可以完成的,更不是只喊一阵口号可以收效的。每个共产党人、每个党的组织,只有更严格地更高标准地要求自己,不降低水平、不松懈纪律,才有可能防止一部分党员被资产阶级所腐化,防止某些党的组织变质。在反腐蚀斗争中,希望每个共产党人都要像本书中所表彰的那些先进典型一样,一尘不染,伸张正义,敢于斗争,敢于胜利。""建设社会主义伟大事业的胜利,属于坚定共产主义信仰、保持共产主义纯洁性的人们!"

黄克诚关于保持共产党人纯洁性的观点,只要共产党执政,就永远不会过时。

李振墀每天都去医院向黄克诚汇报工作。他笑称,黄老是身在医院、心在办公室,请辞工作不成,反倒对工作更用心。黄克诚就说,既然还在任上,那就要用尽力气;避免干预一些工作,不等于自己就不工作了。

第二节　我们为什么要整党

黄克诚这次出院后不久，中央整党文件起草小组征求中央纪委对整党的意见，王鹤寿请他出席会议，谈谈对整党问题的看法。

党的十二大决定，从1983年下半年开始，用3年时间分期分批对党的作风和党的组织进行一次全面整顿，力争实现党风和社会风气的根本好转。随后，中央整党文件起草小组成立，着手起草《中共中央关于整党的决定》。

中央整党文件起草小组起草的稿子，黄克诚已经听李振墀念过几遍了，大致内容已经很清楚，他也一直在思考。经过深思熟虑，他让李振墀记下他的思考："我认为，整党最重要的有两条。一条是，整党主要是整顿思想、反对个人主义，树立起为人民服务的思想；另一条是，组织整顿贯彻民主集中制，破'关系网'，整坏人坏事，正确对待'文化大革命'中犯错误的同志。"

李振墀记录下他的谈话，深有感触地说："黄老，您这些话，对我们党来说，字字珠玑啊！我现在终于理解那句话了！"

"噢？哪句话？"黄克诚好奇地问。

"心底无私天地宽！"李振墀抑扬顿挫地说。

黄克诚乐道："哦？有的人还说我'左'哩！呵呵。"

"如果讲规矩，讲思想、作风纯洁就是'左'的话，这样的'左'没什么不好！"李振堰慨叹道。

黄克诚认真地说："振堰，你这样理解，我十分欣慰。"

第二天，黄克诚出席了中央整党文件起草小组会议。会上，他阐明了自己的观点："国有国法，党有党纪，家有家规。无论是哪个执政党，没有规矩，没有铁的纪律作风就必然产生腐败，而腐败将会导致亡党亡国！面对今天的情况，整党势在必行！"

王鹤寿也发言说："中央纪委成立之初，就下大力气抓党风，应该说卓有成效。大吃大喝、请客送礼之风有所收敛，利用职务之便谋取不当利益的事情也逐渐减少。但是，最近一段时间以来，群众对各单位建房分房，党政机关和党政干部经商、办企业，以及党员干部索贿、受贿，干部出国等方面的不正之风反映强烈。我们应该立即着手整治，及时刹住这股不正之风！"

黄克诚对王鹤寿的话大为赞成："要想使党风有质的提高，要靠全党之力——上到中央最高层领导一抓到底的决心，下至各级党员乃至普通群众的有效参与。要立即起草颁发有关规定，要求各级党委、纪检部门，每个党员认真贯彻执行。我们在座的各位、参与规定起草的同志，必须带头遵守规定，为党风好转竭尽全力……"

黄克诚意犹未尽，会后，又同中央整党文件起草小组工作人员进一步谈了对整党的意见。

他说："我年纪大了，双目失明，上不见天，下不见地，中不见人，对党内情况的了解局限性很大。你们起草的稿子，我虽然听了几遍，也难记得很准确。但是，对整党这个问题，我经常在考虑。今天谈整党问题，我只谈存在的问题和缺点，可能有片面性，仅供你们参考。"

接着，黄克诚谈了为什么要整党、整什么、怎么整的问题。这些都是他长期思考的结果。

他指出，我们党是一部有机的大机器，有4000多万个螺丝钉（指党员）、几百万个关键零件（指党的干部）和几十万个部件（指党的各级组织）。大机器是要经常检修的，到一定时间还要大修。这次整党就是对党这部大机器进行大检修。中共中央决定要大规模地整几年，这反映了中共中央很重视、有很大的决心，我非常赞成和拥护。对党内存在的问题，你们起草的《中共中央关于整党的决定》讲了一些情况，但给人的印象有些不够痛切。我认为，可以讲得更重一些、更具体一些，因为党内确实存在着许多非常严重的问题，是党取得政权以来少见的。确有一些地方、一些单位的党组织不像共产党，而像国民党了。党组织的战斗力比过去差多了。党内有些人就是一要钱，二要官，三要大房子、好车子那一套，安排孩子升官、发财，而不是为人民服务，更不是为共产主义事业奋斗。党员中违法乱纪的人，包括杀人、抢劫、强奸、贪污、受贿、走私、腐化堕落等等，究竟有多少人？我估计，数量不会少。据中央纪委统计，贯彻中央《关于打击严重经济犯罪活动的紧急通知》以后，到1983年4月，符合中央纪委立案标准的经济犯罪案件，全国共有19万多件，涉及26万多人，其中党员7万多人，占经济犯罪总人数的27%，这个数字是相当惊人的。有些地方的党组织思想混乱，政治软弱，组织涣散，纪律废弛。群众议论说我们党变质了。对党内这些问题，我看得很重，也很忧虑。在整党文件中，实事求是地把这些严重情况揭出来，对解决这些问题是很有必要的。不要轻描淡写，要让大家都认识到，党内存在的这些问题，尽管不是主流，但如果不整过来，任其发展，会出现严重后果。

黄克诚认为，党内存在这些严重问题，有历史的原因，也因为工作上考虑不周，放松了必要的思想交锋和斗争，甚至害怕斗争。他说，有相当多的部门领导干部的着眼点就是搞钱，为了钱什么都敢干，没钱就不干。几年来，我们有些话经常讲，也发了不少文件，要求改善和加强党的领导、整顿领导班子、整顿基层党组织、加强对党员的教育和思想政治工作、端正党风、严肃党纪等等。但是从实践效果看，贯彻执行得如何？我们进行的大量正面教育，收效不够理想，我看有个主要原因，就是手段太软，放松了必要的思想交锋和斗争，很多原则问题，马马虎虎地放过去了。不能因为过去我们在斗争这个问题上犯过错误，有沉痛的教训，就放弃斗争这个武器，不能一提斗争就害怕。没有必要的斗争，党内的坏现象就克服不了。如果我们的工作中确有不足，就应该正视它并改进它。这只会使我们更有力量克服存在的问题，前进得更快。

关于整党主要整什么，黄克诚说，我认为，首先还是要整顿思想。思想是起统率作用的，是决定并指导行动的。整顿思想主要是反对个人主义。党内的各种坏现象归根到底是个人主义作怪，是打个人算盘的结果。现阶段要消灭个人主义思想是不可能的，但在党内不能让它有合法地位。共产党员是共产主义者，不是个人主义者。过去几十年来，革命的洪流压倒了个人主义思想，使它在我们党内一直臭得很，没有合法地位。谁要是被批评为闹个人主义，压力就大得很。现在，党内闹个人主义的人多得很，而且有人还公开为这种思想辩护。在社会主义时期，如果不讲人的思想改造，单凭物质利益原则去搞建设，就会走偏方向。那种认为只要生产搞上去了、经济发展了，人的思想自然就改变了的观点，不是马克思主义的。要建设社会主义，为实现共产主义而奋斗，就必须坚持不懈地逐步清除个人主义思想。如果我们不首先在党内进行思想整顿，不搞臭个人主义思想，不从根子上去解决问题，就不可能使广大干部、党员真正树立起全心全意为人民服务的思想和共产主义的坚定信念，作风整顿和组织整顿就势必落空。整党的再一个重要内容就是整顿组织。整顿组织包含很多内容，但我觉得，从根本上说就是要真正按民主集中制原则来整顿党的组织，因为党的一切政治生活和组织生活都是按这个原则进行的。但前一段时间在理解和执行民主集中制的问题上有过偏差，有些过分强调民主而忽视了在民主基础上实行集中，因而，许多党组织稀稀拉拉。党的队伍只有在民主集中制的基础上统一言论、统一行动、统一纪律，才能真正有统一的意志和坚强的战斗力。很多地方存在的"关系网"比党组织的力量还大，这种状况一定要整过来。这次整党还很明确、很具体地提出整坏人坏事、整坏作风。在这个具体问题上要克服"老好人"现象，要特别强调敢于坚持原则，特别强调战斗性，否则，整党的效果就不会大。另外，要正确对待"文化大革命"中犯错误的干部，不要纠缠历史旧账，要整现实问题。

关于整党方法，黄克诚强调，我同意从上到下、分期分批地展开和主要采取批评与自我批评的方法。这次整党如果不从领导机关、领导干部整起，下面就不服，广大党员基层干部和群众就会信心不足。我们对有些领导干部过于姑息迁就，对他们当中的坏人坏事不敢整，这怎么行？批评与自我批评是防止党腐败变质的最好的武器，领导同志要敢于带头拿起这个武器。很多人把批评看成是打击，某些人一受到批评就怀恨在心或者觉得没出路了，因而作出极不正常的行动，这是很不正常的。领导干部要带头克服这种不正常的现象。

黄克诚言之凿凿，对整党行动信心满满。

清查"三种人"是整党工作重要的一部分。1983年8月14日，陈云将中共中央办公厅信访局刊载群众来信，反映一些地方的纪检部门中仍有"三种人"的简报，批转黄克诚、王鹤寿，并指出："纪检队伍中不能有'三种人'，已有的要调开。"黄克诚批示：坚决贯彻陈云同志的指示，"绝对不能让'三种人'和政治品质很坏、错误严重的人混入纪检队伍和各级领导班子，已混入的，要清除，安排使用这些人要注意"。

1983年10月，党的十二届二中全会通过了《中共中央关于整党的决定》，明确规定了整党的基本方针、基本任务、基本政策和基本方法。

始料未及的是，1983年入秋以后，黄克诚的咳嗽一直不停，再加上战争年代和被监护时落下的关节炎，使他感到极不舒服，躺着、坐着，都不能减轻症状。想做工作却力不从心，他感到很着急。经检查，他患了60多年的慢性支气管炎已经发展成肺心病，病情不容小视，再加上他还有别的十几种病，不得不再次住院治疗。这次，他住进了解放军总医院南楼18号病房。

第六章　双目失明，心不失明

第三节　陈云"鸟笼经济"的版权归属

一在病床上躺下，黄克诚就愁眉苦脸地问主治医生："医生，我还有多少时间？"

"什么？"主治医生被问愣了。

黄克诚补充道："我的意思是，我还能活多久？"

主治医生笑了："黄老，您想哪儿去了？您这个病最主要的就是排痰困难。只要您心情愉快，与医院配合治疗，就没有任何生命危险！"

唐棣华知道黄克诚心里想的是工作，在一旁嗔道："老头子，您就安心住上一阵子医院吧，对国家大事少操点心。等身体养好了，再想工作的事不迟！"

黄克诚泄气地说："我现在看不见了，离开你们就哪里也去不了喽！我只能听你们的命令！"

主治医生十分敬重地说："您放心，黄老！我们一定给您进行最好的治疗！我们知道您对小丁护士特别满意，医疗小组就特地把小丁调到南楼您的病房来了，仍然由她继续担负照顾您的工作。"

黄克诚把嘴角轻轻地咧了一下，满意地点了点头："谢谢你们。

小丁是个总能逗得开心的好护士。"

一直跟在后面的小丁走上前，站到黄克诚身边，说："黄老，有什么事，您只管吩咐我就是。"

主治医生叮嘱道："好，小丁，黄老是我们党和国家德高望重的领导人，你一定要照顾好他！"

"您放心吧！"小丁应诺着，"黄老，在医院，您要听我的哦！"

"好好好！"黄克诚满面笑容。

见黄克诚的心安了下来，一屋子人的心情也舒畅起来。

黄克诚这次病得不轻的消息传出后，他的老战友、老部下，还有一些慕名而来的人，陆陆续续前来探望他。医生担心他的身体吃不消，建议他尽量少见客人、少说话，以保持体力、颐养身体，可他哪里做得到？

早餐过后，唐棣华陪着韩培信来到病房。韩培信当时任江苏省委书记，正在北京开会，听说黄克诚病了，特意找到唐棣华，说无论如何都要来医院看望黄克诚。

韩培信抓着黄克诚的手不放："老首长，我是韩培信，30多年不见了，好想您呀！"

黄克诚乐道："你是培信啊！现在是江苏省委书记了，不错！当年为了反'扫荡'，我要你们坚壁清野，拆了八滩镇，说等革命胜利后还八滩老百姓一个'金八滩'。你现在当了省委书记，'金八滩'还了没有？建好了没有？"

黄克诚在苏北抗日时，韩培信是苏北地方干部。1943年2月下旬，日伪军在飞机、大炮的掩护下，对黄海边的八滩、六合庄及大淤尖地区实行梳篦式的反复"清剿"，妄图聚歼新四军主力及党政领导机关，先后占领东坎、五汛港等地，并企图占领八滩建立据点。那时的八滩，是新四军的后方基地之一，军械库、医院、大批后勤人员及

321

伤病员都在八滩区内。时任新四军第3师师长兼政委的黄克诚决定保卫八滩，决不让伪军在八滩立足。

韩培信当时担任八滩区区长。黄克诚把他找去，当面交代任务，命令他动员群众坚壁清野，做好反"扫荡"的准备工作。为了避免日伪军利用现有建筑作为据点，他命令韩培信迅速将八滩拆光，以王桥为指挥中心，准备战斗，抵抗进攻八滩的日伪军，保卫后方根据地。

要拆光享有"金东坎、银八滩"盛誉的八滩镇，地方干部和群众想不通。韩培信也不忍心，很犹豫。黄克诚得知后明确地告诉韩培信，要向群众说明，为了抗战的需要，为了长远利益和根本利益，小局必须服从大局。他坚定地说："韩培信，你必须坚决执行命令，还要告诉八滩人民，现在我们拆一个'银八滩'，等革命胜利后还八滩人民一个'金八滩'！"

这命令掷地有声，韩培信不再犹豫。他带领干部群众，在3天的期限内，把个八滩镇全部拆为平地。老区群众为了打鬼子，心甘情愿作出巨大牺牲。房屋被拆的群众没哭的，没闹的，没有讨价还价的，反而配合新四军拆光了八滩镇。刚刚拆完，日伪军就从东坎向八滩进攻，占领八滩后，住无片瓦，吃无粒米，还不时受到抗日根据地军民的袭扰，真是一日数惊、坐卧不宁。3月30日夜，时任新四军第3师参谋长的洪学智指挥第8旅第24团进攻八滩，韩培信率领区民兵队配合作战并做好后勤支前工作。经8小时激战，八滩遂告收复。不久，侵占东坎的日军也被第8旅逼退。

抗战胜利后，黄克诚奉命北进东北。临出发前，黄克诚逐个找留在苏北根据地的韩培信等领导干部谈话，深情地指出："主力一走，你们肩上的担子更重了，既要发展壮大根据地，还要反蒋介石侵蚀，压力不小，但我相信你们能干好。"他还找到留在盐阜军分区担任副政委的杨光池和参谋长陈克天，对他们说："现在，和平空气很浓，但你们留在盐阜，仗还是有得打的，民兵不能放松，地方武装不能放松，一个县至少再扩一个营。八滩已经收复，一定要建设好它。"

回忆起这些事，韩培信深感惭愧。因为长期受"左"的思想束缚和计划经济体制制约，加之经济基础比较薄弱，八滩基本上还是农业经济，生产力发展缓慢，贫困落后的状况没能从根本上改变。

黄克诚闻听，脸上露出遗憾的表情，转瞬又神往地说："以前，八滩叫'银八滩'，在我们手里，一定要建成'金八滩'。"

韩培信保证道："请黄老放心，我们一定要乘改革开放的东风，努力把八滩建成真正的'金八滩''银八滩'，给老百姓一个更新、更美的八滩。不仅让八滩人民富裕起来，也让盐阜人民和苏北人民都富裕起来！"

"就是要这样！"黄克诚很欣慰。

韩培信的探访让黄克诚的思绪回到了战争年代，也感受到岁月如流的无情，心态平和了许多。他每天听听收音机，再听李振墀念报纸，表面上看，不像以往那样时时刻刻惦着工作上的事了。

黄克诚正靠在沙发上听收音机，主治医生、李振墀陪着胡耀邦走进病房。

李振墀略显激动地告诉他："黄老，总书记看您来了！"

黄克诚一听，摸索着身旁的拐杖欲站起身。胡耀邦已经上前紧握住他的手，把拐杖放开，在他旁边的沙发上坐下。胡耀邦担任中共中央总书记以后，工作比以前更多、更重了，但他牵挂着黄克诚的病情，把来医院看望黄克诚排到了日程上。

黄克诚歉疚似的说："耀邦同志啊，我看不见了，现在又……"

胡耀邦轻轻拍了拍他的手，安慰道："黄老，我代表中央来看望您，我自己也一直想来看望您！刚才，我听了医院的汇报，已经叮嘱医院好好治疗您的病。您的病不是什么大病，但也大意不得！所以，您一定要好好休养，少操心劳神！"

"我这个样子，也操不了什么心了！"黄克诚自嘲地说。

胡耀邦关切地说："话不能这么讲。您是中央纪委第二书记，中央纪委的大事还得您过问。您住院期间，在身体允许的情况下，让他们向您汇报，但无论如何，您现在的首要工作是治病。"

"好，我一定遵命。"黄克诚非常感动。他谈到当初在要他出任中央纪委常务书记时不肯"遵命"的往事，表情竟有几分羞赧。

胡耀邦笑了："怎么样，中央当初的决定没错吧？"

两个人畅谈着党风的变化和国家的经济发展，十分投机。

胡耀邦的到来令黄克诚的心情格外愉悦。胡耀邦一走，他就提出要到花园里转悠转悠。

小丁推着黄克诚一边在花园里转悠，一边愉快地聊天。

"黄老，这些天来看您的人像走马灯似的，您累不累？"

"不累。"

"嗯，我也看出来了，您不累，您还很享受哩！"

"噢？很享受？"

"是呀！来看您的不是您的部下，就是好友，还有不少是官比您还大的中央领导，说明您威望高、人气旺！您骄傲呗！"

"这有什么骄傲的！他们来看我，我可以得到党和国家的很多信息，有利于指导工作倒是真的。"

"得！黄老，您还是一心想着工作上的事呀！这个要不得。哪天陈云同志来看您，我要请李秘书向他参您一本：您不好好治病，不听大家劝。"

"哦？向陈云同志参我一本？陈云同志最了解我了，你们就是参我十本也没用。"

黄克诚得意地笑着，心情好到了极点。

"黄老呀，那我们就向唐大姐参一本，看有没有用？"身后响起了李振墀的声音。小丁回头一看，唐棣华和李振墀已经走了过来。她正要张口打招呼，李振墀连忙在唇边竖起食指，又指指唐棣华，摆摆手，示意她不要暴露唐棣华也来了。

小丁会意地笑道："李秘书呀，你什么时候来的？偷听我和黄老聊天！"

李振墀"嘿嘿"乐道："没偷听。这不，一边走过来，一边就听见了嘛！"

黄克诚假装酸溜溜地说："振墀来了啊。唐大姐现在忙乎着照顾大孙子，顾不了我喽！"

唐棣华轻步上前推动轮椅，小丁笑着和李振墀走开了。

唐棣华沉默着走了几步，黄克诚觉得不对，疑惑地叫道："小丁？"

唐棣华这才挖苦道："老小老小，我现在要顾大孙子，还要顾您这个老小子！"

黄克诚惊喜地反手抓住唐棣华的一只手："你来了？家里一切都好吧？"

"都好。晚上，黄楠几兄妹都要来看你。他们早就想来，我劝住了。前些天来看你的人特别多，自家人就别凑这个热闹了。说话也是要费精力、费体力的。"唐棣华平和地说。

"还是夫人想得周到。"

"但今天他们不来不行，有事要你拍板。"

"哦？什么事这么重大？我这个人很民主嘛，商量就是了。我可从没干涉过他们做事。"

"他们来了，你就知道了。"唐棣华推着轮椅慢慢走着。

晚上，除黄煦有事来不了，黄楠、黄晴、黄梅果然都来了。他们

第六章　双目失明，心不失明

325

围坐在床边，有些掩饰不住的兴奋。

黄克诚实在想不出有什么非要他拍板才能定的大事，按捺不住地问："现在可以说了吧？什么事这么兴师动众的？"

"黄晴和黄梅各自有个去美国留学的机会，让不让他们去？"唐棣华看几个子女冲自己使眼色，就代他们说了出来。

黄克诚立即警觉道："怎么回事？"

唐棣华说："国家要选送一批公派留学生，黄梅由中国社科院选中了。黄晴有单位愿意资助他奖学金，条件是回来后要到资助单位工作，性质上还是属于自费留学。"

黄克诚不假思索地说："黄梅可以去，黄晴不可以去。"

黄晴急切地站起来："为什么黄梅能去，我不能去？"

"黄梅是国家选派的，是为国家去留学。你是单位私下资助的，拿人家的钱读书，将来只能替人家工作，搞不好就成了人家的狗腿子。"黄克诚正色道。

黄晴倔强地辩道："我不可能！"

"既然要我拍板，那就这样定了，不能去就是不能去。"黄克诚口气强硬。

黄晴气得一跺脚："哼，爸爸你这是看不起我！"

黄克诚推了推墨镜："这不是看得起看不起的问题，而是原则问题，莫再啰唆。"

黄梅拉着黄晴坐下，劝道："二哥，不去就不去，没什么。美国也未见得有多好。"

黄晴翻了下白眼："你这是得了便宜还卖乖。"

黄克诚朝黄梅的方向点了点手："黄梅，你可以去，但要记住，你是中国选派去的，学成后，一定要回来报效国家，切不可学有些人不归国。"

黄梅认真地回答道："我知道。"

"你还没入党吧？等学成回来，你要争取入党才是。"黄克诚犹豫了一下，还是叮嘱了黄梅他想说的话。他对子女从来不做政治上的要求，但黄梅要出国，他必须提醒她要有政治觉悟。

黄梅俏皮地往黄克诚的手臂上靠了靠，调侃道："入党？现在，党的形势很好，整党后会更好，我入党干什么？"

黄克诚抓起黄梅的胳膊拍打了一下，嗔道："你个鬼妹子，就你名堂多！"

大家都明白黄梅在逗黄克诚，就都笑了起来。房间里充满愉悦的气氛。

"爸爸真是偏心，妹妹怎么顶嘴，他都开心！"黄晴也笑起来。

黄克诚开心地笑着："黄晴，你是哥哥，莫吃妹妹的醋嘛！"

黄楠在一旁附和道："就是，黄晴，爹娘疼满女，这道理，你又不是不懂。"

黄克诚这才想起黄楠也来了，就问："黄楠，你回来了，还是在做党办工作吧？"黄楠一直在中科院高能物理研究所工作，业务干得不错，前一阵子响应党的号召，到四川参加整党工作，最近才回来。

唐棣华埋怨道："你别惦记她做不做党办工作了。黄楠，去四川参加整党工作，在那里因为气候不适应得了肺炎，这才回来多久啊，你又问这事。"

黄克诚一点儿也不生气，反而高兴地说："她的肺炎不是好了嘛。我觉得，黄楠适合做党的工作。她这个人没有半点儿自私自利思想，工作勤勤恳恳，为人公道，讲话有股子正气。你们几个，不管做什么工作，我赞成你们做一件事就要钻进去、搞到底，这样才能搞出点名堂。如果患得患失，受不得冷遇，坐不惯冷板凳，就什么事都做不好。也不要把名利看得太重，要按自己的兴趣发展，为国家做有益的事。"

"爸爸放心,我已向所里申请去基层工厂工作了。所里已经同意我的申请,也和我谈了话,要派我去工厂当党支部书记。"黄楠赶紧说明自己的情况。

"瞧瞧,这不是做党的工作吗?好样的!我现在看不见了,对一些真实情况不能作出判断,但有一点很肯定,现在整顿党风,很需要黄楠这样的干部。黄楠,你好好干。党风好了,我们的国家会更强大!"黄克诚越发高兴,说着,大手一挥,坐直了身子。

唐棣华见状,忙催促起来:"瞧你们的爸爸,一讲起抓党风就激动。我们都快走吧,要不,他今晚又要失眠了。"

"嘿嘿,该拍板的事,我已经拍板了,你们要走就走吧。"黄克诚满脸胜利者的骄傲。

他确实打心眼儿里感到骄傲。子女们个个品行端正,与某些躺在父辈的特权里捞取各种利益的干部子女比起来,本质上有着云泥之别。这让他心安,让他讲起抓党风、整党工作底气十足。

精心的护理加上愉快的心情,使得黄克诚的病情神奇地得到了缓解,咳嗽不像刚进医院时那么严重了。

一大早,小丁就来到病房,哼着小曲,拉开窗帘,开窗透气。窗外的树梢上,喜鹊喳喳喳地叫个不停。黄克诚侧耳听着,不知是听小丁的小曲,还是听窗外的喜鹊叫声,脸上浮现出明媚的笑意。

吃过早餐,小丁一如既往地把他从床头上搀起,准备陪他去花园散步。

陈云在李振壂和医院领导的陪同下走进来。见黄克诚正在起身,陈云示意小丁不要出声,自己上前伸手帮着搀起他。

黄克诚拄着拐杖,在陈云和小丁的搀扶下走到沙发上坐下。

"陈云老伙计来了啊。"黄克诚放下拐杖,一脸灿烂的笑。

陈云愉快地说:"黄老很敏锐,一点儿也不老嘛!我听有人告状,你黄克诚总喜欢说自己老了、年纪大了。我看,年老并不妨碍思维敏锐!"

"这几天总有喜鹊叫,我心想,你陈云该来看我了。"黄克诚的声音里透着无限的喜悦。

陈云也大悦:"真是心有灵犀。我昨天还在想,无论如何该抽时间来医院看你,与你谈谈心。"

陈云来医院看黄克诚的次数最多,他们谈党的建设,谈经济体制改革,谈如何对待疾病,谈如何配合治疗。黄克诚希望这次他们只谈工作上的事,不谈治病。

黄克诚故意抢白道:"再不来,怕见不到活着的我了吧?"

"瞧,别人告状没告错吧。你说这话是怕死呢,还是想死呢?"陈云挖苦道。

黄克诚点了点头,又摇了摇头,淡然地说:"怕也好,想也好,人终有睡过去再也睁不开眼睛的那一天,做好心理上、精神上的各种准备是有益的。"

"不管你是怎么想的,我已经向医疗小组了解过了,你只要好好治疗、好好休养,就没有事!听说,你的咳嗽、排痰问题大为缓解。一定要相信我们的医疗技术!"陈云的语气变得郑重起来,扭头对医院领导说,"黄老是我们党的楷模,一定要千方百计地给他治疗。"

医院领导连忙应道:"您放心,我们一定按您的指示办,精心治疗。"

陈云又对黄克诚说:"听到了没有?你要相信医院,相信医术。"

黄克诚说:"相信相信。想归想,我的精气神可是健康、积极的。"

陈云说:"就是要这样嘛!"

"陈云同志，我求你个事。"黄克诚突然煞有介事地望向陈云。他尽管看不见，但能感受到陈云正注视着自己。

陈云嗔怪道："你和我，有话就直说，什么求不求的。"

黄克诚沉吟片刻："你看，我这个身体隔三岔五就要折腾一下，自然规律到了这一步，随它去好了。请你跟医院说一下，就不要给我用好药了。"

陈云立即明白了黄克诚心里所想，激将道："怎么，你的激情燃烧尽了？我看还没有。你脑子清楚，想问题深刻，党也需要你，任何消极的想法都要不得！你是黄克诚，那么多磨难都挺过来了，还怕打针、吃药？你得给我好好活着，别东想西想！"

黄克诚沉默了一会儿，表情冷峻起来："你这样讲也有道理，但总的来说，我给你掏心窝子说，我有一种预感，我这次不容乐观。"

窗外传来一阵鸟叫，很清脆。

陈云赶紧岔开话头："噢，听到鸟叫了吗？多有生气的鸟叫声！"

黄克诚说："这鸟是布谷鸟吧。"

陈云说："还记得你我提到的'鸟笼经济'吧？前不久，各地主管经济工作的同志来北京开了个会，都表示'鸟笼经济'很适应当前的市场情况哩！我对他们说，'鸟笼经济'这个版权，要归黄克诚！"

上次，黄克诚把市场与计划的关系形象地比喻为"鸟与笼子"的关系后，确实引起了陈云的重视和思考。作为中央领导层的头号经济专家，面对只有国家计划而无市场调节的经济体制像一只铁笼将中国经济死死束缚的局面，在改革开放的形势下，陈云一直在考虑，如何做到活而不乱，让市场有一定的自由度而又不至于搞乱经济。与黄克诚那次谈话后不久，他连续三次运用这个比喻来阐述计划与市场的关系，并把它上升为"鸟笼经济学"。第一次，1982年11月4日，在听取宋平、柴树藩关于全国计划会议和经济情况的汇报时，针对有些人只强调搞活经济、不顾总体战略部署的倾向，陈云运用了黄克诚的比喻。他说：搞活经济是对的，但必须在计划的指导下搞活。这就像鸟一样，捏在手里会死，要让它飞，但只能让它在合适的笼子里飞。没有笼子，它就飞跑了。第二次，11月22日，中共中央政治局开会讨论国务院向五届全国人大五次会议作的《关于第六个五年计划的报告》。陈云在对报告稿的修改提出意见时，就搞活经济问题作了长篇发言，又一次讲了鸟与笼子的比喻，强调中国的经济体制改革应该以计划经济为主、市场调节为辅，并说"这个话不是我发明的，是黄克诚同志讲的"。第三次，11月26日至12月10日，在北京召开五届全国人大五次会议。会议期间，上海代表团部分同志到陈云家里座谈。陈云又着重讲了搞活经济与宏观调控的关系问题，并借用鸟和笼子的关系打比喻说：鸟不能捏在手里，捏在手里，它就死了，要让它飞。但要让它在笼子里飞，没有笼子，它就飞跑了。如果说鸟是搞活经济的话，笼子就是国家计划。这个"笼子"的大小要适当，该多大就多大，不一定限于一个省、一个地区，也可以跨省跨地区，甚至可以跨国跨洲。另外，"笼子"本身也要进行调整，比如对计划进行修改。但是，总要有个"笼子"。陈云告诉人们，这个"鸟笼经济"不是他发明的，而是黄克诚提出来的。

黄克诚大乐："不错嘛！谈个话还有版权！"

两个人开怀大笑起来。笑过一阵，陈云又言归正传，让黄克诚不要东想西想，一心配合治疗就是，要学那树上的鸟，时不时地叫上几声，带给人们有关季节的信息。

黄克诚回味着和陈云见面时的点点滴滴，连着几日，心情都极为舒畅。

李振犀陪着高高瘦瘦的王扶之进来了。李振犀告诉黄克诚，来人不肯先通报名字，说是要看看黄老还记不记得他。

王扶之上前，喊了一句"黄老"，躬身紧握黄克诚的手。黄克诚立即精神大振，他顺着王扶之的手摸上去，摸他的肩膀和脸，笑容可掬地说："嘿嘿，王扶之！"

"哎呀，黄老，您还记得我啊！"王扶之操着一口地道的陕北话，激动地说。

"你这个陕北大汉，我当然记得喽！你知道吗？我现在就住在你当年住过的南池子的房子里！"黄克诚感慨地拍着他的胳膊，"好多年不见了。你怎么来了？"

王扶之说："我来北京开会。"

这时，王秀全突然出现在门口，他朝李振墀招手，李振墀走出门去。小丁往门口走了几步，又留了下来，很有兴致地听王扶之和黄克诚聊天。

黄克诚满怀感情地说："你来看我真好，让我一下子想起在苏北抗战时，你用自行车驮着我指挥部队作战、与日军周旋的情景。你和惠汉良当时年轻，身高体壮，骑自行车驮着我，跑遍了苏北战场，跑坏了两辆自行车，真是辛苦你了。现在，我虽然看不见你的模样，但耳朵灵，你一喊我，我就知道是你！"

黄克诚说的是在苏北抗日时期的事。

黄克诚率领新四军第3师在苏北5年，粉碎了日军一次又一次疯狂的"扫荡"。1942年年底至1943年冬，是苏北抗战最艰苦的阶段。日寇集结重兵，先后对淮海区和盐阜区发动了规模空前的大"扫荡"。对盐阜区的"扫荡"，日伪军采取分进合击、铁壁合围、拉网梳篦的战术，形势异常严重、危急。日寇来势汹汹，而且敌强我弱，怎么办？黄克诚决定采用独立自主的游击战术，并作了战斗部署：由第3师副师长兼第8旅旅长张爱萍率第8旅、第7旅第21团及盐阜独立团共5个主力团，在地方武装配合下，坚持在盐阜区内线作战；第7

旅主力和第8旅第22团在淮海地区积极打击日伪军，策应内线作战；他自己则亲率师机关转移至盐东一带，指挥外线作战。

在这场浴血鏖战中，黄克诚只带一个特务营、两部电台转移到阜宁县芦堡村。

在苏北，黄克诚行军作战主要靠坐自行车。他有一匹枣红马，但他因为高度近视，很少骑马。马不是用来驮战备物资，就是让给病号骑。经常骑自行车载他的，是通信参谋王扶之和侦察排排长惠汉良；其中，王扶之载他的次数最多。有时遇到紧急情况，黄克诚就在自行车上处理。"自行车就是黄师长的司令部"一时成为美谈。这一次，又是王扶之载他。他们在离芦堡村不足200米的旧黄河大堤附近，同日军遭遇了。在老黄河口，河面仅有一座桥，大家争着过桥，拥挤不堪。特务营营长陈金保、教导员黄励华率部，一面依托旧黄河大堤与日军激战，一面请求黄克诚率师指挥所立即转移。然而，黄克诚不肯走。他说："师指挥所一撤就会动摇军心，后果严重，不能撤。"他坐在自行车后座上，穿梭在炮火中，指挥部队用火力阻击日军，掩护群众过桥。直到群众全部过完，部队伤亡太大，而且无力反击，他才同意转移。转移途中，王扶之骑车载着黄克诚，他就在车上下命令，让作战科调第8旅一个营火速增援特务营。战况危急之际，黄克诚却泰然自若、指挥自如，他的儒将风度起到了安定军心的作用。

王扶之忆起当年艰难困苦中骑车带着黄克诚满苏北跑的情景，忍不住笑道："那时候，您因为眼睛近视，可没少出洋相！"

黄克诚颇为神往地说："但那时候，我们活得很真实，一心就想着怎样打胜仗。"

"对，战友间、上下级间真是亲密无间啊！您知道吗？3师的同志背地里都喊您'老头子'呢！"王扶之深情地追忆着。黄克诚在新四军第3师担任师长时，虽然只有40多岁，但他参加革命时间长、资格老，又长得一脸老相，而且平易近人，没有任何架子，因而，大家私下都亲热地称他"老头子"。

"我当然知道。"黄克诚一脸憨笑道，"那时候，部队的作风真是好啊！抗战一开始，红十五军团改编为八路军第344旅时，我从八路军总政治部调到这个旅当政委。此后，这支部队编成八路军第2纵队、第4纵队，皖南事变后又改编为新四军第3师。1945年，我带这支部队到东北，1946年改编为东北民主联军第2纵队，就是后来的第39军。东北解放了，这个军南下，参加解放天津、解放中南，后来又折回东北，参加抗美援朝，打了很多好仗啊！"

"之后，这个军一直驻防东北。"

"我们永远不要忘记他们！这支部队能打硬仗，很有战斗力，战绩辉煌得很哪！"

"我曾在这支部队工作多年，所以，也很关注他们。目前，39军的部队建设抓得很紧，每一项都走在前面，多次受到中央军委的表扬。"

"扶之，请你告诉39军的同志们，在这支部队工作很光荣，一定要带好部队！"

两个人你一言我一语地谈论着往事，充满了怀念之情、神往之情，恨不得回到从前，回到那个战友情谊纯洁的年代。谈兴正浓，李振墀拿着一封信进来了。原来，王秀全从南池子来到医院，送来了这封信，并说对方在等着回信。信中说，江苏盐城拟规划兴建新四军重建军部纪念馆，盐城市委、市政府领导想来拜访黄克诚，请他作指示，还想请他为纪念馆撰写碑文。

"您能接见他们吗？"李振墀读完信，问道。

黄克诚愉快地说："可以，你跟他们定时间。建纪念馆的规划和设想很好。战争年代，盐阜区牺牲了很多人，仅新四军第3师在抗日和反顽斗争中就牺牲了1万多人。我们这些人是幸存者,后人不能忘了前人付出的代价。这个纪念馆应该建,让后人永远记住先烈,永远不忘革命历史,永远保持和发扬革命的优良传统。你跟他们说,纪念馆要多宣传刘少奇、陈毅;发展华中,他们的贡献很大。还有粟裕、张云逸、彭雪枫、李先念等同志,都应该宣传。这个碑文,我答应写,就写个《盐城会师记》。"

"好,那我和他们约时间。"李振墀转身离开病房。

王扶之赞道:"黄老,您真是老当益壮啊!"

黄克诚笑着摆摆手:"哪里有什么老当益壮?我是趁着脑子还清醒,为了党和人民,有一分热,发一分光,莫把光和热带到坟墓里去。"

病房里响起快慰的笑声。小丁的眼里写满了崇敬之情。

《盐城会师记》写成后,黄克诚接见了盐城市有关领导同志。此后,他又同江苏省委党史资料征集委员会苏北领导小组的工作人员谈盐阜区抗日根据地的建设问题。谈话内容经整理后,刊载于《苏北抗日斗争历史资料》第8册。全文9000多字,分为"我们到达以前盐阜区的情况""我们到达后的工作"两部分。到达后的工作有6项:(1)建党、建政和群众工作;(2)财政经济工作;(3)文化教育;(4)统一战线;(5)肃反和整风中抢救运动问题;(6)作战、反顽、反"扫荡"。黄克诚的《盐城会师记》和关于盐阜区抗日根据地的谈话,以及在1981年撰写、被收入《新四军重建军部以后》一书的《挺进华中敌后,开辟苏北抗日根据地》等几篇文章,均成为珍贵的新四军历史资料。

第四节　公正评价林彪的功与罪

朱鸿来医院看望黄克诚时，向黄克诚汇报了一件事：经中共中央军委批准的《中国大百科全书》人民解放军军事人物名单正在整理，林彪的名字也被列入，但不以元帅的身份对待，只写了简介和错误，没有写他的功绩。

黄克诚凝神听着，眉头皱了起来："嗯，为什么？"

1978年11月18日，国务院宣布中共中央批准编辑出版《中国大百科全书》，并成立中国大百科全书出版社。全书拟按学科或知识门类分为74卷出版，以条目形式全面、系统、概括地介绍科学知识和基本事实。全书完成后，将是中国第一部大型综合性现代百科工具书，也是世界上规模最大的百科全书之一。此后，中国大百科全书总编辑委员会和中国大百科全书出版社开始组织有关专家学者、编辑出版人员进行编撰工作。1980年11月16日，中共中央军委发出了《关于编纂〈中国大百科全书〉军事卷问题》的通知，确定组成军事卷编审委员会和编审室，军事科学院院长宋时轮担任编审委员会主任，并明确由全军共同完成这项任务。军事卷作为《中国大百科全书》的一个学科，共2卷，有25个分支学科；其中，中国人民解放军人物是一个独立学科。解放军人物学科将收录和介绍哪些人物、对一些重点人物又会如何评价，特别是哪些人可以被称为军事家，备受外界瞩目。黄克诚的条目理所当然地被收入解放军人物学科。当初，编审人员要求他提供着大将服装的照片时，他因为当年授衔时的照片和服装都已在"文化大革命"中被红卫兵付之一炬，还特地借谭政大将的大将服装照了一张大将照。1983年2月，经中央军委批准，军事人物

1981年，黄克诚补拍的授勋照

名单列入了林彪的名字。对此事，黄克诚早已知道。对于林彪的条目不写其功绩、只写错误的做法，黄克诚甚感意外。

朱鸿说："对'两案'的公开审判才结束两三年，对林彪的历史功绩尚无人敢讲或肯讲啊。编写人员对林彪在历史上的功绩写不写、怎样写，仍有诸多顾虑。"

黄克诚很干脆地说："有顾虑可以理解，但还是应该坚持历史唯物主义嘛！罪是罪，功是功。"

朱鸿说："如今，林彪条目的初稿除介绍他的简历外，只重点写了他在历史上的错误。"

"这个不行。对于如何评价林彪，陈云同志在指导编写辽沈战役

回忆录时就曾经说过：'林彪作为四野的司令员，在当时正确的地方，我们也不必否定。但不能只看到一方面的作用，还要看到其他方面的作用。'现在，编写军事人物也应该本着这个原则。"黄克诚态度鲜明地表示。

朱鸿说："但陈云同志对林彪的一生并没有全面地评价，编写组不能打消顾虑啊。"

黄克诚思索道："他们会送这部书的初稿来，到时候，我看看究竟是怎么写的再说。"对于林彪条目的初稿，编辑部特别慎重，按计划写出后，连同其他一些重要条目，要送给包括陈云、黄克诚等人在内的一些老一辈革命家审阅。

黄克诚心里装着林彪条目的事，陷入了思考。

1983年7月，辽宁锦州辽沈战役纪念馆将他们收集整理的有关辽沈战役的回忆文章汇集成册，定名为《辽沈决战》。在交付出版社之前，纪念馆请陈云题写书名。陈云欣然题写了书名，但感到这件事重大，涉及对林彪的评价问题，不是辽沈战役纪念馆能够拿捏得住的。8月9日，陈云特意召集辽沈战役纪念馆和出版社的同志来谈这本书的总体编辑方针。谈话中，陈云谈到了被历史遮蔽的林彪的作用。他说：要全面地、符合历史唯物论地看待辽沈决战。林彪作为四野的司令员，在当时正确的地方，我们也不必否定。陈云在讲话中特意说到林彪的作用，强调要"把这段历史立全面、立准确"，而如何评价作为辽沈战役总指挥官的林彪的作为，是"把这段历史立全面、立准确"的关键点之一。

可以说，陈云的这次谈话，为实事求是地评价林彪，开了一个口子。但陈云的这次谈话，只是就辽沈战役而言，并未涉及对林彪一生的评价。

不几日，《中国大百科全书》编辑部给黄克诚送来了军事人物部分的条目初稿。

黄克诚很认真地审阅了几位元帅和大将的条目释文，都提出了许多宝贵的意见。林彪的条目，果然如朱鸿反映的，对于林彪在历史上的功绩只字未提，不符合条目的体例要求。黄克诚决定与编写组面谈一次。他知道，他必须为林彪公正地说话。林彪的条目如果那样编写，是无法向后人交代的。

历史上，黄克诚是林彪的老部下。全民族抗战爆发后，1938年8月，红军三大主力改编为国民革命军第八路军。林彪成为以红一方面军为主力改编成的八路军第115师师长。其时，黄克诚担任八路军总政治部组织部部长。奉八路军总政治部主任任弼时之命，黄克诚到第115师检查政治工作。他发现红军改编为八路军后，由于按照国民革命军编制序列取消了部队中的政委制度，政治部改为政训处，政治工作的地位大大降低，造成政治工作形同虚设、军阀主义风气滋长，严重影响了部队建设和指战员的战斗情绪。回来后，黄克诚立即写了一个报告，建议恢复人民军队中的政委制度，并以八路军总部领导人朱德、彭德怀、任弼时的名义上报中共中央军委。毛泽东看后大为赞成，马上作了批示。1937年10月，八路军就恢复了原有的政委和政治机关制度，部队重设政委，原政训处升格为政治部。同月，黄克诚被派到

1937年，时任八路军总政治部组织部部长的黄克诚

八路军第115师第344旅担任政委，林彪成了他的顶头上司。1938年2月，林彪奉命率第115师师部和第343旅由晋东北南下，到吕梁地区开辟根据地，后因受伤送延安治疗，师长职务由第343旅旅长陈光代理。5月，林彪赴苏联继续就医。此后，直到1945年10月，林彪赴东北，担任东北民主联军总司令兼政委。1945年11月，黄克诚率部挺进到达东北，再次在林彪直接领导下工作。林彪比黄克诚年龄小，职务却比黄克诚高，在东北时也一直是黄克诚的顶头上司。对于林彪的军事才能，黄克诚打心眼儿里钦佩，跟随在他的麾下，丝毫不觉得委屈。在东北的几年间，一个不恃才傲物，另一个不倚老卖老；一个是指挥天才，另一个是战勤智囊。两个人的配合堪称天衣无缝，关系也突飞猛进，林彪多次住在黄克诚的部队。林彪的固执在党内、军内是出了名的，他有时甚至连毛泽东的意见都不听。但是，黄克诚的话，林彪常常能听得进。这是因为，黄克诚虽一副傲骨，刚正不阿，在党内是有名的敢于提不同意见的人，但他从不乱放炮，看问题深刻，分析也准确，提出的意见往往是对的。林彪采纳黄克诚提出的"让开大路，占领两厢"、到乡村建立根据地的建议，放弃了打大仗的思路，为解放东北全境打下了有利的基础。1947年3月，黄克诚代理中共中央西满分局书记，全面负责西满的各项工作。黄克诚从大局出发，把新四军第3师全部交给林彪直接指挥。很多人对他此举表示不解：第3师本属西满军区，又是黄克诚从苏北带出来的部队，为什么拱手交给林彪？黄克诚笑了："任何一支部队都是党的军队，不是哪个将领的私有军队。现在，林总更需要3师。"有了第3师的支持，林彪如虎添翼，叱咤东北战场，迅速打开了局面。黄克诚这样的胸襟，怎么不令林彪对他刮目相看，以诚相待？！拿破仑说过："部队是靠胃打仗的。"黄克诚担任东北民主联军副司令员后，主要领导后勤工作，负责部队的"胃"。由于他杰出的组织才能，部队有了良好的战勤保障，始终士气高昂。国民党军在东北失败的一个重要原因，就是后勤保障跟不上。新中国成立后，黄克诚担任湖南省委书记。林彪作为中南局书记，对他的工作极为支持。1959年，在庐山会议上，黄克诚被打成"彭德怀反党集团"二号人物前后，林彪没有公开说过黄克诚这样那样的坏话。在"文化大革命"中，黄克诚遭受专案组"逼供信""土飞机"等折磨，苦不堪言之时，为了不被整死，给林彪写过"求救"信，悄悄通过哨兵，将这封信请北京卫戍区司令员傅崇碧转交林彪。信中说："林副统帅：我入党四十余年，历史长得很。要找碴儿，可找之处甚多……他们根本不懂历史，不懂旧社会，不能理解我们的路是如何走过来的，一味瞎纠缠地搞下去，搞到我八十岁也搞不完。这种逼供办法，势必逼得人乱说，牵累许多无辜者。这个教训，历史上已经不少。因（毛）主席忙，只好写信给你，请你考虑一下……"三天后，黄克诚的境遇开始有所改变。九一三事件后，很多人纷纷揭发林彪。黄克诚却没有落井下石，反而说："我过去对林彪的印象不错，觉得他很能打仗，也能采纳他认为正确的意见。"

负责《中国大百科全书》军事人物条目的周之同、姚夫和李维民三人如约前来，恭恭敬敬地坐到黄克诚对面，将编辑军事人物条目的过程详细地作了汇报。

黄克诚开诚布公地说："你们送来的部分军事人物条目，每一条，秘书都给我读过了。其中关于林彪条目的释文初稿，振犀尤其仔细地念给我听了。刚才又听了你们的汇报，我想谈谈我的意见。"

"请黄老作指示。"周之同等人连忙准备记录。

黄克诚这天的精神特别好。他坐在沙发上，阳光从窗棂上照射进来，照在他的头上，形成一圈金色的光环。他的脑海里，放电影般地掠过林彪的一生。

他情绪饱满地说："今天主要谈一谈林彪这条释文。你们征求我的意见,我认为把林彪列上,这是应该的。现在写历史比过去实事求是多了,不过,有些问题还需要你们考虑一下。我知道写这个条目有很多难处,轻了不行,重了也不行,是很费力的事。关于对林彪的历史如何评价,从前没有人讲过,最近,陈云同志在谈如何编写辽沈战

黄克诚(左)会见中共中央党史征集委员会的工作人员

役回忆录时讲到这个问题。这个材料,你们大概看到了。你们写人物志,要学习司马迁,要用历史唯物主义的观点,用历史学者的态度,去评价历史人物。不要揪出一个人,就把他的历史功绩一笔勾销了。林彪确有指挥才能、有战功,不承认这个事实,不是历史唯物主义态度。况且,国内外都知道林彪是我们开国十大元帅之一,别的元帅都写了战功、经历,不写林彪的战功,不仅不符合历史事实,也很难令人置信。"

周之同他们一边记，一边露出兴奋的神情。黄克诚的主张，也正是他们期待的写人物志的态度，但具体到林彪这个人物，他们的思想仍不敢解放。

黄克诚侃侃而谈："林彪死了十几年了，也要用历史唯物主义的观点去写他的历史。这是我的想法，我也没有把握。你们征求我的意见，我就把我的意见告诉你们，请你们考虑。林彪在我军历史上是有名的指挥员之一，他后来犯了严重的罪行，受到党纪国法的制裁，这是罪有应得。但是，在评价他的整个历史时，应当分两节。一节是他在历史上对党和军队的发展、战斗力的提高，起过积极的作用。另一节是后来他对党、国家和军队的严重破坏，造成了极为严重的后果。这样，两方面都写明确，不含糊，才符合历史事实。

在这条释文中，你们写了林彪在历史上担任了什么职务，这是必要的。但是在担任这些职务时，他指挥了很多战斗。据我了解，毛主席和朱总司令在中央根据地指挥中央红军作战时，他们手下有几个著名的战将，一个是彭德怀，一个是林彪，一个是黄公略。伍中豪同志牺牲得早，一九三〇年就牺牲了。黄公略也在一九三一年牺牲了。红四军是毛主席、朱总司令创建的。成立红一军团后，红四军就是林彪指挥，他是红四军军长。开始时，红一军团有三个军。红三军军长是黄公略；红十二军军长是伍中豪，后来是罗炳辉。在这三个军中，战斗力最强的是红四军，战功最大的是红四军。据我了解，林彪的确有指挥作战的能力。他生前，我是这么说；他死了以后，我还是这么说。有人说林彪不会打仗，这不是历史唯物主义的态度，不符合历史事实。

在土地革命战争时期，他先当连长、营长、纵队司令员，以后当红四军军长。在毛主席、朱总司令领导下，他指挥了不少战斗。在我们军队中，他可以说是一个战将，要承认这个事实。红一军团在我国

第六章　双目失明，心不失明

343

革命历史上,起的作用是很大的,打过很多仗,在红一军团基础上发展起来的部队也很多。当然,主要是毛主席、朱总司令领导的;后来,林彪是军团长。在写这一段时,我想,可以写他指挥过红四军、红一军团,在第一至五次反'围剿'和长征中,指挥了渡乌江、腊子口等战斗。在广西全州战役中,他在前线指挥红一军团和红三军团一部分作战。那时,我是红四师政委。我带部队到全州地区时,他指挥我们。我亲自找了他,他告诉我部队怎么摆法。土城战斗也是他指挥的。不过,那次战斗没有打好,没有消灭敌人。总之,他是有战绩的。

在抗日战争初期,林彪指挥了平型关战斗。平型关战斗的胜利,对鼓舞全国人民的抗日信心、树立八路军在全国人民中的声威有重大作用。这个战斗是林彪和其他同志一起指挥的。他是一一五师师长,聂荣臻同志是副师长,罗荣桓同志是政治部主任。不过,主要指挥还是他。毛主席、朱总司令当时都不在前线。后来有人说,平型关战斗打错了,这不是历史唯物主义的观点。当然,平型关战斗一方面是胜利,另一方面也有教训应该吸取,就是同日本人作战,当时按照毛主席的方针,是不能硬拼的,盲目地拼会把我们的老部队拼掉。当时,我们没有多大的本钱。但是,这个战斗的胜利,大大鼓舞了全国人民,有很大的影响和意义,这是不能否定的。

解放战争时期,一九四五年冬,我们进军东北的部队是十万多点,经过三年,到一九四八年十二月部队进关时是一百多万人。带十万人进去,带一百多万人回来,建立了东北那么大的解放区。当然,这不是林彪一个人的功劳,这是整个东北局、东北部队指战员和东北人民的功劳,但林彪是主要领导人,也不能抹杀这一点。不然外国人会说我们写历史不顾历史事实。在林彪这条释文中,对他的成绩也需要稍具体一些,概括地写几句话。譬如,他与陈云、罗荣桓、李

1949年年初，东北野战军、华北野战军会师后，主要将领合影，左起依次为：黄克诚、谭政、聂荣臻、萧华、罗荣桓、刘亚楼、高岗、林彪

富春等同志，共同领导了东北的解放战争，解放了整个东北。后来进关指挥平津战役，解放华北，以后又进军中南，直到中南地区全部解放，他才回来休息。总之，对他历史上的成绩也要概括地点出来。

关于林彪在过去历史上的错误，不知道你们写其他人的时候，像这类的问题是不是都写上。譬如，林彪写信给毛主席，提出'红旗能打多久'的问题。在党内来说，一个下面的干部，向党的领导人反映自己的观点、提出自己的意见，现在看来这是个好的事情；如果把自己的观点隐瞒起来，上面说什么就跟着说什么，这不是正确的态度。林彪不隐瞒自己的观点，尽管观点错误，但敢于向上级反映，就这一点说，是表现了一个共产党员的态度。在党内有什么意见就应该提出来，现在应该提倡这种精神。有些同志不敢提意见，生怕自己吃亏，这不好。提的意见不一定都正确，还可能是错误的，这不要紧，错了可以批评。由于林彪提了这个问题，毛主席写了《星星之火，可以燎原》。如果林彪不提那个问题，毛主席那篇文章也写不出来。在党内不隐瞒自己的观点，按照组织系统提出自己的意见，我们应当提倡这种事情，而不是批判这种事情。特别是现在，应当提倡这种作风。在'文化大革命'中，谁说了一句错话就记账，弄得谁也不敢说话，怕说错了挨斗，这是很不好的。据我了解，像这类的事情，林彪不止这一回，他向毛主席提意见还有提得更厉害的。我考虑，如果其他人的条目释文中像这类的问题都写，林彪这一条也可以写；如果在其他人的条目中这类问题不写，对林彪也不要那么苛刻。在我们党几十年的革命斗争中，没有犯过错误的人是没有的，没有讲过错话、没有做过错事的，恐怕一个也找不出来。毛主席也犯过错误嘛！像这类历史上的问题，如果其他人的条目中不写，林彪这一条目也可以不写。如果要写，也要在肯定他在历史上的成绩之后，再提到他在历史上也提过错误的意见。至于他后期的问题，属于另外一种性质，那不是错误，而是严重的罪行。他坐飞机外逃，机毁人亡，身败名裂，自己给自己作了结论，这要严肃批判，当然，也是按照历史事实表述出来。总起来说，我的意见就是要按历史唯物主义的观点，用历史学者的态度，来写林彪的历史，好的、坏的两方面都写，不要只写一面。我这个意见提供你们参考，最后还是请总政干部部、总政领导和编委会考虑决定。"

关于林彪条目的谈话，一谈就是两个多小时。讲者思绪如流，听者如饥似渴。

周之同兴奋至极地说："黄老，您的指示对我们来说太宝贵了！我们在编写林彪条目时谨小慎微。您慨然直言、实事求是的精神太让我们震撼了！我们回去后立即向军委领导汇报。"

姚夫也激动地说:"一旦军委同意您的意见,这不仅是对我们这本书中林彪条目释文修改的大力推进,也为后人公正评价历史人物提供了重要原则!"

周之同、姚夫、李维民三个人起立,庄重地向黄克诚行军礼,然后一一上前握别,一反来时拘谨紧张之态,神采奕奕地走出病房。

李振墀合上笔记本,敬慕地说:"黄老,您今天讲得真是太好了!恐怕,也只有您敢这样讲了。"

"如果我们还活着的人不敢讲真话,不敢讲事实,那么历史是真是假,以后谁分得清呢?"黄克诚却一改刚才的谈兴,一脸的忧思,"我们常说,'历史是公正的',但只有记录历史的人有一颗公正的心,历史才经得起后世的考验。"

"只有记录历史的人有一颗公正的心,历史才经得起后世的考验!"这是多么振聋发聩的声音!

第七章
廉洁自律定家规

第一节　南池子的四合院
　　　　不搞"将军府"

　　黄克诚不仅严格要求自己，而且非常注意严格要求子女、亲属和身边工作人员。他时常对儿女们和身边工作人员说："你们要靠自己的努力奋斗成才，不要靠我的什么关系、后门。我黄克诚是没有什么后门可走的。"他认为，领导干部的家事，往往含着政事。抓党风，落实到家里，就是要抓家风、抓家规。从严治家是从严治党的一部分，黄克诚的家风，充分体现了这一点。

　　话说黄克诚复出后，住进位于北京南池子的一座普通四合院。没住几天，房子的各种问题就显现出来，远不止原来想的只是老旧一点而已。房子墙皮脱落、房顶潮湿不说，还紧临闹市，大门低矮简陋，隔壁又是一个消防站，一天到晚，吵闹异常。有时候，一家人睡得正酣，被突然响起的"呜呜呜"的火警警报声惊醒。消防车一辆接一辆鸣着警笛开出消防站，车轮碾过路面的声音和警报声混合在一起，尖利刺耳。一家人时常不得安眠。

　　丛树品觉得，墙皮脱落、房顶潮湿等问题，按黄克诚的意思用五合板钉一下还可以暂时凑合，但吵闹异常对于黄克诚这样一位年老体弱的老人就太不合适了，应该换个安静的地方住。而且，南池子这个住宅何止是吵。这座房子是自家烧锅炉取暖，管道失修多年，暖气陈旧。在冬季，不仅热量不足，还常常断气。大冬天的，年轻人都感到有些冷，黄克诚在夜寒深重之时更加难熬。丛树品向后勤保障部门汇报，他们也考虑到了，同意给黄克诚换房。

丛树品转达了后勤保障部门的意见，然后动员唐棣华劝黄克诚搬家。"大不了辛苦一点，再搬一次家，总比这样天天又冷又吵的，睡不成觉要好。"丛树品再三强调，黄克诚年老多病，不宜在南池子久住。

唐棣华愁眉苦脸地说："能换个房子当然好。可是，他那个性格，要说动他换房，够呛。"

两个人正在客厅谈论搬家的话题，黄克诚从书房走出来，听了一会儿，听出了个大概，接过话头："还是棣华了解我啊。这儿是有点吵，但比一般人家住的环境好多了。再说，我怕吵就搬走，别人来了还不照样是吵吗？我们就别折腾了。冷就冷点吧，以后再说。这不，冬天就要过去了嘛！"

唐棣华看着丛树品，苦笑道："怎么样，我说的对吧？"

丛树品无奈地摇摇头，叹息了一声。他理解黄克诚廉洁自律的品性，但不能理解他的固执。换个房子，合情合理，怎么就偏不换呢？

好在这一年，全家人都沉浸在黄克诚复出工作的喜悦中，精神上有了很大的慰藉，冬天过得似乎比往年快，一下子就迎来了春暖花开的季节。

丛树品见天气暖和了些，在周日就动员黄克诚去旁边的中山公园走一走。黄克诚却说，他想去一趟北海公园，看望刘道豫老人。他尽管知道已不能重拾与老友对弈之欢，却可以畅谈劫后余生的感悟，再看看当年那盘没下完的围棋，他们是否还能接着把它下完。

黄克诚与刘道豫的交往，颇令人回味。1949年10月，黄克诚被毛泽东亲自点将，从天津市委书记任上南下，赴任湖南省委书记。上任不久，他专程拜会程潜，适逢刘道豫正在与程潜对弈。刘道豫长黄克诚十几岁，是参加过辛亥革命的一位资深民主人士，大家都尊称他"刘老"。黄克诚已有好长一段时间没下围棋了，一见围棋，立即兴奋得手痒痒起来。得知他会下围棋，程潜起身相让。黄克诚遂与刘道豫以棋会友，引为知己。以后每当有空闲，两人就切磋几盘。但黄克诚不是为下棋而下棋，他把下棋当作团结民主人士的一种方式。黄克诚南下前，毛泽东在香山召见他，一再叮嘱，要团结好民主人士，充分发挥他们参政议政的作用，让他们为建设新湖南、新中国献计献策。黄克诚的诚挚与大义，令一向清高孤傲的刘道豫深深折服，他热情主动地为开展湖南的文史工作出过不少好点子。

新中国成立初期，我军大力推进正规化、现代化和革命化建设进程，百事待举，中央军委及各总部的工作千头万绪。1952年10月，黄克诚又奉毛泽东亲令北上京城，调任中央军委副总参谋长、总后勤部部长兼政委。有一段时间，因代总参谋长聂荣臻病休，总参的工作就由黄克诚主持。那段时间，黄克诚实在太忙了。总参的办公室设在中南海居仁堂，他家住西郊万寿路。而毛泽东习惯夜间办公，常常让秘书在夜里一两点钟打电话找他，或通知他到中南海议事；周恩来也时常在晚上找他去汇报工作或开会。时间一长，黄克诚感到极不方便。1953年夏天，黄克诚把家从万寿路搬到北海公园后边的恭俭胡同52号。尽管这里又旧又小，"规格"不及，但黄克诚坚持搬了进去，因为这样，他步行穿过北海公园就可以到中南海，及时参加毛泽东和周恩来召集的会议。中央军委从中南海搬到旃坛寺办公以后，他的家也由恭俭胡同搬到大水车胡同，但仍然可以穿过北海公园去上班。黄克诚有车不坐，每天步行上下班，很多人不理解，他则称之为一举三得：炼了身体，省了汽油，接触了群众。离办公室近了，工作上方便了许多，但他仍是不分昼夜地忙，不知疲倦地工作，从未轻松过。当时，黄克诚的健康状况并不是很好，鼻炎发作，咳嗽厉害。医生多次劝他住院休养治疗，都被他婉言谢绝。唯一能让他放松心情、调剂生活的，就是下围棋。黄克诚在穿过北海公园上下班的那些年，有时也忙里偷闲，顺道去中央文史馆和刘道豫下盘棋。对黄克诚来说，与这位老友对弈，更是人生一大快事。

刘道豫先于黄克诚调到北京，在位于北海公园的中央文史馆当馆员。黄克诚搬到恭俭胡同后不久，一次下班后穿过北海公园时遇到了刘道豫。那时，刘道豫经常在北海公园的树下与别人下围棋。这天，黄克诚经过树下，一时兴起观看了一局，才发现下棋的一方竟是刘道豫。久别重逢，自然格外惊喜。两人对弈一盘后，相约以后再续棋缘。

黄克诚虽说酷爱下棋，却由于工作繁重，真正与刘道豫下棋的时间算下来也不多。他有一个原则：下棋归下棋，绝不能影响工作，更不能耽误事情。下棋只在周日，以两三个小时为宜，绝不恋战；若是有事情，则半分钟也不耽搁。他谨守这一原则，在有限的下棋时间里，最大程度地放大着自己的快乐。

1959年7月的一天，黄克诚审定了两份要呈报中央的文件后，心里轻松，又正好到了下班时间，就来到北海公园找刘道豫，要和他好好杀一盘。刘道豫乐不可支，他们上一次下棋，还是一年前的事。一年里，黄克诚忙于军务，没有顾得上下棋。两个人按老规矩，黄克诚执黑子，刘道豫执白子，愉快地对弈起来。然而，这盘棋还没到终局，警卫员就气喘吁吁地跑来向黄克诚报告，中央让他即赴庐山开会。黄克诚闪电般地站起身，告诉刘道豫，等他从庐山回来，再接着下这盘棋。

黄克诚匆匆奔赴庐山开会。他哪里会想到，这忙里偷闲的"快乐围棋"竟就此结束，之后的围棋则成了伴随他度过劫难时光的精神工具！与刘道豫的那盘棋，再也没有续上。

1959年被罢官以后，黄克诚下放，有了许多闲暇时间，却失去了下棋的快乐。他很想去看看老棋友，再找回对弈的乐趣。每次去北海公园散步，他都不由自主地走向中央文史馆所在的那条路。然而，一想到自己的处境可能会给刘道豫带来麻烦，黄克诚又赶紧折返。如此这般，总是过门而不能入，他的心中很不是滋味。为此，他写了一首七律《有感》，表达命运无常、有朋不能相见的悲苦无奈的心境："居近北海偶一行，景物依旧时势新。花木枯荣犹有律，人事起伏竟无凭。仰望高天百感集，俯视残躯一叶轻。欲访故人行复止，无言相见何为情。"

丛树品知道这些故事，明白黄克诚的心情，陪同他来到北海公园，走进阔别20多年的中央文史馆。

然而，他们得到的是一个噩耗！

世事沧桑，刘道豫早已故去。让他们震惊的是，刘道豫在临终前，将当年的那副围棋留给了黄克诚，并嘱咐一定要等到黄克诚。他坚信，只要黄克诚能活着出来，就总有一天会登门找他。

黄克诚当年与刘道豫一别，竟成永诀！那盘棋，也竟成了一盘永远没下完的棋！

棋如人生，人生如棋。黄克诚抚摸着刘道豫的遗棋，百感交集。

比起专业围棋手来，黄克诚的水平不算高，但他作为业余爱好者，棋高一着之处在于，真正洞察了围棋的一些思维秘密，并将它们融入自己的军事思想和人生智慧。冯征写过一篇题为《老棋迷黄克诚大将》的文章，文中引用了黄克诚谈围棋的话："'虚心使人进步，骄傲使人落后'，这是（毛）主席的教导，也是棋艺进步的重要因素。有多次看来你要输了，但是你深思熟虑、千方百计地转败为胜，这一点作为军人是最重要的。经常研究棋艺，这既是高雅的娱乐休息，又可以锻炼思想方法，对学习军事很有帮助。"这段话，充分表明黄克诚下围棋绝不止于围棋艺术。把下棋当成是学习，从围棋中观军事战略、看社会风云、明政治谋略、察人生变幻，这才是黄克诚下围棋的最高境界。而围棋的变化莫测，也如黄克诚的人生，风诡云谲。当然，在他人生的棋局里，他是胜者、是赢家。他胜，胜在心志奇坚；他赢，赢在高风亮节。或许，这就是刘道豫留下这副围棋的含义所在。

从中央文史馆走出来，黄克诚、丛树品两人久久地沉默着，只听见黄克诚的拐杖戳在路面上"咚咚"的声音。直到走过了中央文史馆前面的那条小道，黄克诚才伤感地叹道："唉，刘老仙去几年了，我都不知道……他愣是没等我下完那盘棋啊！"

丛树品忙安慰道："刘老在天有灵，若知您复出，一定也会欣慰的。"他一手提着刘道豫的那副遗棋，一手轻轻搀扶着黄克诚。

"嗯，他一定知道。"黄克诚颔首应道，又说，"你的围棋后来有长进没有？"

丛树品怔了一下，说："没什么长进，离开您以后，基本上没怎么下。"

"今天，我们下一局如何？纪念刘老。"黄克诚突然提议道，脸上的表情是凝重的。

丛树品犹疑地看着黄克诚，觉得他是认真的。丛树品心想，以下棋的方式纪念刘道豫，也许是黄克诚最好的怀念这位故友的方式，就找了个茶座，挪开茶具，摆开了刘道豫留下的那副围棋。

下了一会儿，丛树品盯着黄克诚看，眼睛有些湿润。

黄克诚每落一颗棋子，眼睛都要凑到棋盘上面，才能准确地放在棋格里。几个棋子投下来，他不得不停止下棋，有些心烦意乱。

"哎，老了，眼睛不行了。下一盘棋，十天十夜怕也下不完！不下了。"黄克诚忧愤地叹道，一把将棋盘推开。

丛树品连忙定定神，笑呵呵地说："黄老，不下棋也好。下棋坐的时间长，容易造成血液循环不畅。我想，您可以多散散步、打打太极拳什么的，做做运动。走，我陪您散散步去！"

他起身欲搀起黄克诚，黄克诚摆摆手，自己拄着拐杖站起来："你倒挺会说服人的。我把你重新要过来没错，你不会因为我老了爱发火、脾气又固执烦我怕我。"

"哪能烦您呢？人都有焦躁的时候，都有烦恼的事情。"丛树品收拾好棋子，挟起棋盒，半搀半扶地将黄克诚扶出茶室。

走在北海公园里，满眼都是欢乐的游人，呼吸到的空气也是清新的、弥漫着花香的。黄克诚的心情渐渐从伤感与烦乱中摆脱出来。

丛树品趁机鼓动黄克诚到各地视察、休养一下散散心，还说这样对视力恢复有好处。

黄克诚停下脚步，警觉地看了一眼丛树品，有些不悦："你是不是认为我被关了18年，复出了，年纪又大了，应该好好享受一下？"

"不是我这样认为，而是社会这么认为。现在，一些干部一心向权看，伸手向党要权、要待遇、要补偿……"丛树品辩解道。

黄克诚严肃地说："好了，树品，这个话题以后不要再提。我有工作，就比什么散心活动都好！想想那些牺牲的革命战友，我觉得自己今天还活着、还能复出为党和国家工作，就十分幸运了，谈什么享受！共产党的干部怎么能一心只想享受的事呢？像刘老这样的人，为中国文史事业默默耕耘了一生，他们讲享受了吗？他们享受过吗？他们享受到了吗？受点冤枉就想着补偿，那么，人民受到的损失，谁来补偿呢？树品啊，我重新把你要到我身边，不只是因为你了解我的生活习惯，更是因为你认可我的生活和工作作风啊！"

第七章　廉洁自律定家规

丛树品深受震撼，恭恭敬敬地应道："黄老，我明白了。"

黄克诚抓起身边的拐杖在地上顿了顿，语重心长地说："我们有空来公园走走就是了，公园里有树有水、空气清新，一样可以散心放松。我要是去外地，一去就要跟一大帮人，那得花公家多少钱，花多少人力、物力！现在，国家拨乱反正，要搞经济建设，百业待举，到处缺钱啊！再说，老百姓的生活还苦得很呀！小丛，我们是军人，是共产党人，心里要时刻装着人民群众的冷暖疾苦。我们当年干革命是为了让老百姓过上幸福生活，目前离这个目标还远得很哪。新中国成立30多年来，我们失去了许多像刘老那样的民主人士、知识分子，不能再失去老百姓的心了……"

丛树品望着几近失明的黄克诚，眼睛里泛起泪花，心中油然升起一股敬意。眼前的这位老人，是他见过的最朴实无华的首长，也是他见过的最高尚无私的首长。黄克诚胸有万民，伟大的情怀令人景仰。丛树品知道，黄克诚的话不是官话，更不是套话，而是透明的心里话。人的生命是有限的，黄克诚明白自己的生命更是有限了，他没有时间去享受，一心想的是怎样才能在有限的时间里，多做一些于国于民于党有意义、有价值的事情……

"嗯，这北海公园，怕是要说'别了'！"黄克诚的话打断了丛树品的沉思。他的语气有些决绝。黄克诚拄起拐杖，缓缓地往前走着，又记起刚才丛树品说的那番有些人向钱看、要补偿的话，认为这个现象值得注意，就决定找几个人来南池子座谈一下，他要听听究竟是怎么回事。

丛树品答应着，内心涌起千般感动。他想，刘道豫仙逝，黄克诚唯一的爱好——下围棋也因双目失明而彻底停止。北海公园的道路上，从此将再也看不见黄克诚的身影。但黄克诚曾经穿行于北海公园的脚步，依然在踏响。他心系党、心系国家和人民的精神，将默默地融入北海公园的空气，融入中国革命与建设、改革的历史。

黄克诚心情沉郁地从北海公园回到家，却见院门口堆着许多砖头，一些年轻力壮的战士推着大板车在院子里忙进忙出；院子的地面上挖了一条壕沟，里面露出一截热力管道，一堆堆砖头、新挖出的土方、崭新的热力管道堆在一边；管理局的赵助理在一旁指挥施工。原来，后勤保障部门认为南池子的房子冬天实在太冷了，必须更换暖气管道，但又都知道黄克诚不愿意换，就命赵助理想办法。赵助理"侦察"到黄克诚要去北海公园会老朋友，还要下棋，估计很晚才会回来，就想抓住这个机会给房子换暖气管道。

黄克诚心里明白是怎么回事，大声地质问道："你们这是要干什么？"

赵助理这才发现黄克诚回来了，慌忙上前报告：后勤保障部门得知黄克诚不愿换房住，就决定把房子维修一下。工程连抽了几个战士，检修了屋顶，补了几个漏水的地方；现在准备换热力管道，把暖气改造一下。

"大门口的砖又是怎么一回事？"黄克诚扬起拐杖往大门口指了指。

赵助理答道："黄老，您家这个街门又低又旧，很不成样子。我们准备修一个好一点的大门楼，也修高一点，免得太吵了。"他原计划在下班前神不知鬼不觉地完成工作，哪知黄克诚中午12点都不到就回家了，只得如实汇报。

"修那个东西干什么？现在这个门虽然旧点，可是蛮结实嘛！门就是个出出进进的东西而已，装修那么好干吗？像这种装门面的事情，咱们宁肯将就点，也不要乱花钱！你马上让人把砖头搬走！"黄克诚很生气。

赵助理看了看院子中央，颇为难地说："好吧……黄老，热力管道还是安了吧？地都已经挖开了。"

黄克诚愣了一下，问："你说给我听听，改装暖气要花多少钱？"

"3万元。"赵助理随口答道，不明白黄克诚是什么意思。这个钱由后勤保障部门出，黄克诚用不着考虑预算的事。

"3万块?!"黄克诚闻声色变，追问，"周边的老百姓是不是也一起通暖气？"

"黄老，周边老百姓改装暖气那是北京市的事，咱们军队不承担。"赵助理解释道。

黄克诚用拐杖使劲地戳着地面，痛心地说："周边的老百姓不能通暖气，你们怎么能这么大手大脚地花钱？现在，我们的国家还很穷，要把钱用到更紧要的地方！我这里能烧煤取暖已经很不错了，赶快停工！赶快停工！"

为人民、为党、为大局着想，是黄克诚一生处事的根本原则。他一心想的是人民，认为自己来自人民，事事要考虑人民。他这样想，不只是因为人民有力量，革命和建设需要人民的力量，更多的是对人民的感情、对人民的忠诚、对人民的回报。

战士们听得喊声，都停下手中的活儿往这边看过来。

"黄老，管理局的领导们研究过，怎么说，您这里是'将军府'，况且，您现在是军委顾问……总不能住得太简陋，也不利于养病……"赵助理有些两难了。管理局命他改建黄克诚的住所，黄克诚却叫停施工，这如何是好？赵助理说话不由得结巴起来。

黄克诚又用拐杖使劲戳戳地面，声调陡然高了许多："你这个小同志怎么说不通哩？我住在里面都不嫌简陋，你们反倒觉得简陋？"

赵助理为难地看着已经挖开的地面，担心回去交不了差，就硬着头皮表示，只把供热管道换一下，大门就不修了。

黄克诚指指地面："这不才挖开一小截吗？把这截挖开的地方再用土填上不就得了？"他意识到自己火气太大，就把语气缓和下来，

1955年9月27日,黄克诚(前排左二)与粟裕、谭政、萧劲光、王树生等人,在中国人民解放军首次授衔、授勋典礼上

看着赵助理说:"你们领导的心意,我领了,但必须赶紧停工。请你转告他们,以后再不要这么做,我不设什么'将军府'!党的高级干部的职务不是用来搞特殊化、摆排场的,而是应该用手中的权力为人民、为国家做实事!我如今珍惜的是重新为党、为人民工作的机会,希望他们,也希望你们都能明白。"

他的话虽然不像刚才那样激烈,但言辞恳切,有一种不容再辩的坚定。

赵助理和所有干部、战士都肃然起敬地望着黄克诚。他们没能拗过黄克诚,但他们对这次不能完成任务感到高兴!军队的高级干部若是都能保持这样一种觉悟、这样一种自律、这样一种克俭作风,何尝不是大幸之事、大兴之象!

大家最终按黄克诚的意见，门不修了，管道不换了，把土填回坑里，让院子恢复了旧貌。

直到黄克诚去世，他所住的南池子房子也没大修过。

黄克诚不设"将军府"的事传开后，几个老部下轮番来南池子看望他。

一天下午，谭政、洪学智竟不约而同地来了，让黄克诚好生欢喜。他这些天思考军队建设的事，正想找他们聊聊。黄克诚招呼他们坐下，又嘱咐丛树品泡茶，看上去准备长谈一番。

洪学智接过茶杯，吹了吹茶叶，然后放下杯子，一本正经地说："黄老，听说您把管理局工程队赶走了，大家都称赞您，但我认为您也忒固执了点！"

"好家伙，学智，你一进屋就说我固执，不怕我一拐杖赶你走呀！"黄克诚咧开嘴笑道。

洪学智不服气："我知道说了也是白说，可我还是要说。我刚才仔细看了看院子，除了面积还可以，房子确实又矮又旧，太简陋了，比大水车胡同4号院差远了，比您早先住的恭俭胡同也好不到哪里去！您吃了一二十年苦，好不容易复出了，不说补偿，总得住得好一点吧？"

"我看，学智说得有道理。修一下门、换个暖气管道算不上讲排场，更谈不上要补偿。黄老，您太苦自己了。"谭政附和道。

谭政和洪学智都是黄克诚的老部下。谭政入党之前是个小"秀才"，在红军中是文书出身。1960年10月，在中共中央军委扩大会议上，他被强加"反对毛泽东思想""在总政结成反党宗派集团"等莫须有的罪名，遭到错误批判，受到撤职、降职处分。"文化大革命"中，他和黄克诚被关押在同一个地方，两个人的监房相邻，还一起在监房里高唱过《国际歌》。1975年春，谭政被解除监禁；8月，出任中共中央军委顾问，随后担任五届全国人大常务委员会委员、全国人大常委会法制委员会副主任。尽管谭政受到的政治诬陷尚未得到平反，但复出后，他向组织打了请求恢复职级待遇的报告，职级待遇很快就恢复了。而黄克诚虽然复出了，但不仅正式的平反文件还没有下达，职级待遇也没有恢复，住房条件又是这个样子。谭政自然希望黄克诚能够住得舒坦些。洪学智当年受彭德怀、黄克诚一案株连，在1960年调离部队到吉林省工作，先后任省农机厅厅长、重工业厅厅长。"文化大革命"开始后，他又遭受关押、批斗，1970年被下放到农场劳动改造。1972年，在毛泽东、周恩来亲自过问下，洪学智被解除劳改；1974年，任吉林省石油化工局局长。1977年8月，在党的十一届一中全会上，他当选为中央军委委员；9月，任国务院国防工业办公室主任。洪学智带领军工战线广大干部职工，开始拨乱反正、全面整顿，狠抓常规武器和尖端武器研制，同时，大力推进民用产品开发、生产，使军工企业步入"军民结合，平战结合，以军为主，以民养军"的正确发展道路，推动了国防工业的现代化建设，正干得起劲。他听说了黄克诚家换热力管道的事，就赶来看望老首长，劝他不要那么固执。

谭政与洪学智两个一唱一和，倒真像约好了，一起来做黄克诚的"思想工作"。

黄克诚透过墨镜看看他们，尽管看到的只是两个模糊的影子，可仍然十分专注。

看了一阵，他直言不讳地说："你们俩的话，我听了不舒服。在革命斗争中，个人受点委屈不算什么。我复出后，可以要求补偿、追求享受，也可以抓紧一切时间工作，弥补18年没有工作的损失。你们觉得，现在哪个更重要呢？我认为，后者更重要。如果我仍然沉浸在个人受到的委屈和痛苦之中，痛苦就迟迟得不到化解，就会拿它当资本向党和人民伸手,想什么问题都从个人得失出发,不顾党和人民的利益这个大局。这样的话,复出又有何意?谭政、学智,'文化大革命'中,你们也受到冲击,被关押过。坐牢的地方太窄太小,可坐牢不能把我们对党和人民、对国家的心胸这个格局坐小了!"

谭政、洪学智内心一震,相顾无言。

黄克诚缓缓地摘下墨镜,指了指自己的眼睛,郑重地说:"谭政、学智啊,你们看,我现在只有一只眼睛,这只眼睛也仅有一点点光,只能看清楚一点点事物。我没有时间去考虑个人的利益得失,必须在有生之年抓紧一分一秒为国家工作,为党和人民再做些事情!"

他的一只眼睛深深地凹陷着,另一只眼睛半睁半眯着,完全是一副视力接近于无的样子。

洪学智心里一酸,热泪盈眶:"老首长,学智受教诲了!我一定像您那样,为党和人民鞠躬尽瘁,死而后已!"

谭政羞愧不已地说:"黄老,与您相比,我很惭愧啊!我复出后,向组织要求,恢复职级待遇。现在想来,确实大可不必!比一比彭老总和死去的战友,个人受的那点委屈、冤枉算得了什么?"

黄克诚沉默着。谭政、洪学智更是如坐针毡。

"任何特权思想、享乐思想、索赔思想,都会给党风、政风、军队作风带来不良影响。千万要注意,一定要刹住啊!听听社会上对特权行为的谴责之声,多一份警惧之心,我们才算是真正从过去痛苦的阴影中解放了、复出了……"黄克诚语气沉重地说,像是对他们两个说的,又像是喃喃自语;像是在思考,又像是已经深思熟虑。

谭政、洪学智频频点头,心里充满了对黄克诚的钦敬。黄克诚的这样一种境界、这样一种思想,最重要的是,这样一种行为,没有绝对的忠诚,没有纤尘未染的初心,没有一心为公的信念,岂能说到做到?!

第二节　落实《规定》，黄家先行

黄克诚一直强调，纪检干部必须带头维护党纪、端正党风。他常说："'打铁先要本身硬''正人先正己'。只有严于律己和具有高度原则性、无私无畏的人，才能同违法乱纪和种种不良倾向做斗争。"落实到行动上，他处处以身作则，模范遵守党纪国法。

《关于高级干部生活待遇的若干规定》颁布之日，唐棣华正在黄煦家，被黄克诚差人紧急叫了回来。

唐棣华一路上担心极了，不知道家里发生了什么大事。回到家，见家里一切如常，她不解地问："什么事这么急，让我从黄煦家赶回来？"

黄克诚把刊有《规定》的报纸递给她："你看看。中央纪委规定，各级领导干部只能享受一套由公家提供的住房。我们要带头按规定办。现在，公家给我安排了住房，以前分给你的宿舍就要归还单位。"

唐棣华觉得又好气又好笑，但她看到黄克诚十分认真的表情，就打消了责怪他的念头，只是问："你是说干面胡同的那套单元房？"

黄克诚被罢官后，单位在干面胡同分给唐棣华一套三居室的单元房，她就与黄晴和母亲等人搬去住，只在周末回大水车胡同4号院。黄克诚赴山西后不久，大水车胡同4号院由管理部门收回，一家人

1981年，黄克诚和夫人唐棣华在北京玉泉山

就挤住在这套单元房里。家里除了唐棣华的母亲有一床一柜等少量家具，几乎一无所有。唐棣华想从大水车胡同照价购买部分家具，但被管理部门拒绝了。那时，家里7口人（包括唐棣华正在读大学的同父异母弟弟），人均使用面积不足10平方米。但干面胡同的宿舍在"文化大革命"中为唐棣华和她的子女们遮风挡雨，他们在那里度过了最难忘的岁月。

　　黄克诚反问道："难道你还有别的房子？"

　　"不是。"唐棣华连忙申明，"我不是这个意思。我是对这套房子太有感情了。老实说，我有些舍不得。再说现在，黄煦为了孩子上学方便，正住在里面。"

　　"舍不得也要舍！你是抗战时期就参加革命的老干部，既然中央纪委有了规定，不管别人执行得如何，黄克诚家要带头。"黄克诚批评道。他又想想，觉得自己的语气过重，就说："孙子嘛，让他住到我们这里来，上学坐公交车去就是了。"

　　"道理我懂，可我这心里头……"唐棣华嗫嚅着。她心里头对那套房子真是很不舍。黄克诚没在那里住过,这份感情,他是难以理解的。

黄克诚没想到唐棣华平时办事很干脆,今天却如此婆婆妈妈、割舍不下,不禁有些生气,忍不住用手指在桌子上敲了敲:"是一套房子重要,还是抓党风重要?你对房子的感情比对党的忠诚还重要?"

唐棣华一听,连忙说:"老头子,你别说了。明白了,我明天就去办交房手续!"

黄克诚盯了她一眼,更加严厉地说:"谢谢你理解我、支持我。你是黄克诚的妻子,从严治党,治家是其中的一部分。高级干部必须从严治家。我知道你对那套宿舍充满感情与回忆,但正人先正己,我们不能只把这话挂在嘴巴上。"

"好了。"唐棣华嗔道。

黄克诚继续告诫道:"抓党风是要落到实处的。对于我们来说,这个实处就是生活上不要和别人比,艰苦朴素的作风不能丢。还有,不管怎样,我们的子女不能经商。"

唐棣华把黄家的"家规",早就化作了生活原则。黄克诚搬到玉泉山住的那段时间里,她也一直谨守他的"约法三章",甚至比"约法三章"还让他省心。她并不是每个周日都来,而且只一个人来,极少带家里其他人。一来,大家都忙;二来,怕影响黄克诚的工作和思考。一次,唐棣华担心黄克诚在玉泉山过于清寂,就把孙子黄健带来了。

黄克诚第一次在玉泉山见到黄健,心情甚是愉快。黄克诚从衣袋里掏出事先准备好的几颗糖果,弯身抓住黄健的胳膊,逗着他:"健健,乖,喊爷爷。亲爷爷一下,爷爷给你糖吃。"看他那副讨好孙子的慈善模样,唐棣华既感动又心酸。黄克诚喜欢小孩,但从来不知道怎么和孩子们亲近。他讨好孩子的唯一方法,就是给他们糖果吃。

黄健被抓得很紧,一心想挣脱,又有点怕黄克诚,就敷衍地喊道:"爷爷好!"又在黄克诚一边脸上草草地亲了一口。

黄克诚指了指另一边脸:"还有这边。"

黄健又亲了他一口,企图挣开他的双手。黄克诚却故意抓着他不放,用胡子稀疏的下巴蹭他的脸。

爷孙俩相互"斗智斗勇",那份天伦之乐,多么难得啊!若是寻常家庭的爷爷,如此心花怒放的时刻是再平常不过的事。然而,对于黄克诚来说,这是奢侈,是难得的享受!

黄克诚乐不可支地捏了捏黄健的小脸蛋,把糖果递给他,让他去玩。

"谢谢爷爷!我出去玩了!"黄健接过糖果,转身往外就跑。

不料,他的衣服扫到了茶几上的茶杯,茶杯摔落在地上,"啪"的一声脆响,摔碎了。

黄健吓得赶紧躲到唐棣华身后。

"别扎着脚!别动!"唐棣华警告说,急忙去找扫帚。

丛树品听到响声吓了一跳,从另一个房间快步走了出来。见是黄健不小心打碎了一个茶杯,心里踏实下来。他从唐棣华手中抢过扫帚,边扫地边说:"我来,我来。没事,碎碎平安。待会儿,我去找管理员配一个。"

黄克诚在一旁听着,急忙说:"配一个?要问一下多少钱,把钱补上。"

丛树品不以为然:"一个杯子就算了吧,管理员会重新换一个的。"

黄克诚的脸立即板了起来:"树品,你是军人,三大纪律八项注意难道忘记了?损坏公物要照价赔偿,这是人民军队的老规矩,什么时候也不能违背。我是个老兵,不能因为打碎一个杯子事小,就不守规矩，搞特殊。"

"是，首长批评得对，我立即去买一个配上！"丛树品面红耳赤地说，心里怨怪自己，一时忘记了黄克诚的家风和军人作风。

黄克诚这才赞道："这就对了。茶杯虽小，也是公物嘛！"

"对。"唐棣华会心地附和着说，"树品你别管了，我这就去找服务员付款赔偿。"

丛树品还想说什么，唐棣华已拉着黄健转身往外走去。她向服务员说明了情况，赔偿了杯子的钱，也让黄健小小的心灵深深记住了这件事，记住了损坏公物要照价赔偿的规矩和道理。

抓党风从自家的家风抓起，这是正道。

第三节　小儿子结婚，用自行车接亲

黄克诚在南池子的房子不时地修修补补，转眼两年过去了，修补过的地方暂且过得去，原来没修补过的地方却出了问题，一到下雨天，这些地方就漏雨。

夜半时分，突然下雨了。雨点打在窗户上、瓦片上，噼里啪啦，把黄克诚吵醒了。他开亮灯，从床上爬起来，披上外衣，拿起床头的拐杖，摸摸索索地往外走。

拐杖戳地的声音惊醒了唐棣华。她爬起来，一看黄克诚，惊问道："怎么了？"

黄克诚说："下雨了。"

唐棣华一听，赶紧穿上衣服下了床，走过去帮着开了门，搀扶着他，嗔怪道："我来吧，你看不见，别摔倒了。"

"哎，我是想去叫振墀帮忙。"黄克诚应道，换了只手拿拐杖。

黄克诚、唐棣华夫妇刚来到客厅，李振墀就走了进来。

原来，李振墀也被雨声吵醒了。丛树品因为身体不好暂时回家住一段时间，让李振墀晚上住在黄家。他睡眠很好，睡得沉，但这天雨下得很猛，一下子就被吵醒了。想到黄家的房子早就有雨天接漏的习惯，李振墀赶紧起床把房子巡视了一遍。书房没有漏雨，客厅和厨房有地方漏了,他已放好脸盆接漏。

唐棣华歉意地说:"振墀,我们家不讲究生活条件,连累你也跟着受累。"

"哪里话。"李振墀淡然道。

"嗯,振墀不是外人。"黄克诚说,"振墀,你再辛苦一下,放两个脸盆到院里,接点雨水。"

李振墀惊讶地问:"接雨水干吗?!"

唐棣华轻轻笑了一下,说:"他要测量降雨量,好了解粮食的收成和旱涝情况。"

李振墀似懂非懂地"哦"了一声,撑起雨伞,端着两个脸盆走到院子里,在花圃边放下。

脸盆里立即响起雨点砸落的声音,很清脆。

李振墀退回屋里,还是一脸的不解。

唐棣华正在唠叨:"再下场雨,家里就要成河了。为什么组织上要给翻修房子,我们家就是不让?这样下去,黄楠他们也不放心呀!"

黄楠、黄煦、黄梅都有了自己的小家庭,与黄克诚住在一起的只有黄晴。但黄晴在人民日报社工作,隔三岔五出差,或者值夜班,住在家里也照顾不了父母亲。

"就是,黄老。一下雨,房子就好几处漏雨,怪折腾人的。"李振墀帮腔道。

"家里要成河的话要少说,不就是几滴雨吗?"黄克诚不屑地扁了扁嘴角。他明白接雨水的活是有些折腾人,而且也不知道老天爷什么时候下雨,就交代第二天让营房处的人来看看:"简单地修补一下屋顶就行了,别搞大动作。花国家钱又花时间,没必要。"

唐棣华抢白起来:"怎么没……"

她的话还没说出口,就被黄克诚摆手制止了:"陈云同志管了一辈子国家的基本建设，却说：'我不能给自己盖房子。这条街上，老百姓住的都是平房。我们的已经是两层小楼了，不能再修。'我们的房子比起老百姓家，有好远强好远，漏点雨有什么大不了的？补一下漏就行了，补个漏总没有大翻修折腾吧！"

唐棣华知道自己拗不过黄克诚，只得又叹又怨地应承道："唉，你这个老顽固，真拿你没办法！好吧，孩子们的工作还是我去做吧。振墀，麻烦你明天找人来修一下屋顶。现在抓紧时间再去睡一会儿吧，明天还要上班哩。"

"哎。"李振墀应了一声，感到一阵困意袭来，不由得打了个哈欠。他轻轻捂了捂嘴，赶紧离开。

唐棣华见黄克诚毫无睡意，干脆坐着不动，想和他说些家事。

"你有什么事就说吧。"黄克诚似乎看穿了她的心思。

唐棣华只好说："那好。老头子，有件事，我得跟你说明白，黄晴的婚事无论如何不能再拖了。你这个做父亲的，再忙也要表示一下。"

黄晴的婚事，唐棣华在两个月前就向黄克诚提起过。那天，黄克诚刚从办公室回家，唐棣华马上表示，要和他"说点老三的事"。

黄克诚一愣，警觉地问："黄晴？他怎么了？！"

唐棣华乐道："黄晴谈对象了。"

黄克诚松了一口气："那是好事呀！他都30岁了，该谈对象了。"

"你猜，他的对象是谁的女儿？"唐棣华带点神秘的口气问。她的心情特别好。黄晴一直把谈对象的事瞒着家里，这才告诉唐棣华。

"嘿嘿，这个，我哪能猜得着。"黄克诚轻淡地说。

"你曾经的一个老搭档的女儿。"唐棣华还是故弄玄虚。

黄克诚嗔怪道："别卖关子了。我的老搭档那么多，说吧，是哪个？"

"黄敬的二女儿俞慈声。"唐棣华说完,看着黄克诚,想看看他的反应。黄克诚在天津担任市委书记的时候,黄敬(俞启威)是市长。

"噢?黄敬的女儿?嗯,黄敬的女儿是革命后代,家风、家教应该不错。"黄克诚放下茶杯,捻了捻下巴,甚为安心的样子。"但不管是谁的女儿,要叮嘱黄晴,一定把人品放在第一位,一定要善良、正直。一旦结婚了,就要像他的爸爸、妈妈那样,不管人生中遇到什么风浪,都要一辈子不离不弃。"

唐棣华说:"我从侧面打听了一下,人家小俞可是知书达理之人。"

黄克诚听到这些,很是满意。唐棣华趁机提出挑个日子举行婚礼。黄克诚表示同意,嘱咐她一切从简。丛树品等人还请求黄克诚破一次例,允许黄晴用黄克诚的专车接新娘,被黄克诚断然拒绝了。他说:"这个例不能破。年纪轻轻的,坐公共汽车、骑自行车,都可以上门嘛,为什么要开着小车抖威风?"

事情过去后,他又把心思放到工作上去了,根本没再过问黄晴谈对象的进展情况。黄晴也常出差,事情就搁下了。

听唐棣华提醒,黄克诚猛然想起,黄晴的婚事早就被提上了议事日程,于是爽快地答应道:"好,这事听你的,黄晴的婚事你操办。我的原则是,儿子结婚是好事,但不宜大肆操办,一切从简,绝不能动用公车。"

其实,在用车问题上,黄家人一直谨守"不准动用公家的汽车办私事"的家规。

黄家制定家规,要追溯到1949年。那年10月下旬,黄克诚奉毛泽东指派,赴任湖南省委书记。一到湖南,黄克诚就定下两条家规:第一,不准动用公家的汽车办私事;第二,不准向公家伸手要照顾。他对唐棣华说:"今后,孩子们就和我们生活在一起了,条件比过去好了,但一定要记住,我们是党的高级领导干部,高级干部的家风影响着党风、政风。我们的一言一行,对子女、对周围人都会产生影响。"唐棣华立即表示赞成。对她来说,这样的规矩其实在她嫁给黄克诚时就定下了。1941年,唐棣华与黄克诚结婚。他们没有举行任何仪式,也没有摆喜宴,只向几位好朋友打了声招呼。黄克诚用自行车把唐棣华接到住处,就算结婚了。新婚之夜,黄克诚就和唐棣华"约法三章":"第一条,我们都是共产党员,都得把党的利益放在第一位,不能因为婚姻的利益而妨碍党的利益,不能因为私人的利益而损害党的利益;第二条,我所处的工作岗位重要,你不能因为要求男女平等而让我迁就你,因为我的工作岗位比你的重要;第三条,我这里有军队的一些文件,还要经常找人谈话,你不得打听你不应该知道的事情。"唐棣华觉得第一条、第三条都好接受,唯有第二条多少有些大男子主义的味道。虽然当时有些不乐意,但她很快就想通了。她既是黄克诚的妻子、家属,也是他的部属、同志,无论多么严格的家规家矩,都要严格遵守。"约法三章"都做到了,"两条家规"同样能够做到。她明白,黄克诚定家规,定下的是一种作风。现在和以前不一样了。以前是打天下,没有条件享受;现在是坐天下,拥有很大权力,有权力就容易滋生腐败。任何拥有权力的人,特别是一把手,都应该做到克己自律、廉洁无私。只有这样,党的好作风才能发扬、传承下去。唐棣华非常认同黄克诚的治家观点,几十年来,她和子女们谨守当年黄克诚定下的家规,不曾逾越一次。

黄克诚对孙子黄健是十分疼爱的,可是,他对这个掌上明珠也不例外。黄健和家里其他人一样,一次也没有特殊过,上下学全是自己挤公共汽车。唐棣华把干面胡同的宿舍上交后,黄健住到了南池子。一天清晨,黄健该上学了,天却下起了大雨。王秀全看黄健打着雨伞、卷起裤腿要往外走,有点心疼,就走过去对他说:"小健,今天由叔叔做主，用车送你到学校去！"不料，这话被唐棣华听到了。她对黄健说："小健，不许坐爷爷的车，这是咱们家的规矩。你爸爸、妈妈从来没有私自坐过小车，你坐着小车上学像话吗？"黄健很懂事，拒绝了王秀全的好意。唐棣华撑着雨伞，一直把黄健送到公共汽车站。事后，王秀全对别人说："我给黄老开了这么多年车，这是唯一的一次自己做主用小车送他孙子，结果还碰了壁。"

黄克诚的车，黄健在下雨天不能用，黄晴结婚更不能用。

黄克诚、唐棣华夫妻俩说着，天都亮了。

没想到，黄晴从另一间屋走出来，别的话没听到，后面几句话倒是听见了。他停在门口，一脸的不高兴。

"老爸爸，你真是把我看扁了！我又没说要用公车！再说了，就是用公车，我付油钱总可以吧？"黄晴气哼哼地嚷嚷着。

"用公车？这个例不能破。小汽车是国家配给我工作用的，不能私用。别人又不知道你付了油钱，也不会管你付不付油钱，只会看到你动用公车。你不能用公车抖威风。"黄克诚正色道。

"谁抖威风了！"黄晴头一拧，气冲冲地走了出去。

唐棣华莫名其妙："黄晴怎么生这么大气？"

黄克诚叹道："看来，思想工作还得做啊！"

"黄老，中央书记处的会议请您出席，您能去吗？"李振墀打着哈欠从门口闪了进来。很显然，他后来没怎么睡好。

黄克诚说："去。雨停了？"

李振墀说："停了。"

"好，我们这就走吧。"黄克诚说着，拄起拐杖站起身。李振墀连忙上前搀扶住他。

走出房门，黄克诚看看四周："昨天晚上接雨水的脸盆呢？"

"在这儿。"李振墀指着身旁花圃边的脸盆。

黄克诚在脸盆边蹲下来，把一只手伸进水里试了试深度。

"黄老，您以后不要这样测降雨量了，没有用的。这里下雨，郊区也许一个雨点都没落哩。"李振墀劝慰道。

"呵呵，习惯了，总觉得自己量量更放心，可以知道农业收成大概有多少。"黄克诚有些失落地说，又直起腰，捻了捻手指。他确实已经习惯了，从战争年代开始，就用这种接雨水的方法测降水量。尽管现在有的是现代化的预测天气、测量风雨冰雪的设备，他还是要亲自测量一下，判断是否为丰年。

李振墀鼻子一酸，心里涌起一波感动的潮水。面前的这位老人，他心里老百姓的分量究竟有多重啊，以至于在下雨的时候用这么古老的方法测量降雨量、测量农民的收成、测量他们的生活水平？

自担任黄克诚的秘书以后，李振墀对黄克诚的敬重之情与日俱增。耳濡目染黄克诚的品格、风范，他对抓党风建设也有了越来越清晰的认识。他觉得，黄克诚这样的领导人，是中国共产党的脊梁式人物；如果这样的人多了，党风就纯洁了，党的事业的推进速度就会加快，整个国家就会发展得更好、更快，人民的生活水平就会大幅度提高。他希望看到更多像黄克诚那样的领导干部，在国家改革开放的关键时刻，有担当，作表率，心系人民，大公无私，成为引领并推动历史滚滚向前的巨大力量！

李振墀这样感受着，对黄克诚的一言一行更加关注，陪同他参加会议时，照顾得更加细致。

傍晚时分，黄克诚开完会回到家，发现客厅里已是济济一堂。黄楠夫妇、黄煦夫妇、黄梅夫妇悉数到场，再加上黄晴，一个个正襟危坐，似乎都在等他回来。见黄克诚回来了，几对夫妻喊的喊、扶的扶，极为亲热。只有黄晴翻着白眼，似乎早上的气还没有消。

原来，唐棣华想着黄晴的婚事，又见他一大早生气地离开，觉得事不宜迟，得抓紧时间统一认识，就决定召集全家人开一个家庭会议。黄楠、黄煦、黄梅三人平日里难得回来，一听有要事商议，就放下手头的一切，带着各自的爱人一起来参加家庭会。

黄克诚在大家的簇拥下坐下来，从七嘴八舌中明白了是怎么回事，就宣布家庭会议开始。

屋子里立即安静下来。

黄克诚尽管看不清楚，但透过墨镜，视线还是在每一个子女身上停留片刻，脸慢慢板了起来，一本正经地说："好，我们今天开个小会。我们家比起有些干部家庭来，可能要求得严一些，生活简朴一些、清贫一些，一句话，比别人差。可是，你们想过和普通百姓比吗？你们兄妹都回了城，都有了份好工作。你们的同学，不是还有好些没回城吗？要知足。"

黄楠觉得黄克诚开家庭会就像开工作会议，未免太严肃，把讨论婚庆喜事的气氛搞得很紧张，就打趣道："爸爸，你的意思，我们明白。可是，不能老跟普通老百姓比，您老人家不是老百姓。"

黄克诚拍了一下沙发扶手，不悦地说："那就和毛主席比一下吧。毛主席在世时，他是怎么生活的？他的家人是怎么生活的？如果现在毛主席还健在，他会怎么做？我们要知足，要学会知足，不要总和别人去攀比！黄晴结婚，简单点有什么不好？难道……"

他的话还没说完，却见黄晴忽地站了起来："爸爸，不要再拿让我生气的事说事了。我本来就没有用公车办婚事的想法。听您那么说，我觉得您不了解我，把我看扁了。不过，"黄晴偷偷看了一眼黄楠，咧开嘴没心没肺似的笑了起来，"嘿嘿，您那么一说，我倒是想了想婚事究竟怎么个搞法。我和小俞商量了，决定像您和妈妈当年结婚一样，用自行车接新娘子回家！"

黄克诚立即眉目舒展："哦？好呀！你这小子，早说嘛！看来，我以前总说领导干部的家风往往体现着党风、政风,还是有效果的!你们在自律方面,做得不错!"

其他人也兴奋起来。气氛顿时轻松了。

黄煦用手指直点着黄晴:"老三要结婚了呀?怎么也没听你说一声,保密工作做得太好了,我这个哥哥都不知道!"他知道黄晴找了对象,但后来一直没有下文,就没过问,今天猛地听到,心里甚为高兴,连嗔带怪地批评起来。

黄晴仰着脸笑着。这件事确实有些对不起黄煦和黄梅,除了黄楠略知一二,他们两个真是刚才才明白为什么开会。黄晴不好意思地摸了摸脑袋,拱起双手,嬉皮笑脸地说:"今天就算正式公开了。到时候,姐姐、姐夫、大哥、大嫂、黄梅和杰兵,你们可得给我组织一个自行车队。"

黄楠瞟了他一眼:"嘿嘿,我这个做大姐的,在家等着弟弟、弟媳就是了。组织自行车队是你二哥和妹妹的事。"

"唉,真是委屈了人家俞姑娘啊!"唐棣华真心叹道。不管怎样,年代不一样了,即便不攀比,也不至于用自行车接亲,不知女方家里能不能接受。

"妈妈你多虑了,小俞觉得用自行车接亲很浪漫哩!他们家也很赞成。"黄晴十分得意。

唐棣华一愣,黄克诚也是一愣。

黄克诚高兴地说:"哦?!好,好嘛!讲排场太俗气,动用公车违反纪律。自行车接亲,简朴又浪漫。这个儿媳妇,有觉悟、有思想!"

唐棣华扯了扯黄克诚的衣襟:"瞧你开心的样儿!人家也是革命后代嘛!"

这时,黄晴美滋滋地附在黄梅耳边说了些什么。黄梅哈哈哈地大笑起来,笑得弯下了腰。

"怎么了?"黄楠看着黄梅。

黄梅一边笑一边说:"我们笑爸爸、妈妈他们俩,儿子结婚也上升到觉悟呀、革命呀的高度。"

几兄妹全都哈哈大笑起来,黄克诚和唐棣华也忍不住笑了。

"就你这个老小,什么事都敢挖苦你老爸爸一顿!"黄克诚伸手敲黄梅的脑袋,黄梅一闪,没被敲中。

黄克诚幸福地笑着。

黄梅冲黄晴调皮地眨了眨眼睛:"我看,下星期就把二嫂娶回家好了!"

黄晴说:"那就定在下周二吧,我正好休假。"

"看看看,二哥迫不及待哩!"黄梅挖苦道。

大家又是哄堂大笑。

唐棣华笑罢,摆出家长的姿态说:"笑归笑,具体事还得有人张罗。你们几个,谁来挑这个担子?"

黄梅大大咧咧地说:"只有自家人,又不摆酒席,还张罗什么?"

"好歹也得搞几个菜嘛!"黄楠辩道。

张小娴举了举手:"我来负责。"

黄煦歪着头看了她一眼:"下周二,你怎么有空?"

张小娴笑着说:"我们的那个厂长呀,因为走私、倒卖进了拘留所,在押期间苦得够呛,厂里职工没少去看他。他在下周一放出来,为了感谢职工们惦记他,下周二特地给全厂职工放一天假。"

黄克诚一听,表情立即与刚才判若两人:"惦记他?你们的厂长搞犯法的事,你们还惦记他?"他的语气甚为严厉。

张小娴吐了吐舌头,明白自己无意中触及了一个严肃的话题,只好细细地解释起来。她所在的那家工厂,有一阵子资金周转困难,开不了工。厂长想为工厂谋出路,就铤而走险搞了几次走私活动,使工厂又走上了正常的生产轨道。他是偷偷走私，事发后，职工们才知道。

黄克诚却极为恼火地说："你们这是在发菩萨慈悲呀？对歪风邪气不狠狠刹，还同情当事人，这怎么行呢！"

黄梅反驳道："爸爸，你一点儿都不觉得三嫂他们的厂长可怜吗？"

张小娴也嘀咕说："厂长本来并不是个坏人，也不是个坏厂长。"

"我们这些人呀，对于违犯党纪国法的人，心肠都硬了。就是他们在我们眼前死了，也不会为他们落泪。"黄克诚的神情忽然变得十分冷漠，"我们搞革命，多少人流血牺牲，建立了新中国。中间走了些弯路，现在好不容易实行改革开放，不能毁在那些搞歪门邪道的人手里。这个厂长，凭着为职工谋利的名义走私，并不能改变违法的事实。"

大家静默地看着黄克诚，虽然觉得他说得在理，可心里还是不大认同他的理念。不管怎么说，厂长为职工的利益着想，难道不值得同情吗？

唐棣华知道子女们不说话意味着什么，就开导说："不要误会你们的爸爸。他考虑的不是每个个体，而是这样的事对社会整体利益的影响。"

"对。在歪风邪气蔓延之时，杀一儆百是必须的，绝对手软不得！"黄克诚决绝地说。

"但是，具体的惩罚落到具体的人身上，还是有不少可哀可怜之处吧。"黄梅辩道。她是学文学专业的，对人性的复杂性更能体会，内心时常深藏着悲天悯人的情结。

黄克诚咬动着下颌，固执地说："历史是不算细账的，政治上也不能算细账！坏风气不及时刹住，可能漫卷整个社会文明。到那时，可怜可悲的是什么呢?!"

黄晴不紧不慢地接过话头:"从长远着眼,我赞同爸爸的观点。现在,社会上确实有一股歪风,为了追逐私利,什么事都敢干,党纪国法都不放在眼里。长期下去,恐怕会伤及国体!这个厂长虽然是为厂里谋利,可说白了,也是为小集体的利益,更具有欺骗性。"

黄克诚眼睛一亮,赞赏地看着黄晴:"嗯,黄晴的认识深刻!"

黄梅还想辩论,唐棣华给她使了个眼色,笑道:"我也认为黄晴说得对。你们想一想,抓党风,就是要打击违法乱纪的人。你们的爸爸怎么可能怜悯那些反其道而行之的人呢?"

大家见唐棣华总是护着黄克诚,也知道辩不过黄克诚,而且心里明白黄克诚实际上是对的,又有黄晴站在黄克诚一边,也就不再坚持。一个个嘻嘻哈哈地跟黄晴打趣,站起来准备回家。

黄梅调皮地用手指在黄克诚脸上刮了一下:"亲爱的老爸爸,晚安!"

黄克诚又孩子般地笑了起来。他最喜欢、最牵挂的是黄梅,无论她怎样顶撞自己,他心里都是一种温暖和幸福的感觉。也许每个当父亲的都是一样,对最小的儿女总有一种毫无道理的溺护心理。

周二转眼就到了。

南池子的院子里,张灯结彩。门楣上、窗户上贴着喜字,大树上挂着几个大红花球,树下摆着几张桌子,桌上是盛着瓜子、花生和五颜六色糖果的碟子。黄楠、张小娴等人在厨房和院子之间穿梭往来地上菜,忙碌而又喜气洋洋。

黄煦、黄梅、赵杰兵和王秀全等人骑着自行车,朝院子驶来。车头都扎着红花,骑车人一路欢快地按着车铃。黄晴骑车载着新婚妻子俞慈声,笑哈哈地走在他们中间。

眼看一行人就快到了,黄开席张罗着放起鞭炮。鞭炮声中,黄克

1981年，黄克诚与夫人唐棣华及子女，同身边工作人员在北京玉泉山唯一一次合影

诚、唐棣华穿戴整齐，满脸喜气地在丛树品、李振墀等人簇拥下走向院子中央。

有那么一刹那，黄克诚忆起当年和唐棣华结婚的情景。他用自行车载着唐棣华来到贴有"囍"字的宿舍前，几个战友笑嘻嘻地围上前来，向他们道喜，并恶作剧般地把他们从车上截下来，簇拥着进到屋里，让他们"交代"恋爱经过。如今回忆起来，黄克诚觉得甚是温暖、甜美。只是当时，他一本正经地给新娘子唐棣华"约法三章"。

"爸爸、妈妈。"黄晴挽着俞慈声的手，毕恭毕敬地向黄克诚和唐棣华鞠躬，将黄克诚从往事里拉了回来。他幸福地应着，嘴角始终浓着笑意。再看看一旁的唐棣华，也是一脸阳光灿烂。

丛树品见大家都已就座，就招呼说："亲友们，今天是我们黄家大喜的日子。我们请一家之主黄老讲个话好不好？"

众人立即鼓掌叫好！

黄克诚面带微笑地站起来，双手把在拐杖上，大声地说："树品同志他搞错了，我们家真正的一家之主是唐大姐。"

众人大笑起来。笑声落下，黄克诚继续说道："不过，我讲话的内容，她也会同意的。37年前，唐大姐就是我骑自行车把她驮进我屋的……所以，黄晴和小俞今天的婚礼形式，让我备感亲切！我祝福他们，祝福在座的所有人，家庭幸福、和和美美……简单生活、勤俭持家是我们黄家一向的生活理念，我很高兴黄晴在操办婚礼这件事上也秉承了这种理念。这不照样很热烈、很浪漫、很喜庆吗？"

他的讲话不停地被笑声和掌声打断，气氛显得喜庆、轻松、祥和，其乐融融。

当掌声停歇，黄克诚收起微笑，接着说："在此，我借这个机会告诫黄楠几兄妹以及在座的所有亲友，不仅仅是这件事，所有的事都应该站在从严治党的高度来看待。你们要靠自己的努力，而不是靠父辈的权力！你们绝不能去经商，因为你们经商，会不知不觉地沾到权力的光、不知不觉地被别有用心的人利用！领导干部的家事，往往含着政事。我们说抓党风，落实到家里，就是抓家风、抓家规……"

他滔滔不绝地说开来，一只手时而离开拐杖，不停地挥动着以加强语气，有时候停顿一下，戴着墨镜的眼睛定定地看着前方，像是在某种庄严的场合发表演讲。

唐棣华使劲拉扯他的衣襟，轻声提醒道："喂，老头子，这是婚礼呀！"

黄克诚一愣，随即回过神来："哦！那好，我的讲话到此结束，现在开席！"

黄晴和俞慈声连忙端起酒杯，向父母亲敬酒。

王秀全不失时机地又点燃一挂鞭炮。鞭炮声中，众人欢快地笑着，开始相互敬酒干杯。院子里弥漫着幸福、欢乐的气氛。

简朴的婚礼就这样进行着。

黄克诚自加入中国共产党那一天起，就一直忠实地践行着党的宗旨。无论是在艰难困苦的战争年代，还是在新中国成立后位高权重、生活条件优裕的时候，他都始终保持着从简从低的生活作风，始终为人民群众着想。担任中央纪委常务书记后，抓党风建设，制定《关于党内政治生活若干准则》，他更是处处以身作则，为增强党性、端正党风作出了表率；在家风建设上，也使黄家特色更加光大。

黄克诚的崇高品德深深影响着他的家人，仅从他的子女没有一个经商这一点就可以看出，他的家风是如何的廉洁。在黄克诚、唐棣华夫妇的言传身教下，黄楠、黄煦、黄晴、黄梅都很自觉，从不向组织伸手要名要利，在各自岗位上勤勤恳恳地工作，凭着自己的奋斗，个个事业有成、身正品清，成就了一个领导干部廉洁家风的典范。

第四节　新家规：不准全盘否定毛主席

黄克诚担任中共中央军委顾问之后，有一阵因患眼疾住在医院。但随着他复出的消息传开，越来越多的老部下、老朋友来医院探望。做了白内障摘除手术后，鉴于黄克诚要静养，一些来访者被丛树品挡了驾。年轻的护士小丁在高干病房工作已有几个年头了，"对付"官架子十足、特权思想不轻的高干也颇有些经验，但像黄克诚这样的病人太少见了，一天到晚除了接见来访者，就是读书、看报，从没听他提什么别的要求。因此，她对黄克诚有一种敬重之情，照顾起来也更为贴心。每天，她在早上端着药盘走进病房，拉开窗帘，让阳光透进来，然后监督他吃药，为他量体温、测血压，乐呵呵地与他说笑，尽量减少他读书、看报的时间。黄克诚刚做了眼疾手术，书报是不能看了。小丁就和丛树品轮流给他读报，拣一些有趣的社会新闻讲给他听。黄克诚也乐于听从她和丛树品的安排，减少了接见客人的时间。

但安静了几天后，丛树品向黄克诚报告，有一个老朋友来看他，怎么挡驾都挡不住。

黄克诚还来不及问是谁来了，李锐就一边朗笑着一边走进来，走到病床边，热烈地俯身拥抱了一下他，然后直起腰身，握住他的手。

"黄老，庐山一别，20年了呀！"李锐感慨万端地说。庐山会议后，他也历尽坎坷，已是头发斑白、60多岁的老人了。

黄克诚听出李锐的声音，惊喜地回应道："李锐！你还好吧？你这些年也吃了不少苦啊！"

"黄老，我想您呀！"话一落音，李锐的眼泪就涌了出来。

黄克诚哽咽了一下，劝抚道："你我还能见面，还能复出，应该高兴才对！快坐下聊。"

李锐拉过一把椅子在床边坐下，伤感地说："我是高兴啊！庐山会议之后，彭老总，我是一次也没看见过，想去见他，但见不着呀。现在，更是见不着了……"

"彭总死得太惨了、太冤了，若能熬到今天，也许能与我们大家相见。我们比他幸运多了，能活着看见这一天。"黄克诚叹道。

"我们确实幸运，能活着看到打倒'四人帮'的这一天。"李锐又感慨道，"唉，这一二十年下来，我们当初那些人，冤的冤，死的死，活着的也老了！"

黄克诚神情郁郁地呢喃道："是啊，活着的也老了。"

"我觉得，这一切都是毛主席的错误造成的，批判他的错误在所难免！"李锐沉默片刻，突然激愤地说。

黄克诚斟酌着语气，一字一句地说："李锐，你是熟悉党的历史的，要正确评价毛主席和毛泽东思想，万万不可偏激，万万不可人云亦云啊！"

"您被黑罢官审查18年，还没把您审糊涂呀！"李锐气急了。

黄克诚坐直了身子，朝李锐这边倾了过来："我正是因为被罢官18年，才想明白的。你是知道我的性格的，我爱讲真话，凡事讲求实事求是。李锐，我们看问题不能只站在个人的得失上，不能鼠目寸光。毛主席在晚年确实有错误，而且有严重的错误。庐山会议上，他犯了错误，发动'文化大革命'更是错误。但是，我反对以轻薄的态度、感情用事的态度来评价毛主席。毛泽东思想仍然是我们的指导思想，不信，中国抛弃毛泽东思想试试，会是什么结局？我们必须捍卫和发展毛泽东思想，这是我们的精神武器！"

黄克诚脸上充满忧思之色。

李锐看了黄克诚好一阵，才平和地说："黄老，我敬佩您，在经历这么长时间的磨难后，还能如此看待毛主席。我会好好想想您说的这些，但老实说，我没您那么高风亮节，也没您那么宽宏大量！"

黄克诚轻轻摆了摆手，推心置腹地说："这不是宽宏大量的问题。党和国家正在拨乱反正，我们必须跳出个人的恩怨，从历史的高度、从发展的立场去看待毛主席这样一个历史人物。他是我们的开国领袖，他带领我们打下的江山，我们人人有份，但有了错误，为什么只是他一个人承担？"

李锐自知黄克诚说得在理，却不愿接受他的看法，只得悻悻道："您这样想，毛主席若是健在，会羞于面对您的！"

"唉，毛主席若是健在，你我还得跟他顶嘴！"黄克诚笑着摇头。

黄克诚警觉地意识到，人不能忘恩，不能忘本。一个人如此，一个执政党也应该如此。他希望自己的家人能够实事求是地尊重历史、正视现实，公正地看待毛泽东。

《关于对毛主席评价和对毛泽东思想的态度问题》发表以后，黄克诚要求唐棣华和子女们，要新立一条家规：可以讨论毛主席的对错，但不准全盘否定毛主席。

第八章 『共产党人的楷模』

第一节 "不要再在我身上花钱了"

1984年11月3日，黄克诚因综合性疾病入住解放军总医院南楼第5病室。谁也不曾意识到，这是黄克诚最后一次住院，他再也没有出院。

黄克诚自己也没有意识到。刚住院那阵，他依然是只要症状稍微减轻，就叫丛树品给他读文件，或让李振墀汇报工作上的事。朱鸿有时候来看他，他就和朱鸿讨论古诗词的话题，从中获得诗词文化的享受。为了摆脱病魔，黄克诚一直坚持做自我按摩，但已经没有什么效果了。

黄克诚真正感觉到自己的病情不比以往，因此，他不得不认认真真地思考起"死亡"的事情。

病情稍稍稳定的一个下午，小丁推着黄克诚来到花园，将他从轮椅上扶起，搀着他散步，他却用拐杖戳着地面探路。

小丁说："黄老，我就在您旁边，你只管放心地迈开脚。"

黄克诚还是小心地用拐杖探路，探稳了，才迈出脚步。他说："万一我摔倒了，你的责任就大了。"

小丁说："您不会摔倒的。"

黄克诚突然站住，头侧向小丁："你看现在，该来不该来看我的，都来看过我了。我感到自己离死很近了。小丁，如果我在你面前死了，你怕不怕？"

小丁怔了怔，说："万一那样，我不怕。我相信黄老的英灵会保佑我的。"

黄克诚问："你相信人死后有灵魂吗？"

"我相信有。您呢？您相信吗？"小丁不解黄克诚为何问起这些问题，但她自己很好奇这些问题，就饶有兴趣地反问。

黄克诚把双手撑在拐杖上，抬头向天上看了看，未做回应。

小丁望望他，又望望天空，一脸的疑惑。

回到病房，正碰上朱鸿来医院看黄克诚。朱鸿虽然不再为黄克诚工作了，但仍然经常来看他，向他请教工作上的问题，有时候还和他一起探讨古诗词。朱鸿刚调研回来，听说黄克诚住院了，而病情比较严重，放下行李就赶到医院来了。

黄克诚高兴地说："朱鸿，你来得正好。你相信人死后有灵魂吗？"

朱鸿愣住了。

黄克诚知道问得突兀，就自己回答道："呵呵，共产党人不相信有鬼神，自然也不相信人死后有灵魂。但是，一个人的思想和精神是可以永远留存下去的，这是不是灵魂？那些舍己为人的人，死后被人们纪念，不就是纪念他们的精神吗？"

朱鸿望着黄克诚，还是语塞。此时，黄克诚的双手握在拐杖上，下巴撑在上面，神情肃穆，似乎灵魂的问题也在困扰着他。

朱鸿回过神来，疑惑道："释迦牟尼、耶稣是不是也很伟大？他们也是舍己为人？"

黄克诚训诫似的说："朱鸿，你记住，革命靠悲天悯人是不行的，靠悲天悯人来革命也是不巩固的。要把自己的思想感情同人民群众融成一片。只有和人民心心相印，想人民之所想，谋人民之所需，精神才永远不会消失。"

朱鸿被黄克诚颇为庄严的语气震慑住了，若有所思地说："黄老，我一定记住您的教导，做一个深深根植于人民的人。"

黄克诚的腮帮子鼓了几下，突然咳嗽起来，样子十分痛苦。

李振墀和朱鸿立即站起身，不约而同地喊道："小丁！"

小丁和几个医护人员闻声赶来，在主治医生的指挥下对黄克诚实施导痰。经过大家两三个小时的努力，黄克诚才停止咳嗽，神情稍有舒缓。

唐棣华一直紧张地站在旁边，干着急却插不上手，这时看黄克诚没事了，反倒后怕起来。她别过脸去，泪水止不住地涌流。

待情绪缓和了一些，她把主治医生拉到一边，请求道："医生，黄老每次咳嗽、排痰都累得全身大汗，憋得满面通红，太耗精力了。这样的排痰方法真可怕，你们得想办法帮帮他。"

黄克诚笑了笑："很可怕吗？你们以后习惯了就好了。其实，这样咳嗽是我现在最好的锻炼身体的方法，可以帮助我用力运动。"

他说得很轻松，在场的人听了，心里面却苦涩得难受。大家知道，黄克诚这是不想让大家为他难过而已。

解放军总医院将黄克诚的病况汇报到陈云那里，并提出了做气管切开手术的方案，陈云焦急地赶到医院来看望他。同陈云一起来的还有王鹤寿。

陈云坐在病床前，看到黄克诚比他们上次见面时衰老得厉害，竟一时语塞。过了好一阵，陈云的心绪才略略平定下来，关切地说："医院报告说，你最近因为排痰困难，心、肺有些衰弱，吓坏他们了！他们建议做气管切开手术，用吸痰器吸痰，体外接呼吸机辅助呼吸，你顶不顶得住啊？"

"顶什么呢？拉法格，那个法国工人运动领袖，在晚年自己结束生命的事，你知道吧？你要指示医院，如果我顶不住了，不要再一次次对我进行抢救。我非常非常羡慕那种猝死哩。那样死，第一，自己可以少受罪；第二，可以为国家节约医药费。"黄克诚的口气诚恳而又超脱。

陈云嗔怪道："你是想撂挑子吧！那可不行，党和国家需要你多活几年，活得长久一些。"

黄克诚本来靠在床头，这时，他向前倾起身子，摘下墨镜，眼睛朝着陈云的方向，用手指了指自己深陷下去的眼窝，淡然一笑："药物对我已经不起什么作用了。再说，像我这样，都80多岁的人了，又双目失明，不能为党工作了，死了有什么遗憾！？"

"你看不见，但你心里比谁都明白！"陈云严肃起来，"总而言之，你不要老想什么拉法格、什么猝死，要积极同病魔做斗争，争取多活几年。我们是革命者，什么没经历过？就不能同病魔战斗？至于医药费，你为党和人民作出过那么多贡献，对你的治疗不是浪费！"

黄克诚沉默着，正要开口，又剧烈地咳嗽起来。医护人员立即进来，小丁忙着将黄克诚的背扶直，手使劲在他的手背上抠着，帮他缓解压力。黄克诚咳了一阵，止住了，憋得通红的脸色稍稍缓和了。王鹤寿在床边担心地搓着手，见他状况缓解了，才镇定下来。

黄克诚空洞的眼睛望向前面，手伸着。陈云连忙抓住他的手，问他怎么样。

黄克诚自嘲地说："老伙计啊，你看到了吧？我这还是轻微的，有时咳起来，要几个小时。我痛苦，看到我咳嗽成这样的人更痛苦。"

陈云难过地说："我看到了。我同意医院的医疗方案，体外接呼吸机。"

做气管切开手术倒是不难，但黄克诚年纪大了，术后恢复绝非易事。可是，眼见得黄克诚如此痛苦，除了手术，又没有更好的办法。

陈云觉得，减轻黄克诚的痛苦为重。他指示一定要千方百计地给黄克诚治疗，术后，务必给予黄克诚最精心的护理，让他尽快恢复。

王鹤寿也安慰说："一切都没有问题的，黄老！我现在是中央纪委常务书记，但我可没有您那么高的威望，怕搞不好这个常务工作，以后还得请您多传授经验、多指导。所以，您一定要配合治疗，尽快恢复健康。"

黄克诚脸上浮起一抹天真的笑容："好吧，我尽力配合。你们两个，如果人有来生，我还要和你们一起工作！"

"好，那就一言为定！"陈云朗声应道，似乎一颗悬着的心放下来了。

一屋子的人都轻松了下来。这个固执的黄克诚，只有陈云能够劝动他。

气管切开手术说做就做了。术后，黄克诚的身体恢复得比预想的要好。

一转眼就到了春天。

小丁搀扶着黄克诚在花园散步，有鸟儿的叫声不时地在周边的树上响起。

小丁开心地说："黄老，您现在相信了吧，您的生命力十分顽强！看，您现在都不用坐轮椅了！"

"是啊！我也没想到还能在春天散步哩！"黄克诚也十分愉快。

小丁说："这花园里好些花都开了，您要是能看见就更完美了！"

黄克诚使劲吸了一口气，自得地说："我看不见花，但闻得到花香，脑海里就有了花。'花落知春残，一任风和雨。信是明年春再来，犹有香如故。'"

小丁甜甜地笑道："呵呵，黄老又词兴大发了！"

第八章　『共产党人的楷模』

395

黄克诚停住脚步："这是瞿秋白的词《卜算子·咏梅》。你知道瞿秋白吧？"

小丁说："知道这个人，但不知道他具体的故事。您给讲讲呗！"说着，她把黄克诚扶到一张长椅上坐下。

黄克诚兴致蛮高地讲了起来：瞿秋白是我们党早期领导人之一，是个好人，也是个文人。他在敌人的威逼和诱降面前一直不屈服，没有说敌人一句好话，没有说党一句坏话，没有泄露一点党的秘密，最后唱了《国际歌》，喊了"共产党万岁"，慷慨就义！这首词就是他在就义时写下的。

"革命者真伟大！我听说，您在被关押的时候也写了不少诗，您还记得吗？"小丁听得入迷，想起曾听丛树品说过黄克诚写诗的事情，既好奇又钦佩地问。

"呵呵，当然记得。我记得最清楚的，就是写给母亲的一首打油诗。有一次，我梦见母亲埋怨我参加革命后就再也没回去过，骂我忘了她，骂我是不孝子，当了大官忘了娘，把我骂醒了……"黄克诚的心情真是好，记忆力也好得出奇，仿佛手术不仅把他咳嗽的病做好了，还恢复了他的体力。

就在他们聊得火热的时候，李振墀陪张震来到了花园。

李振墀故意卖着关子说："黄老，您的一个老部下来看您了，您猜猜看是哪一位？"

黄克诚自信地说："张震呗！"

张震微微吃惊，立即上前紧握住黄克诚的手："黄老，您好！您还是那么敏锐！"

李振墀也甚是惊讶。黄克诚有那么多老部下，怎么就能猜到来人是张震？张震事先和李振墀说过，要让黄克诚猜一猜，李振墀还在心里感叹他们真是老顽童。

黄克诚"嘿"了一声:"张震性格开朗、大大咧咧,才会让我这个老头子猜他是谁嘛!"

"黄老,张副总长说得不错,您还是那么敏锐!"李振墀高兴地说。

黄克诚轻轻摇了摇头:"这是经验。张震,你老实说,你和杨勇他们在京西宾馆吃饭那件事,你们记不记恨我?或者说,心里怨过吗?"

张震怔了一下,他根本没想到黄克诚会重提这件事,就老实地回答道:"黄老,在这件事情上,我们如果埋怨您、记恨您,就不配是您的老部下了!那件事给了我们深刻的教训。从那以后,我们再也没有用公款请客;而且在其他方面,也谨守《关于高级干部生活待遇的若干规定》,不曾越雷池半步!"

黄克诚笑道:"这就对了。现在,我还是要说。振墀,你也听着。"

李振墀说:"哎,黄老,我在听呢。"

黄克诚满意地点点头:"我们是革命军人,是共产党员,要时刻把群众的冷暖放在心上,对大吃大喝等奢侈之风要保持高度警觉。越是老部下,越要严格要求。从餐桌上也能品出一个政党严格自律的作风,万万不可小视!"

张震连忙说:"我一定谨记。"

李振墀快速记录着黄克诚的话。随着黄克诚的年岁增高,李振墀随时记录的习惯也增强了,不敢放过黄克诚每一句有意义的话。李振墀觉得,那些话都是黄克诚这位老革命家的思考,都是他的思想精髓,不能让这样珍贵的语言随风飘散在空气中。

张震走后,黄克诚想起为瞿秋白平反的事,就问李振墀进展如何。

李振墀一拍脑门说:"我正要向您汇报这件事哩!这不,您一直有客人，我还没来得及说。"

瞿秋白是中国共产党早期主要领导人之一，1935年2月在福建长汀被国民党军逮捕，6月18日就义，时年36岁。"文化大革命"期间，瞿秋白被错定为"叛徒"。党的十一届三中全会闭幕后，一些冤假错案开始平反昭雪，但刘少奇案、瞿秋白案等"格外重大"的案件尚未平反。1979年2月1日，陆定一抱病给陈云和黄克诚写信，请求中共中央为瞿秋白平反。中央纪委随后成立瞿秋白问题复查组，启动了为瞿秋白平反工作。中央纪委对瞿秋白的问题进行审查后，作出了公正的结论，评价瞿秋白"是中国共产党早期的领导人之一，伟大的马克思主义者、卓越的无产阶级革命家、理论家、宣传家，中国革命文学事业的重要奠基者之一"。李振墀向黄克诚汇报说，中共中央决定，1985年6月18日，在中南海召开瞿秋白就义50周年纪念会。另外，福建长汀各界已重建瞿秋白烈士纪念碑，揭碑仪式也将在1985年6月18日举行。

黄克诚长长地吐了一口气："太好了。这是我在中央纪委常务书记任上抓平反工作的一件大事，历经多年才落实，如今总算圆满了！"

两人正聊着，丛树品走了过来。他刚接到洪学智的电话，洪学智在下午要和中共中央政治局委员、中央书记处书记兼解放军总政治部主任余秋里，国务委员兼国防部部长张爱萍来看望黄克诚。

李振墀赶紧劝黄克诚回病房休息一下，好养足精神接见他们。

"我的精神好得很哩！余秋里、张爱萍在这些年办了不少大事啊！我今天要和他们好好聊聊。"黄克诚的精神头更足了。

黄克诚和余秋里、张爱萍、洪学智见面后，聊得甚是愉快。尤其是洪学智，来医院探望黄克诚的次数比较多，也习惯了黄克诚虽然双目失明，却能看穿大家心头所想的那种神态，更是谈笑风生。

见过洪学智他们后，黄克诚又接二连三地接见了胡启立、王兆国、徐信、刘震等人。他心里明白,人的生命,总是有尽头的,他黄克诚的一生快走到尽头了。这样想的时候,他心中会涌起一阵悲凉,觉得还有很多事情没有做完,但很快,他又释然了。从古到今,没有人能够长生不老,没有人能够抗拒生命的自然规律。就像一列火车,到站了,自然就要停下来。不同的是,列车可以往返,而人的生命一去不还。但是,有些人是可以永生的,他们的思想与精神会以某种形式在历史中世世代代地被人们传承。

黄克诚不知道自己能否在历史中活下去、能在历史里活多久,但他认为,他无愧于自己的一生,无愧于党和国家,无愧于人民,无愧于这个时代,无愧于他经历的历史。

他这样想着,对于生命即将逝去的事实,心里有了充足的准备:来吧,死亡,我黄克诚随时恭候!

他的精神异乎寻常地抖擞起来。

清晨,他听着窗外喜鹊的叫声,十分愉悦,不待小丁来,就摸索着起了床,拄着拐杖摸到沙发边上坐下,听起收音机来。

小丁来了,"严厉地批评"黄克诚擅自行动:万一摔倒了怎么办?他呵呵呵地笑着,任由小丁唠叨。除了唐棣华,没人敢以这样的口吻同他说话,但在小丁面前,他"乖"得就像一只绵羊。

小丁嚷了一阵,见他总是笑着点头,也就没了脾气,一边照顾他吃早餐,一边提醒他待会儿去花园散步。

黄克诚刚吃完早餐,李振墀就陪着习仲勋、杨得志来到病房。李振墀喊了一声"黄老",正要向他通报,习仲勋微笑着摆摆手,上前躬着身站到黄克诚旁边,抓着他的手说:"黄老,我和得志看您来了,您的身体可好了些?"

黄克诚立即摸索着关了收音机,嘴角笑着咧开了,脸上的皱纹像开了花:"哎呀!仲勋、得志!你们来了。难怪大清早,喜鹊就叫哩!

快坐，快坐！"

习仲勋和杨得志一左一右，在他身旁坐下。

"仲勋，你现在是中央政治局委员、负责中央书记处日常工作的书记处书记了，工作比以前更具体、更重要。得志呢，你身兼中央政治局委员、中央书记处书记、总参谋长等要职于一身。你们要多保重身体啊！我现在没能力为党和人民工作了，希望你们能有个好身体，为党多做工作。"黄克诚热情洋溢地说着，既是鼓励，又是告诫。

习仲勋诚恳地说："黄老，您现在也在为党工作啊！您给我们提建议就是工作。"

黄克诚说："我正在想向中央请辞的事呢。"

杨得志连忙道："您不能请辞啊！仲勋同志说得对，您给我们提建议就是工作。我今天来，就是请您就军队工作、国防工作作指示，再谈谈您的军事思想。"

黄克诚谦虚地笑道："我若有军事思想，那也要说，大多是向毛主席学的，来自毛泽东思想。我在总后勤部部长任上，提出军队后勤工作要确立的思想——'对国家负责，对部队负责'。现在，我依然这样认为，这是做好军队后勤工作的纲，是根本。"

杨得志说："我是一直赞同这个思想的。黄老，我还得请您传授学习毛泽东思想的经验。"

"哎，学习毛泽东思想，仲勋最有体会了。"黄克诚朝习仲勋的方向努了努嘴。

习仲勋谦让道："黄老抬举我了。"

黄克诚轻轻地摆了摆手："我讲的是实话。得志，你应该知道当年毛主席选西北局书记时评价仲勋的话吧。毛主席说：'我们要选择一个年轻的担任西北局书记，他就是习仲勋同志。他是群众领袖，是一个从群众中走出来的群众领袖。'还有一次，毛主席又说到仲勋：

'他是一个政治家。这个人能实事求是，是一个活的马克思主义者。'实事求是、走群众路线，这些都是毛泽东思想的精髓。仲勋一直在学习毛主席著作哩！"

习仲勋点点头："我一直学习毛主席著作倒是真的。年纪越大，读毛主席的著作就越觉出毛泽东思想的伟大。得志，你有时间，静下心来读读毛主席的著作吧。到时候，我们一起交流学习心得。"

杨得志连忙答应："好！再忙，我也要学。"

房间里突然沉静下来，几个人似乎都陷入了沉思。眼下，经过几年努力，抓党风、抓整党工作，党风好转了不少，但在经济发展中出现了种种社会问题，究竟是因为什么？黄克诚一再叮嘱他们要深入思考、实事求是，发现问题要敢于提出来。

黄克诚天天有访客，像在办公室一样忙碌，按理说会很累，可他的气色越来越好了。小丁明白，黄克诚是个一心只想着工作的人，老部下、老战友常来看他，对他是有益的，让他感到自己的存在还有价值。所以，小丁私下里请求丛树品和李振墀，不要拒绝任何人来看望黄克诚。

黄克诚也明白，自己的身体状况，与以前不一样了，与中央纪委第二书记的职责要求相比，更是相差甚远。他反复思量后，终于在1985年5月的一天晚上，通知李振墀第二天早上到医院来，并让他告诉朱鸿、唐棣华一起来。

第二节　光荣谢幕

李振墀很是纳闷儿，自己每天下班后都会去医院向黄克诚汇报工作，为什么第二天这么早就叫自己去？唐棣华的年纪也大了，不是每天都去医院，但只要家里没什么事，就往医院跑。朱鸿也隔三岔五地到医院看望黄克诚。为什么要约到一起？黄克诚有什么重要的事情，要当着他们三个人吩咐吗？难道要交代后事？

李振墀被自己最后这一问吓了一跳。这怎么可能？黄克诚的身体恢复得这么好，精神状态也这么好，怎么可能要交代后事？他暗中责怪自己，就不再多想，连忙打电话通知唐棣华和朱鸿第二天早上去医院见黄克诚。

第二天一大早，三个人一起来到病房，围坐在病床边。唐棣华和朱鸿接到通知后都很奇怪，看到黄克诚的精气神都很不错，更是百思不得其解。

黄克诚知道他们心里充满疑惑，沉吟着说："我现在思维清晰，身体也恢复得不错，但我明白，我不能再担负中央纪委的工作了。趁着这些天精力尚好，我要口授一封信，向党中央请辞。"

三个人一听，都松了一口气。只要不是黄克诚的健康问题，就让他们安心。

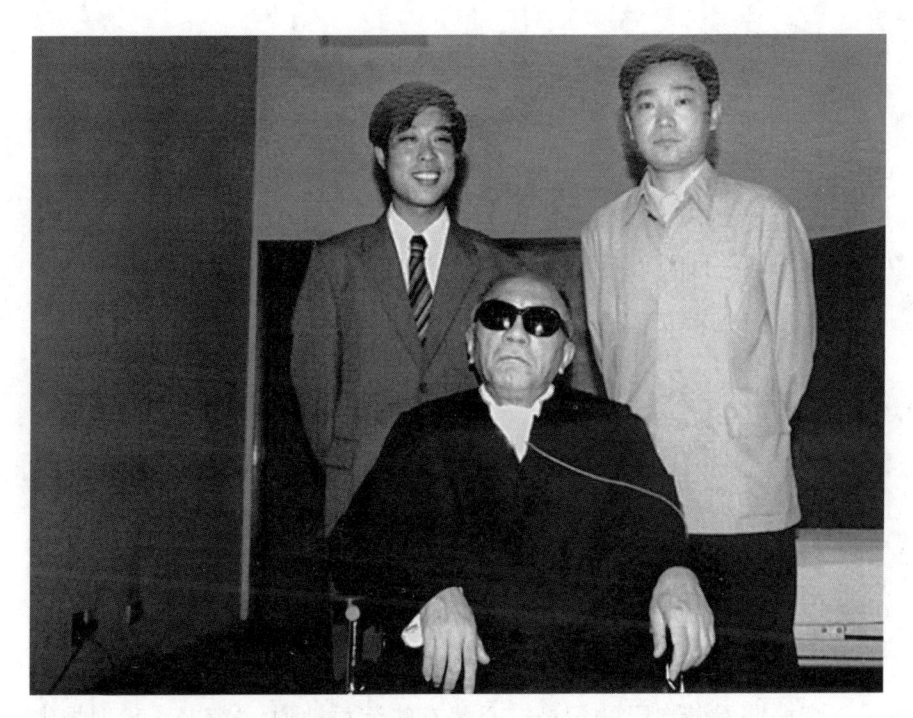

黄克诚在病房与身边工作人员合影（后排右为李振墀）

李振墀说："这件事，您不是早就向中央提出过吗？"

朱鸿也说："是啊，黄老，中央一再说，您不用天天去办公室，只是要您的名字，有大事向您汇报即可。您上次请辞，结果，不少老干部退下来了，但您请辞未被批准，还当选中央纪委第二书记，只是卸下了您中央纪委常务书记的担子。前几天，先念同志来看您，您也提了这个问题，他不是不同意您这样做吗！您要请辞，中央不会同意吧？"

唐棣华却说："我看，现在请辞正是时候。他可以完全把工作放下来，好好养病。"

黄克诚说："我请辞不是要把工作放下来，而是我的气力已经不能胜任现在这个位置，再占着这个位置是不对的。用我的名字，那是当时情况需要。现在，国家安定了，党风正在好转，不少年轻干部具备了担起大任的能力,一切都步入正轨……我已经想好了,给党中央写辞职信。振墀,你帮我记录。"

李振墀只得从公文包里取出笔记本和钢笔,准备作记录。

黄克诚一字一句地说:"我现年已83岁,身体不好,又双目失明,已经失去了正常的工作条件。事实上有相当一段时间,我已经无力过问职责范围内的事情了。身负党和人民的重托,而不能尽职尽责地去工作,心中深感不安。因此,我再次恳请中央批准我从中央纪律检查委员会常委、第二书记的位置上退下来,尽快由优秀的年富力强的同志来承担这一领导职务。"

黄克诚还在信中表示,坚持拥护党的十二届四中全会准备根据干部队伍革命化、年轻化、知识化、专业化的要求,增选一批中共中央委员、中顾委委员、中央纪委委员。

李振墀看着自己的记录,心情有些沉重地说:"黄老,我把报告誊抄后,尽快送给中央。"

"好,要快。"黄克诚满意地说。说完,他如释重负地把头靠在床头,嘴角挂着一丝恬静。

房间里出现了长时间的沉默。虽然黄克诚叫唐棣华他们三人一起来医院不是因为健康问题,这让他们放下心来,但对于他请辞,他们三个仍深感意外。毕竟,他的中央纪委第二书记任期还未结束。

三个人各想各的心事。突然,黄克诚坐直身子,双手不停地摆动着,一脸着急的样子,喊道:"不要给我用好药了!快,快,我得赶快去朱总司令那里报告情况!"

三个人吓了一跳。唐棣华立即拉住黄克诚的手,摇晃着:"老头子,你梦见朱老总了?"

黄克诚清醒了。

他定定神,茫然地说:"我没睡着。我没做梦,是幻觉。"

"幻觉?!"唐棣华、李振墀、朱鸿齐声叫道,彼此对视着,脸上的表情既惊诧又忧虑。

小丁听到叫声,从外面紧张地跑进来,问明情况后放松了下来,说:"唐大姐,你们放心!老年人出现幻觉是很正常的事。"

唐棣华鼻子一酸,用力在小丁的手上拍了几下,别过脸去。她心里再清楚不过了,出现幻觉、说胡话的情况,对于黄克诚这个年龄的人来讲,不是年轻人发烧、说胡话那么简单了。

小丁安慰他们说,黄克诚恢复得很好,不要紧张。她劝他们赶紧去办黄克诚请辞的事,这是黄克诚的心事,不要拖。医院里有她照顾着,请他们放心。

几个人不放心,却又感到小丁说的话有道理,也就嘱咐了一番后离去。

小丁嘴上那么说,心里头也是有些惊慌的。她已经感觉到,黄克诚最近一旦有人来看他就特别兴奋,如果没人和他说话了就容易犯困,打盹儿、犯迷糊成了家常便饭。为了不让他的精神状态时起时伏,小丁建议他把自己在监牢里发明的那套按摩方法用起来,这样更有利于消除疲劳。黄克诚一听,是哦,自创的按摩方法好久不用了,得用起来。

于是,每天早晨醒来后,他做的第一件事就是自我按摩。

这天,黄克诚早早地醒来了。他靠在床头,双手交替着捏自己的胳膊、手腕、颈椎,感觉很舒适。但捏着捏着,他停了下来,又惊又喜地喊了一句:"彭总!"他看见彭德怀了。黄克诚正要迎上去和彭德怀握手,彭德怀却笑着扬起手指点了点他说:"你这个瞎老头子,快把我忘干净了吧!"

黄克诚还想说什么,小丁端着药盘,喊着"黄老"走了进来。她放下药盘,走到窗前拉开窗帘。阳光一下子映进房间,温暖明艳。

"黄老，今天天气又特别好哩！待会儿吃了药，去散一下步吧？"小丁愉快地说着，熟练地拿起药瓶。

"好，好。"黄克诚敷衍地应道，思绪似乎还停留在刚才的幻觉里。"小丁，我看到彭老总了。"

小丁朝门口看了一眼，怔住了："彭老总？"

黄克诚说："彭德怀啊！"

"哦！"小丁恍然大悟。"黄老，住院的人经常会想起去世的、与自己最亲密、感情最深厚的人。您以前出现过对朱老总的幻觉，这次又出现了对彭老总的幻觉，说明你与他们感情最深嘛！是不是这样？"

黄克诚若有所思地点着头："那倒是。参加革命以来，我就一直是朱总司令和彭老总的部下。我与彭老总在一起的时间就更长了，毛主席曾经说我是'彭德怀的参谋长'哩！"

他说着笑了起来，样子极为天真。

"来，吃药。"小丁把药片塞进黄克诚的嘴里，端着水杯递到他嘴边。他扶着水杯喝了口水，仰了仰脖子，把药片咽了下去。

小丁忽然萌生了一个想法，黄克诚这些老一辈革命家故事，她断断续续地听了不少，将来，她要好好整理一下，写篇文章！

她被自己这突如其来的念头吓了一跳，忍不住激动地说了出来。

"哦？这是个好想法呀！革命故事要讲给更多人听，尤其要讲给年轻人听，让他们知道今天的生活来之不易。"黄克诚喜形于色。

小丁使劲地点了点头，更加兴奋："嗯，那您以后要天天给我讲故事。我不只是要写篇文章，还可以写本书。"

黄克诚乐不可支："好好好！小丁，你们年轻人好啊，不用再像当年的革命者那样出生入死了。毛主席说过，世界归根结底是你们的。"

"世界也是你们的。"小丁连忙发声明似的说，"我们的世界是你们打出来的嘛。如果没有你们，就没有我们的这个世界。即使你们都不在了，你们的精神、你们的英魂也永远和我们在一起。"

"小丁，你的话太暖心了。"突然，黄克诚的眼睛里涌出了泪水。

"黄老，您别难过。来，我放歌给您听。"小丁以为是自己刚才的话让黄克诚想到了死亡，就安慰他。她让黄克诚等一下，她去同事那里借盘磁带，那盘带子里有最近特别流行的一首歌。

小丁说着走了出去。黄克诚摸索着拿起枕边的收音机并拧开开关，调到新闻节目，坐直身子，摆好收听新闻的架势。

他知道，马上要播出重要新闻。

几天前，李振墀向黄克诚通报，他先后写给中共中央和党的十二届四中全会的请辞信，中共中央和全会已经接受。经研究，全会同意他请辞，并给他和同时提出辞呈的叶剑英写了热情洋溢的致敬信。致敬信将在《人民日报》等大报刊载，也将在中央人民广播电台播出。李振墀将全会的致敬信念给黄克诚听了，他很激动，认为全会对自己的评价太高了。

这一天是播送致敬信的日子。黄克诚很期待重听一次。

黄克诚等待的时刻到了。收音机里传出播音员清晰的声音，全文播送了党的十二届四中全会给黄克诚的致敬信：

敬爱的黄克诚同志：

我们，正在举行中国共产党第十二届中央委员会第四次全体会议的同志，谨以全会的名义，向您致以亲切的问候和崇高的敬意！

您早年投身北伐战争。第一次大革命失败后，您积极参加党所领导的武装斗争，是中国工农红军的杰出指挥员，参加了创建湘鄂赣革命根据地的斗争，在历次反"围剿"战争中，在长征中，屡立战功。抗日战争开始后，您作为八路军的重要将领之一，转战晋冀豫，后来率部南下，和新四军北上部队会师，建立了华北和华中根据地的联系。您在担任新四军第三师师长期间，经过艰苦的斗争，巩固和发展了苏北抗日根据地。解放战争时期，您在解放东北和华北的斗争中，勋劳卓著。建国初期，您担任湖南省的领导工作。以后，您担任中央军委秘书长和中国人民解放军总参谋长并担任党中央书记处书记，为巩固国防，加强我军的正规化、现代化建设，做出了重要贡献。在1959年的庐山会议上，您和彭德怀同志一起受到错误的指责和处分；在十年动乱中，您又被林彪、"四人帮"打击迫害，身心遭到严重摧残。但是，您始终保持着对党、对共产主义事业的坚定信念。党的十一届三中全会以后，您作为中央纪律检查委员会的主要负责人之一，为拨乱反正，平反冤假错案，重建和健全党的纪律检查工作，端正党风，正确评价毛泽东同志的历史地位和作用，做了大量卓有成效的工作。您是久经考验的共产主义的忠诚战士，是我们党和军队的卓越的领导人。您的历史功绩，将永远铭记在人民的心中。

您具有坚强的无产阶级党性，不盲从，不苟同，坚持真理，刚直不阿，不论身居高位还是身陷逆境，都一心为公，无私无畏。您的崇高品德，永远是我们学习的榜样。

由于健康原因，您提出不再担任中央纪律检查委员会委员从而不再担任中央纪律检查委员会第二书记的请求。全会同意您的请求。我们深信，您的光辉的革命业绩和崇高的革命品德将继续激励全党同志奋发图强，万众一心，为夺取我国社会主义现代化建设的新胜利而努力奋斗。

致共产主义的敬礼！

中国共产党第十二届中央委员会第四次全体会议
1985年9月16日

给黄克诚的致敬信，高度概括和评价了黄克诚参加革命60多年间光辉而曲折的斗争经历，以及作出的重大历史贡献。

随着播报声，黄克诚的眼前，快速闪过自己的经历：衡阳三师上学，广州政治讲习班上课，北伐，永兴暴动，北上井冈山，反"围剿"，长征，到达延安，太行山抗日，苏北建立抗日根据地，东北作战，接管天津，湖南剿匪，奉召进京到中央军委，在庐山会议上发言……

当收音机播送另一条新闻时，黄克诚也从回忆中回过神来。他咀嚼着致敬信的内容，双唇激动地颤抖着，喃喃道："评价太高了、太高了……"

"黄老，什么太高了呀？"小丁拿着磁带回来了，听到黄克诚说话，以为他又出现了幻觉，忙问道。

黄克诚关了收音机，笑容满面地说："呵呵，没什么，没什么。"

小丁见一切正常，也就不再在意，扬了扬手中的磁带："我借到磁带了，这就放给您听。"

"好，好。我下床听。"黄克诚仍然满脸堆着笑容。他摸到床头的拐杖，欲下床来，小丁连忙上前把他扶到沙发上坐下。

小丁将磁带插到录音机里的卡带处，按下播音键，一曲《好好爱我》随即响了起来："好好爱我，不要犹豫，我的一颗心已经属于你……"

黄克诚赶紧挥挥手："这是靡靡之音，你们年轻人要少听。"

小丁"咯咯"地笑了几声，反驳道："我不同意您的观点。歌嘛，每个人喜欢的不一样。就像吃饭，有人喜欢咸，有人喜欢淡；有人喜欢甜，有人喜欢酸。黄老，您也来唱一首歌吧？"

"唱歌？我唱不好，特别是这种靡靡之音，一首也不会。"黄克诚孩子般地笑着，头摇得像拨浪鼓。

小丁打趣道："'靡靡之音'？那么，黄老您唱什么歌？"

黄克诚骄傲地抬了抬下巴："我们那代人，常常唱的是《国际歌》。任何时候唱起这支歌，心里都充满力量。"

小丁灵机一动，故作惊讶地说："《国际歌》？我也会唱，但好久不唱，怕记不起歌词了。您唱一下，我听听。"

"唱不好。"黄克诚摆摆手。

小丁撒娇似的轻轻揉动着黄克诚的胳膊："唱嘛，这里又没别人。"

黄克诚抿嘴笑着，有点羞怯地说："好吧，那你就见笑了。"他咳嗽了两声，清了清嗓子，唱起《国际歌》："起来，饥寒交迫的奴隶！起来，全世界受苦的人！满腔的热血已经沸腾，要为真理而斗争！旧世界打个落花流水，奴隶们起来，起来！不要说我们一无所有，我们要做天下的主人……"他唱着，小丁在一旁使劲地击掌打着拍子。

李振墀拿着几份报纸，陪着洪学智出现在病房门口，看到这一幕，吃惊得不得了。

"哟！今天是什么日子呀？黄老居然唱歌了！"洪学智故意大惊小怪地嚷道。

黄克诚停止唱歌，笑眯眯地说："学智来了？怎么样？要不要你也来一首？"

洪学智连连摆手："不不不，黄老，我唱歌，连您都不如哩！哪敢在小丁面前开口！"

黄克诚孩子气地说："哈哈！心虚！对了，你这么早就跑来，有什么事？"

洪学智高兴地说："祝贺您，黄老！《人民日报》等大报刊载了党的十二届四中全会给您和叶帅的致敬信！给提出辞呈的同志写致敬信，这在党的历史上太少见了！"

黄克诚有些自豪地说："是啊！我也没想到，中央这么重视！"

"'不盲从，不苟同，坚持真理，刚直不阿'，这个评价精准无比！"洪学智道。

黄克诚感慨地说："中央给了我这么高的评价，我受之有愧啊！其实，我们这些年老体弱的同志早就应该从领导岗位上退下来，把年轻、优秀的干部用起来。这要成为一项制度，党和国家才有活力，才有发展。"

小丁在一旁听着，似乎明白了他们说的事情，内心也十分震撼。她在解放军总医院工作，见过不少老干部，还没听说过像黄克诚这样自己提出辞去高级领导职务的。

原来，黄克诚写了请辞信后，1985年9月，又和中央纪委其他30位老同志共同致信党的十二届四中全会，请求不再担任中央纪委委员。9月16日，党的十二届四中全会讨论了黄克诚的请求，高度评价了他从党和人民的利益出发，积极促进中央领导机构成员新老交替的表率行动。黄克诚再次以自己的模范行动，为促进中央领导机构成员新老交替为促进党的事业兴旺发展作出了榜样。

请辞是黄克诚作的最后一个非常正确的抉择。黄克诚觉得，这个选择让自己的生命进一步升华了。

第三节　燃尽最后一丝生命之火

黄克诚辞去了领导职务，但他一刻也没有忘记作为共产党员和革命者的责任，仍然关心着党和人民的事业，思考着国家如何长治久安、党的优良传统如何得到发扬光大。而且，他思考的问题越发深刻了。李振墀不时记录下他的思考，暗自惊叹这位老人的思维还如此敏锐。尤其是黄克诚对于如何保持共产党人纯洁性的思考，非常有价值。他曾经为《保持共产党人的纯洁性》一书作过序，但现在的思考比那时更加全面、深刻。虽然有些事做起来很困难，不是一天两天就能看到效果的，但有价值的思想是不会消亡的。

经检查，发现黄克诚又患了结肠癌。医院的专家很快确定为他作切除手术。这种手术，对心肺功能不全的黄克诚来说风险极大。医疗组的专家们尽管经验丰富、医术精湛，还是作了最坏的打算。手术是成功的，只是术后几天，黄克诚一直处于昏迷状态，加上早先的肺心病已导致他的身体日渐衰弱，因心肺衰竭而窒息死亡的可能性随时存在。因此，黄克诚昏迷期间，病危通知一次又一次发出。但奇迹再一次出现，在医院的精心治疗、护理下，黄克诚的病情逐渐有所好转。

1985年12月14日，黄克诚接到通知，胡耀邦在第二天上午要来医院探望他。12月15日，他早早地就收拾妥当，迎接胡耀邦的到来。他好久没有见到胡耀邦了，也深知此次一见怕是永别，心里翻江倒海般激动。他嘱咐李振墀，要好好记下这次会面。这次会面，对于黄克诚来说，是历史性的时刻，也是不能再生的时刻。他的语气凝重得有些悲怆。

李振墀感动得几乎哽咽落泪。他连忙借口去迎一下胡耀邦，起身往外走。李振墀刚走到门口，就见胡耀邦快步走了进来，径自走到黄克诚旁边的沙发上坐下，双手紧握住他的手，动情地说："黄老啊，耀邦看您来了！"

黄克诚抽出一只手，微微颤抖着，摸了摸胡耀邦的脸，激动地说："耀邦，我盼你来啊……中央给我的致敬信评价得太高了、太高了！"

胡耀邦郑重道："黄老，对您的高风亮节，全党同志有目共睹。在离职这个问题上，您更是起了表率、楷模作用，意义非凡哪！"

黄克诚严肃起来："耀邦总书记，我在这些天有些思考。我想，我得说出来，不要带到棺材里去。眼下，我们的国家改革开放、党的政治生活呈现出勃勃生机，令人欣慰。但越是这样，我们对党员的思想教育工作越要重视。"

胡耀邦大喜："请黄老指示。"

"指示不敢当，我提点建议吧。"黄克诚的眉毛轻轻挑了一下，平静地说，"我对怎样保持我们党的纯洁性问题作了些思考，让我的秘书作了记录。"

"太好了，回头让他把您的思考整理后给我。黄老，您要养好身体，恢复健康，把您的思考、您的思想好好总结一下。您的思想是我们党的一笔宝贵财富啊！"胡耀邦在黄克诚的手上连连拍了几下。

黄克诚颔首道："好，我听你的指示，有什么想法，趁着脑子还没糊涂就留下来。耀邦同志，你现在操劳的事情多，也要保重、珍重啊！"

两个人越说越兴奋，很快，预定的会见时间到了。

也许这次会见时把自己思考的一些东西说出来了，黄克诚的精神特别放松。

对于行将逝去的生命，时间似乎越过越快。黄克诚意识到死亡随时可至，越发抓紧时间，尽可能地留下有价值的历史资料。每当神志清醒时，他就与李振墀谈话，回忆自己在战争年代的历程，经李振墀整理成文后发表。1986年3月，黄克诚发表《忆两淮战役》一文，收入《新四军回忆史料》（二）。全文约5800字，分3个部分：（1）部队集结津浦路西待机未果，奉命回师苏北，准备发起两淮战役；（2）淮阴作战经过；（3）淮安作战。8月，黄克诚又发表《我在红三军团的经历》一文，收入《中共党史资料》第22辑。全文6万余字，分14个部分："初到红三军团""参加打长沙""参加第一次反'围剿'""参加第二次反'围剿'""参加第三次反'围剿'""参加赣州、水口、乐宜诸役""粉碎敌人第四次'围剿'""大湖坪整编和东方军入闽作战""参加第五次反'围剿'""参加长征""中央政治局在遵义召开扩大会议""两大红军主力会师""党中央召开俄界政治局扩大会议""中央红军胜利到达陕北"。另外，他对新四军第3师战斗历程和苏北抗日根据地的回忆，以《第三师的战斗历程和苏北抗日根据地的创建》为题收入《苏北抗日根据地纪事》一书。全文分为6个部分：（1）南下苏北；（2）白驹镇胜利会师；（3）开辟和建设苏北抗日根据地；（4）粉碎日伪"扫荡"；（5）反顽斗争；（6）局部反攻作战，踏上东北解放战争的征途。这些都成为珍贵的历史资料。

黄克诚实践着自己当初出任中央纪委常务书记时的诺言，再激情燃烧一回，将自己燃成灰烬。

根据治疗的需要，黄克诚的鼻子上要插呼吸机管、鼻饲管，手上要扎输液管，下身要接肠液引流管，他的日子只能在病床上挨过。黄克诚戏称，自己已经"管道化"了。他自知已经彻底失去工作能力，而且要忍受巨大的痛苦，这样活着，徒为国家增加负担，就坚决拒绝一切治疗。服药、注射、输氧，他都不愿配合了。医务人员百般劝说，他仍执意不肯。他常常趁人不备，突然将输液针头从身上拔掉。

接到黄克诚不愿配合治疗的报告，陈云在家里踱来踱去，一夜未得安宁。一个一辈子为了党和人民的利益呕心沥血、出生入死，而自己终年过着简朴生活的人，到晚年病重时，连吃药、打针都感到是一种浪费，许多人对此难以理解。但陈云能够理解，黄克诚就是这样一个人。

陈云决定，和中共中央政治局常委、国家主席李先念一同前往医院探望黄克诚。

他们来到病房，坐在床边的椅子上，默默地盯着黄克诚看。

因为在早上已经接到通知，陈云和李先念要来探望，黄克诚从突然的寂静中似乎感觉到他们已经来了，就幽默地说："你们这是搞对我的监督吗？"

陈云一听，不由得笑了。这个黄克诚，都什么时候了，还在开玩笑！

他轻轻抓起黄克诚插着输液针头的手："黄老，你太不自觉了。我已经给医院下了死命令，绝不许你私自拔掉输液管，绝不许你拒绝治疗！你若拒绝治疗，他们有权对你使用'武力'。"

黄克诚撇嘴乐道："要是能把我吓死多好！"

李先念凑近他说："黄老，您一定要配合治疗！我们都需要您好好活着！"

黄克诚无奈地说："好吧，我听你们的。"

陈云轻轻拍了一下他的手，哄小孩似的说道："这就对了嘛！你

415

好生治病。我现在也老了,但我希望还能与你年年见面。"

"黄老,您要拿出革命军人的勇气来,把病魔当敌人一样消灭掉!"李先念也鼓劲说。

黄克诚孩子般地笑了:"嘿嘿。"

陈云和李先念朝门口走去,走到门口,又回转身来,忧虑地看了一眼病床上的黄克诚,眼睛里泪花闪烁。他们心里明白,黄克诚随时都会离他们而去。

黄克诚面容沉静地望向门口,手慢慢地朝手腕上的针头伸去,心里计算着陈云和李先念已经离去,就毫不犹豫地将针头拔了出来。不料,这个动作被前来给他换药的小丁看见了,小丁又是气又是哄地"教训"了他一通,他只得老老实实地表示"再不拔针头了"。

第四节　成为子女眼中的英雄丹柯

转眼，冬天到了。1985年冬天的雪下得特别勤。头一天，雪又下了一夜，到早上止住的时候，大地已是银装素裹。医院里，那些高大的树木也披挂起雪白的外衣，只露出星星点点的枝叶尖尖，分外妖娆。

小丁走进病房，把窗帘拉开，欢喜地告诉黄克诚，窗外是一片雪景，很美。

黄克诚一动不动地躺着，双唇紧闭，没有作答。

小丁觉得奇怪，忙走到床边，探了一下他的鼻息，这才松了口气。但是，她为黄克诚把脉的时候，发现他又把输液针头拔掉了。

"咦，黄老，您怎么又把输液管拔了?！您又想挨批评了吗?！"小丁嗔怒道，将输液针头给他插上。

黄克诚又把管子拔下，小丁再将输液管给他插上。两个人拉扯了一阵，黄克诚有些不耐烦了，气呼呼地罢了手。

小丁得胜似的笑着说："这样才对嘛！来，现在吃药。"

她把黄克诚扶起，喂他吃药。

"我不要吃药了。"黄克诚拒绝说，然后紧咬住嘴唇。

"您如果这样，我可要申请动用'武力'啦！您别忘了陈云同志有过交代的。"小丁"威胁"说。

"小丁呀，我知道国家给我用的药都是最好的，可你不知道我有多痛苦啊！我已经不能为党工作了，请你们不必为我浪费国家的钱财了，把药留给能工作的同志用吧。"黄克诚恳求道。

但是，在用药的问题上，黄克诚是拗不过医院的，渐渐地，不再和小丁争执吃药、打针的事。他似乎明白了，自己天命将尽，只能任由他们"摆布"。

1986年10月1日，一个新的早晨来临了。阳光照耀着病房，显得温暖、宁静。

阳光中，黄克诚平稳地呼吸着，笑容始终浮在眉宇间。这一天，是他的84岁生日。头一天，唐棣华来看他时，已经告诉他要在医院给他过生日。

小丁轻快地走进来，神神秘秘地说："黄老，告诉您一个特大喜讯！"

黄克诚凝神听着，那神情仿佛在问是什么特大喜讯。

"我写您的文章发表了！我本想拿来读给您听的，但被同事们抢去了，在争相传阅哩！"小丁兴高采烈。

黄克诚戏谑道："好呀，你写我的文章不经过我就发表了，是不是怕我这一关通不过？你挺鬼的嘛！"这个时候的黄克诚，已经不能完整地说话，但小丁能从他嚅动的嘴唇和断续的单词中，听明白他要说的话。小丁在护理黄克诚的同时，担任他的"翻译"。

小丁嘻嘻地笑着，突然发现黄克诚的神情有些异样，他一脸阳光，喜色自露，就问他是不是有什么喜事。

黄克诚把嘴角轻轻咧了咧，浮起笑意，并不说明。

小丁想起主治医生刚才在办公室安排工作时，提到黄克诚要过生日，猛然醒悟，嗔道："不说，不说我也知道！那我的文章，就算是送给您的第一份生日礼物啰！黄老生日快乐！"

黄克诚开心地笑着，正要应答，唐棣华带着全家人来了，还有李振犀、丛树品、朱鸿、王秀全。黄晴手里提着一个大蛋糕。

黄健率先趴到黄克诚耳边，报喜说："爷爷，祝您生日快乐！这是我得的奖状，您摸一下！"

黄健把奖状塞到黄克诚手里，黄克诚摸着，笑了，翘着嘴巴做亲他的动作。

李振犀说："黄老，树品、秀全今天都来了，祝您生日快乐！"

丛树品、王秀全几个走上前和黄克诚握手，说着"祝您生日快乐"。黄克诚伸手摸他们的脸，乐呵呵地傻笑着，很享受、很幸福的样子。

他的儿女们也都围过来，纷纷说着："爸爸，祝您生日快乐！"

黄克诚摸索着伸出手，与大家的手握在一起，喃喃地说："都来了，好啊……要是妹子也在，就更好了。我想她了。"他说的是黄梅，她已经去美国留学3年了。

他鼻子一酸，眼角涌出了泪水。幸福的笑容和思念的泪水，让小丁看得心里有几分涩涩的难受。她见唐棣华也一时愣住了，就灵机一动，带头唱道："祝您生日快乐……"

几个医护人员也围上来唱歌，所有人都为黄克诚唱起《生日快乐》。一时间，病房里响起欢快的歌声："祝您生日快乐，祝您生日快乐……"

歌毕，唐棣华含泪说道："黄老，现在，祝福歌唱过了。你准备好，我们还有大惊喜给你！"

黄克诚笑逐颜开："哦哦……"

"祝老爸爸生日快乐……"门口响起了歌声。众人回头看去，只见黄梅手捧一束鲜花出现了。她唱着歌走到床前，看着与她出国时相比已完全两个样子的黄克诚，眼泪夺眶而出。她流着泪，笑着，哽咽着，伏在黄克诚胸前，强忍着心酸说："老爸爸，妹子回来给您祝寿了！"

黄克诚一激灵，嘴唇都颤抖了起来，过了好一阵，才开口道："你从美国回来了？怎么样，美国人民的生活比我们是不是好很多？"他颤巍巍地伸手抚摸着黄梅的脸庞，嘴角扁了扁，又笑容绽开了。

"嗯，嗯。"黄梅仍沉浸在对黄克诚的病情如此严重、说话需要小丁"翻译"的伤心当中，随意地应着。

黄克诚捏了捏她的脸，爱怜地说："我们现在搞改革开放，人民群众的生活水平很快就会提高的。总有一天，我们国家会赶上并超过美国的！你赶快学，学成回来，好报效国家。"

黄克诚病成这样，还在想着国家的事！黄梅在感动之余，越发心酸。

"妹子，你给老爸爸念一下《丹柯》好不好？"黄克诚十分高兴。

黄梅一怔："《丹柯》？老爸爸，您怎么知道的？"

在一旁的黄楠也很吃惊。

黄克诚得意地说："我知道黄楠写诗的事，但我不告诉你们。"

黄楠下意识地看了看唐棣华，赶紧冲黄梅点头。

黄梅会意，立即说："好！老爸爸，您听着，我给您朗诵诗歌了！诗歌的题目是《这就是丹柯》，献给我亲爱的父亲黄克诚。作者：黄楠。"

黄梅紧紧靠在黄克诚身边，双手扶着他的肩膀，大声朗诵着黄楠在10多年前写的诗歌《这就是丹柯》：

这就是丹柯，

他做了什么?

当族人迷失在暗无天日的密林,

他撕开胸膛擎出燃烧的心,

照亮前路带领绝望的人群,

历尽艰辛走出了密密森林。

众人动容地听着。黄楠站到黄梅身边,也一起朗诵。两个人的朗诵,显得更有力量:

这就是丹柯,

他得到了什么?

阳光,欢乐族人的新生活;

遗忘,死亡,被踏灭的心火;

还有一个不朽的传说。

假如只有

阳光,欢乐族人的新生活;

遗忘,死亡,被踏灭的心火;

没有一个不朽的传说。

你可愿意做丹柯?

饱含深情与信念的朗诵声似乎越来越有穿透力,越来越振奋人心。这声音飞出了窗外,飞向了天空,在云间不绝地回响。

黄克诚的眉宇间荡漾着笑意。其他人都屏声静气,任泪光涟涟地闪烁。

黄梅和黄楠伏在黄克诚的左右肩上,深情地用脸颊贴着他的脸颊。

黄克诚十分满足地说:"以前,我对你们几个说过,要学革命,不要学世故;千万不可不学革命,却把世故学会了。我很高兴,我的儿女们没有学会世故,倒是学会了理解我这个革命者。"

黄梅动情地说:"老爸爸,我们的理解虽然来得迟了些,但还是理解您了!最重要的是,我们都爱您!"

"你咯鬼妹子,你最烦我!"黄克诚咧着嘴笑。

儿女们都围在他身边,令黄克诚深感幸福。他明白,这可能是自己过的最后一个生日了。这样的天伦之乐对于他来说,对于一个革命者来说,是有些奢侈了,但他还是敞开心扉,感受着这份幸福的感觉。他把唐棣华叫到身边,吩咐她把蛋糕分给医护人员吃,谢谢他们两年来对他的精心治疗,也请他们分享他此刻心中的快乐!

唐棣华照他的话做了。医护人员们品尝着蛋糕,一个个笑着,却眼泪汪汪地朝黄克诚看去,气氛竟然有些悲伤了。小丁见此情景,立即笑着大声说:"黄老,这蛋糕非常好吃!您要好生养息身体,明年,我们还要吃您的生日蛋糕哦!"

大家应和着,气氛果然轻松下来。

黄克诚朝小丁招手,示意她过去。

小丁走近他,调皮地笑着:"黄老有何吩咐?"

黄克诚说:"你祝我生日快乐,总得给我唱首歌吧?"

"好,好!但是,我有个条件,"小丁凑近他,顽皮地说,"您要和我一起唱。怎么样?我们唱您最会唱的歌——《国际歌》。"

黄克诚眉毛一扬:"哎。"

小丁就握住黄克诚的手,情绪饱满地唱了起来:"起来,饥寒交迫的奴隶!起来,全世界受苦的人……"

黄克诚也跟着翕动嘴唇"唱"了起来。他的声音嘶哑、细弱、断断续续,根本听不清楚,但那神情,加上小丁清亮悠扬的声音,感觉倒像两个人在唱和声:"满腔的热血已经沸腾,要为真理而斗争!旧世界打个落花流水,奴隶们起来,起来!不要说我们一无所有,我们要做天下的主人……"

唐棣华和所有人都深感震撼,纷纷放下蛋糕,一边聚到黄克诚身边,一边含着眼泪、含着温暖的笑容唱道:"这是最后的斗争,团结起来到明天,英特纳雄耐尔就一定要实现……"

1956年10月28日,黄克诚(左)和朱德在一起

歌声中,黄克诚始终双目微闭、面带笑容。

这个愉快的生日,果真成了黄克诚生命中最后一个生日。

在此后的两个多月里,医院继续对黄克诚精心治疗、护理,但这位84岁老人清醒的状态一天天减少,被幻觉控制的时段日增。常常是,前一分钟,他还在和家人说话,后一分钟却冷不丁地说起枪炮和爆炸。他说得最多的是:"我得赶快去朱总司令那里报告情况!"朱总司令在一线指挥,那是红军时代。黄克诚在神智迷乱的日日夜夜,又回到了那支衣衫破烂、披荆斩棘的军队里。

黄克诚在复出以后的那些年里,不曾对各方面都争议较少的朱德公开发表什么评说和议论,因此,有人对他不满,还有人指责他在《关于对毛主席评价和对毛泽东思想的态度问题》那篇讲话中,没有充分表述朱德的功绩。他总只是微微一笑："朱老总在红军中的作用，有谁比我们更清楚？'朱毛朱毛'，还需要更多的说辞吗？"如今，黄克诚在即将走到生命的尽头、已经不认识家人的时刻，仍然记得自己是朱总司令的部下。人世间还有什么纽带比这更血肉连心?!

去见朱总司令，黄克诚这位矢志不渝的老红军最后"归队"的时候到了。

第五节 "楷模"之光永照青史

1986年12月28日，黄克诚与世长辞。他那终生为党和人民的事业操劳的心脏停止了跳动，他也停止了思考。

消息首先在解放军总医院传开。院长、政委、同黄克诚认识或不认识的医务人员、所有在黄克诚身边工作过的人员，听到他去世的消息后，无不为之悲痛，纷纷赶到病房，向他告别。许多人因为失去这位可尊可敬的老将军抽泣、痛哭！

与黄克诚长期患难与共的唐棣华，因劳累、悲痛而卧病不起。她在病榻上亲拟了一副挽联，书写了她对丈夫的追念与敬重：

一生复何求，少逢国危，坚信马列，青年从戎，毕生尽瘁，幸得见中华民族光荣屹立；

即死无憾矣，仰不愧天，俯不怍人，国运日兴，人才辈出，惜不随全党同志再尽绵薄。

唐棣华的挽联，将黄克诚的一生，将他复出后为党、国家和人民鞠躬尽瘁之志，将亲朋好友对他的认识充分表达了出来。作为黄克诚的妻子，唐棣华为失去相濡以沫大半生的丈夫而悲伤，更为夫君至真

1987年1月7日，黄克诚追悼会上，邓小平亲切慰问黄克诚夫人唐棣华

至诚、胸怀坦荡、坚持真理、心系人民的一生感到无上荣光！

12月29日，中国共产党中央委员会、中央纪律检查委员会、中央军事委员会发出讣告。讣告称誉黄克诚是久经考验的无产阶级革命家、党和军队卓越的领导人、杰出的无产阶级军事家。

噩耗传出，一份份唁电、唁函，从黄克诚的家乡永兴、长沙，从他战斗和工作过的江苏盐城、黑龙江齐齐哈尔，从天津、湖南、山西，从他领导、指挥过的部队，从许多省区市和中央党政军机关发来；发来唁电、唁函的，还有许多在他领导下一起工作和战斗过的老同志、老战友、老部下，得到过他帮助或受过他教诲的普通干部、工人、战士。他们为失去这样一位好领导、杰出的共产主义战士而痛惜、悲痛。

1987年1月7日，黄克诚的追悼会在北京人民大会堂隆重举行。

追悼会会场布置得庄严肃穆。会场周围摆满了花圈。会场正中悬挂着黄克诚的遗像，遗像下簇拥着长青的松柏。黄克诚的遗体，安放在由金红色的君子兰、黄色的菊花、鲜红的一品红和青青翠草组成的花丛中，身上覆盖着中国共产党党旗，他永远定格的面容是那样安详。

邓小平、彭真、聂荣臻、乌兰夫等党、国家和军队领导人同首都各界人士 3000 多人，怀着沉痛的心情，参加了黄克诚的追悼会，并向他的遗体告别。中共中央政治局委员、中央军委副主席杨尚昆致悼词。

新华社在 1 月 7 日，播发了《为民服务鞠躬尽瘁　坚持党性堪称楷模——杨尚昆同志在黄克诚同志追悼会上致的悼词》；1 月 8 日，《人民日报》等大报刊登了这篇悼词。

杨尚昆的悼词高度赞扬了黄克诚在 60 多年的革命生涯中历尽艰辛、屡经坎坷、鞠躬尽瘁、为中国人民的解放事业和社会主义建设事业建立的不朽功勋，对他的崇高品德给予了高度评价。悼词说：

> 黄克诚同志具有坚强的无产阶级党性，不盲从，不苟同，坚持真理，刚正不阿。他在历史上多次因为坚持正确意见而受到错误的批判、打击，甚至被撤职、降级，但始终保持刚直敢言、为人民无私无畏的高尚品德……他以马克思列宁主义者的宽阔胸怀，对党、对共产主义事业保持着坚定的信念。
>
> 黄克诚同志对党和人民无限忠诚，他一心想的是人民，是共产主义事业，从不计较个人恩怨得失……他虽已双目失明，年迈体弱，仍呕心沥血，为党的事业日夜操劳……为拨乱反正，平反冤假错案，审理林彪、江青反革命集团，重建

和健全党的纪律检查工作，端正党风，进行了大量卓有成效的工作，受到全党全军和全国人民的爱戴和尊敬……

黄克诚同志高瞻远瞩，深谋远虑，他总是从党和国家的全局出发，考虑和处理问题，在政治上、军事上向党中央提出过不少重要建议。他注重调查研究，善于从实际出发，创造性地贯彻党的方针政策，坚持实事求是，反对虚浮作风。

黄克诚同志具有共产党人的优秀品德。他胸怀坦荡，顾全大局，为了党的整体利益，总是不惜牺牲个人和局部的利益。他不居功，不擅权，全心全意为人民的利益而奋斗。他谦虚谨慎，平易近人，作风民主，知人善任，关心群众疾苦，热诚爱护干部，人们都愿意在他面前讲真心话。他模范地遵守党的纪律，艰苦朴素，廉洁奉公，处处以身作则，坚持党的优良传统，并严格教育子女和身边工作人员，堪称共产党人的楷模。

黄克诚同志勋劳卓著，德高望重。他的一生是革命的一生，光辉战斗的一生。他的逝世是我党我军和我国人民的重大损失。他崇高的革命精神和优良的思想品德，永远值得我们学习……

黄克诚一生喜读文天祥的《正气歌》，也用一生诠释着不为名利摧眉折腰的浩然正气，谱写了属于他自己的正气歌。他作为一个敢言之士，终生与真话为伍，终生与真理为伍，为天地立心，为生民立命，是一个真正的共产党员，是一个名副其实的、大写的人！他在庐山会议上的仗义执言、在党的十一届三中全会后拨乱反正中坚持对毛泽东的科学评价，以及对林彪进行评价时实事求是的讲话，都像黄吕大钟，响彻在历史的天空。唯其无私无畏，所以敢作敢为，其心其志堪与日月争光。他这颗人民共和国的将星，将永远闪耀在祖国大地之上和人民的心中。他平凡而伟大的精神风范，将与青史共存，任由后世镌刻……

出　　品：图典分社
策划编辑：侯俊智　侯　春
责任编辑：侯　春
装帧设计：王春峥
封扉设计：周方亚
责任校对：白　玥

图书在版编目（CIP）数据

黄克诚在中央纪委/王子君 著—北京：人民出版社，2019.7
ISBN 978-7-01-020629-5

Ⅰ.①黄… Ⅱ.①王… Ⅲ.①纪实文学-中国-当代
    Ⅳ.①I25

中国版本图书馆CIP数据核字（2019）第060071号

黄克诚在中央纪委
HUANGKECHENG ZAI ZHONGYANG JIWEI

王子君　著

人民出版社 出版发行
（100706 北京市东城区隆福寺街99号）

环球东方（北京）印务有限公司印刷　新华书店经销

2019年7月第1版　2019年7月北京第1次印刷
开本：710毫米×1000毫米 1/16　印张：28.25
字数：330千字　彩插：1页

ISBN 978-7-01-020629-5　定价：80.00元

邮购地址 100706　北京市东城区隆福寺街99号
人民东方图书销售中心　电话：(010) 65250042　65289539

版权所有·侵权必究
凡购买本社图书，如有印制质量问题，我社负责调换。
服务电话：(010) 65250042